MÉLANGES

DE LITTÉRATURE ET

DE CRITIQUE

ALFRED DE MUSSET, par GAVARNI.

ALFRED DE MUSSET

ŒUVRES COMPLÈTES ILLUSTRÉES

IX

MÉLANGES
DE LITTÉRATURE ET
CRITIQUE

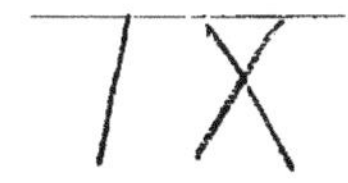

LE TABLEAU D'ÉGLISE
ARTICLES PUBLIÉS DANS LE JOURNAL *LE TEMPS*
ARTICLES PUBLIÉS DANS LA *REVUE DES DEUX MONDES*
LETTRES DE DUPUIS ET COTONET
ARTICLES SANS DATE
ET FRAGMENTS

PARIS
LIBRAIRIE DE FRANCE
110, BOULEVARD SAINT-GERMAIN, 110

1929

LE TABLEAU D'ÉGLISE

La ville était au pillage.

Je pénétrai dans une église, au coucher du soleil, le jour où le canon cessa de se faire entendre. Je cherchais un endroit où je pusse me délasser, me sentant très abattu ; ainsi, jugeant, par le silence qui régnait dans la nef, que l'église était déserte, je m'avançai précipitamment.

Tu le sais, Henri, ce n'est pas pour moi que sont faites les lâches terreurs dont au premier abord sont saisis ces hommes... Mais pourquoi te parler d'eux ? Ni la triste solennité des monuments ni l'obscurité de la nuit n'agissent sur ton âme ; ce monde invisible que le vulgaire entrevoit dans les ténèbres n'est qu'un songe à tes yeux, ô mon ami ! — Je marchai sous les profondeurs des voûtes et ne m'arrêtai qu'à une petite chapelle qui me semblait favorable à mon dessein ; car, dans ce moment, le besoin de repos se faisait sentir avec force. A tout instant je fermais les yeux malgré moi. Toutefois mon sang se ralluma à la vue d'une certaine toile que j'aperçus.

«Périssez, périssez, misérables ornements, fils des temps qui ne sont plus ! Écroule-toi, édifice vermoulu des superstitions ; le soleil qui meurt t'emporte avec lui, celui qui naîtra demain refusera de t'éclairer.» Ainsi m'écriai-je dans ma fureur, tandis qu'au moyen d'une épée que j'avais à la main je précipitais à terre un tableau à demi brisé ! Les signes consacrés étaient épars sur les dalles ; mais la colère qui me transportait était parvenue à son comble.

Cependant, lorsque le démon fut apaisé, je demeurai frappé d'étonnement d'avoir ainsi agi, seul et sans aucun motif. Le jour, qui pénétrait faiblement à travers les vitraux peints de diverses couleurs, s'enfuyait avec rapidité. Appuyé sur un pilier qui servait de soutien à la voûte, je résolus d'attendre le sommeil.

Peu à peu le sang se calma ; cette espèce d'engourdissement qui précède la perte de la réflexion s'empara de mon être ; les objets, déjà incertains, parurent flotter dans l'espace. En ce moment, ma tête s'abaissa naturellement vers la terre, et mes regards à demi voilés se portèrent sur le tableau étendu devant moi... J'ignore combien de temps je demeurai les yeux ainsi fixés sur cette toile où je ne distinguais rien ; comment l'attention se réveilla peu à peu avant de s'éteindre entièrement, c'est ce que je ne puis non plus m'expliquer.

Une large ouverture avait séparé la toile du cadre, et plusieurs coups d'épée l'avaient fendue. Cependant un dernier rayon de soleil qui glissa sur la surface, et qui fut peut-être cause de la réflexion que je fis, me montra que le sujet traité par l'artiste était un *Noli me tangere*. C'était évidemment l'ouvrage d'un Romain ; mais je crus reconnaître qu'il n'était pas du bon temps, bien qu'il fût assez ancien, à en juger par la manière dont les parties obscures s'étaient rembrunies. Une certaine affectation de vigueur, et comme une recherche apprêtée du grandiose, annonçait en même temps que le peintre n'était pas éloigné de cette école qui voulut puiser aux deux sources. La tête du Christ attira d'abord mes regards, et je ne fus pas longtemps à me convaincre qu'elle était l'œuvre d'un génie original et novateur. Les linéaments n'en étaient pas très déliés et ne cherchaient même pas à imiter sous ce rapport les compositions délicates de Raphaël ; mais un sentiment de tristesse profonde me parut y dominer. Comme je te l'ai dit, le peintre avait puisé aux deux sources : ainsi, les draperies annonçaient le style de Rome, tandis que sur les traits du visage il avait fait flotter les ombres du Vinci ; et tout le reste dans ce goût... Mais pourquoi t'en dirais-je davantage sur ce sujet ? Il te suffira de savoir qu'insensiblement le sommeil reprit son empire, et que je tombai tout à fait sans connaissance. Mais, chose assez singulière, il me semblait en dormant que j'étais resté les yeux ouverts, et que je n'avais pas cessé de les fixer sur le tableau, en sorte que, par une réflexion machinale, je continuai de l'examiner. Rien ne se fit sentir pendant les premiers moments ; mais peu à peu (probablement le sommeil devenant plus profond) je crus voir de nouveau la lumière éclairer la surface polie de la toile. Alors je pus plonger avidement jusque dans l'âme des personnages : de grandes beautés se révélèrent à moi, et un certain regard que l'artiste avait su donner à son Christ me ravit par-dessus tout. Il était debout et étendait une main de mon côté, tandis que de l'autre il retenait les plis de son manteau ; la suppliante était immobile à ses pieds. Il me sembla tout à coup que les traits de son visage s'éclairaient bien plus que tout le reste du tableau, qui demeurait dans les ténèbres ; et bientôt toute sa personne devint si lumineuse que je crus qu'elle était sortie de sa prison de bois. Poussé par une force invisible, je m'avançai vers lui et je touchai sa main ; elle saisit doucement la mienne, et aussitôt une mélancolie profonde, semblable à celle qu'il éprouvait, me pénétra jusqu'au cœur. Quel sentiment de pitié et de douleur m'inspiraient les blessures terribles dont son corps était diapré ! Il me les fit toucher avec un sourire, et le sang vermeil qui en dégouttait sur ses membres plus blancs que l'ivoire commença à rougir la terre. Alors une partie de mon propre sang voulut s'élancer de mon cœur et se mêler au sien ; un second mouvement me rapprocha de lui. « Jésus ! Jésus ! m'écriai-je, sommes-nous frères ? Oui, tu es sorti comme moi des entrailles d'une femme... » Un sourire plus doux et plus triste encore que le premier fut sa seule réponse ; un inexprimable regret me saisit. « T'aurais-je méconnu ? » Une étincelle électrique qui s'échappa de sa main me traversa rapidement. Ainsi consterné, je retombai dans les ténèbres ; alors sa voix se fit entendre à mon oreille : « Méconnu !... non pas par toi... Si le prix des souffrances est éternel... si la vie de l'homme et le sang de ses veines... songe à la nuit du Golgotha...

— Oui ! m'écriai-je d'une voix étouffée ; ô nuit ! ô nuit terrible où tu vis qu'il fallait mourir ! Et s'il est vrai que le doute... »

Je m'éveillai en prononçant ces paroles. Elles retentissaient encore de tous côtés sous les voûtes profondes qui m'entouraient ; ainsi le souvenir de cette vision resta gravé dans mon esprit.

« Hommes, méprisables créatures, pensai-je, tandis qu'enveloppant sous mon manteau l'image terrible je m'éloignais lentement, c'est votre souffle empoisonné qui a détruit et annulé l'ouvrage de cette créature céleste. Même en voulant le servir, c'est vous qui l'avez renversé. Du trône radieux où il s'était assis à la droite de son père, vous l'avez précipité sur la fange où s'agitent les ombres humaines. Comment le plus précieux des métaux est-il devenu plus vil que le plomb ? Des milliers d'anges tombent des plaines célestes ; ç'en est fait, ô Christ ! ton ouvrage est détruit.

« Ainsi le sang des martyrs qui s'est séché dans les flammes, tant de soupirs, tant de plaintes, tant de larmes, tout est perdu ! Qui oserait placer la première pierre d'un autre édifice sur les ruines de celui-ci ? Tout est perdu pour l'éternité !

« La superstition, cette vieille chaîne si souvent redorée qui traînait les peuples derrière le char des souverains, s'est brisée tout à coup. L'homme ne veut plus pour guide que ces lois indestructibles jetées dans le monde comme des semences divines, et plus vieilles que lui. O Christ ! ô Christ ! quelle main cependant, même après avoir détruit tes œuvres, osera s'avancer jusqu'à toi ? Qui t'arrachera l'auréole de feu achetée au prix de la couronne d'épines ? Lorsque, debout sur les confins de deux siècles, et rejetant les débris corrompus du vieil univers, tu rajeunissais la face du monde, as-tu jamais pensé qu'un jour.. O céleste imposteur ! quand on cessera de t'appeler le premier des dieux, quel rang te restera parmi les hommes ? »

Ainsi réfléchissant, je regagnai ma demeure ; mais la même pensée ne cessa point de me poursuivre.

Méconnu !... murmurait à mon oreille la voix harmonieuse... Lorsque je revis cette toile, mes larmes coulèrent malgré moi !

« Que l'être dont la raison se révolta le plus souvent contre la superstition humaine pleure donc sur ta chute, ô Christ ! Que ses larmes se mêlent à celles de ta mère au pied de la croix sanglante !

« Ta mère !... Elle ne voulut point croire à ta divinité ; elle rejetait le dieu qui la privait de son fils. « N'est-ce pas le fils du charpentier Joseph ? disait-elle, et voilà ses frères... » Et cependant tu marchais, tu t'avançais sur le sable des mers ; et les pêcheurs suivaient la trace de tes pas.

«Mais, lorsque tu t'arrêtas sur la montagne et que tu vis qu'un peuple te suivait, quelles paroles sortirent de ta bouche? La foule y répondait en t'appelant roi. «Roi! pensas-tu, non pas, mais dieu.» Il en fallait un au monde ; et jusqu'à toi que d'insensés avaient essayé de mettre des idoles sur les autels déserts! Pieds nus, tu montas sur les trépieds d'or, et tu donnas un dieu pauvre à cet univers gorgé de richesses. O Christ! le vieil Olympe en tressaillit au Capitole ; tu vis que ton manteau de bure ne te garantissait pas des pierres de Jérusalem ; tu découvris ta poitrine, et lorsque de larges blessures l'eurent ouverte, tu montas sur la croix...

«Mais là... mais là... oh! si au fond de ton âme, si dans les derniers et secrets replis de ta pensée, le Doute, le Doute terrible... si toi-même tu ne croyais pas à cette immortalité que tu prêchais ; si l'homme, l'homme criait alors en toi!... Et pas un être au monde ne savait ta pensée... Jamais, lorsque tu marchais sur cette terre, ignorant si tu serais tout ou rien, tu ne versas dans une âme humaine ce qui accablait ton âme divine... Et dans cette nuit terrible des Oliviers, oh! devant qui t'agenouillas-tu? Qui l'a su? Qui le saura jamais?... Quoi! pas un être!...»

A cette parole je m'arrêtai. La voix harmonieuse avait glissé dans les airs ; une douce mélodie se fit sentir à mon oreille, et j'entendis chuchoter : *Maria Magdalena!*

1830.

ARTICLES
PUBLIÉS DANS LE JOURNAL *LE TEMPS*
EN 1830 ET 1831.

I

EXPOSITION DU LUXEMBOURG

AU PROFIT DES BLESSÉS

(Premier article)

Dans un siècle comme le nôtre, ou plutôt comme tous les siècles possibles, où chacun vise à l'originalité ; où, dans la clameur universelle qui proclame à tout moment ce qu'elle appelle les besoins du temps, chacun s'écrie : « C'est moi ! c'est moi qui l'ai trouvé ! » et tandis que l'esprit humain s'en va tombant d'une ornière dans une autre, bien digne d'être comparé par Luther à un paysan ivre qu'on ne peut placer d'équilibre sur son cheval et qui chavire de droite si on le relève de gauche, il est bien doux, bien précieux pour le petit nombre de gens tranquilles qui ne voient les choses ni à travers des verres de couleur ni en fermant les yeux à moitié et en jurant sur l'*autodafé*, il est bien doux, disons-nous, de voir tout d'un coup revenir et reparaître de vieux chefs-d'œuvre enfouis, et pour ainsi dire mûris dans l'ombre, ouvrages aussi étrangers aux idées et aux systèmes du jour qu'un homme débarqué hier de l'Amérique, faits non avec de l'*Art*, comme on dit à présent, mais avec le cœur, ouvrages simples, sans modèle, non sans imitateur il est vrai, mais du moins sans affectation de style ni d'originalité.

Qu'est monsieur Gros ? Est-ce un classique, un romantique, un florentin comme celui-ci, un raphaélien comme celui-là, un vénitien comme tel autre ? Qu'est son tableau ? Est-ce une prétention, un système, une compilation ? C'est Bonaparte et les pestiférés, rien de plus ; c'est la nature, vivante, terrible, majestueuse, superbe. Il a vu son héros, il a emporté dans sa pensée cette tête sévère jusqu'au pied de sa toile, il a trempé son pinceau dans les couleurs ardentes d'un ciel empoisonné ; il a peint comme Homère chantait.

Nous ne craignons pas d'être accusé de partialité en disant qu'aucun ouvrage de l'école française n'est supérieur à ces trois toiles magnifiques. Comme autrefois Voltaire, comme Gœthe maintenant, le peintre qui les a produites peut se vanter d'assister vivant au jugement de la postérité. Ce qu'elle considère, c'est l'œuvre, non l'ouvrier ; et les tableaux dont nous parlons sont contemporains d'un siècle déjà bien loin de nous. Il était beau de voir, au premier jour de cette exposition faite dans un si noble but, l'écrivain de ces trois sublimes pages de notre vieille histoire, jouissant, sans orgueil ni modestie affectée, du plaisir qu'il éprouvait à revoir ces ouvrages de sa jeunesse et de son beau temps, entouré de ses vieux et de ses jeunes amis, parlant de lui et des autres sans envie, sans haine, sans exagération, comme pour prouver qu'il était aussi peu de ce siècle que ses tableaux.

Aboukir représente la fierté et le courage d'un vainqueur superbe ; le pied de son cheval est posé sur les corps des vaincus ; l'œil étincelant, mais toujours aussi ferme sur la selle qu'un jour de parade, Murat regarde la fuite de l'armée qu'il a combattue et les derniers efforts du pacha. Quelle misérable agonie ! Comme il saisit avec fureur un fuyard par son turban, tandis que son jeune fils présente avec grâce au héros français la poignée de son sabre !

Parlerons-nous de Jaffa ? Regardez cette vaste et admirable composition ; regardez Eylau ; quelle expression dans ce personnage de l'empereur ! quelle tristesse ! Son geste a tout dit. Si vous êtes artiste d'ailleurs et que vous aimiez les remarques d'artiste, considérez attentivement ces blessés couverts de plaies, de fange et de neige ; ces Cosaques avec des bandeaux sanglants ; ces pestiférés accroupis, livides, se traînant aux murailles, se roulant par terre pour chercher un coin d'ombre... et rappelez-vous Géricault. La Méduse n'est-elle pas sortie de là ?

Croirait-on que c'est un reproche que nous adressons à Géricault ? A Dieu ne plaise. Pourquoi désavouer l'imitation si elle est belle ? bien plus, si elle est originale elle-même ? Virgile est fils d'Homère, et le Tasse est fils de Virgile. Il y a une imitation sale, indigne d'un esprit relevé ; c'est celle qui se cache et renie, vrai métier de voleur ; mais l'inspiration, quelle que soit sa source, est sacrée. Et d'ailleurs, depuis quand avons-nous perdu ce droit du bon vieux temps ? Gloire en soit rendue à ces tristes critiques dont l'impuissance se consume et s'use à décourager les jeunes gens, en se raillant des vieillards ! Noble et digne mission, qui pourtant est plus à la mode qu'on ne croit !

Mercredi, 27 octobre 1830.

EXPOSITION
DU LUXEMBOURG
AU PROFIT DES BLESSÉS

(Deuxième article)

Tableaux de M. Gros. La partie la plus incertaine et la plus difficile de la critique de l'art est, sans contredit, la faculté de prévoir les chances de vie particulière à chaque production, et la valeur qu'elle a comme œuvre durable comparativement aux travaux contemporains. Ce n'est pas tout que de dire si telle composition est raisonnable ou piquante, si tel maître est coloriste, tel autre dessinateur ; à cela le goût naturel et un peu d'expérience suffisent : mais s'attacher entre vingt tableaux qu'on admire au seul dont la réputation survivra, séparer l'homme de l'avenir des hommes de l'époque, c'est un secret que la critique a depuis longtemps oublié.

En France surtout, il semble que, depuis deux siècles, l'opinion du moment ait pris le contre-pied de la vérité : il s'est toujours rencontré en balance dans chaque genre un faiseur bruyant à grande renommée, et un créateur isolé, modeste, pour qui l'opinion croyait faire acte de générosité en lui accordant la seconde place : ainsi Lebrun et Lesueur, Rigaud et Lefebvre, Lemoine et Jouvenet, Lautherbourg et Greuze, Drouais et Gauffier. De ces arrêts si capricieusement distribués, les uns ont été réformés par une opinion plus saine, les autres ont encore force de loi aux yeux du commun des observateurs. Nous avons dans l'histoire de notre école une suite d'hommes originaux, souvent sans maîtres et presque toujours sans élèves, qu'on ne nomme pas, parce qu'on ne sait pas comment les classer, mais dont les productions saisissent puissamment la pensée, quoique à des degrés différents. Un Valentin, un Subleyras, un Stella, un Bourdon, un Chardin, un Francisque Mile, qu'étaient-ce de leur temps que tous ces hommes en comparaison de MM. Feuquières, Lafosse, Coypel, Boulogne, Vanloo, Natoire, Boucher, Vien et Barthélemy, etc., tous de leur vivant premiers peintres du roi ou peu s'en est fallu !

Et nous aussi, nous sommes déjà la postérité pour les tableaux de la République et de l'Empire ; nous le sommes surtout pour les pages de circonstance, qui, après avoir disparu pendant quinze années, se remontrent dans la galerie du Luxembourg, neuves pour la génération dans laquelle le pays choisit ses députés et le roi ses ministres. Tout le monde sait par cœur *Endymion*, les *Horaces*, *Psyché*, le *Déluge*. Il a fallu pour ces ouvrages épouser l'admiration superstitieuse de l'âge précédent, ou se jeter dans l'opposition étourdie de la nouvelle école. Mais *Austerlitz*, les *Clefs de Vienne*, *Jaffa*, *Aboukir*, c'était il y a un mois chose inconnue à presque tous, si ce n'est par gravure ou par tradition. Aussi, quand cette phalange s'est présentée en masse revêtue des palmes uniformes de l'Institut et fière d'avoir divisé les juges de 1810, au point de rendre impossible un arrêt définitif, quel désordre les premières observations du public renouvelé n'ont-elles pas mis dans cette troupe si confiante ! Que de jugements cassés, de titres et de réputations abolis !

La pensée de rendre à la lumière les tableaux de batailles de l'Empire, n'est point particulière à notre révolution ; Louis XVIII avait accueilli le projet de créer dans les salles des Invalides un musée militaire où tous les tableaux que nous voyons maintenant au Luxembourg auraient trouvé une place. Mais ce projet, devant lequel le souverain n'avait pas reculé, échoua dans le conseil du ministère Villèle. Cependant, plusieurs de ces tableaux avaient été rendus à leurs auteurs, et beaucoup de personnes avaient pu les voir dans les ateliers. Un seul, porté à Naples par le roi Joachim, n'a revu la France qu'il y a peu de temps. Le souvenir, pendant cette absence, s'en était presque perdu, et on peut le regarder comme absolument nouveau pour la plupart des spectateurs : on comprend que je veux parler de la *Bataille d'Aboukir*.

Il est curieux de rechercher, dans les journaux de l'époque, l'impression que produisit cette grande page à sa première apparition. Le souvenir du succès colossal que les *Pestiférés de Jaffa* avaient obtenu deux ans auparavant, avait disposé le public à la sévérité pour un nouvel ouvrage du même peintre : c'était quelque chose de si étrange, un précédent si fâcheux, que l'enthousiasme excité, presque à son début, par un jeune homme qui sortait des voies de l'école, et qui n'avait pas eu le prix de Rome ! Il fallait bien que le second tableau, quel qu'il fût, expiât la gloire du premier ; puis c'était une bataille où la figure du lieutenant remplaçait celle du maître, et dès lors il n'était plus de bon goût d'admirer isolément la valeur des lieutenants, même en peinture. Il fut donc décidé que, dans la *Bataille d'Aboukir*, Gros ne s'était pas soutenu à la hauteur des *Pestiférés de Jaffa*. L'opinion en était restée à ce point, quand le premier de ces tableaux revint de Naples. Grande fut la surprise des artistes, et la question se posa de nouveau d'une façon plus égale que sous l'Empire. C'est encore celle qui s'agite entre les amateurs qu'on rencontre à la galerie du Luxembourg : bien embarrassé que je suis de la résoudre, je tâcherai du moins de la développer dans les bornes de cet article.

Il est un point caractéristique dans la vie de l'artiste, c'est celui où, arrivé à toute la maturité possible de ses idées et des moyens d'exécution, le succès n'a pas encore détruit en lui la timidité des premiers essais, où un besoin de conscience, d'exactitude et de recherche dirige tous ses travaux, sans qu'il reste aucun des inconvénients de l'inexpérience et du tâtonnement. L'apparition de l'ouvrage où ces qualités se trouvent réunies détermine en général la vogue du peintre ; mais une partie de son talent est au prix de ce premier succès. Il est presque impossible que dans l'ouvrage suivant, avec plus de largeur et de décision, le convenu ne se trouve à un degré quelconque substitué à la naïveté première ; c'est, pour me servir de l'exemple le plus frappant et le plus élevé, la transition de la *Dispute du Saint-Sacrement* à *l'École d'Athènes*. La question est aujourd'hui de savoir si vous aimez mieux *l'École d'Athènes* ou la *Dispute du Saint-Sacrement*.

Les *Pestiférés de Jaffa* sont une œuvre de conscience au plus haut degré. On parle de M. Gros comme d'un coloriste ; mais où trouve-t-on dans l'école rien d'aussi vrai de forme, d'aussi puissamment modelé que les nus des *Pestiférés de Jaffa ?* Puis tout favorise l'effet harmonieux de ce tableau : le jour appauvri qui l'éclaire, la demi-teinte brillante qui s'enfonce sous les galeries, le contraste des haillons de nos malades avec l'éclat des costumes orientaux, l'intérêt de la scène, la plus belle qui puisse s'offrir au pinceau de l'homme, puisqu'elle retrace le combat de la grandeur morale de notre espèce contre l'excès des maux physiques.

Aboukir est en plein soleil : l'action, celle d'une bataille, la plus difficile à représenter de toutes les actions, tous les costumes brillant au même degré, toutes les têtes animées d'une expression commune, un champ illimité, une composition indéfinie, voilà pour le sujet ; pour le peintre penchant à remplacer la peinture profonde par la peinture de décoration, moins de vérité dans la forme, plus d'exagération dans l'effet, comment donc rester indécis entre Jaffa et Aboukir ?

Quand les tableaux étaient suspendus dans l'atelier du maître, à une hauteur et dans un jour convenables, on comprenait mieux cette masse d'Aboukir, un peu confuse quand on la voit d'aussi près que dans la galerie du Luxembourg. C'était la première fois, peut-être, qu'un peintre d'histoire, comme on les appelle, avait sincèrement voulu faire de l'histoire en action. C'était la substitution de la bataille réelle à la bataille académique que M. Gros avait cherchée, et cela, sans renoncer à la poésie du genre. Il fallait à la fois des personnages plus grands que nature pour l'épisode principal, et un vaste champ pour que l'ensemble de l'action fût compris. Pour arriver à ce but, on devait se résoudre à faire monter la perspective derrière les personnages du devant, en prenant le point de vue du plus haut possible ; c'était renouveler, en quelque sorte, l'effet de ces étages de plans, dont le moyen âge tirait un si grand parti. Il fallait en même temps beaucoup

de bonhomie et de puissance : c'est là le double caractère de la supé-
riorité d'Aboukir.

On ne peut contester non plus à ce dernier ouvrage un progrès
marqué dans la manière de comprendre et de reproduire les costumes
orientaux. C'est la première fois peut-être qu'on a su concilier la beauté
de l'aspect et l'aisance des mouvements, avec ce sentiment naïf qui fait
prendre aux Turcs l'ampleur et la multiplicité des vêtements pour le
signe le plus certain de la puissance. Enfin, ce qui est au-dessus de tout
éloge, c'est la création de cet épisode qui, sans rompre l'effet réel de
cette charge de cavalerie qui précipite l'armée ottomane vers la mer,
concentre néanmoins l'attention sur un fait où se résume poétiquement
tout le résultat de la bataille, comme dans les groupes gigantesques de
Pharaon et de rois vaincus qui se dessinent sur les murailles de Thèbes,
parmi les milliers d'imperceptibles combattants : ce Murat, plus
jeune, plus puissant, plus fabuleux encore que M. de Ségur ne nous
l'a fait voir dans la déroute de Russie ; ce fils du pacha, si touchant
dans sa piété pour son père, et surtout ce vieux lion blessé, sanglant,
furieux, hérissé, cette métaphore vivante, si je puis m'exprimer ainsi,
tant l'analogie avec le roi des animaux est conservée et comme répandue
dans les détails les plus minutieux, dans les moindres mouvements de
cette figure.

J'ai dit plus haut que le local étroit de la galerie du Luxembourg
n'était point favorable à la *Bataille d'Aboukir :* cette observation
s'applique bien plus encore au *Champ de bataille d'Eylau*, qui complète
la part de M. Gros dans la nouvelle exposition. Il faut le dire aussi,
quelques symptômes de relâchement se font sentir dans la façon
dont le maître a traité le premier tableau ; un changement presque com-
plet de manière dépare la composition non moins poétique du second ;
on renvoie presque au Panorama les premiers plans, surchargés de
cadavres diaphanes et d'apparitions sans consistance. Mais où le
peintre est toujours grand, c'est dans l'expression de la tête principale,
la plus sublime qu'ait jamais trouvée la flatterie, sublime encore après
l'impression sincère qui se manifeste dans les *Pestiférés de Jaffa ;* c'est
aussi dans l'aspect du champ de bataille, avec ses lignes sanglantes
qui soulèvent la neige, avec les grandes fumées du bivouac et ses
nuages plombant sur l'horizon.

Cette poésie indéfinissable des œuvres d'un même génie, associée aux climats les plus opposés, l'humanité officielle de l'empereur en opposition avec l'humanité calculée du général en chef, la mort sur les sables et sur les flots bleus de l'Orient, et la mort au milieu de la nature morte du Nord, quels sujets pour un grand peintre ! et qu'un homme est heureux d'avoir laissé là toutes les querelles d'école et d'académie pour se plonger tout entier dans ses propres impressions !

Samedi, 1er janvier 1831.

II

PROJET D'UNE REVUE FANTASTIQUE

Il faudrait que deux hommes montassent en chaise de poste pour parcourir le monde, c'est-à-dire l'Europe et un petit coin de l'Amérique, car il ne s'agirait que du monde politique et littéraire. Ces deux hommes seraient d'un caractère différent : l'un, froid et compassé comme une fugue de Bach, aurait toute la science nécessaire pour faire une présentation convenable et porter un toast ; il saurait gravement baiser la mule papale, disserter gravement avec tous les *bas-bleus* de tout sexe qu'il pourrait rencontrer chemin faisant ; ce serait un personnage tout nourri de respect humain, tout pétri de concessions.

Prenant toujours au sérieux cette comédie qu'on appelle la vie, et ne cessant jamais d'y jouer avec prudence et retenue le rôle qui lui serait confié, chargé de quelque grande inutilité cérémonieuse, il aurait une mission qui lui donnerait accès dans les plus hauts rangs de l'échelle humaine ; sérieux comme une prude, incapable d'un sourire moqueur, il jugerait les choses de ce monde sur l'apparence et les êtres sur l'écorce ; il saluerait en conscience un habit brodé sans s'inquiéter de celui qui le porte, et consignerait un fait matériel sans y ajouter une réflexion. L'autre, espèce de casse-cou à la manière de Figaro, porterait sur les tempes le signe que Spurzheim attribue à la ruse. Tandis que son compagnon glisserait à la surface des mers, il en visiterait les profondeurs en y plongeant, en s'y agitant en tous sens. Celui-là aurait affaire à l'évêque, au consul, au ministre, celui-ci au valet de chambre, à la maîtresse, au perroquet ; l'un écouterait, l'autre ferait jaser ; l'un, vertueux et sensible comme Werther, promènerait autour de lui des regards innocents ; l'autre, damné comme Valmont, aurait cet œil dont l'éclair est comparable à une flèche aiguë.

Qu'en arriverait-il ? L'un verrait les effets, l'autre apercevrait les causes. Celui-là ferait le texte, celui-ci les commentaires. Quelle plaisante histoire écrite de ces deux mains !

Mais le premier chapitre des Mémoires de ces chercheurs de vérité pourrait porter pour titre : *Des influences*. Quel abîme immense présente à l'esprit ce seul mot ! A côté des faits habillés, la réalité se montrerait par ce moyen, s'il est possible ; car, avant de trouver la vérité toute nue, que d'oripeaux il faut lui ôter ! Les parures dont elle se couvre avec coquetterie ou avec impudence sont sept fois plus nombreuses que les bandes interminables qui cachent la momie à l'œil du savant.

Les mobiles imperceptibles de tout ce qui se dit et ce qui se fait, voilà ce que rechercherait assidûment le rusé voyageur. Triste et plaisant travail ! Il ne croirait à rien, comme tous ceux qui savent quelque chose. Où l'histoire finit, il dirait : « Commençons ! » Mais qui sait quand il achèverait lui-même ? Cependant les axiomes, ces ennemis jurés des maximes, ont quelquefois raison. Prenez dix doubles de soie, mettez-les sur une planche, tirez dessus un pistolet de combat à bout portant, la balle n'entamera pas plus les dix doubles qu'un coup de pouce dans un oreiller. Oh ! qu'il est décourageant de penser combien d'invulnérables n'ont été par ce moyen que des porteurs de douillette ! Sans compter l'influence du magnétisme, celle des hommes sur les animaux, des femmes sur les hommes, de la lune sur les femmes, du soleil sur la lune, quels anneaux infinis se déroulent de toutes parts dans la création ! Plus petits, mais aussi bizarres, ils se retrouveraient dans la société, cette création secondaire, à l'œil de l'observateur.

Voilà une question qu'on a posée : si, les 27, 28, 29 juillet dernier, il avait fait une pluie battante ou un verglas terrible, que serait-il arrivé ? Les attroupements auraient-ils eu lieu ? Les amorces auraient-elles pris feu ? Les oisifs auraient-ils couru par la ville et se seraient-ils mêlés aux braves que le nombre encourage toujours, quelle que soit la cause qui les entraîne ? Les hommes résolus, se voyant ainsi tout seuls et se comptant, n'auraient-ils pas senti l'amour de la liberté et le dévouement à la patrie défaillir ? Les passants... Y aurait-il eu des passants ? O Charles X, peut-être si ta funeste et dernière détermination t'était venue pendant le dégel, peut-être aujourd'hui Louis-Antoine de France ne frapperait pas sur ses bottes molles à l'écuyère, en disant : «Il n'y a qu'en Angleterre qu'on fasse des bottes pareilles.» ([1]) Mais les rudes chaleurs d'août, qui faisaient mûrir la vengeance publique, échauffèrent sans doute la royale colère ; et voilà comment on est conduit au fatalisme.

A quelles influences obéissent toutes les puissances qui depuis une année ont gouverné l'Europe ? Ici la Russie, ce grand empire valétudinaire, qui ne s'en appuie pas moins, parce qu'il s'appuie d'un côté sur la mer de l'Archipel et de l'autre côté sur la grande muraille; là l'Angleterre, cette terre d'égoïstes ; la France, cette terre parfois trop généreuse, et tant d'autres, au nombre desquelles comptera peut-être la Pologne, qui jadis se trouva mangée tout entière, lorsque monsieur de Metternich rapiéça la Sainte-Alliance avec les lambeaux du système continental, et du manteau de César fit un habit d'Arlequin.

Maintenant les cardinaux sont en travail d'un pape. Dieu veuille qu'ils ne l'attendent pas si longtemps que les saint-simoniens une papesse !

Le conclave s'empourpre ; les partis s'organisent ; celui-là est bien puissant et le plus capable de s'enfler ; mais la nièce du cardinal *** se penche un beau soir sur le rabat de l'Éminence écarlate ; elle lui dit à l'oreille : «Qui devinera ? »

La vérité seule se connaît elle-même ; les influences secrètes se révèlent les unes aux autres dans le silence de la nuit ; *Manfred* et *Lara*, ces deux chefs-d'œuvre de la mélancolie humaine, existeraient-ils si le descendant des Byron n'avait pas reçu en héritage le pied bot et la pairie ? Il est cruel de sentir que Don Juan boite comme Méphistophélès.

Il a été plaisant jadis de dire que les rois se laissaient gouverner comme les enfants ; cela le redeviendra peut-être à force d'être usé.

L'inspiration poétique, cette étincelle tant recherchée, se trouve la plupart du temps dans une bouteille bien cachetée. Gœthe buvait du vin du Rhin ; Byron, du rhum ; Hoffmann, du punch; M. de Buffon mettait des gants blancs ; Shakspeare menait une vie de Falstaff ; il appartenait au seul Bonaparte de se réconforter avec des haricots à l'huile.

Mille réflexions semblables nous portent à croire que le chapitre des influences pourrait être curieux ; une année vient de mourir, on peut lui faire son procès ; que de choses elle a vues ! que de choses elle peut faire croire ! Mais on s'attend à tout, depuis qu'on a trouvé un bonnet de coton sur la statue du vainqueur de Waterloo.

Si, par la suite, le sujet que nous indiquons est traité, ce peu de lignes pourra servir de préface à une série d'observations qui porteraient ce titre : *Revue fantastique*.

Lundi, 10 janvier 1831.

III

REVUE FANTASTIQUE

DE LA POLITIQUE EN LITTÉRATURE ET DE LA LITTÉRATURE
EN POLITIQUE

Quiconque, aujourd'hui 1ᵉʳ février, veut refléchir à ce qu'on a dit et fait durant le mois qui vient de finir, peut voir aisément, pour peu qu'il ait fréquenté la bonne compagnie, qu'on a fait beaucoup de politique en littérature, et beaucoup de littérature en politique.

Si nos hommes de génie de cette année n'avaient pas mis à la mode de ne point expliquer leur pensée pour plus de *décorum*, je dirais, afin d'éclairer la mienne, que les gens qui font de la politique ont plus élaboré de sentences, plus distillé de fines fleurs rhétoriciennes, plus caressé de périodes, plus amoureusement pétri de phrases et périphrases, plus posé, plus discuté, plus divagué, que jamais ne fit littérateur.

Et que les gens qui font de la littérature ont plus conspiré, machiné, machiavélisé dans le silence et dans la solitude, plus renfrogné leur visage, plus pincé les lèvres et pris un air mystérieux, faute d'avoir de quoi parler, plus ourdi de secrètes transes et plus tendu au public d'imperceptibles embûches, que jamais ne fit politique.

Pourquoi? parce que les politiques, pareils à des voyageurs qui partent pour une longue et délicieuse traversée, et qui sourient de joie et de tendresse en voyant les vents favorables enfler doucement leur voile, ne sauraient se défaire d'un charmant battement de cœur en songeant *in petto*, aujourd'hui 1er février, combien cette année rapportera, non de légumes, non de vins et de fruits, mais de nouvelles, de dissertations, de doutes et de probabilités.

Et que le littérateur au contraire, totalement semblable à l'homme qui crie au coin du Panorama à onze heures du soir : — Entrez, messieurs, il y a encore quelques billets! se voit avec terreur et avec désespoir abandonné de tous, non pas haï, méprisé, mais oublié, mais négligé, mais laissé tristement sur les planches désertes d'un tréteau, comme un poisson sur le rivage. C'est là que, dans une mortelle angoisse, il frétille, il bat les airs, il se livre à mille convulsions afin de tâcher de retomber dans la mer ; mais les vagues s'éloignent, et le flux les emporte... où il plaît à la lune.

Or donc, que doit dire à tout cela le philosophe, j'entends le véritable, qui n'est, lui, ni politique ni littérateur, à peine Saint-Simonien ? Muni de lunettes bleues, à travers lesquelles il observe avec bienveillance, il trouvera infailliblement que la cause des plus malheureux est celle qui a droit à ses avis, et il ne manquera pas de les leur donner, afin que le petit garçon ne se noie pas sans que le maître d'école l'ait admonesté.

Vous demandez, disait cet homme sensé, pourquoi, lorsque les faiseurs de gazettes ont brelan de rois, les manufacturiers de poèmes et élégies n'ont rien dans les mains. Ne le voyez-vous pas ? cela vient de ce que les uns et les autres doivent être ennemis mortels, et qu'ils se nuisent surtout parce qu'ils ont la sagesse de se réconcilier. Il faut encore s'expliquer.

Tout homme qui a des idées saines va à ses affaires après son déjeuner ; pendant son déjeuner il a lu les journaux qui parlent politique ; en allant à ses affaires, il parle politique ; s'il entre à la Bourse, politique ; s'il dîne en ville, politique ; s'il va au spectacle, il ne sort même pas de la politique ; il y en a partout (comme de la muscade dans le dîner de Boileau) ; en soupant il peut lui arriver d'ouvrir le *Messager ;* que dis-je ? la *Gazette!* Il n'y saurait trouver non plus que de la politique. Enfin donc cet homme finit par où tout finit ; il se couche ; il est clair que, s'il a pris du thé, s'il est un peu agité, s'il doit faire banqueroute à la fin du mois, il ne s'endormira pas tout de suite, et qu'il lui faut un livre pour cela ; il en prend donc un.

Or, dites-moi, si le poète, romancier, ou ce qu'on voudra, ne sait pas, dans ce moment difficile, saisir habilement l'occasion d'opérer une diversion agréable et salutaire dans les esprits du lecteur bénévole qui veut bien lui accorder sa dernière pensée de la journée, s'il ne comprend pas que le seul livre que le susdit lecteur doit trouver avec plaisir à côté de ses pantoufles, est celui qui l'entretiendra de choses totalement différentes de ce qu'il a dit, entendu, fait et vu faire toute la journée ; quelle impression le sujet rebattu qui passera devant les yeux de ce lecteur pourra-t-il éveiller en lui, si ce n'est un déplorable et affreux dégoût ?

Or, aujourd'hui 1er février, je mets en fait que, sur tout ce qui a été imprimé en janvier, deux grands tiers traitaient de la politique, faites-y bien attention, messieurs ! j'offre de parier que c'est là l'unique cause de votre détresse.

La politique suit l'action ; la littérature, la pensée. Il est vrai qu'au temps jadis Rita et Christina n'étaient pas plus proches parentes que la pensée et l'action ; mais aujourd'hui !

Si la pensée veut être quelque chose par elle-même, il faut qu'elle se sépare en tout de l'action ; si la littérature veut exister, il faut qu'elle rompe en visière à la politique. Autrement toutes deux se ressembleront, et la réalité vaudra toujours mieux que l'apparence.

Je ferai remarquer aux vaudevillistes qui se frappent le front, et aux chercheurs de rimes mélancoliques que saisit une véritable mélancolie, que Byron ne fit point d'*à-propos*, et que c'est par ce motif qu'il trouva moyen de s'imprimer à cinquante mille, pendant que Napoléon jouait aux quilles avec les têtes couronnées de l'Europe.

Molière ne fit point chanter au misanthrope un couplet tourné adroitement pour rappeler les guerres de Louis XIV, Gœthe ne glissa pas dans la préface de *Werther* un paragraphe sur les malheurs de sa patrie, Racine seul prit la résolution de façonner galamment Achille, et glisser un talon rouge sous le pied du roi Pyrrhus.

Il faut être franc dans ce siècle-ci : lorsqu'on est bien persuadé qu'on ne peut être ni médecin, ni avocat, ni banquier, ni évêque, ni courtier marron, ni ministre, enfin lorsqu'on a l'intime conviction qu'on n'est bon à rien, on peut se faire poète ; mais, pour l'amour de Dieu, pas autre chose.

Un poète peut parler de lui, de ses amis, des vins qu'il boit, de la maîtresse qu'il a ou voudrait avoir, du temps qu'il fait, des morts et des vivants, des sages et des fous ; mais il ne doit pas faire de politique.

Sinon, qu'arrive-t-il ? ce qui arrive aujourd'hui 1er février.

La littérature est comme les femmes. Les femmes, en l'an I, II et III de la République française, virent qu'on avait à penser à autre chose qu'à elles, et qu'on ne faisait guère plus d'attention au beau sexe ; que firent-elles ? Il y en eut une qui, pour se faire remarquer bon gré, mal gré, donna un coup de ciseau dans sa robe, et mit comme Vénus sa jarretière au vent. Aussitôt sa voisine ôta ses bas, et se promena *coram populo* dans un accoutrement presque écossais. Survint une troisième qui, rougissant de honte pour ses compagnes, et indignée de leur voir des robes si courtes, revêtit par contradiction une longue lévite ; mais les mauvais plaisants dirent qu'elle était de gaze et la transparence passa dans les cancans publics... De là, les diamants aux pieds, les déesses citoyennes, et tout ce que produisit de renouvelé des Grecs ce très heureux temps où l'on tutoyait sa voisine. Tout cela, parce que les femmes virent qu'on allait les négliger, si elles ne se servaient elle-mêmes à la sauce piquante.

Je reviens à mon texte, et dis que dame littérature en fait autant en ce bon siècle. Regardez-nous, s'écrient les peintres ; lisez-nous, s'écrient les poètes ; écoutez-nous, messieurs, disent les musiciens. Venez, nous faisons des contorsions horribles qui pourront vous divertir, nous nous déchirons les entrailles avec des tenailles, nous avons inventé des tragédies où le théâtre ressemble à la Morgue, et des comédies où l'on se croirait dans un cimetière ; nous faisons de la musique à réveiller les sept dormants, et des vers cassés comme des vitres ; nous jurons, nous faisons du langoureux, nous avons découvert un procédé pour émouvoir six personnes sur dix ; nous rimons de deux lettres de plus que les gens d'autrefois, nous sautons quatre pieds plus haut ; regardez, nous faisons arriver deux vaisseaux de guerre pour apporter une lettre ; nous avons plus de figurants sur le théâtre que dans la salle ; nous brûlons une poudre qui nous ruine ; nous crions, nous rions, nous pleurons, nous nous tuerons s'il vous plaît, mais, au nom du ciel, regardez !

Tel est le florissant état de la littérature et de tous les arts en général à cette bienheureuse époque. Ne faites pas de politique, messieurs ; ou l'on se verra contraint d'en dire au 1ᵉʳ mars très prochain, ce qu'on en dit aujourd'hui 1ᵉʳ février !

Mardi 1ᵉʳ février 1831.

IV

REVUE FANTASTIQUE

DE L'INDIFFÉRENCE EN MATIÈRES PUBLIQUES ET PRIVÉES

On ne saurait se dissimuler qu'un Parisien qui arrive en province et qui trouve que toutes les femmes ont des maris ou des amants n'est pas plus cruellement désappointé qu'un écrivain qui s'aperçoit, en prenant sa plume, que tous les sujets ont été traités, et, comme on dit, que tout a été fait. Nous croyons donc nous rendre utile en indiquant ici un titre convenable qui pourrait figurer sur un tome in-8.

Il y a de jeunes Werther qui lisent tout un roman dans un regard ; il doit y avoir de vieux roués qui lisent tout un volume dans un titre ; que diraient-ils de celui-ci ?

Il faut nous dépêcher de proclamer d'abord qu'aucune mauvaise intention ne se mêle à ces mots d'*indifférence publique ou particulière ;*

et encore, contre l'usage de cette douce obscurité que le romantisme importa d'Allemagne, nous allons de notre mieux nous expliquer.

Lorsqu'un événement quelconque se manifeste, il ne saurait produire que trois effets ; c'est-à-dire que sur trois hommes il peut y en avoir un qui dise : « J'en suis bien aise ; » un autre qui dise : « J'en suis fâché ; » et le dernier : « Ça m'est égal. »

Il s'agirait de démontrer que ces trois sentiments représentent trois classes d'individus, lesquels composent toute cette espèce que nous nommons *humaine*. Ces trois classes se grossissant de toute éternité, au détriment les unes des autres ; celle-ci diminuant quand les deux autres augmentent ; ou celle-là quelquefois s'accroissant toute seule au désavantage des deux autres.

L'écrivain, frappé de ces vérités que monsieur de la Palice eût notées scrupuleusement dans son *memorandum*, pourrait en venir ensuite à prétendre que jamais siècle ne produisit deux moindres masses de *j'en suis bien aise* et de *j'en suis fâché*, ni une aussi grande de *ça m'est égal*, que le bon et paisible siècle dans lequel nous vivons par la grâce de Dieu. Il n'y aurait qu'une âme perverse qui pourrait trouver à cela le moindre mal, car tous les vœux, tous les désirs, toutes les intentions étant en ce moment tournés autant que possible vers la tranquillité, et les partisans du *ça m'est égal* étant de toute éternité amoureux du repos et du bien-être, tandis que les sectateurs du *j'en suis bien aise* et du *j'en suis fâché* ont toujours été et seront des brouilleurs d'affaires, des entameurs de procès, des déchireurs de traités et des tueurs de bourgeois, ne doit-on pas être regardé comme coupable de ne point préférer à tout la première de ces opinions ? Ah ! sans doute, si le *j'en suis bien aise* pouvait dominer tout seul et mettre à mort son ennemi, nous en serions cent fois plus heureux ; mais ne voyez-vous pas que, dès qu'il se montre et qu'il promène un instant au dehors son visage réjoui et bienveillant, dès qu'il pousse un cri de joie, dès qu'il allume un lampion, le *j'en suis fâché* sort des entrailles de la terre avec sa physionomie boudeuse et rechignée, et se met incontinent en route pour barbouiller de noir ceux qui rient, crier aux nues qu'on le moleste, et faire avorter les feux d'artifice.

Que dis-je ! n'y eût-il plus un médecin *tant pis* sur la terre ; quand la plus solide des chartes et le meilleur des rois nous auraient donné le plus sage, le plus doux des gouvernements possibles ; quand les abus seraient noyés ; quand le vin serait gratis ; quand toutes les sangsues auraient lâché prise ; quand toute honnête fille serait assurée d'un mari, et tout honnête homme d'un dîner ; quand l'Océan, la terre et le soleil seraient d'accord avec le centre gauche pour faire prospérer et fleurir une tranquillité tant désirable, hélas ! et tant de fois désirée ! quand tout cela serait (ce que chacun peut souhaiter sans se compromettre), même dans ce bienheureux état de choses, il suffirait, oui, il suffirait qu'une seule voix laissât échapper, je ne dis pas un *j'en suis bien aise*, mais simplement un *je n'en suis pas fâché*, pour qu'aussitôt mille voix s'écriassent avec amertume et avec rage : *J'en suis fâché ! J'en suis mille fois désespéré !*

Puisque Dieu l'a voulu ainsi, et qu'il le veut encore, quoi de préférable à un médium tempéré, à un *mezzo termine* convenable ? Entre ces deux physionomies si diverses, l'une radieuse, l'autre déconfite, le *ça m'est égal* s'avance d'un pas nonchalant, les bras croisés ; il n'est ni trop gras ni trop maigre ; il est bien plus savant que ceux qui se contentent d'adopter pour règle de conduite de tout approuver ; il approuve avec ceux qui louent, il blâme avec ceux qui blâment ; mais il sait où est le bien, et il tourne constamment vers cette étoile polaire sa face impassible.

C'est un homme qui a tout vu ; il a pour lui l'expérience du passé, il pense à l'avenir, il jouit du présent ; il ne fait pas de dettes sans être sûr de les payer ; il ne bat pas son voisin, mais il a pour ferme principe que son voisin ne le batte pas non plus. Il sait que ceux qui jouent à croix ou pile sont bien heureux s'ils gagnent ; mais il ajoute immédiatement qu'ils sont bien à plaindre s'ils perdent. Il connaît les douceurs de l'aristocratie, les charmes de la gloire ; mais il a entendu dire à des hommes qui le savaient que la misère du peuple et la ruine de l'État sont un pitoyable spectacle. Je crois qu'il voterait pour l'abolition de la peine de mort ; en un mot, c'est ce qu'on appelait jadis un enragé modéré.

Ce ne serait pas être de bonne foi que de ne point vouloir convenir que notre siècle ait de ces idées-là. Monsieur de Lamennais a fait un beau titre de livre ; c'est : *De l'indifférence en religion;* il aurait dû ajouter comme ce savant : *de omnibus rebus et quibusdam aliis.*

Du temps de Charlemagne, les forts disaient : « Tant mieux ! » les faibles disaient : « Tant pis ! » personne ne disait : « Ça m'est égal ».

Sous Charles VI, les nobles disaient : « Tant mieux ! » — « Tant pis ! » murmuraient les vilains ; il y avait quelques bons gros moines qui disaient : « Ça m'est égal ».

Sous Louis XI, les nobles disaient : « Tant pis ! » les vilains : « Tant mieux ! » le roi : « Ça m'est égal ».

Sous Louis XIV, les nobles disaient : « Ça m'est égal ; » le roi disait : « Tant mieux ! » les vilains disaient : « Tant pis, tant pis ! »

Le jour où tout le peuple à son tour en vint à dire : « Tant mieux ! » il n'y eut plus qu'une voix qui lui répondit : « Hélas ! »

Maintenant que la fièvre est passée, quand l'univers s'ébranlerait autour de lui, qu'on dise : *tant mieux, tant pis*, il a ce qu'il lui faut, il aura ce qu'il lui faudra, il répondra toujours : « Ça m'est égal ».

Tel est notre siècle, ce fils blasé d'un père fiévreux, cet enfant réservé d'un père tant soit peu rodomont. Si c'est un bonheur d'être désabusé, il est heureux. Où va-t-il ? Chaque homme est-il une fibre, chaque peuple un membre d'un être organisé, vivant, qu'on nomme *l'humanité ?* ou l'humanité n'est-elle qu'un cadavre dont les membres et les fibres sont livrés à la corruption, en attendant qu'ils le soient au néant ? C'est ce que décideront ceux qui ont les poumons assez pourvus de vent pour raisonner sur la perfectibilité.

Que ce soit une autopsie ou une revue, nous avons indiqué aux gens oisifs un oisif sujet. Quel est le fou qui nie l'indifférence ? Les jeunes gens ne dansent plus ; Napoléon ne fait plus d'argent ; vous-même, ô Wellington, lorsque votre voiture traverse les rues de Londres, c'est à peine si vous entendez frapper dans vos glaces quelques pommes cuites !

Quelqu'un disait que l'Europe était une femme de quarante-cinq ans. Si cela était vrai, il serait temps que la comète de 1832 vînt réchauffer nos vins et nos têtes ; mais elle passera à quelques millions de lieues trop loin.

Lundi, 7 février 1831.

V

CHUTE DES BALS DE L'OPÉRA

Il faut être bien oisif ou bien futile, lorsque personne ne sait qui vit ou qui meurt, qui est roi ou sujet, qui est sujet ou serf, lorsque Petit-Jean lui-même trouverait à enchérir sur ses *quand je vois*, pour prendre, en dépit de tout, le bon côté des choses, et soutenir, par exemple, que cette semaine on a beaucoup dansé !

Cependant, si chaque semaine devait être personnifiée ; si, comme le spectre de Macbeth, chacune devait, en passant devant les yeux du spectateur, lui montrer ses ornements et ses attributs particuliers, je maintiens que la semaine morte hier dimanche n'aurait pas, comme la plupart de ses sœurs de 1831, et même de 1830, une face blême et perplexe, plaquée sur une rame de papier, et s'efforçant de s'expliquer quelques-unes des prédictions qu'une feuille très constitutionnelle, nouveau Nostradamus, présente à ses abonnés. O prodige ! elle ne serait ni triste ni économique ; elle porterait même, en dépit de ce qu'on peut dire, la moitié d'un masque de velours usé et quelques grelots enroués. Oui, un reste de gaieté, un reste de ces bruyantes et délicieuses nuits qui se succédaient jadis, et qui se sont envolées comme des ombres ; un dernier soupir du dieu Momus, qui va rendre l'âme au printemps très prochain ; un suprême effort, en un mot, des divinités oubliées et perdues s'est manifesté cette semaine ; pauvre semaine qui autrefois fut appelée grasse, et qui ne sait comment on l'appellera aujourd'hui qu'on ne fait plus maigre. Mais, si jamais la ruine d'un siècle, la mort d'un peuple, la destruction d'une ville, la perdition d'un royaume, ont pu inspirer des triolets mélancoliques à un observateur bénévole, si jamais les changements et l'inconstance de la déesse Fortune ont pu faire éclater en sanglots et en harmonieux commentaires un barde soucieusement suspendu sur la pointe d'un décombre pittoresque, quel sujet plus grave de méditations put être donné à l'homme que le pitoyable spectacle du bal de l'Opéra d'avant-hier ? Bien avisés ceux qui, après avoir dit : « Irai-je ou non ? » se sont vaguement écriés comme Paul Courier, de bourgeoise mémoire : « O Nicole ! ô mes pantoufles ! » et se sont ainsi épargné d'amères réflexions !

Poppée, la belle Poppée, la maîtresse de Néron, un jour que le vent du midi avait hâlé son visage, prit des mains d'un histrion un masque de cire et défendit à la brise enflammée de porter atteinte aux plaisirs de César. Aussitôt toutes les jeunes Romaines l'imitèrent à l'envi ; les fraîches nuits d'été eurent seules la permission de contempler à découvert les patriciennes ; Rome prit un masque, et l'univers lui obéit.

De ce jour naquit, dans le sein d'une femme, une pensée qui devait plaire à toutes les femmes ; cette pensée, dont Venise hérita, donnait à la faiblesse du sexe l'arme la plus terrible contre la force de l'autre : la certitude du secret. De ce jour, les yeux noirs et bien fendus bravèrent les regards de la foule, et un masque de velours noir apprit à faire ressortir la fraîcheur d'une bouche, sans la trahir, même par le son de la voix. Le bon et consciencieux Brantôme nous apprend que ce fut vers la fin du XVIe siècle qu'on vit pénétrer en France cette mode charmante. Quelle fut la première femme, jalouse ou amoureuse, qui imagina d'introduire dans les fêtes cette arme protectrice, et de se défendre de la curiosité publique comme on se défendait du *contact de la nuit ?* On l'ignore, c'est-à-dire je n'en sais rien. Rien, selon saint Chrysostome, n'est plus pernicieux que ces réunions diaboliques et pleines d'impuretés, où les femmes se masquent comme de misérables bouffons. Saint François de Sales convient qu'on ne saurait trouver de mal dans la danse elle-même, mais que les circonstances qui l'accompagnent infailliblement sont la perte de l'âme, et les plus abominables du monde; Bussy-Rabutin est du même avis.

Eh bien ! aujourd'hui nous sommes de l'avis de Bussy-Rabutin. Tous les plaisirs du bal masqué, ceux de l'intrigue, ceux de la promenade, l'occasion de dire quelque chose, la permission de tout dire, l'imbroglio, les charmes du cœur et de l'esprit, ceux de la folie et du mystère, tout est mort ; tout devait le paraître aux yeux d'un homme clairvoyant assis avant-hier à l'avant-scène de la lugubre salle de l'Opéra.

Tous les jeunes gens pourtant y étaient venus comme de coutume ; et on s'était souvenu qu'autrefois ce jour était le seul de l'année où l'on tentât d'oublier les bienheureuses idées qui nous mènent au *Kant*. Oui, au *Kant* et aux orgies solitaires des Anglo-Américains. Dans ce désert où tout le monde se trouvait, de tristes regards l'annonçaient. Les questions politiques sont sans doute de graves questions ; ce sont, la plupart du temps, des généralités. Croit-on que les questions de mœurs, les questions de vie intérieure, de relations privées, soient totalement dénuées d'importance ? Ce sont des regrets à faire pitié que des regrets de bals d'Opéra, sans doute.

Aussi, ce qu'il faut regretter, déplorer même, ce n'est pas un bal, ce n'est pas l'Opéra, ce ne sont pas tous les lieux de réjouissances publiques de France, ce sont les idées qui tueront la gaieté en France, en respectant les lieux de réjouissances, les bals et l'Opéra. Qu'est-ce que c'est qu'un dandy anglais ? C'est un jeune homme qui a appris à se passer du monde entier ; c'est un amateur de chiens, de chevaux, de coqs et de punch ; c'est un être qui n'en connaît qu'un seul, qui est lui-même ; il attend que l'âge lui permette de porter dans la Société les idées d'égoïsme et de solitude qui s'amassent dans son cœur et le dessèchent durant sa jeunesse. Est-ce là où nous voulons en venir ?

Cependant hier quiconque était à l'Opéra n'avait qu'à dormir ou à faire le dandy ; c'est-à-dire qu'il y avait absence totale de femmes ; que la bêtise seule épargnait les quolibets et sauvait du bavardage ; que de misérables dominos, décrochés de la boutique d'un fripier, se promenaient autour de quelques *provinciaux*, assez primitifs pour s'y prendre ; qu'en un mot les jeunes gens, réduits à eux-mêmes, devaient sentir que les mœurs changent, que la Société s'attriste, qu'il faut de nouveaux plaisirs, et quels plaisirs ? Des plaisirs solitaires !

Que faire donc ? Parler de chevaux, de chiens et de punch, et puis de punch, de chiens et de chevaux. Les siècles où les marquis parfilaient, où les favoris jouaient au bilboquet, étaient des siècles absurdes. En viendrons-nous à les regretter ? Quand il n'y aura plus une femme dans les *routs*, comme il n'y en a plus à l'Opéra ; quand la délicieuse *fashion* nous défendra de tirer une parole de nos gosiers serrés par une cravate bien empesée ; quand nous en serons à ce point de perfection où tout le monde marche, c'est-à-dire quand les hommes resteront à boire, pendant que les femmes resteront à bâiller, que faire ? Cependant on ne peut pas monter la garde toutes les nuits.

L'humanité est vieille, c'est vrai ; mais les hommes sont jeunes. La France jadis avait jugé que des relations libres et exemptes d'entraves, que des mœurs faciles et simples, sans hypocrisie et sans morgue, étaient le meilleur et le plus salutaire moyen de donner aux jeunes gens des idées de société convenables, et d'en faire des *hommes* véritables. L'Europe alors la prenait pour modèle. La brutalité orientale, la bégueulerie anglaise, la jalousie espagnole, commençaient presque à convenir que nous avions raison : comment se fait-il que nous changions tout à coup ? Voilà bien des réflexions pour un bal d'Opéra. Je demande à ceux qui les trouvent trop longues d'y aller ce soir ; ils y verront quelque chose de plus long encore ; il y aurait de quoi se faire saint-simonien.

Lundi, 14 février 1831.

VI

REVUE FANTASTIQUE

LA SEMAINE GRASSE

Il y avait, mardi dernier, un homme assis sur les balustrades du café de Paris, qui considérait attentivement la foule vraiment prodigieuse des voitures qui avaient fait un *Longchamp* du boulevard, car, cette année, le mardi gras avait l'air d'un vendredi saint. Cet homme, à joyeuse physionomie, n'était probablement pas de l'avis de ceux qui s'écriaient : Quelle foule ! Quel embarras ! Quel ennui ! car, à l'une de ces exclamations, il se retourna avec dépit, en disant : Vous n'y comprenez rien.

On ne peut se dissimuler, ajouta-t-il en s'adressant à son voisin, qu'un Hollandais est capable de tenir une pipe serrée entre ses dents beaucoup plus longtemps qu'un Français, et d'aspirer la fumée qui s'en exhale par un tuyau de faïence avec une lenteur mille fois plus grande peut-être. Il faut aussi convenir que dans la physionomie an-anglaise il y a un sang-froid, un flegme, qui est le caractère de la nation entière, et qu'on ne saurait rencontrer chez nous ; nous sommes également privés d'une passion désordonnée pour la musique, qui est une rage en Italie ; la gravité allemande nous est inconnue de même. Mais, dites-moi, au nom du ciel, n'est-ce pas le comble du ridicule que de se jeter en arrière en enfonçant dédaigneusement ses pouces dans les poches de son gilet, et de dire avec affectation comme c'est la mode aujourd'hui : «Les Français n'ont rien qui leur soit propre, ils ne «vivent que sur l'étranger, ils copient, ils se dénaturent, ils ne sont «rien par eux-mêmes.»

Non, monsieur, ce ne sont pas même des habits qui donnent à un honnête homme l'apparence d'une morue, ni toutes les inventions grotesques dont les femmes se surchargent la tête et le corps, qui peuvent justifier un pareil reproche adressé à notre nation. Croyez-vous, par exemple, qu'il y ait, non seulement en Europe, mais encore dans toute la surface de la mappemonde, une seule ville où ce qui se passe ici, en ce moment devant vos propres yeux, puisse raisonnablement se croire et être admis comme possible ?

Ce n'est pas ici une joie folle, une parade, un encombrement, un parti pris ; il n'y a point là d'affectation. Il fait beau, et l'on se pro-mène, voilà tout. Eh bien ! monsieur, il ne faut pas traverser la Seine pour rencontrer aujourd'hui même des hommes qui crient, des gardes nationaux qui les en empêchent, un petit nombre qui se bat et un grand nombre qui pérore. Que dis-je ? une église convertie en mairie, un archevêché absolument détruit et une sainte garde-robe éparpillée sur la surface du fleuve.

Il y a eu, il faut en convenir, durant les glorieuses journées, des maris qui se sont fait enfermer prudemment par force dans leur cave ; il y a eu bien des gens qui ont crié comme Orgon dans le *Tartufe :* Un bâton ! un bâton ! ne me retenez pas. Cela, monsieur, est nature ! ; il y avait quinze ans que nous n'avions pris d'épée que pour aller au bal : mais voyez comme aujourd'hui nous sommes tranquilles. Nous voilà blasés sur ce qu'on a fait, si bien que nous nous blasons sur ce qu'on va faire. Admirez ces longues files de voitures, ces élégantes, dont le visage, pâli par les veilles du carnaval, se ranime à la première haleine du printemps ; ces enfants en masques, ces chevaux de louage, et l'air orgueilleusement embarrassé de leurs inaccoutumés cavaliers ; ces gendarmes selon la Charte, qui sont presque polis ; cette boue, ce bruit, ces éclats... Mais tous les journalistes sans doute en parleront de leur mieux ; la description de cette journée égaiera et instruira les provinces ; les provinces ! qui se règlent toujours sur Paris avec plus d'exactitude que la montre d'un pédant sur le canon du Palais-Royal, et qui arboreraient demain avec ivresse le drapeau vert pomme ou violette des bois, si le télégraphe les assurait d'une manière positive que cela est ainsi à Paris.

Puisses-tu donc, ô peuple parisien ! le plus gai, le plus insouciant des peuples de la terre, conserver précieusement ce caractère qui te distingue et ne pas laisser s'avilir la plus précieuse partie de ton sang, afin qu'on puisse t'appliquer l'histoire d'un bon paysan, que voici à peu de chose près.

Un bon paysan revenait le soir à sa maison, après avoir labouré toute la journée à une lieue de la ville. Il était parti de grand matin, en sorte qu'il était très fatigué, et un tant soit peu mélancolique par l'effet du soleil couchant. Comme il allait passer sous la porte de la ville, il rencontra un de ses compagnons, qui lui dit : Sais-tu la nouvelle ? notre curé vient de mourir. — Ô ciel ! s'écria le bonhomme, que va devenir la paroisse ? — Enveloppé dans ses pénibles réflexions, il continua de s'acheminer vers son réduit. Que fera-t-on ? se disait-il, demain qui est dimanche ? Il n'y aura donc pas de grand'messe ? Qu'est-ce qu'on dira dans la ville quand on verra qu'il n'y a pas de messe ? Les petites filles voudront communier, les grand'mamans voudront prier le bon Dieu, ma femme voudra se confesser ; comment allons-nous faire ?

Tout en songeant, notre homme est heurté par un passant : C'est toi, Pierre, lui dit quelqu'un, sais-tu la nouvelle ? — Oui, notre curé est mort. — Bah ! notre curé ! c'est bien autre chose ! Le préfet est mort ; on l'enterre demain. — Juste Dieu ! s'écria le pauvre paysan, que va devenir le département ? Plus de préfet, nous voilà perdus. S'il y avait seulement une petite révolution, qui est-ce qui viendrait nous faire une harangue sur la place du marché ? Qui est-ce qui prendrait soin de nous ? Qui est-ce qui nous servira de père ? M. le préfet est mort.

A quelques pas de là, troisième rencontre. Nouvelle bien plus affreuse encore, mille fois plus affreuse, mon cher voisin. — Qu'est-ce donc, ô sainte Vierge ? Plus terrible que la mort de M. le préfet ? — Le roi est mort, voisin Pierre ; c'est dans le journal d'aujourd'hui. — O mon patron ! s'écria Pierre ; que va devenir le royaume ?

Les réflexions de l'honnête paysan étaient si abondamment remplies d'amertume et de tristesse, lorsqu'il repassait dans son esprit les horribles malheurs qui venaient de se révéler à lui dans le court espace d'un quart d'heure, que, lorsqu'il rentra dans sa maison, il alla s'asseoir d'un air lugubre à côté du pot-au-feu, sans dire une syllabe à sa femme, et sans élever sa petite fille au-dessus de sa tête comme de coutume.

Mais sa famille elle-même était dans une consternation presque égale à la sienne. — Pierre, Pierre, lui dit sa vieille mère en branlant le chef, sais-tu ce qui est arrivé ? le pape est mort, il n'y a plus de pape ; c'est affiché contre l'église. — Grand Dieu Sauveur ! s'écria Pierre, que va devenir le monde ? car Pierre croyait que le monde était gouverné par le pape, et que la ville sempiternelle était la capitale de la terre.

Plus de pape ! pensait-il ; et le roi est mort ! Et M. le préfet est descendu dans la tombe ! et on a enterré M. le curé ! O ciel ! que va-t-il arriver demain ? Le soleil se lèvera-t-il ? On ne labourera plus ; on ne sèmera plus ; tous les pauvres gens mourront de faim. Pauvre homme ; il avait lu quelquefois le journal, et il se souvenait d'y avoir vu : « La patrie en deuil. » Cette phrase lui revint alors à l'esprit ; il se représenta toute la France en habit noir, et soupira profondément.

La nuit se passa presque sans sommeil. Cependant, dès les premiers rayons du jour, inquiet de ce qui allait arriver, et ne doutant pas des plus affreux malheurs, il sortit doucement, et, au lieu de prendre, comme d'habitude, la route de son champ, il tourna du côté de la grand'place.

Un soleil de printemps se levait à l'horizon ; les fleurs couvertes de rosée séchaient et se redressaient à la chaleur de ses rayons ; les oiseaux chantaient ; les gazons avaient repris de la verdure et de la force dans la fraîcheur de la nuit. Le ciel était pur, la rivière pleine et tranquille ; Pierre se sentit malgré lui la poitrine à l'aise ; il s'arrêta et regarda autour de lui.

Les marchands ouvraient leurs boutiques et balayaient soigneusement le devant de leur porte. Les ouvriers se rendaient à leur journée en chantant en chœur avec un grand bruit ; de toutes parts on voyait arriver pour le marché des bestiaux, des chevaux couverts de paniers, des voitures ; des petits enfants, des laitières, des soldats traversant la campagne.

Diable ! pensa Pierre, serai-je donc le seul qui n'ira pas à son ouvrage ? Si tous ces gens-là y vont, c'est qu'ils en savent plus long que moi. On leur a appris sans doute comme à moi que le pape est mort ; cependant ils n'en labourent pas moins ; ils n'en sèment pas moins leurs grains. Les oiseaux n'en chantent pas moins, et les petits enfants n'en crient que plus fort.

Le bonhomme resta quelque temps à réfléchir ; puis il inclina tout doucement du côté de son patrimoine ; la tête haute et le cœur rassuré, il s'en fut à sa charrue comme un ivrogne à son verre : Allons ! se dit-il en fouettant son bœuf, il paraît qu'il n'y a que le pape, le roi, le préfet et le curé de morts. Tout le monde d'ailleurs se porte bien.

Lundi, 21 février 1831.

VII

REVUE FANTASTIQUE

DU DÉGEL ET DU CHOLÉRA MORBUS

Si ce n'était pas le comble du ridicule de commencer par une exclamation, je me serais écrié : Quelle singulière chose !

A propos de quoi ? à propos de ce qu'en France, ou du moins à Paris, c'est précisément à la Saint-Sylvestre, lorsque les citoyens paisibles et bienveillants prennent avec soin des gants glacés pour rendre

LE DUC D'ORLÉANS, par LAMI.

à leurs amis les visites que la politesse leur ordonne de faire, au moment où ils mettent le pied dehors en ne demandant au ciel qu'une chose, c'est-à-dire de permettre que les trottoirs ne soient pas recouverts d'une boue plus épaisse que la semelle de leurs socques articulés ; ne voyez-vous pas, dis-je, que c'est toujours précisément en cet instant critique où tous les habits neufs sont dehors, où tout ce qu'il y a d'éviteurs de pavés en ce bas monde est légèrement suspendu sur la pointe du pied, qu'alors les gouttières glacées se fondent et que la pluie, ruisselant par torrents, change en une fange abominable la neige qui recouvre la terre ?

N'est-ce pas, à dire le vrai, une tyrannie insupportable, une vexation atroce, bien plus, une maligne ironie de dame Nature, qui, voyant la propreté et la recherche de tous ces visiteurs, se plaît à les inonder cruellement ? Cependant je maintiens qu'un observateur rigide peut certifier sur son honneur que sur deux Saint-Sylvestre, il y en a une et demie de désolée par un dégel. Si l'on veut suivre ce calcul et s'enfoncer un tant soit peu dans ce triste sujet, n'y a-t-il pas perpétuellement dans la nature une raillerie amère, une attention constante à déjouer et à se railler sans pitié ? N'est-ce pas à l'instant où un homme, frappé de la beauté d'un coucher du soleil, lève ses regards vers les cieux, que ses pieds, comme ceux du bon Ludovic, se trouvent à la merci d'un tronc d'arbre ou d'une pierre, qui, du haut des plus sublimes méditations et du séjour séraphique de l'empyrée, le précipite misérablement dans un fossé, défonce son chapeau neuf, plonge sa cravate dans une mare d'eau et déchire du haut en bas les seules culottes de soie avec lesquelles il pouvait aller le soir même se balancer sur la jambe gauche en valsant chez le comte Walter Puck, où la divine comtesse devait recevoir l'expression de son amour ?

Il ne faut point douter que ces seules considérations ne suffisent pour rendre un homme misanthrope et morose. Ah ! qu'il est aisé à un des favoris du hasard de sourire à ce sujet ! Non, il n'est pas besoin qu'un être sensé le sente par lui-même pour en convenir ; il n'est pas besoin pour cela de ressembler à l'étudiant Anselmus, qui laissait toujours tomber ses tartines du côté du beurre, et ne saluait jamais une personne de distinction sans renverser une chaise. Il suffit de lire l'histoire. Alexandre avait conquis le monde, il avait bu plus de vin qu'il n'est permis à un simple mortel ; il avait tué tous ceux qui lui déplaisaient et déshonoré toutes les femmes qui lui avaient semblé tolérablement belles ; en un mot, il avait quelques raisons de se croire l'enfant gâté de la fortune, et même, si l'on veut, le fils de Jupiter, qui était le bon Dieu de ce temps-là ; tout d'un coup il juge à propos de se baigner un quart d'heure dans un ruisseau de quinze pieds de large, et le voilà aux portes de la tombe, rendant l'âme, maudissant les Dieux, abandonné des hommes, gonflé de drogues, et horriblement décharné.

Cromwell fut rayé de la liste des vivants par un petit caillou qui ne serait même pas bon à faire un ricochet. Anacréon, sentant sa trachée-artère obstruée par un pépin, n'eut pas le temps de lever les bras au ciel pour reprocher aux Dieux de l'étouffer comme un poulet. Annibal fut-il plus glorieusement vainqueur, lorsque le vent, qui remplissait de sable les yeux des combattants, passa comme un transfuge du côté de son armée, et aveugla les Romains ?

Et aujourd'hui qu'arrive-t-il ? Ce qui peut justifier les exclamations les plus subites et les stupéfactions les plus inconvenantes, la fortune, cette fragile et perverse prostituée, se déclare pour le côté du bon droit ; oui, elle proclame la liberté de la Pologne, elle fait un manifeste contre l'empereur Nicolas.

Comment les philosophes qui peuvent se trouver encore, dans ce siècle corrompu, à la Chambre, n'ont-ils pas senti la force d'un pareil argument en faveur de la bonne cause ? Comment n'ont-ils pas fait monter à la tribune le dégel et le choléra morbus ?

Pensez-vous que, le jour où ce chef illustre, abandonné des siens et menacé par ses soldats rebelles, leur annonça que le soleil, indigné de leur conduite, allait voiler sa face, et que les ténèbres allaient couvrir le monde, la fortune, la capricieuse fortune, qui, de sa nature étant femme, aime passablement les audacieux, n'entendit pas cette prédiction terrible, et que le hasard, qui amena à tel jour et à telle heure la révolte de l'armée, ne savait pas qu'au même jour et à la même heure l'éclipse aurait lieu ? Qu'on ne s'y trompe pas ; le Turc qui, tout en fumant sa pipe, se livre à sa destinée, n'est pas si sot qu'on pense ; fatalisme ou non, sa doctrine me plaît. N'en sait-il pas autant que nous ? D'abord, parce que l'Orient est le berceau du monde, et par conséquent les hommes y ont plus d'expérience ; secondement, parce que je ne crois pas qu'il y ait eu un grand génie qui ne fût fataliste (Alexandre, César, Napoléon, etc.) ; troisièmement, parce que ce Turc, fumant sa pipe toute la journée, a plus de temps pour réfléchir qu'un autre.

Voyez, par exemple, quelle indifférence la nature et la fortune montrent pour l'élection du roi belge ! Les journaux ne disent même pas qu'il pleuve à Bruxelles ; le duc de Leuchtenberg n'a point rencontré sur son passage un aigle qui, comme à Tarquin l'ancien, laissât tomber une couronne dans son tilbury. Le jour où le duc de Nemours refusa le trône et sacrifia la gloire de gouverner un peuple à la tranquillité d'un autre, les envoyés flamands quittèrent l'hôtel Monaco et montèrent en chaise de poste, sans que le tonnerre grondât et sans que le soleil disparût. Que dis-je? lorsque quinze ans de puissance furent récemment effacés en trois jours, il ne tomba pas une goutte d'eau ; il n'y eut pas au ciel la plus légère improbation. Ce fut un vent frais qui déposa tranquillement Charles X sur le rivage étranger, et qui rendit avec politesse à l'Angleterre le présent qu'elle nous avait fait.

Mais les pluies abondantes, les orages désastreux qui baignèrent les champs de Waterloo, lorsque le ciel pleura sur nos malheurs ; les torrents qui troublèrent les rues de Rome le jour où César expira, quand les Dieux de l'empire portèrent leurs mains de fer à leurs fronts baignés de sueur, et que l'aigle blessé humecta la terre de son sang ; c'est là ce que vous retrouveriez aujourd'hui aux frontières de la Pologne. Ce sont là les défenseurs de la liberté.

Tout le camp moscovite se tord, dévoré par des tranchées intolérables. Ainsi, lorsque jadis les Troyens défendirent leurs murailles contre la fureur conjugale de Ménélas, Apollon, faisant sauter sur ses épaules divines son carquois garni de flèches aiguës, descendit des cieux sur la rive occidentale de l'Afrique, et là, posté sur une roche escarpée, lança sur ceux qui défendaient la mauvaise cause des traits plus sûrs que la balle des Freischutz ; ainsi, par l'ordre de la toute-puissante destinée, est descendu aujourd'hui sur les bords de la Baltique un fléau plus terrible que Phébus, plus épouvantable que Python.

Quand mes paroles devraient être des hydres et des monstres révoltants, je dirais que le froid aux pieds est détestable quand on a la colique. Oui, je voudrais que le peintre qui nous montrait dernièrement sur les quais un soldat suisse, les pieds dans un tas de pavés, la tête sous une armoire brisée, faisant feu au milieu d'une grêle de casseroles, durant les glorieuses journées, nous montrât aujourd'hui un soldat russe, empaqueté de serviettes chaudes, ficelé comme une carotte de tabac, enfonçant jusqu'à la moitié du corps dans un sol rebelle à son roi légitime, et recevant des arbalètes dans le canon de son fusil.

Oui, si j'étais député, muni de ces arguments irrésistibles, je monterais à la tribune, plein d'enthousiasme, avec un discours écrit, je lèverais les bras au ciel, et je m'écrierais... ce que l'on trouve ci-dessus.

Qu'est-ce que cela prouve ? diraient les incrédules, comme je ne sais qui, d'Alembert, je crois, après *Athalie*. Ceux-là, je les regarderais en face, de ce regard dont un romantique foudroie celui qui n'est pas à sa portée ; et je ferais alors ce que fit le curé de Besançois, qui un jour monta à sa chaire pour prêcher, et dit :

Je vous prêcherais aujourd'hui, mais nous n'avons pas le loisir. Toutefois, je vous dirai un bout de sermon que nous diviserons en trois parties. La première, je l'entends, et vous ne l'entendez pas, la seconde, vous l'entendez, et je ne l'entends pas ; la troisième, ni vous ni moi ne l'entendons.

La première que j'entends et que vous n'entendez pas, c'est que vous fassiez rebâtir le presbytère ; la seconde que vous entendez et que je n'entends pas, c'est que je chasse ma chambrière ; la troisième, que ni vous ni moi n'entendons, c'est l'évangile d'aujourd'hui. *Amen.*

Lundi, 28 février 1831.

VIII

REVUE FANTASTIQUE

Il y avait hier un homme dans une cruelle position ; cet homme est une sorte de table des matières vivante ; il a l'habitude en un mot de régler non seulement ses actions comme la note d'un fournisseur, mais encore de tenir un compte succinct de tout ce qui a été dit et fait d'intéressant durant le cours de la semaine ; il est clair que ce personnage mystérieux n'est autre chose qu'un *memorandum* revêtu d'une redingote et d'une cravate, bien qu'il ait de loin l'apparence d'un individu de l'espèce humaine, et qu'à dix ou vingt pas vous puissiez le prendre pour un pédant ou toute autre chose.

Cependant il était hier dans une bizarre perplexité : ne sachant quoi noter, il se désespérait et se lamentait, comme un aveugle sans bâton. Les affaires des Polonais lui paraissaient douteuses, et bien qu'il fît des vœux ardents pour leur entreprise, et même qu'il eût déjà manqué deux fois de prendre les Grandes Messageries pour aller à leur secours, il n'osait se fier trop tôt aux heureuses nouvelles qu'on répandait hier, ni croire trop aveuglément ceux qui en répétaient de fâcheuses. Les Chambres, sans lui paraître sans intérêt, lui semblaient fades et sans nerf ; les Belges, tranquilles, ou peu s'en faut ; l'Angleterre, trop peu déterminée dans ses résolutions libérales ; et, pour comble de misères, ô ciel ! pas une révolution à Paris, pas même une pièce nouvelle !

C'est alors que cet homme comprit qu'un vide affreux allait se glisser entre le folio 6 et le folio 7 de son agenda : durant toute l'éternité, il verrait cette lacune terrible lui rappeler des jours d'incertitude et d'oisiveté ; le cours de la Bourse seul s'y trouvait relégué, et combien il était loin de présenter aux yeux un spectacle satisfaisant ! Dans cette perplexité, il alla jusqu'à s'écrier, comme Titus : «Voilà une semaine perdue ! — Comment ! s'écria à son tour un de ses anciens et fidèles amis qui lui avait saisi le bras et qui l'entraînait sous les galeries de Rivoli. Tenez, ô respectable preneur de notes, quand vous voudrez savoir ce qu'il y a de nouveau, d'important, regardez ici autour de vous.

— Hélas ! repartit l'homme-memorandum, je ne vois qu'une misérable proclamation du préfet de police, une maison à vendre et un bonhomme sur le mur avec une pipe !

— Ne voyez-vous pas, reprit l'autre, ce cabinet de lecture ? La table est surchargée des gazettes de la semaine ; d'assidus abonnés y promènent avec ardeur leurs lunettes de diverses couleurs ; sur les carreaux dansent plus de caricatures grotesques qu'il n'y en avait sur la table d'Hoffmann ; et sur le coin du mur, ne voyez-vous pas ces bandes innombrables d'affiches ? O mon ami ! tout est là, non seulement tout le passé, mais tout l'avenir.

« Eh quoi ! serait-ce avec indifférence que vous apprendriez, par exemple, que le soleil se lève, cette semaine, à 6 heures 24 minutes, c'est-à-dire six heures avant une petite maîtresse qui a été au bal, deux heures avant un chef de division, et une heure après le ministre de la guerre ?

« Collez, ô mon ami, votre nez sur ces vitres ; si vous êtes de la nature de ceux qui passent une moitié de leur journée à voir couler la Seine et l'autre devant le thermomètre de monsieur Chevalier ; si vous êtes pétri d'une pâte parisienne, regardez attentivement l'histoire de monsieur Mayeux le bossu.

« Monsieur Mayeux est un type ; et c'est lui qui, cette semaine, est en train de faire rire les badauds ; voyez cette tête monstrueuse, ces bosses approuvées par Lavater.

« Comme la Vénus de Cléomène fut formée de toutes les beautés des jeunes Athéniennes, ainsi ce type difforme et hideux est composé de toutes les aberrations de la nature.

« L'œil lubrique du crapaud, les longues mains du singe, les jambes frêles du crétin, tous les vices ignobles, toutes les monstruosités morales ou physiques : voilà Mayeux.

« C'est le Diogène des temps modernes ; c'est la corruption idéalisée, accroupie au coin des murs, roulant sur une table en désordre, un pied sur les genoux d'une fille de joie, l'autre dans la sauce d'une dinde aux truffes ; c'est un père de famille sortant avec une figure hâve et plombée d'un mauvais lieu ; c'est un misérable reptile, que les hommes écrasent sans l'apercevoir, qui vit au cabaret pour mourir sur la borne.

« Voyez-vous la pâle figure de ce commerçant qui lit dans les nouvelles de Paris qu'un banquier s'est noyé hier ?

« Voyez-vous la radieuse contenance de ce vaudevilliste qui découvre dans un coin du *Temps* que Scribe a été sifflé l'autre soir au Gymnase ? L'immense confrérie des gobe-mouches s'abat comme un essaim de frelons paresseux sur les gasconnades privées dont les feuilles publiques abreuvent leur tampon. Quelqu'un disait l'autre jour que Paganini jouait *Le Misanthrope* sur son violon ; pourquoi pas la pantomime ?

« Aujourd'hui que tout est à la vapeur, pourquoi ne ferait-on pas un gouvernement à la vapeur ? Il y aurait des fourneaux au lieu de ministères, et du charbon de terre au lieu d'employés. Hélas ! il ne sortirait pas plus de fumée des tuyaux de fonte qu'il n'en sort tous les jours des cerveaux tout-puissants qui nous dirigent !

« Il y aurait, au moyen d'une vaste machine dûment huilée, des ressorts armés de plumes d'acier qui couvriraient d'expédition des rames de papier timbré. Ce serait une manufacture de rapports, comme une fabrique de cuirs de Hongrie.

« Qu'est-ce qu'un ministère ? C'est une immense chaudière d'eau de savon où chacun trempe une paille pour essayer de faire une bulle, mais la bulle crève toujours. Quelquefois elle demeure un certain temps et prend une certaine assiette. Alors les villes et les campagnes, les hommes et les choses commencent à se réfléchir à sa surface ; elle paraît un petit abrégé de la vie, un petit raccourci de la boule du monde qui reposait dans la main de Charlemagne. Mais Charlemagne, pour la soutenir, avait la main longue comme un pied de roi. Courte espérance ! La bulle se gonfle peu à peu ; elle s'arrondit, elle s'embellit de la plus douce teinte dont le regard de l'homme puisse être flatté, celle du soleil couchant, celle de l'or (pourquoi en a-t-on fait la livrée de George Dandin ?) ; mais cette couleur charmante est le plus souvent un signe que la mort approche, et la bulle se résout en une fumée imperceptible, comme ces balles officieuses qui imitent le plomb, et qu'il est du devoir d'un témoin rempli d'humanité de glisser artistement dans le pistolet d'un poltron que la politesse oblige de se battre. O mon ami ! si vous aimez les nouvelles, je puis vous en raconter une toute fraîche, un tant soit peu bizarre.

« Je me félicite de l'avoir apprise par l'intermédiaire de mon papetier.

« Avant-hier je m'en fus donc chez mon papetier dans l'innocente et bourgeoise intention d'acheter des pains à cacheter ; mais il y avait dans la boutique absence totale de cette denrée. Désolé de ce désappointement, j'eus recours à une seconde boutique ; même réponse. « O ciel ! m'écriai-je, j'ai oublié de dire que je demeure au faubourg Saint-Germain.

« — Monsieur, me dit en souriant le papetier, ni moi ni mes confrères ne pouvons suffire aux demandes exorbitantes de pains à cacheter qui nous sont faites en ce moment.

« — Il est clair, dis-je tout bas en prenant un air capable, qu'il se trouve dans le noble faubourg quelque correspondance moscovite ; voici un manque de pains à cacheter qui nous vient d'Holyrood. Moi qui puis, une fois par semaine, insérer dans un journal ma façon de penser, je me promets de dévoiler cette trahison lundi prochain.

« — Point du tout, monsieur, me dit le marchand souriant à son tour. C'est la mode dans ce moment-ci au faubourg Saint-Germain de faire avec des pains à cacheter de petites roses découpées, que l'on colle les unes contre les autres, en taillant les feuilles de manière que chaque pain en fasse une ; de ces roses de différentes couleurs, qu'on rapproche au moyen d'un rond de carton, on fait de charmantes bobèches.

« — Bobèches ! » m'écriai-je, en oubliant malgré moi ma propre dignité ; je crus un instant que ce damné papetier n'avait d'autre intention que de se railler de moi et de mon besoin de pains à cacheter ; j'étais déjà semblable à Roméo devant l'infernal apothicaire.

« Mais, me dis-je, comment deux marchands pourraient-ils s'entendre ! Je ne saurais être la fable du quartier à ce point d'être raillé par deux papetiers dans l'espace d'une demi-heure. Ce fut alors que l'idée d'entrer chez la comtesse*** me vint à l'esprit. Sur la table était renversé pêle-mêle un tas prodigieux de pains à cacheter ; il y

en avait de rouges, de verts, de jaunes, de blancs ; il n'y en avait
pas de bleus ; ç'aurait été courir le risque d'une bobèche tricolore.
Assise à côté de sa mère, la jeune fille de la comtesse composait des
fleurs charmantes et plongeait sa main blanche dans la corbeille de mille
couleurs. Je vis sur des chandeliers d'or des bobèches déjà faites.
«Dieu puissant! m'écriai-je, n'y a-t-il plus de bobèches chez les
marchands? D'où nous vient cette rage de bobèches? Faut-il qu'au-
jourd'hui nous en arrivions aux stupides oisivetés du siècle où l'on
parfilait ; ou, s'il faut à tout prix des bobèches de pains à cacheter,
est-il nécessaire de les coller avec des doigts de marquis?»

«Ce que je dis ici, ô mon ami, est exact et historique. Il n'y a pas
un salon au noble faubourg, aujourd'hui 7 mars, où l'on ne fasse des
bobèches.

«Parfilage absurde! Ainsi quand l'Europe est en feu, quand Paris
est en rumeur, quand la propriété chancelle, quand le droit divin
trébuche, quand on perd l'esprit en courant après le bon sens, quand il
n'y a plus rien de stable, plus rien de certain au monde, quand tout est
remis en question, les lois, les mœurs, les richesses et les gloires, tout
un quartier s'obstine à parfiler! c'est-à-dire à un amusement plus stu-
pide encore et plus digne du siècle poudré. Ah! quand nous en serons,
comme les Polonais, à voir nos femmes porter des poignards à leur
ceinture et venir dans les hôpitaux panser les plaies dont nous serons
couverts, ce sera autre chose! Elles feront alors du parfilage, comme
jadis, mais ce sera pour arrêter le sang qui coulera de larges blessures.»

Lundi, 7 mars 1831.

IX

REVUE FANTASTIQUE

Ce fut jeudi dernier, jour de la mi-carême, que monsieur Cagnard,
le plus illustre des trembleurs de ce siècle, fut livré à un affreux
embarras.

Il était assis devant sa table dans sa salle à manger ; sa femme était devant lui ; il avait posé son front dans sa main, comme Agamemnon quand il condamne sa fille ; près de lui étaient deux billets soigneusement pliés que son farouche portier venait de déposer en souriant d'un air fin. Il les lisait tour à tour et soupirait : « Hélas ! que ferai-je ? s'écria-t-il. Voilà un billet de garde et une invitation à dîner pour aujourd'hui. Hélas !

« Si je vais à mon dîner, il est clair qu'on dira dans tout le quartier que je suis un mauvais citoyen ; précisément la patrie se trouve en danger ; quelle fatalité ! Comment empêcherai-je mon sergent-major, qui est en même temps mon apothicaire, de répandre des bruits outrageants pour ma famille et pour moi ?

« Si je vais à mon corps de garde, le conseiller versera sans moi son thé parfumé, le vin mousseux sera bu en mon absence, et je ne pourrai appuyer mes deux coudes sur la table bien fournie du comte Walter Puck ! O conseiller privé ! je serai dans l'impossibilité de t'égayer par mes facéties et de tendre mon verre en récompense de mon humeur enjouée ! »

En disant ces paroles, il avait ouvert une porte, et il tenait suspendus un habit bleu garni d'épaulettes rouges et un habit vert-pomme décoré de boutons d'argent à la mode. Il hésita longtemps, regarda trois fois sa montre, autant à la fenêtre, puis il passa avec un profond soupir une manche de l'habit bleu.

Dans son désespoir, il faillit imiter ce mathématicien célèbre à qui les choses célestes faisaient oublier les affaires d'ici-bas, et qui, s'étant dépouillé un jour de ses vêtements afin de se parer d'une manière convenable et d'aller dîner en ville, oublia le monde entier au milieu de sa toilette, et, ne pouvant se rendre compte du motif qui l'avait porté à quitter ses habits, finit par croire qu'il se couchait et se mit au lit.

« Non ! » s'écria tout d'un coup monsieur Cagnard ; et d'un coup de main il repoussa dans sa prison de bois l'accoutrement patriotique ; il serra autour de ses jambes les cordons de son pantalon à demi juste, et, s'élançant hors de la maison d'un pas leste et déterminé, il fit sauter sur ses mollets les basques joyeuses de son habit neuf.

Monsieur Cagnard demeure au Marais ; il était forcé d'aller

chercher son dîner derrière la place Beauvau, rue des Saussaies ; il se dandinait sur la pointe du pied, résolu de ne point prendre de voiture.

Il rencontra rue Saint-Antoine une bande formidable de polissons de douze ou treize ans, qui avaient embrassé au nombre de vingt la cause du duc de Reichstadt, et qui en conséquence cassaient les vitres des confiseurs et les lanternes des marchandes d'oranges. Monsieur Cagnard vit le péril qui le menaçait ; en vain il crut y échapper en se rangeant avec soin sous l'eau de la gouttière ; on l'arrêta avec fureur en lui enjoignant de crier : *Vive Napoléon II!* Quiconque connaît un peu notre homme doit se faire sur-le-champ une idée de la promptitude serviable avec laquelle il poussa les vociférations les plus horribles dès qu'il s'en vit prié de la sorte.

« Au fait, se disait-il, ces jeunes gens descendent la rue Saint-Antoine ; si je puis parvenir à marcher au milieu d'eux sans être éclaboussé, il sera toujours temps de reprendre ma route. »

En ce moment deux pompiers qui venaient d'éteindre un feu de cheminée tournaient le coin de la rue en traînant une pompe. C'étaient, à ce qu'il parut, des pompiers bien intentionnés et amis de l'ordre public, car, en voyant se diriger vers eux l'attroupement des polissons furieux, ils s'arrêtèrent, et, ayant braqué leur infernale machine avec une adresse vraiment redoutable, ils mirent en déroute complète le bataillon qui s'avançait. Les jets d'eau qui inondèrent le visage des perturbateurs de la tranquillité les réduisirent au plus fâcheux état. Pour monsieur Cagnard, jaloux de conserver à son habit de gala la virginité de son lustre, il se consumait en vains efforts pour entrer dans une boutique, lorsque l'un des vainqueurs le prit rudement par son jabot fraîchement plissé.

« Messieurs, dit-il, je suis un vieillard ; les polissons qui m'entouraient ne sauraient me reconnaître ; laissez-moi aller dîner chez le conseiller ; je ne suis bon à rien. »

Sur le témoignage d'un marchand d'amadou qui passait, on lui rendit la liberté. Comme le fiancé de Lénore, il rasait la terre avec la vitesse d'un oiseau ; déjà l'Hôtel-de-Ville, la rue Saint-Martin et la fontaine des Innocents avaient passé comme des songes.

Hélas ! il tombe rue Saint-Honoré au milieu d'un groupe d'ouvriers qui, n'ayant pas d'ouvrage et se trouvant malhonnêtement renvoyés par des imprimeurs ruinés, s'étaient déclarés le matin même pour Henri V ; d'un côté à l'autre de la rue ils s'élançaient les uns sur les autres et empêchaient les fiacres de passer, afin de se venger.

Un nouveau cri, plein de condescendance, sortit aussitôt des poumons de notre voyageur. Se conformer en tout aux circonstances et ne jamais contrarier personne était chez lui un principe invariable ; mais douze gardes nationaux qui allaient en voiture à un bal pour les pauvres étant descendus en cet instant, l'un d'eux s'avança et prouva poliment à ces braves gens qu'ils ne savaient ce qu'ils faisaient, qu'il n'était pas convenable de crier si fort, et qu'on leur avait donné quarante sous pour cela.

« Quarante sous ! s'écria l'un des meneurs. Pour qui nous prenez-vous ?

— Eh bien ! répliqua le garde, mettons trois francs et n'en parlons plus. »

Au moment où tout le monde se retirait paisiblement par la rue de l'Arbre-Sec, l'orateur, avisant monsieur Cagnard, lui demanda tout d'un coup :

« Pourquoi vous démener ainsi, monsieur ? Qui êtes-vous ?

— Messieurs, dit-il, je n'aurais pas la force de vous aider, tant je suis affaibli par des nuits passées au corps de garde ; comment voulez-vous que je vous nuise ? Les ouvriers qui m'ont surpris ne sauraient dire que je suis leur semblable ; je ne suis bon à rien ; laissez-moi aller dîner chez le conseiller, rue des Saussaies. »

Le garde sourit, et, semblable à une flèche aiguë décochée d'un arc mogol, notre homme fendit de nouveau les airs en rasant les boutiques. Les breloques de sa montre retentissaient à chaque pas.

Le voilà parvenu heureusement jusqu'au faubourg Saint-Honoré ; déjà, le cœur plein d'une mâle assurance, il se représente la vaste salle à manger du comte Walter Puck, ses laquais en grande tenue ; et il voyait trembler dans les plats de vermeil les châteaux de crème au rhum ; le vin pétillait dans les verres, et la charmante comtesse avançait sa blanche main pour lui offrir une aile de faisan.

Préoccupé de ces pensées, il avance à grands pas dans la foule : ô ciel ! il est au milieu d'un groupe d'étudiants qui, au cours de monsieur Ducaurroy, se sont donné rendez-vous pour cinq heures et demie au ministère de la marine. Ils sont déterminés et en grand nombre. Monsieur Cagnard entend des paroles qui lui sèchent la moelle des os jusqu'à la cheville ; que criera-t-il afin qu'on l'épargne ? On ne crie point. Il se hasarde : « Vive la république ! »

Au moment même, un soldat de ligne le saisit par les basques joyeuses de son habit vert-pomme, comme un oiseau par la queue ; il se retourne et voit la tête des chevaux d'un détachement de garde nationale.

« Hélas ! dit-il, je suis un bourgeois paisible, qui ne saurais faire de mal à personne. Demandez à ces messieurs s'ils me connaissent. »

Les étudiants dirent qu'ils ne l'avouaient pas pour un des leurs. Ainsi surpris une troisième fois, que de peine il eut à se faire répudier par tout le monde ! Que de tourments il lui fallut pour prouver qu'il n'était bon à rien, pas même à conspirer.

Dans cette fatale position, il pensait à son habit bleu à épaulettes rouges qu'il avait repoussé dans sa prison de bois ; il songeait qu'il aurait bien agi, oh ! mille fois bien et sagement ! en passant soigneusement la seconde manche au lieu de se débarrasser de la première !

Néanmoins, n'étant connu de personne, et désavoué par tous comme les deux autres fois, il eut bientôt la permission de reprendre son vol affamé vers la salle à manger spacieuse et les vins bien cachetés du conseiller.

« O Dieu ! s'écria-t-il au moment où il frottait ses souliers à boucle sur le tapis de la porte et où il posait son gant glacé sur le cordon de la sonnette ; ô Dieu ! bienheureux, dans ces temps de trouble et de désordre, celui qui n'est d'aucun parti et peut se faire habilement, ainsi que moi, désavouer par tous ! Je ne suis même pas saint-simonien ! Bienheureux celui qui peut ainsi se glisser comme une fausse pièce que chacun se rejette, et qui ne saurait figurer dans aucune pile d'argent ! »

Cette réflexion lui remit en tête une petite anecdote qu'il se promit de servir au dessert au gracieux conseiller, le respectable comte Walter Puck. Aussi, lorsqu'il eut appuyé sur la table ses deux coudes d'un air facétieux, il souleva son verre à moitié vide en clignant de l'œil et dit :

« Je me souviens que, dans mon voyage d'Italie, je rencontrai à

Turin un bon muletier à qui je donnai pour boire une pièce de trente
sous ; une année après, me promenant à Naples, je vis venir à moi le
même muletier, que je reconnus avec peine. «Ah ! monsieur, me dit
ce brave homme, que de reconnaissance je vous dois ! — Pourquoi ?
lui dis-je. — Ne vous souvient-il pas, monsieur, que vous m'avez donné
à Turin, il y a un an, une pièce de trente sous pour boire ? — Oui ; eh
bien ? — Elle était fausse, monsieur, et j'ai traversé toute l'Italie au
moyen de cette pièce, en buvant gratis à tous les cabarets. — Comment
cela ? — Je payais avec cette pièce ; et quand on me disait qu'elle était
fausse je répondais que je n'en avais pas d'autre ; alors le cabaretier
me mettait à la porte en m'accablant d'injures. Vous voyez donc,
monsieur, que cette pièce m'a valu cent écus pour le moins, et que je
suis en droit de vous remercier. »

14 mars 1831.

X

MÉMOIRES DE CASANOVA

Vous êtes-vous quelquefois arrêté à regarder par un temps de pluie
le cheval d'une voiture de louage à l'heure, lorsqu'en dépit de la fureur
des vents cet être piteux, résigné, attend patiemment à la porte d'une
maison ? Le coup de fouet du maître peut seul le déterminer à reprendre
son pas tardif ; jusque-là il est immobile. La tête basse, il subit triste-
ment l'injure des gouttières ; peut-être, à ce spectacle, vous vous êtes
rappelé malgré vous le cheval de course, superbe, à l'œil de feu, qu'on
ne peut retenir et qui se balance sur ses jambes flexibles comme le
roseau, jusque sur la paille de sa litière. Ces deux animaux sont-ils
les mêmes ? Un sang différent anime en eux des muscles de structure
pareille.

L'un ressemble à un moine qui souffre et gémit en silence pendant
quarante ans sur la même pierre, laquelle est celle de sa tombe ;

l'autre est pareil à l'aventurier, au spadassin qui porte moustache et épée, et qui livre sa vie au hasard, comme son plumet au vent. Lequel des deux a raison ? C'est ce que personne ne décidera. Pourquoi ?

Chacun d'eux peut servir de type à une classe énorme d'individus dans l'espèce humaine. La première, formée d'éléments timides, effrayée de ce qui l'entoure, laisse ses rames oisives sur la mer de cette vie ; la seconde, au contraire, les agite d'un bras audacieux, et fend l'onde ; mais souvent elle néglige le gouvernail pour regarder sa voile s'enfler au souffle des vents propices. Dans l'une naissent les savants, les hommes de robe, les gens de plume, les prêtres, les femmes de ménage, les poètes médiocres ; dans l'autre, les gens d'épée, les roués, les aventurières, les artistes sublimes : qu'on fasse l'application !

Jacques Casanova, Vénitien, vécut en Europe dans le XVIII\ siècle. Le docteur Gall eût trouvé sur son crâne quelques-unes des bosses qui distinguaient le cerveau de l'empereur. L'activité, la vigueur, l'invention, l'intrépidité, étaient ses éléments. Non seulement jamais il n'hésita, mais jamais il ne pensa qu'il pût hésiter. Malheureusement, né sur un échelon trop bas, il ne lutta avec la fortune que dans des circonstances trop petites, et ne fut jamais qu'un particulier. Une qualité qui lui manqua en fut peut-être l'unique cause, l'esprit de conduite. D'ailleurs, sans dignité, aujourd'hui officier, demain séminariste, après-demain joueur de violon, qu'aurait-il fait s'il avait su résister à sa fantaisie ? Malgré tout, c'est le premier des aventuriers.

Vouloir analyser son livre, ce serait vouloir analyser sa vie, et elle échappe au scalpel. Jamais un grain de raison, peu de religion, de conscience encore moins. Dupant les sots avec délices ; trompant les femmes avec bonne foi ; un peu trop heureux au jeu ; racontant divinement ; promenant sur toute la terre ses caprices et sa folie, mais revenant toujours à sa chère Venise. Là courant les filles en masque ; ici, se promenant gravement en abbé musqué dans les jardins du pape, rimant pour une belle marquise, se battant pour une danseuse ; mousquetaire terrible (il avait près de six pieds) ; grand seigneur généreux et probe au milieu de tout cela. Ceux qui aiment Benvenuto Cellini aimeront bien son livre ; il y a entre eux ce rapport que tous deux font des contes incroyables, avec cette différence que Cellini ment les trois quarts du temps, et que Casanova ment si peu qu'il dit du mal de lui.

Tous ceux qui l'ont lu en disent la même chose : c'est qu'il a produit sur eux une impression ineffaçable ; quoi qu'en disent les individualités du jour, elles la subiraient elles-mêmes.

Ce n'est pas qu'on ne trouve assurément par le monde des gravités poudrées, à qui le nom de Casanova ferait hausser les épaules de cette manière qui signifie : « Bah ! un homme de rien ! » Je ne conseillerai même pas à ceux qui ont du goût pour le *sentimentalisme* allemand, d'ouvrir son livre ; c'est un homme du Midi. L'amour, cette plante que le soleil fait naître si différente suivant l'obliquité de ses rayons, prend un aspect étrange dans le cœur de notre aventurier.

« Puisque vous savez que j'ai de l'amitié pour vous, dit-il à une Henriette, vous devez deviner aussi qu'il ne m'est pas possible de vous laisser seule, sans argent, au milieu d'une ville où vous ne pouvez même pas vous faire entendre. Je ne sais de quelle espèce est l'amitié que le brave homme qui vous accompagne peut avoir pour vous ; mais je sais que, s'il peut vous laisser, elle est d'une tout autre nature que la mienne. Car je me crois obligé de vous dire que non seulement il ne m'est pas possible de vous faire avec facilité le singulier plaisir de vous abandonner ainsi, mais même que l'exécution de ce que vous désirez m'est impossible si je vais à Parme ; car je vous aime d'une manière telle qu'il faut ou que vous me promettiez d'être à moi ou que je reste ici. Alors vous irez à Parme seule avec le capitaine ; car je sens que, si je vous accompagnais plus loin, je deviendrais le plus malheureux des hommes, soit que je vous visse avec un autre amant, avec un mari, ou au sein de votre famille, enfin si je ne pouvais pas vous voir et vivre avec vous. *Oubliez-moi* sont deux mots faciles à prononcer ; mais sachez, belle Henriette, que, si l'oubli est possible à un Français, un Italien, si j'en juge par moi, n'a pas ce singulier pouvoir. Enfin madame, mon parti est pris ; il faut que vous ayez la bonté de vous expliquer maintenant et de me dire si je dois vous accompagner à Parme ou si je dois rester ici : répondez oui ou non. Si je reste ici, tout est dit. Je pars demain pour Naples, et je suis certain de me guérir de la passion que vous m'avez inspirée. »

Que dirait ce bon Werther d'une déclaration aussi furieuse ? J'ai entendu dire que seul il savait la véritable passion. Que sera donc celle-ci ? Une passion sans ordre, sans bon goût, sans politesse ? Oui, et sans

ALFRED DE MUSSET EN TRAVESTI, par DEVERIA.

timidité ; plus qu'une passion italienne, une rage espagnole. Mais il est certain que les tartines de beurre sont loin de là et qu'il serait bien difficile que Charlotte s'appelât dona Lolotta.

Ceux que de telles manières effrayent peuvent fermer le livre ; car tout y est de cette trempe. Vous voyez comme il entend l'amour ; voulez-vous voir comme il comprend la haine ?

Son valet de chambre, sot Picard, a imaginé de se donner à Corfou pour un prince de la Rochefoucauld. On le dit à Casanova qui en rit.

«Parle-t-il de sa famille ?

«— Beaucoup de sa mère, qu'il aimait tendrement ; elle est du Plessis.

«— Si elle vit encore, elle doit avoir environ cent cinquante ans.

«— Quelle folie !

«— Oui, madame ; car elle fut mariée du temps de Marie de Médicis. Sait-il quelles armes son écusson porte ?»

«On se lève de table, et voilà qu'on annonce le prétendu prince ; il entre, et madame Sagredo vite de lui dire : «Mon prince, voilà monsieur Casanova qui dit que vous ne connaissez pas vos armes.» A ces mots, il s'avance vers moi (Casanova) en ricanant, m'appelle poltron, et me donne un soufflet qui m'étourdit. Je prends la porte à pas lents, ayant soin de prendre mon chapeau et ma canne.

« Je sors de l'hôtel et vais me poster à l'esplanade pour l'attendre. Dès que je le vois, je cours à sa rencontre et je lui assène des coups si violents que j'aurais dû le tuer d'un seul. En reculant, il se trouva entre deux murs, où, pour éviter d'être assommé, il ne lui restait d'autre moyen que de tirer son épée ; le lâche n'y pensa pas, et je le laissai étendu sur le carreau et nageant dans son sang. La foule des spectateurs me fit haie, et je la traversai pour aller au café, où je pris un verre de limonade sans sucre pour précipiter la salive amère que la rage avait soulevée. En moins de rien je me vis entouré de tous les jeunes officiers de la garnison qui faisaient chorus pour me dire que j'aurais dû l'achever. Ils finirent par m'ennuyer, car, si je ne l'avais pas tué, ce n'était pas ma faute.»

Un volume presque entier, consacré au récit de l'évasion de cet homme extraordinaire de la fameuse prison des Plombs de Venise, offre un intérêt presque sans égal, et dont il est impossible de donner une idée. Son séjour à Paris, où il a introduit la loterie, deux ou trois amours bien vénitiens, autant de vengeances plus vénitiennes encore, fournissent matière à des chapitres charmants.

Monsieur Aubert de Vitry avait, il y a quelque temps déjà, donné de ces mémoires une sorte d'abrégé où la fin de toutes les histoires était décemment coupée. Plusieurs mots extrêmement techniques avaient disparu :

> *Le latin dans ses vers brave l'honnêteté ;*
> *Mais le lecteur français veut être respecté.*

Et par quelle raison ? Le sage législateur du Parnasse aurait dû l'expliquer. Cette grande pruderie de l'œil et de l'oreille, qui, sous la périphrase hypocrite, n'en apporte pas moins à l'esprit la pensée toute nue, sera peut-être un jour expliquée. Elle ne l'est pas encore ; car si l'esprit devine le mot, c'est donc l'organe qui en a peur ?

L'édition nouvelle que nous annonçons ici a rendu (autant que possible) à ces Mémoires leur verdeur et leur naïveté digne d'un temps qui touchait au grand siècle. Nous engageons ceux qui se sentiraient rougir en les parcourant, à penser à Louis XIV, et même à Louis XV, qui s'entendait quelquefois en dignité.

20 mars 1831.

XI

REVUE FANTASTIQUE

«Sommes-nous bientôt arrivés? dit l'homme au manteau vert.

— Nous y voici,» répondit le libraire en sautant sur l'esplanade ; il accrocha son chapeau au télégraphe et jeta autour de lui un regard satisfait.

«Quelle belle chose que Notre-Dame! dit en grelottant l'homme au manteau, qui, en sa qualité de romantique, se croyait obligé d'aller le long des balustrades, lorgnant les piliers et flairant les ogives. Eh bien! ajouta-t-il, commençons.»

Le libraire tira de ses poches vastes et vides une lorgnette d'approche ; il la posa sur l'épaule de son compagnon et la dirigea de droite et de gauche en cherchant son point.

« Je crois, mon cher éditeur, reprit l'autre avec transe, que nous ne viendrons jamais à bout de notre entreprise. Publier quelque chose dans ce moment-ci! lorsque toute l'Europe est assez folle pour s'occuper de politique! On ne lit plus, ô mon cher imprimeur-libraire! on ne lit plus que les journaux. C'est en vain qu'armés d'un courage invincible et d'une intrépidité à toute épreuve, nous sommes montés sur cette cathédrale, et que, muni d'une lorgnette, vous prétendez découvrir le moment où la ville sera le moins activement préoccupée, afin de lui lancer favorablement mes opuscules! Voyez quelle agitation règne dans ces quartiers! Hélas! faut-il que je vous aie signé en 1829 un dédit funeste! Sans cela, ô mon cher éditeur! jamais l'inspiration ne me serait venue en 1831.

— Au lieu de vous lamenter, reprit le libraire, servez-vous, de votre côté, de cette autre lunette. Si la ville de Paris est tranquille un quart d'heure, si les nouvelles manquent pendant l'espace d'une minute, si je vois deux oisifs se promener les bras croisés, ç'en est fait, ô mon cher auteur! je lance vos opuscules. Songez que ceux de mes confrères qui ne sont pas à Sainte-Pélagie ont été trouvés aux filets de Saint-Cloud ; il nous faut trouver de quoi vivre quand nous devrions mourir à la peine.

— Beau ciel, s'écria le poète qui s'était retourné, ma poitrine s'élargit en te voyant! Quel panorama se déroule à mes pieds! Que tu es belle, ô ma chère ville! Quel aspect magnifique offrent, de ces hauteurs, tes ponts, tes quais, tes palais, ô Paris, toi dont les fées avaient élevé les murailles dans la plus belle vallée du plus doux pays de l'Europe! Comment ton enceinte, jadis réservée aux plaisirs et à toutes les jouissances de la paix, est-elle devenue l'ardent foyer de toutes les passions? Hélas! lorsque jadis une voiture attelée de huit chevaux traversait le Pont-Royal, tous les curieux accouraient, et l'on parlait comme d'un événement du passage du roi qui allait à la messe. Lorsqu'un abbé allait faire un sonnet, on s'en occupait pendant quinze jours dans tous les salons. C'étaient alors d'heureux oisifs qui peuplaient les promenades! Aujourd'hui le roi va en char à bancs, et douze volumes in-octavo ne sauraient attirer l'attention de trois personnes.

— Il me semble, dit le libraire, que je ne vois rien, et que nous pourrions lancer vos opuscules.

— O ciel! répliqua l'auteur, ne voyez-vous donc point cette foule innombrable qui se presse dans la rue du Coq? On va attaquer le Louvre. O malheureuse patrie!

— Ce sont, mon cher auteur, des gens qui regardent les caricatures de Martinet.

— Des oisifs! s'écria l'homme au manteau, est-il possible? Mais, hélas! je me trompe : ce sont des caricatures politiques qu'ils regardent. C'est le dernier roi tenant un moineau dans sa main, ou le défunt ministère travesti sur des tréteaux. O France! riras-tu donc toujours de ceux qui te gouvernent, semblable à un malade de joviale complexion qui se raille des médecins qui le tuent? Celui-là te met au régime, celui-ci veut des dissolvants ; tous introduisent la sonde dans la plaie, l'examinent au risque de l'élargir ; puis ils s'efforcent de la remplir avec de l'onguent. Pauvres charlatans! C'est en vain qu'ils ont couché l'athlète sur le lit de douleur, qu'ils attachent et lient ses membres vigoureux, qu'ils le torturent et l'épuisent, lui, le lutteur invincible, dont les forces se dévorent elles-mêmes, que le sang étouffera si on ne le laisse descendre dans l'arène et frotter ses muscles huilés de la poussière olympique.

— Mon cher, dit le libraire, voici assurément un moment de calme ; vos opuscules ne sauraient être lancés dans un instant plus favorable.

— O éditeur imprudent, ne voyez-vous donc pas sur la rive gauche du fleuve cette baraque effrontée ? Ils hurlent, ils se démènent, ils montent et descendent, ils sonnent, ils s'interpellent, ils phrasent et votent, ils décrètent et gesticulent ! C'est un sabbat.

— Bon ! reprit le libraire, ce sont, mon cher auteur, les représentants de la France.

— Peste ! je suis donc de l'avis de cet homme spirituel qui prétendait, l'autre jour, dans un dîner, qu'ils dévident leurs phrases comme dans les filatures on dévide le coton. Voyez quels écheveaux interminables celui-ci s'efforce de tirer ! De quelle couleur est sa robe ? Elle n'est ni blanche ni rouge, elle est rose ; c'est un homme impossible à noyer quand il nage entre deux eaux. Mais leur filandreuse éloquence boite et tergiverse tortueusement. Que disent-ils ?

— Vous le lirez demain dans le journal.

— J'aperçois dans l'ancienne enceinte du palais des Condé une seconde halle aux paroles. Mais quelle majestueuse gravité ! Autrefois c'étaient les vieillards dont la tête tremblait, est-ce le tour de la jeunesse d'aujourd'hui ?

— Mon cher auteur, ne vous effrayez nullement de tout cela. Si vous m'en croyez, nous ne laisserons pas de lancer vos opuscules.

— Qu'est ceci, ô mon ami ? interrompit l'auteur. Pour le coup, une véritable assemblée de fous vient de tomber indubitablement dans ma lorgnette. Ouf ! leur physionomie me donne la fièvre, et leurs contorsions le vertige. C'est auprès du boulevard de Gand qu'ils sont rassemblés. O ciel ! serait-il nécessaire, pour fonder une religion, de porter du bleu barbeau et de se laisser croître les cheveux comme Paganini ? Quoi ! Jésus-Christ a-t-il donc imité Charles X ? Et quelles raisons a-t-on pour le renvoyer s'il n'a point publié d'ordonnances ? Est-ce donc lui qui est responsable, et non ses ministres ? Croyez-moi, messieurs de Saint-Simon, c'est un Dieu représentatif qu'il nous faut ; vous vous trompez ; vous êtes venus au monde quelque deux mille ans trop tard. Le genre humain est comme les femmes : elles sont dévotes à douze ans et à soixante ans. L'Europe a été à la messe dans son enfance ; le bon temps reviendra peut-être pour les moines ; attendez qu'elle radote.

— Mon ami, dit le libraire, tandis que vous philosophez, tout s'est évaporé autour de nous. Nous voici seuls suspendus dans les airs. Paris s'endort, la Seine a posé sur son cou sa brillante chaîne de falots. N'attendons pas la nuit, et lançons vos opuscules.

— Paix ! répliqua le poète. Ne voyez-vous pas, à la lueur incertaine de la lune, rayonner les pointes d'un grand nombre de baïonnettes ? Voici décidément une révolution qui passe sur le quai de la Ferraille.

— Ce sont des gardes nationaux.

— O soldats-citoyens ! s'écria l'autre, oubliant les convenances dans un moment d'exaltation, il serait beau de voir vos colonnes tricolores à la frontière ; mais il est triste de piquer les chiens à la porte des Tuileries. Dites-nous quel but vous rassemble. Ne vous trompez-vous pas ? Rentrez en paix ; les rebelles ont écrit à monsieur le préfet de police que leur insurrection était remise à huitaine ; rentrez en paix, et puissiez-vous ne point trouver Hernani aux pieds de votre fille, et don Carlos dans votre armoire ! Hélas ! le véritable danger que court un garde national, ce n'est pas où il est, c'est où il n'est pas. »

Mais le libraire impatienté avait soulevé silencieusement les rames de papier noirci qui gisaient à ses pieds, encore humides. Tout d'un coup il les éleva dans les airs, et, dévoré par l'espérance d'avoir de quoi dîner le lendemain, ô infortuné poète ! il lança tes opuscules.

Ce fut en ce moment que quelques oisifs, qui se miraient dans les glaces de la galerie d'Orléans, aperçurent derrière une vitre, dans l'étalage d'un libraire, une brochure jaune qui y demeurera clouée jusqu'à l'éternité.

21 mars 1831.

XII

REVUE FANTASTIQUE

Hier, soulevant de ses mains la pierre de son tombeau, Pantagruel est sorti de la terre.

Un cri de frayeur, parti de tous les points de la France, le suivait à son passage ; sa tête chauve, pareille au dôme du Panthéon, se dandinait jovialement entre les têtes des peupliers. Une des colonnes de la Bourse, qu'il avait cueillie en passant, tournait dans ses doigts comme un bambou léger façonné par un habile tourneur ; deux bateaux à vapeur lui servaient d'escarpins ; et, comme les fashionables du jour, il s'était contenté de suspendre à sa montre une seule chaîne d'or, au bout de laquelle se jouait un canon des Invalides. Prenant les deux tours de Notre-Dame pour une lorgnette à deux branches, il avait posé sur son oreille son bonnet de police, coupé sur le patron des Pyramides ; et, balançant dans son pourpoint taillé à l'ancienne mode sa royale rotondité, il descendait gravement vers le bois de Boulogne. Lorsqu'un équipage élégant avait attiré son attention, il le prenait dans le creux de sa main, le considérait et le reposait ensuite sur le sable avec soin, sans faire de mal à personne. Les cavaliers, les piétons étaient de même l'objet de son attention ; et même, en ayant avisé un qui portait une barbe romantique, un habit fleur de pensée et un gilet de satin vert, il le trouva si drôle qu'il le mit dans sa poche.

Paris lui semblait beau. Assis sur l'Arc de l'Étoile, sans égard pour l'unique ouvrier qui s'y démène depuis le ministère Martignac, et ayant ajusté une embouchure de la colonne d'Austerlitz qui lui servait merveilleusement de pipe, il commença à charger de tabac le piédestal et à tirer de son gosier des bouffées de fumée qui firent accourir les pompiers. De tous côtés il vit s'agiter entre ses jambes de petites fourmis qui suffoquaient ; distrait de sa nature et dédaigneux par droit de naissance, il étendit les jambes sur les montagnes environnantes, posa l'une sur la lanterne de Diogène et l'autre sur le clocher de Vaugirard, et s'endormit royalement, les bras croisés.

Il y a de par le monde une caricature plus que spirituelle et tracée par un crayon qui n'a point de signature, qui le représente dans cet état. ([2]) Dès que ce Micromégas-Gulliver s'est gargantualement assis sur la rive fleurie de la Seine, voici venir tout ce qu'il y a de badauds à Paris, c'est-à-dire tous les Parisiens, sans compter les étrangers. Les astronomes ont fait un ballon et s'élèvent au-dessus de lui, munis de compas et d'encre de Chine ; les ingénieurs, qui ont employé à peine trois heures à *suer d'ahan* pour se guinder jusqu'à sa jarretière, pédamment accroupis sur son genou, braquent impitoyablement leur borgne observatoire. Chacun de ses cheveux est attaché à un poteau par des ouvriers qui fourmillent. De tous côtés se dressent des poulies, s'efforcent des cabestans, se poussent des leviers ; à gauche, à droite, arrivent des armées innombrables de soldats-citoyens et de citoyens-soldats, qui ont écrit sur leur drapeau effarouché : *la patrie est en danger!* Des omnibus, des chars à bancs, des gondoles, tout se mêle ; des officiers, des tambours-majors, des officieux, des cuistres, des petites filles. *La patrie est en danger!* tel est le cri qui sort de toutes les poitrines comprimées par la frayeur. Mais déjà les fouilleurs de curiosités, les déchiffreurs d'hiéroglyphes, les compilateurs de ruines, les polisseurs de momies et les dégustateurs de médailles ont commencé à se ruer sur l'immense proie comme de sagaces renards.

Celui-ci, à cheval sur le nez du dormeur, se cramponne aux sourcils, et, nouveau Christophe Colomb, parvient seul jusqu'à l'univers ignoré de sa nuque. Un badigeonneur empressé écrit sur le passe-poil du pantalon la défense sous peine d'amende... Sa montre, tombée de sa poche, est placée sur un tombereau et emportée par quatre chevaux vigoureux ; sa carte de visite soulevée par douze forts de la halle, commence à quitter la terre ; dans sa poche s'est établi un missionnaire, qui de là improvise un sermon. — Silence! Pantagruel se réveille.

Il a écrasé douze mille hommes en se retournant ; il en a jeté trois cents en l'air ; la plupart sont tombés dans la Seine et se sauvent à la nage, avec cinq degrés de froid. «Qu'est-ce donc ?» dit-il.

Mais en cet instant il voit venir à lui une députation revêtue

de robes noires et poudrée d'une pédanterie outrecuidante. Pareille
à un troupeau des sauveurs du Capitole, la brigade en perruque se
dirige sur une des montagnes et de là lui adresse la parole : « Jeune
étranger, lui dit l'orateur comme monsieur Cagnard (car vous me sem-
blez jeune et infiniment étranger), nous sommes en ce moment dans
un étrange embarras ; nous venons vous proposer d'être notre roi
et de nous gouverner, et nous craignons que vous n'acceptiez pas. »
Pantagruel les prit dans sa main, les mit dans sa tabatière et leur dit :
« Mes petits amis, je serai votre roi ; indiquez-moi votre palais de cette
tabatière, je ne demande pas mieux que de vous gouverner.
— O puissant Pantagruel ! répliqua le plus petit qui était le plus
bavard, nous avons des lois, des institutions, des dîners et des pensions ;
ne changerez-vous rien ? »
Pantagruel descendit les Champs-Élysées, porté en triomphe par
le peuple, qui se suspendait à ses mollets. « Où est la demeure royale ? »
demanda-t-il d'abord. On lui montra les Tuileries. Mais son front
se heurta contre le cadran de l'horloge. « Ho ! ho ! dit-il, du temps de
mon royal père Gargantua, on était mieux logé et plus à l'aise ; comment
pourrais-je jamais entrer ici, si ce n'est en défonçant le toit et en
m'y couchant comme dans une bière ? Donnez-moi une maison plus
commode.
— Nous n'en avons pas, dirent les architectes ; — et, dirent les
députés, celle-ci est déjà bien grande et coûte déjà bien cher.
— Je resterai dans le jardin, dit Pantagruel. Or, sus, parlons
d'affaire ; est-il l'heure de dîner ici ? Je me sens quelque envie de
commencer par boire. »
Il prit la halle au blé pour tasse, et la tendit à un petit valet qui y
versa d'une petite bouteille une demi-goutte d'un vin bien mauvais.
« Ho ! ho ! dit-il, n'y a-t-il pas d'autres boissons ? Du temps de mon
royal père, il n'en était pas ainsi. Hé quoi ! pour ton roi, ô peuple fran-
çais ! une goutte de vin détestable ? Et que disent donc aujourd'hui
les potentats de ce gouvernement à gosier sec ?
— Nous n'en avons pas d'autre, dirent les rats de cave ; — et,
dirent les députés, ce vin-là est bien bon et coûte déjà bien cher.
— Je garderai donc ma soif, dit Pantagruel. Ne parle-t-on pas de
guerre ? Il nous faut ici une armée ; allez me chercher de l'argent. »

Il ouvrit une poche large comme le cratère d'un volcan ; un petit trésorier y jeta une bourse, qui passa par un trou, et tomba dans sa botte.

«Ho! ho! dit-il, ne payez-vous pas plus vos rois? Voici de quoi avoir un demi-boisseau de gendarmes! Comment! serait-ce là le revenu d'un prince constitutionnel? Du temps de mon royal père Gargantua...

— Nous n'en avons pas davantage, dirent les contribuables ; — et, dirent les députés, cette bourse est déjà bien ronde et coûte bien cher.

— Je mettrai donc mes mains dans mes poches au lieu d'argent, dit Pantagruel. Or ça, puisque je vous gouverne, me voici comme saint Louis sous son chêne. Qu'on se plaigne, qu'on rédige, qu'on pétitionne! c'est l'heure de ma justice.

— Sire, dirent les ministres, voici des journalistes qui crient à la république ; voici des galériens qui démolissent des églises ; voici des carlistes qui font boire les pauvres ; voici des bonapartistes qui crient à tue-tête ; voici des intrigants en congrégation qui ourdissent et trament.

— Qu'on m'élève une potence, dit Pantagruel, et qu'on pende!

— Sire, nous ne pendons pas sans procès ; nous ne jugeons pas sans prison ; nous n'emprisonnons pas sans gendarmes, et la garde nationale refuse de tirer l'épée.

— Ho! ho! dit le roi, n'y a-t-il pas d'autres lois pour punir les factieux? Voici une presse qui crie bien fort. Eh quoi! le souverain est-il au milieu de son peuple comme le nageur au milieu de la rivière? Les flots l'emporteront. Du temps du roi mon père, il en était autrement. Où sont les lois?

— Nous n'en avons pas davantage, dirent les avocats ; — et, dirent les députés, celles-là sont déjà bien sévères et font bien peur aux juges.

— Peste! dit Pantagruel, point de vin! point d'argent! point de lois! Je dormirai donc.

— Sire, dirent les ministres, nous ne pouvons aller sans vous ; la main nous tremble à chaque signature. Nous ne pouvons faire un sous-préfet sans angoisse ; le principe de non-intervention nous rendra hydrophobes. Vous ne pouvez dormir.

— Ho! ho! dit le roi, mon père Gargantua ne faisait autre chose.

A quoi servent donc les ministres ? Qu'on en nomme quatre fois plus !

— Nous n'en avons pas d'autres, dirent les employés ; — et, dirent les députés, ceux-là sont déjà bien entêtés et nous font assez crier.

— Messieurs, dit Pantagruel, je ne saurais être roi ; adieu, sortez de ma tabatière, et me laissez en paix. »

28 mars 1831.

XIII

REVUE FANTASTIQUE

Une vieille dévote avait jeûné jusqu'à une heure de l'après-midi le jour du très saint vendredi ; elle avait pris son chapelet et respectueusement entr'ouvert son eucologe.

Un jeune élégant avait amplement satisfait son brutal appétit sur un jambon qui ne s'attendait guère à être mangé qu'à Pâques ; il avait fait mettre quatre chevaux à sa calèche, et son cocher soufflait dans ses doigts.

Un pauvre étudiant avait loué un infortuné cheval, le dernier resté dans l'écurie glacée d'un loueur mal à l'aise ; il avait, hélas ! brossé avec soin son habit le moins antique et se disait : « Pourvu que mon cheval ne s'emporte pas ! car je tomberais assurément. » Un bon bourgeois avait saisi en souriant son parapluie rose ; il avait pris par la main son petit garçon habillé en garde national, suspendu à sa montre ses breloques en cornaline, et dit à sa femme : «Allons à Longchamps.» Ainsi, par un singulier hasard, ces quatre individus vinrent à passer dans la même rue, laquelle était voisine de l'Assomption, ou de toute autre paroisse qu'il plaira à un homme plein d'imagination de se représenter. Le visage de la dévote respirait un air de contentement et de satisfaction ; elle inclinait les yeux à terre, en croisant ses pouces, et son double menton s'arrondissait jovialement, tandis qu'elle songeait que son estomac vide était agréable au Seigneur. L'élégant avait l'air byronien d'un homme blasé ; son fouet sifflait sur la croupe rebondie de sa jument aux jambes fines ; il s'engonçait dans sa cravate en songeant à ses dettes.

Le pauvre étudiant se cramponnait tout radieux et invoquait saint Pommeau ; sa monture se deferrait du pied droit. Sur le dos des pavés sautillait le bon bourgeois ; le petit garçon mangeait un gâteau et trottait tout barbouillé de confitures. Après quelques minutes de marche, la dévote fut à l'église, et les trois autres aux Champs-Élysées.

L'église était muette et sombre ; une moitié de cantique y bourdonnait d'une façon lugubre. La canne du suisse retentissait seule au milieu du silence, et le bedeau désappointé tendait dans le désert une bourse au fond de laquelle gisait un gros sou. Debout contre une voûte obscure, le curé attendait que les fidèles vinssent baiser l'image du Christ ; mais, plus redoutable que les ressorts de la machine pneumatique, l'indifférence publique dont se plaint *l'Avenir* avait fait le vide dans la sainte patène. «Hélas!» murmura la bonne vieille, en s'agenouillant.

Dans les Champs-Élysées sifflait un vent aigu ; quelques grisettes enveloppées de pelisses se promenaient imperturbablement dans la contre-allée ; deux voitures bourgeoises fermaient leurs stores, et, dans un grand landau délabré, trois Anglais suçaient leurs cannes. «Diable!» dit l'élégant. «O ciel!» dit le pauvre étudiant. «Ah! ah!» dit le bourgeois.

La dévote eut bientôt fini sa prière ; personne n'était là pour la voir, à quoi bon rester? Elle trempa avec fureur sa main sèche et ridée jusqu'au fond du bénitier, et murmura en se signant : «C'était bien la peine de jeûner toute une matinée!» Elle reprit son petit pas cadencé et appela sa servante.

L'élégant ne permit pas à la mauvaise humeur de prendre place sur son visage bien rasé et pommadé fraîchement : il appuya ses rênes flottantes sur le mors écumant de ses coursiers, et, traçant avec sa roue une rosace sur le sable, reprit au trot la route de son hôtel splendide.

Le disciple infortuné de Cujas appuya sur les flancs étiques de sa monture ses talons dépourvus d'éperons. Sa rosse récalcitrante piétina et se couvrit de boue ; après un demi-quart d'heure, l'animal s'étant résigné, la raillerie publique oublia le cavalier. Mais quelle profonde tristesse !

Le bourgeois posa sur son chapeau imperméable son mouchoir à tabac, afin de le garantir de la pluie ; le petit garçon pleura.

Ainsi le hasard voulut que ces trois personnages vinssent à repasser par la même rue, mais avec des physionomies différentes.

Dans la tête de la dévote se peignait alors des couleurs les plus vermeilles ce siècle qui, à bon droit, a été appelé le restauré. Dans son imagination chantaient de joyeuses files de moines, de copieux bataillons de diacres ; de discrets confessionnaux s'ouvraient dans la scrupuleuse obscurité des chapelles ; dans des salons aristocratiques s'arrondissaient des mollets d'évêques à bas violets bien tendus. O temps à jamais évanouis ! Une larme roula sur la joue éraillée de la pauvre femme.

Dans la tête stupide de l'impassible dandy il ne se passa rien. Mais le pauvre étudiant, qui, n'ayant pas d'argent, ne pouvait manquer d'être philosophe, songeait piteusement au siècle des marquises et des mouches. Pendant dix minutes, les dix fortunées minutes qui avaient suivi son départ et précédé son entrée à Longchamps, un rêve *bien-encontreux* l'avait transporté à certain chapitre d'un livre dont les demoiselles ne savent pas le titre. Il s'était vu en amoureux cavalcadour piaffant à côté du wiski de la marquise de B... Hélas ! il était parti grand seigneur, chevalier errant, paladin ; il s'en revenait morose, enrhumé, républicain. O hommes, vous dont la pensée est plus changeante que l'aile du scarabée aux rayons du soleil, plus difficile à fixer que le fluide de la lumière, vagues d'un océan sans limite, où allez-vous ? Où te retrouverons-nous, toi, multitude, foule ardente et curieuse, empressée et vide, qui te portes en avant et te retires plus irrégulièrement qu'une mer sans marée fixe ? Engouement d'un jour, folies qu'on croit éternelles, qu'on scelle sur le marbre, qu'on décrète, qu'on élève en monuments, le souffle du zéphyr vous renverse. Où étiez-vous, ô habitants de Paris ?

Les Parisiens étaient à la revue du Champs-de-Mars dimanche passé.

(Écrit le soir du vendredi saint, comme la préface du Vingt-Quatre février). (²)

Dimanche, 3 avril 1831 (jour de Pâques).

XIV

REVUE FANTASTIQUE

Nous recevons d'un de nos correspondants les plus dignes de foi, qui dans ce moment est à la campagne à quatre lieues de Pékin, la lettre suivante, qui pourra intéresser le lecteur.

Pékin, 10 janvier 1831.

Je vous ai promis, monsieur et honoré correspondant, des détails sur la ville que je viens de visiter ; je ne vous en donnerai point. La raison est qu'il est impossible aux étrangers d'en voir autre chose que les murailles, et cela, lorsqu'ils ont de grandes protections.

Je ne vous envoie point d'encre de Chine, point de thé ; je me bornerai à vous faire part d'une conversation philosophique que j'ai eue avec l'homme le plus vieux que j'aie rencontré de ma vie.

Il loge à quatre lieues de Pékin, et c'est lui qui est mon hôte en ce moment. Il passe gravement sa journée à fumer de l'opium et à boire d'énormes chaudières de thé dans de petites tasses grandes comme un dé. Du reste, c'est un fort bel homme et un élégant ; ses ongles ont dix-huit pouces de long, et ses moustaches deux pieds et demi. Le seul exercice qu'il prenne est de promener ses regards tantôt à gauche, tantôt à droite, avec un demi-sourire. Je n'ai pas besoin de vous dire que ses sourcils sont peints soigneusement et que ses souliers lui défendent de faire un seul pas.

Hier, après avoir visité ses jardins et bu d'un sirop détestable qu'il m'offrit, j'allumai une pipe et commençai à causer avec lui. Il paraissait s'intéresser beaucoup à l'Europe, et surtout à la France ; il me demanda combien d'années il fallait pour apprendre à lire notre langue.

« Il faut six mois à l'école mutuelle, et douze par la méthode Jacotot, » lui répondis-je.

Il resta une demi-heure sans rien dire, puis il reprit d'un ton de voix parfaitement poli : « Cela est tout à fait absurde.

— Sans doute, lui dis-je ; mais pourquoi ?

— Parce que, me dit-il, si un homme de quatre ans et demi en sait aussi long qu'un autre de soixante, votre ville doit être un fleuve immense de paroles inutiles ; et dans ce fleuve se noient et périssent infailliblement les institutions et les lois.

— Cela est vrai, lui dis-je ; mais pensez-vous que l'ignorance générale d'un peuple puisse contribuer à son bonheur ? »

Il me regarda avec un étonnement qui ne lui permit pas de répondre avant un silence plus long encore que le premier, puis il me dit :

« Une totale stupidité est la seule, la véritable source de toute espèce de bonheur.

— Dans un peuple, lui dis-je, ou dans un individu ?

— Dans un peuple, reprit-il ; pour un homme seul, au contraire, c'est la source de tous les maux.

— Eh quoi ! ô mandarin, m'écriai-je, n'es-tu donc point de l'avis de ceux qui prétendent que le genre humain tout entier n'est qu'un individu, à plus forte raison un État ?

— Ceci est une phrase juste, répondit le Chinois ; oui, et si l'État est un homme, chaque individu est un membre de cet homme. Mais ne voyez-vous point combien nos membres, à nous, travaillent, s'usent et gémissent pour concourir à la félicité du corps entier qu'ils composent ? Ici les bras, ici les yeux, là les jambes, par ici les oreilles ; c'est ainsi que de ce travail des parties résulte le bien-être de tous : or, plus la communauté, la masse, sera intelligente, plus ses facultés seront développées, plus ses besoins seront grands, plus il faudra que l'individu travaille pour y satisfaire.

— Eh ! donc, cher mandarin, la stupidité d'un peuple vous réjouit ?

— Fort, dit-il.

— Nous ne sommes point de cet avis, lui dis-je, et nous aimons à sacrifier nos libertés individuelles à la liberté générale.

— La liberté générale ! repartit-il (il faillit rire), voilà un mot, une abstraction, un être insaisissable, un filament de la bonne Vierge qui traverse les airs! Pououh!

— Non pas, lui dis-je ; et le zèle de la garde nationale vous le prouve.

— Si j'étais Français, me dit-il, jamais je ne consentirais à en faire partie.

— On vous y forcerait, mon ami.

— O exécrable vexation! reprit-il. Et de quoi criaient les vilains, s'il vous plaît, du temps de la féodalité! Ils se lamentaient comme des pauvres, pourquoi? Parce qu'il leur fallait aller monter la garde autour des châteaux des riches, chasser les grenouilles et s'enrouer d'éternels *qui vive!*

C'est vrai, repris-je ; mais songez qu'aujourd'hui, si les vilains montent la garde à la porte du riche, le riche la monte à la porte du pauvre.»

Le mandarin éclata de rire ; sa pipe s'éteignit.

«O stupide étranger! me dit-il, que t'importe ton voisin? Eh quoi! te voilà guéri de ta paille dans l'œil, parce que celui-ci y porte une poutre? Que dis-je? tu marches satisfait, glorieux de cette paille! Et que m'importe que mon proche se torde dans d'horribles convulsions, si moi j'ai une piqûre d'épingle qui me gêne? Ce n'est pas parce que je suis pauvre et que je garde la porte d'un riche qu'il m'est cruel de garder cette porte, c'est parce que garder une porte est cruel, que la bise est froide, que mon fusil est lourd, que ma femme s'ennuie, que mon enfant crie, que ma vie s'use et s'enfuit.

— Diable, me dis-je, voilà un homme qui a lu quelque peu de Hobbes. Et qu'est-ce donc que la société? repris-je alors. Les hommes, par cela même qu'ils se réunissent, se protègent ; de là les lois.

— Est-ce que les lois, dans votre pays, ordonnent à tout le monde cette corvée, même aux philosophes?

— Hélas! lui dis-je, même aux saint-simoniens. La conscription...

— Je connais ce mot, répondit le mandarin. C'est une planche sur laquelle on range des hommes comme des raisins secs dans un panier. Et n'épargne-t-il personne, ce filet qui ramasse les poissons dans le vivier? Le brochet s'y trouve-t-il à sec avec le goujon et l'immonde crapaud?

— Oui, certes.

— Bien! bravo! dit-il. Ainsi donc, je me représente votre loi comme un casque de fer : chacun arrive à son tour et présente la tête, afin qu'on le coiffe de ce casque. Celui-ci l'a trop petite, le voilà aveuglé d'un couvre-chef qui lui bat sur les omoplates. Celui-là se la trouve trop grande ; qu'importe ? il faut que l'inexorable coiffure entre ; les oreilles tombent, le front saigne, le crâne se rétrécit. Notez bien que le casque ne saurait aller qu'à une seule tête, celle du législateur, lequel est mort depuis deux ou trois cents ans.

— Disciple d'Épicure, lui dis-je, tu serais un mauvais député.

— Et les femmes, reprit-il, comment les gouvernez-vous ?

— Elles nous gouvernent.

— Toujours ?

— Tantôt ouvertement, tantôt en secret, comme le comité directeur.

— Que vous accrochez-vous au nez ?

— Rien.

— Ni au menton ?

— Pas davantage.

— Voici une civilisation qui vous mène à la barbarie. »

Telle a été ma conversation avec cet homme bizarre ; je vous la transmets, croyant qu'en ce moment elle pourrait faire quelque diversion agréable dans l'esprit des économistes. Dans une autre que j'avais eue avec lui quelques jours auparavant, il m'avait fait ce singulier raisonnement sur les différentes sortes de gouvernements.

« Il y en a trois espèces, me disait-il ; la république, le gouvernement constitutionnel et le régime absolu. Avez-vous jamais réfléchi à la position d'un ministre dans chacun de ces trois cas ?

« Les choses de la vie peuvent être considérées comme un jeu de brelan ou de trente-et-quarante. C'est le peuple qui fournit l'argent pour mettre au jeu. Dans un gouvernement absolu, le peuple dit au ministre : « Voici de quoi jouer ; fais à ta fantaisie, perds ou gagne, nous ne t'en demanderons pas compte. » Le ministre joue, et, s'il perd, on lui en donne encore. S'il gagne, il a soin de rendre moitié, et le tiers en sus en joujoux, hôpitaux, ponts, abattoirs, statues, égouts, etc., etc.

«Dans un gouvernement représentatif, le peuple dit au ministre :
« Voici peu d'argent ; fais à notre fantaisie, gagne. Si tu perds, tu nous
en rendras compte. »

« Dans une république, le peuple s'assoit à la table, joue lui-même,
et les trois quarts du temps pille ses voisins pour plus de facilité. »

11 avril 1831.

XV

REVUE FANTASTIQUE

Ne sachant aujourd'hui quel événement de la semaine pourrait
fournir matière à un sermon, il faut, mes très chers frères, que je vous
fasse lire un petit chapitre anecdotique.

Vous savez qu'il y a des jours où la pluie oblige à garder le coin du
feu, et où, si l'on ne prend des cartes en plein jour comme dans le
défunt siècle de nos grands-pères, il faut que l'on discoure sur le pro-
chain. Ce n'est pas là, faites-y bien attention, le vent orageux, terrible,
de la *calumnia*, dont le général Bonaparte écrivait à Salicetti : Tu sais
avec quel art elle siffle. Ce ne sont pas les sangsues affamées dont le
satirique, semblable à un médecin furibond, assassine le patient qu'il
veut enterrer ; c'est un frais zéphir rasant la terre comme l'hirondelle,
et, comme elle, ne ramassant que quelques insectes ou quelques grains de
sable ; c'est ce doux sourire à demi épanoui sur les lèvres de M. Denon,
racontant une anecdote ; c'est l'innocente joie d'une coquette
qui aperçoit une fluxion sur la joue de sa voisine. On se laisse aller,
comme sur un théâtre de société ; chaque personnage vient se montrer
à son tour, et livrer aux traits malins son costume, son visage, sa taille,
ses discours et ses prétentions. Celui-ci, intimidé, a besoin du souffleur ;
madame une telle a trop de rouge ; celui-là déclame avec emphase et
tourne sur son talon avec une satisfaction trop grande ; ajoutez à cela
la fumée du thé et l'impression magnétique d'un cercle resserré de

larges fauteuils à demi grillés par un feu de décembre ; et vous com-
prendrez tout le plaisir qu'on trouve à dessiner comme Granville de
joyeuses silhouettes sur les murs.

Je me trouvais donc hier au milieu d'une conversation où quelqu'un
s'avisa de dire :

— Je vais vous conter une vieille histoire.

— Vieille ! dit-on.

— Pourquoi pas ? Ceux qui la savent n'ont qu'à dormir ou à tri-
coter. Ceux qui ne la savent pas me diront si elle les a ennuyés.

— Scandaleuse ? dit une vieille.

— Bah ! dit une jeune.

— Pas du tout, répliqua le conteur, et il commença ainsi (il est très
bavard) :

Quarante cervelles académiques étaient un jour en ébullition ;
comme l'eau prête à être versée dans une théière ardente elles bouillon-
naient et grommelaient au coin du feu. Il s'agissait de l'élection d'un
membre nouveau.

Il paraît que c'est une chose réellement horrible que de porter dans
son sein une éligibilité quelconque ; au dire des gens expérimentés, il
paraît véritablement que l'émotion qu'on éprouve dans une angoisse
électorale, serait capable de remuer les entrailles glacées de cet Anglais
illustre qui, chaque soir, se mettait sur le pas de sa porte et injuriait
les crocheteurs, dans l'espoir de recevoir, sinon une émotion, du moins
quelque joyeux coup de poing. (Je crois que c'est lui qui, le premier,
a dit ce mot tant répété depuis, comme un pauvre lui criait la faim :
Tu es bien heureux !)

Mais qui pourra jamais, dit Lord Byron, connaître les secrets tour-
ments de l'homme et le voir dans le silence et la solitude des nuits,
lorsque le masque qui recouvre son visage aux yeux du monde est
déposé à son chevet (c'est dans *Lara*, je pense, ou à peu près) ? Et qui
a pu jamais descendre dans le cœur d'un immortel en herbe, quand un
scrutin douteux balance sur sa tête poudrée l'éternel laurier, et qu'à
chaque battement de son sang qui s'agite il frissonne de voir s'écraser
dans ses doigts, comme don Carlos, l'œuf de ses espérances !

Mon mari a pris le Louvre ! s'écrie une vieille qui, de marquise,
en trois jours, devint naguère solliciteuse, tirant son époux imbécilement

voûté par un habit qui s'est usé à frotter contre les murs de toutes les antichambres ; que d'éligibles prennent le Louvre, et prendraient la lune sans scrupule avec ce qu'on voudrait, pour une simple voix ! O mon cher voisin, accordez-moi la vôtre, au nom du ciel, et venez dîner chez nous sans façon.

Cartes de visite bien luisantes, poliment déposées ; coches de remise roulant de porte en porte ; magnifiques révérences, s'ouvrant comme la marquise d'Escarbagnas dansant le menuet ; admirable fumet de truffes, troublant la raison et détournant la pensée ; pétillant champagne, signal de l'heureux moment où la main presse la main, où l'électeur se rend, où il promet sa voix en la perdant.

Voilà ce que savent ceux qui ont vu des élections, et griser un jury est une chose délectable ; on peut le demander à ceux qui ont lu dans le fashionable roman de *Pelham* certain chapitre où le héros, piqué d'une mouche élective, s'en va quêtant par les villages. Ah ! ah ! dit-il en entrant chez le ministre, je vous trouve à propos à déjeuner ; voici fort heureusement du veau froid ; je l'aime avec passion ; — et de s'asseoir ; et quel honneur qu'un grand seigneur mangeant du veau froid à la table d'un curé de province ! Cependant les petits enfants crient, la femme gronde ; la scène, en un mot, est faite avec le pinceau de Cruishank. Qu'importe ! la voix est emportée, enlevée à la pointe de l'épée.

Mais le lendemain ! — Était-ce *donc* la peine, dit le désappointé, de faire lithographier des circulaires ? O imprudent visiteur ! tu as tiré ta poudre aux moineaux ; semblable à ce royal chasseur que l'on voit collé aux boutiques des vitriers, il ne te reste dans les mains qu'une mauviette dégarnie de plumes, tandis que tu comptais sur la riche pépouille de l'ours.

Mais j'oublie que je conte une histoire.

Il s'agissait *donc* de l'admission d'un membre nouveau. La nature et les fauteuils de l'Institut ont une égale horreur du vide.

Un savant professeur, qui fut l'élu et qui méritait de l'être, avait pour antagoniste un des hommes les plus spirituels du siècle, dont le talent sans doute vaut bien aussi un fauteuil, mais il fit alors une faute en matière d'élection.

Le vaudevilliste solliciteur se fit déposer à la porte d'un hôtel de l'aristocratique faubourg. Il venait demander la voix d'un pair dont les discours se tiraient encore il y a quinze jours à vingt mille exemplaires.

Le pair était assis dans son cabinet de travail, occupé peut-être à relire quelques-unes de ces pages qui ont prouvé qu'on était poète en prose et qui ont fondé en France une école malheureusement indigne de sa noble source, peut-être appuyant sur sa main ce front que le ciseau de David a idéalisé comme celui de Gœthe, il réfléchissait à sa destinée, à son errante et large existence ; à cette vie traversée de tant d'orages et dont les mécontentements auraient suffi à une ambition vulgaire ; peut-être il songeait aux destinées de la France, lorsqu'on annonça le vaudevilliste.

Le pair se leva d'un air étonné :

— Monsieur, dit-il au solliciteur (après qu'il eût entendu son nom), à qui ai-je l'honneur de parler ?

Le vaudevilliste prit un air plus étonné encore. Il répéta son nom.

Le noble pair répéta sa question.

— Monsieur, j'ai fait recevoir avec succès au Théâtre-Français plusieurs ouvrages dont l'un surtout fut jugé digne par le public d'un grand nombre de représentations ; un fauteuil à l'Académie se trouvant en ce moment...

— Puis-je vous demander le titre des pièces dont vous parlez ?

— Ce sont, monsieur, celles-ci : ***.

— Je ne les connais pas, répliqua le poète.

— Monsieur, poursuivit le vaudevilliste, j'ai été assez heureux pour fournir à nos compositeurs de musique les plus distingués le sujet de leurs drames lyriques ; c'est sur mes paroles qu'Auber, Boïeldieu et Rossini ont composé leurs opéras français en grande partie.

— Monsieur, reprit le pair, vous comprendrez aisément que le nom du musicien en pareil cas soit le seul que l'on demande. Je vous avouerai que j'ignorais celui de l'auteur du canevas.

Le vaudevilliste vit qu'il n'obtiendrait rien ; il persista :

— Un des théâtres les plus distingués du boulevard représente journellement des pièces tirées de mon répertoire. Le public veut bien les accueillir avec quelque indulgence. Si Votre Seigneurie pouvait juger, comme quelques-uns de ses collègues, que de l'ensemble de plusieurs ouvrages de peu d'étendue, peuvent naître les mêmes droits que d'un grand ouvrage seul...

— Monsieur, répliqua le poète, je ne vais jamais au théâtre du boulevard.

Qu'y avait-il à dire ? Le solliciteur se retira.

La morale de la fable est qu'un homme d'esprit peut faire une faute, et qu'un autre peut faire une impertinence. La morale est encore que, bien fou est celui qui, étant le premier dans sa sphère, veut en sortir pour être le dernier dans une autre.

(Extrait de la Chronique du XIXe siècle.)

Lundi, 18 avril 1831.

XVI

REVUE FANTASTIQUE

Lorsque par un beau clair de lune (j'ai un faible pour la lune) vous sortez n'ayant sous le bras qu'une canne, c'est-à-dire ni un livre ni un importun, et que vous allez vous asseoir sur le bord d'un fleuve (peu importe que vous soyez Italien, Turc, ou romantique, et que le lieu de vos méditations soit un toit, une natte, ou un clocher), est-il possible qu'en regardant, je suppose, quelque chose comme l'embouchure de la Seine à la Notre-Dame-de-Grâce, le spectacle le plus capable de faire entrer l'air du ciel dans vos poumons, et par conséquent des pensées moins terrestres que de coutume, est-il possible, dis-je, que jamais, suivant le fleuve en sens inverse de son cours et le caressant à rebrousse-poil, vous ne vous soyez occupé à songer d'où vient ce torrent immense, par quels chemins il passe, de quelle source il part ?... par quelle raison du fond d'une prairie solitaire, du sommet d'une montagne escarpée, il marche, il avance, enfant d'abord, puis homme, puis vieillard, jusqu'à l'Océan, qui est sa mort ?

Ainsi toujours remonter à toutes les sources, voilà ce qui a produit ce cliquetis harmonieux ou boursouflé de mots qu'on nomme philosophie. Hélas! qu'en pouvons-nous savoir ? Ce fleuve est fils de cent ruisseaux, de vingt rivières ; il est père de mille fontaines, de canaux innombrables qui portent la fécondité dans de vastes prairies, et qui font tourner la meule qui fait le pain du pauvre ; ce fleuve traverse cinquante villes ; chacun lui jette en passant ses immondices, ses égouts, ses bateaux, ses marchandises ; il les emporte : voilà une paille qui a fait trois cents lieues. Comme l'avalanche détachée par un gravier tombé du bec d'un aigle, ce fleuve est sorti d'une goutte de rosée infiltrée sous une roche.

Quelle étrange recherche que celle des généalogies! Le bon Homère, qui peut-être n'existait pas et ne fut lui-même qu'un épitomé, engendra Virgile, qui fit le pieux Énée ; Virgile engendra le Tasse, qui fit *Armide* et *Clorinde*, que Boileau n'aimait pas. Le Tasse engendra Dieu sait quoi, la *Henriade*. La *Henriade* enfanta monsieur Baour-Lormian. C'est ainsi que la tragédie grecque, cet océan majestueux et sublime, après avoir donné naissance à Racine et à Alfieri, ces deux fleuves au flot pur comme le cristal, engendra ces ramifications indécrottables de petites mares d'eau qui se dessèchent encore çà et là au soleil, et qu'on nomme... l'école de Campistron (vulgairement les *classiques*).

Imitateurs, troupeau d'esclaves! quel soleil vous desséchera jamais et pompera vos cervelles oisives ? Un de nos peintres vous appelait hier la poussière que soulèvent les pas du maître. Qui êtes-vous, que faites-vous, que vous croyez-vous ?

Comme un noble coursier dont le sang dégénère et s'avilit au cinquième croisement de sa race, ainsi, et plus tôt encore mille fois, se tue et se flétrit la pensée de l'homme primitif, recrépie par le vain paraphraseur. Ainsi les pédants, qui tirent encore Aristote par la robe qu'il portait à la mort du roi Philippe, ont fait un pédant odieux et exécrable de cet honnête homme, plus inoffensif que Lebatteux ; ainsi du vieux Shakspeare, père de Gœthe, est née une collection de fous à mettre dans un herbier.

Tout en songeant ainsi, je me mis à penser à monsieur de Lamennais.

Un livre dont tout le monde a parlé, et dont le titre était très bien choisi, parut il y a bien longtemps, dans les États théologiques de la littérature, qui sont loin d'être une république. Voici à cet égard ce qui m'a été conté par un des hommes les plus savants qu'il y ait à présent.

Ce digne ecclésiastique, tout en parcourant les pages pleines d'inspiration du doctrinaire de *l'Avenir*, crut se rappeler quelque chose, comme cet invalide de Charlet qui s'écrie, au moment de porter son verre à ses lèvres, que sa femme lui revient.

« Eh ! mais, se dit-il, j'ai vu cela quelque part. »

Après avoir fouillé scrupuleusement les rayons les plus poudreux de sa mémoire, l'ecclésiastique se souvint que les traces de l'indifférence et de la faiblesse de l'esprit humain devaient se retrouver dans un certain ouvrage de Huet, évêque d'Avranches.

Mais comment trouver ce livre ? La bibliothèque d'une petite ville ne pouvait le posséder. Le hasard le lui fit rencontrer sur un quai, moisi et vermoulu. Quel fut son étonnement, en l'ouvrant et le parcourant avec soin, d'y retrouver non seulement des pensées, mais des pages entières du livre de l'*Indifférence!* Assidu dans ses recherches, l'ecclésiastique nota en marge les passages correspondants.

Tout à coup un second souvenir, aussi frappant que le premier, vint le réveiller au milieu de ses méditations.

« J'ai vu encore cela autre part », se dit-il.

En ce moment passa dans son esprit en caractères imperceptibles le nom de Sextus Empiricus. Cet écrivain, d'un génie remarquable, vivait sous l'empereur Probus ; il avait fait un livre sur la faiblesse de l'esprit humain, dans lequel les mêmes matières et le même fond devaient se retrouver.

L'évêque d'Avranches fut à son tour cité au tribunal de la justice qui rend à César ce qui est à César, et comparut devant le vieux Sextus. L'ecclésiastique ne s'était point trompé. Sextus rendit son témoignage ; il montra ses pensées écrites en latin plus vieux que nos langues vivantes et si peu vivaces ; il était aisé d'y reconnaître que Huet à son tour ne s'était pas contenté des pensées, mais encore qu'il avait détaché des pages.

Cependant ni l'un ni l'autre des deux compilateurs n'avait daigné citer la source où il avait puisé.

Mais voici qu'en lisant Sextus Empiricus le digne ecclésiastique se rappela qu'il avait vu cela quelque part.

Assurément, dans les Pères de l'Église. N'y retrouve-t-on pas en grande partie cette morale qui se raille de l'esprit de l'homme, et presque la doctrine de Pyrrhon ? Les doctes in-folio sont ouverts. Pyrrhon et ses idées paraissent. Que fit l'ecclésiastique ?

Un article de journal.

Mais il le brûla aussitôt après, et fit bien dans ce temps-là ; car dans ce temps-là... il y avait bien des choses qu'il n'y a plus dans celui-ci.

Lorsque j'entendis cette histoire, je ne pus m'empêcher de faire de profondes réflexions, et de me rappeler l'histoire de ce bossu des *Mille et une Nuits* que chacun croit avoir tué, et que le prétendu meurtrier va toujours passant à son voisin. Mais au bout du compte il n'a qu'une arête de merlan dans la gorge.

Je me rappelai aussi qu'il est très possible, très aisé même de se rencontrer avec quelqu'un qu'on n'a pas lu, presque autant que de se brouiller avec un ami pour un mot qu'on n'a pas dit.

25 avril 1831.

XVII

LA FÊTE DU ROI

La fête du roi, c'est la fête du peuple. Voilà ce qui est une belle chose à voir. Qu'il se presse aux marches d'un théâtre dont les portes sont ouvertes et les bureaux fermés ; qu'il se couche, ivre et joyeux, sur les balustrades de velours cramoisi habituées aux coudes aigus des demoiselles de bon ton ; qu'il rie, crie, boive et chante : c'est ta fête, bon peuple.

Aux siècles à venir est réservé un spectacle nouveau, dont le siècle présent lève la toile. Contre les prétentions rétrogrades de l'aristo-cratie, les rois et les peuples se donnent la main. C'est à cette fête, ô rois ! qu'il faut convier vos peuples ; le prince de la Grande-Bretagne vous en donne un exemple plein de force, et le nôtre l'a déjà donné ; imitez-les. Les portes du Palais-Royal étaient ouvertes aussi à tout le monde hier, comme celles des théâtres. Lorsque madame la marquise de *** envoya le matin demander au suisse si Sa Majesté recevrait, on lui répondit : « Oui, madame, tout le monde. »

La première fois que je vis Versailles, comme je n'étais pas encore romantique, je trouvai le palais, l'escalier et les jardins dignes d'un roi ; mais je ne pus m'empêcher de penser en même temps que quiconque voudrait être digne du titre devait habiter dans ces jardins et dans ce palais ; hors de là, point de royauté, pensais-je ; c'est là que la majesté de Louis XIV respirait à l'aise et tenait ses courtisans à vingt pas de distance lorsqu'elle se promenait dans ces allées magnifiques ; c'est du haut de ces perrons massifs que le maître apparaissait quelquefois aux regards des curieux que des piques dorées écartaient des grilles ; c'est dans ces salles immenses, sur ces parquets superbes, que craquait le talon rouge, que glissaient silencieusement quinze aunes de satin vert, ce qui signifiait une robe du matin ; c'est là qu'est l'empire, la dignité ; là aurait dû se promener, au cœur du royaume de Charlemagne, Bonaparte en cheveux blancs.

Si un peintre voulait aujourd'hui nous représenter Louis XI, il faudrait qu'il le fît, non à genoux, comme toujours, mais assis, dans une vieille robe, le menton dans la main, pensant ; et debout, à côté de lui, Tristan.

Tristan, voilà un mot qui ne signifie, pour la plupart des gens, qu'un bourreau. C'en est un, en effet, c'est l'instrument inflexible qui a le premier ouvert la voie nouvelle ; c'est le fer de la charrue qui a creusé le premier sillon où la Providence semait. Le premier il suspendit la noblesse aux créneaux des tours ; il la précipitait dans les oubliettes éternelles, il la livrait aux vents terribles, aux sommets des chênes, aux branches noueuses des ormes, comme le gland des forêts. Louis XI, détesté, fut un prince libéral ; il ouvrit les veines de sa noblesse, et y versa le plomb fondu par Fust et Gutenberg. L'épée de Tristan fut son sceptre, et pour main de justice il ne voulut que le gant de fer du prévôt L'Ermite, dont l'étreinte brisait et faisait tomber à terre les mains qui la touchaient.

Béranger, qui se tait depuis longtemps, nous a montré dans un couplet immortel le triste fantôme de ce prince, jetant des regards mornes sur un soleil de printemps et une ronde de fillettes. Qui sait si derrière ce regard si farouche il n'y avait pas un soupir!

Oui, un soupir pour un temps meilleur, un sanglot soulevé par la rage contre une féodalité destructrice qui tuait tout et avilissait l'homme en l'abâtardissant. Défendre Louis XI n'est pas nouveau. A qui la faute, si ce faucheur de privilèges vécut dans un temps où la main du roi ne pouvait arriver jusqu'à celle du peuple, où tous deux se tendaient les bras sans s'atteindre, des égouts de Paris au donjon du Plessis-lez-Tours, et où le régénérateur fut obligé d'abattre, comme autrefois ce Romain, la tête des pavots superbes?

Mais ce glaive de l'Ermite, tombé à la mort du roi au pied de son cercueil, fut ramassé par les moines ; aiguisé pendant deux siècles sur la pierre silencieuse des cloîtres, l'Église le jeta souillé du sang des riches ; le peuple enfin le releva.

Ce qu'il en fit est cruel ; c'est oublié. Aujourd'hui le glaive est déposé par tous ; mais l'ombre de Tristan erre encore autour de la vallée du Plessis, que Walter Scott a prise de loin pour une montagne. Près de lui se traîne encore Louis XI, toujours triste, toujours pâle, toujours pensif. Peut-être Galeotti vit-il jadis moins avant que lui dans l'avenir ; peut-être de tous les rois qui précédèrent le nôtre serait-il, lui, Louis XI, le moins étonné de ce qui est. Cependant les examinateurs pour le baccalauréat ès lettres ne manquent pas, surtout depuis les glorieuses journées, de baisser la tête en signe d'approbation lorsqu'un perroquet d'écolier, interrogé sur lui, le compare à don Miguel.

Voilà les réflexions qui me sont venues, au spectacle *gratis*, en écrivant ces premiers mots : « La fête du roi, c'est la fête du peuple. »

Mercredi, 4 mai 1831.

XVIII

REVUE FANTASTIQUE

Je suis tout à fait de ceux qui vont au Musée sans livret. J'y entrais donc hier, jour le moins réservé qu'il soit possible de voir ; je commençais à devenir un des flots de cette mer agitée qui se balance stupidement devant des toiles plus ou moins grandes, représentant des sujets plus ou moins à la portée des gens. Il faut avouer que, grâce à cette absence de livret, je ne comprenais rien les trois quarts du temps ; mais, comme c'est un système que je me suis fait, je tenais bon.

Oui, il m'est entré dans la tête que lorsqu'on visite, par exemple, la vieille galerie du Louvre, on peut croiser ses bras derrière son dos. Que vous apprendrait l'explication ?

Peut-être il est curieux pour certaines personnes de savoir que le dernier personnage de la galerie à gauche, au grand bout de la table dans les noces de Cana, est Charles-Quint ; le second, Victoria Colonna ; le troisième, François Ier ; desquels personnages pas un ne ressemble, bien entendu ; peut-être il y a des gens qui lisent avec satisfaction que monsieur Bonnefond a retouché ici Titien, déshonoré là le seul tableau à l'huile où Michel-Ange ait mis la main ; ces gens-là ne s'en seraient sans doute pas aperçus s'ils ne le lisaient pas.

Mais pour cette espèce de fous qui, comme moi, ne cherche qu'une expression, qu'une tête, qu'une pensée, souvent un trait de pinceau dans un ouvrage, et reste une heure devant ce vieux Raphaël, dont il est original de dire du mal aujourd'hui (cela donne un air de grand connaisseur assurément) ; pour ces gens, dis-je, qui ont la barbarie, dans un siècle de romantisme, de traverser la galerie de Rubens plus vite que celle des Italiens, ce n'est pas à eux que s'adressent les batailles, les couronnements, les passages du roi, ni les portraits de famille, hélas ! pas plus que les pots de fleurs.

Le nom du peintre était autrefois écrit dans la couleur du ciel, dans l'expression des têtes ; la signature du Vinci était un paysage bleuâtre hérissé de pointes de rochers et perdu dans l'azur d'un lac ; celle de Michel-Ange était la stature des muscles robustes ; celle du Corrège le demi-jour flottant d'un clair-obscur. Aujourd'hui il suffit de se placer à six pieds d'une toile pour que, du milieu d'un gazon entre les dalles d'un parquet, un nom rouge ou bleu vous saute aux yeux.

Et donc, le nom connu, ces fous dont je parle ne demandent pas ce que c'est que le sujet ; historique ou non, patriotique ou point, ils regardent et jugent. Oui, jugent, bien qu'ils ne s'y connaissent pas.

Pénétré de cet entêtement, je frottais mes mains privées de livret ; je m'arrêtai contre une balustrade ; c'était tout justement au-dessous d'un tableau citoyen. Je ne sais ce qu'il représentait de patriotique ; mais une foule considérable qui s'y était amassée semblait le dévorer des regards.

« Bon, me dis-je, voilà de mon public des jours fériés ! » mais j'aperçus tout à coup, au milieu de ces nullités béantes, la tête boudeuse et indifférente d'une belle jeune paysanne à qui son oncle poussait le coude d'admiration, tandis qu'elle tournait la tête d'un autre côté.

Elle avait un bonnet de dentelles et une paire de boucles d'oreilles larges comme des pièces de six francs ; elle avait l'air bête et pensif, des yeux qui regardaient le vide ; elle n'entendait rien et ne prenait goût à quoi que ce soit de ce que son oncle lui criait d'admirer.

« En vérité, me dis-je, je suis un sot si je n'entreprends de suivre cette fille et de voir à quoi elle s'arrêtera. » Je me figurais qu'il y avait dans tout cet être une apparence de sensibilité naïve. Je me mis sur ses talons.

L'oncle se posta devant un grand forum tout rouge rempli de contorsions et de draperies en colère ; il ouvrit de grands yeux ; la nièce abaissa les siens d'un air distrait et regarda la boucle de son soulier. « A merveille ! » me dis-je. Contre un tableau de genre fort historique, l'oncle cloua ses lunettes ; la jeune fille se tint roide dans son corset de velours vert et le laissa s'extasier aussi longtemps qu'il lui plut. C'est encore mieux.

De cette manière nous fîmes le tour de la salle carrée, l'oncle de se récrier toujours, la fillette de bâiller à demi ; ce qui me suggéra cette réflexion, que je perdais sans doute mon temps, que cette paysanne était absolument sotte, et que, puisque rien ne lui plaisait, je n'avais qu'à la laisser.

Je m'éloignai donc, et, ayant trouvé Henri qui traversait, je le pris.

sous le bras et m'élançai dans une discussion terrible, où je prétendis que tout était mauvais.

«Et comment faire pour composer un bon tableau aujourd'hui ? disais-je. Ne voyez-vous pas que ces deux admirables têtes des enfants en prison, de Delaroche, ne sont goûtées que par fort peu de gens ? Le style sévère des draperies et la pensée terrible du sujet, si habilement effleurée, loin de plaire à la foule, la choquent, et elle aime mieux s'aller établir devant une scène d'intérieur représentant des grisettes.

«Le public, mon ami (cet être de tout temps indéfinissable), est, dit-on, en Allemagne un homme d'un âge mûr, grave, silencieux, qui ne donne ses avis qu'à bon escient, et qui va même jusqu'à examiner avant de juger ; en Italie, c'est un jeune étourdi qui cause, rit, soupe et joue aux cartes, sans se soucier autrement de ce qu'on dit ou fait pendant ce temps-là. Mais en France, hélas ! c'est le plus souvent un petit homme poudré, qui s'enveloppe d'une impénétrable et pédantesque roideur.

«Cependant un peintre, un poète, un fou s'échauffe un beau soir la cervelle, Dieu sait avec quoi ; un mot qu'il entend dire, un souvenir qui lui revient, un songe, un dîner, un regard, que sais-je ? un rien lui fait abandonner tout pour courir à ses pinceaux. Perdu dans un caprice favori, il s'y enfonce ; il pleure, il chante, il écrit ; autour de lui s'agitent mille fantômes qu'il s'efforce de saisir, dont il écoute les voix et dont il tâche de fixer la forme incertaine. Divine jouissance ! il oublie. Il vit un moment hors de la vie ; ses forces s'exaltent, jusqu'à ce que la goutte de rosée, pareille à une douce larme, distillée lentement de l'alambic, se détache et tombe enfin comme une perle.

«Il a créé : une charmante femme a souri, s'il est gai, jeune et heureux ; s'il est triste, de longs voiles couvrent une tombe ; la Madeleine n'est qu'un jour de mélancolie de Canova. L'œuvre est-elle achevée, voici venir le petit homme poudré qui chausse ses lunettes ; il dépose son parapluie, il s'accoude ; juge terrible ! un demi-sourire prédit déjà l'orage ; quelquefois il frappe en signe de joie ses mains l'une contre l'autre ; souvent il se contente de secouer la tête ; il approuve, il tolère ; mais malheur, malheur à celui qui a pu l'irriter au point de faire sortir de sa poitrine un sifflement aigu, semblable au cri d'une porte mal huilée ! il se change tout à coup en une hydre à mille chefs, en une mer qui rugit et déborde...

« Et comment faire, cependant ? Jamais, non, Henri, jamais il n'a produit rien de grand, l'homme qui pense, en travaillant, je ne dis pas au public, mais même à un seul de ses conseillers. Un de nos artistes me disait, l'autre jour, qu'une excellente caricature serait celle d'un pauvre artiste accroupi et suant sur sa toile, portant sa coterie sur son dos... »

J'en étais là de ma discussion, lorsque je regardai autour de moi. Quel fut mon étonnement !

A deux ou trois pas de moi, j'aperçus la tête de ma belle paysanne. Ses grands yeux noirs étaient fixés sur une toile un peu élevée ; une expression de sensibilité profonde et un léger sourire sur sa bouche me persuadèrent que je ne m'étais pas trompé sur son compte.

Mais quel tableau regardait-elle ? Qui avait pu la fixer ? Je fis quelques pas, et je vis clairement que c'était l'*Inondation* de Schnetz. Quelle satisfaction j'en ressentis ! « Ainsi, me dis-je, voilà une pauvre fille qui peut-être voit pour la première fois ce qu'on appelle une exposition, ce qu'on pourrait appeler un pilori. Que lui ont fait tous ces tableaux historiques, toutes ces scènes affectées comme les mélodrames de Kotzebue, toutes ces grandes fadaises théâtrales au milieu desquelles on est toujours tenté de chercher le trou du souffleur ? Il est clair que cette fille ne s'y connaît pas ; et la voilà arrêtée devant un chef-d'œuvre (car je suis obligé d'avouer que c'est là mon opinion). Que regarde-t-elle ici ? C'est une paysanne à jambes nues, belle comme la chasseresse, passant le fossé son panier sur la tête, son enfant à la main ; et cet enfant aux jambes rougies par le froid de l'eau, aux genoux engorgés, aux cheveux épais, comme il se retourne fièrement en regardant son père ! Son père lui montre le chemin, il le suit, certain que son père ne saurait se tromper, et que là où son père lui dit : « Marche ! » il ne peut y avoir de précipice. Et cette vieille mère ! n'est-ce pas une créature vivante transportée sur la toile ? Comme l'enfant, elle s'abandonne aussi à la garde de Dieu et du père de famille ; ainsi, à l'heure du danger, se ressemblent toujours l'enfance et la vieillesse.

« Que disais-je donc, que disions-nous tous, nous, artistes insensés, qui osons prétendre qu'on ne nous comprend pas ? N'est-ce pas nous qui sortons de la route ? Et nous nous étonnons qu'on ne nous suive point ! Schnetz a-t-il le sentiment de son génie ? Je ne le connais point. Mais il est clair qu'il travaille naïvement ; sous le soleil ardent de l'Italie, il a puisé des rayons vivifiants qui sont restés dans son cœur. Ces rayons sont purs, sont vrais, et ce qui vient de l'âme y va, soyez-en certain.

« C'est là tout le secret des artistes : travaillez donc, creusez-vous la tête, plongez votre âme dans un marais de systèmes, desséchez vos idées d'enfance, vos fraîches idées pleines de simplicité ; dites-vous tous les matins et tous les soirs que vous êtes un homme de génie ; faites-vous de votre amour-propre une coquille de limaçon, où vous puissiez vous enfermer ; raillez et exaltez, disputez et intriguez : tout tombera un beau matin devant le faible, l'ignorant regard d'une jeune fille. »

Lundi, 9 mai 1831.

XIX

REVUE FANTASTIQUE

Il y avait la semaine passée, au Palais-Royal, du côté de la rue Vivienne, une affiche imprimée ainsi conçue :

« Il a été perdu dimanche dernier, aux Champs-Élysées, une jeune « et jolie femme ; on ne peut la désigner autrement. La personne qui la « réclame a des choses très importantes à lui dire, et la prie, si elle « vient à lire cette affiche, d'aller à l'une des représentations d'*Antony*. »

« Voilà une entreprise bien extravagante, dit quelqu'un, de donner rendez-vous au moyen d'une affiche !

— Mais, dis-je, si l'on ne savait pas l'adresse ?

— Eh ! interrompit une femme, c'est une belle créature qui se trouve perdue dans une foule des Champs-Élysées, un jour de Saint-Philippe. Elle vaut assurément la peine qu'on la ramène, moyennant récompense honnête.

— Eh bien, repris-je, peut-être y vois-je trop loin, et ceci, à tout prendre, n'est-il qu'une plaisanterie de carrefour ; mais je me figure que ces premières lignes, qui scandalisent, ont, pour celui qui les a dictées et pour celle qui en est l'objet, un sens particulier, caché. Un mot, un seul mot de cette fine langue française, posé sur l'enclume, se tord de tant de façons ! L'esprit en a tant vivifié que la lettre avait laissés pour morts !

— C'est du romanesque, dit un homme qui portait de la flanelle au mois de mai.

— Oui, pensai-je en fronçant le sourcil et en tournant le dos, c'est en effet du romanesque ; c'est en effet passé de mode ; c'est inconvenant, c'est audacieux, c'est absurde ; mais avouez que cela pourrait être à la rigueur singulièrement passionné.

— Quant à moi, chevrota un petit homme à carrure rebondie sorti tout frais des *Provençaux* et joyeusement électrisé par le souvenir de quelques bouteilles vides qu'il venait d'y laisser, j'offre de faire un pari. (Tout en parlant, il s'éloignait et reprenait sa route, s'appuyant sur le bras de son ami ; j'étais curieux d'entendre sa gageure.) C'est, dit-il, que si la femme en question vient à connaître cette affiche et à apprendre le lieu du rendez-vous qui lui est donné, ce sera son mari qui le lui aura dit ; et j'offre, répéta-t-il en riant plus fort, de gager cinquante louis. »

Je me dis en moi-même que je ne les tiendrais pas.

« Oui, continua le petit homme, ce sera quelque bourgeois plein de vertu, quelque garde national plein de ferveur. Il aura par hasard dirigé ses lunettes sur le pilier porteur de l'affiche bizarre, et en rentrant le soir chez lui (sa femme sera à jouer au quinze avec madame la lieutenant-colonelle et sa voisine) : « Parbleu ! dira-t-il en se jetant dans la bergère d'un air malin, j'ai vu ce soir une plaisante affiche !... »

« Et la pauvre femme, pâle comme Sophie entendant le récit du malheur arrivé à Tom Jones, sentira ses membres couverts d'une sueur froide et son cœur battre, ses mains se roidir !... « Prenez garde ! dit la « voisine, vous avez laissé tomber le valet de carreau. »

« Comme il faut revenir aux choses sérieuses, la partie se continue, et les vieilles, armées de bésicles, ne cessent de frapper la table verte avec les os pointus de leurs doigts. Mais la jeune femme ne compte plus les cartes qui sont passées ; elle attaque dans une couleur où l'on coupe. «Cela n'est pas vraiment tolérable, chère petite, vous jouez «ce soir en dépit de la raison.»

«Et peut-être tout un roman, toute une passion terrible vient de se réveiller dans son cœur et de le remuer jusqu'au fond...

«Mais le lendemain matin, d'un air distrait, rêvant pour la journée : «C'est bien ennuyeux, le quinze.

«— Oui, dit l'époux. Si nous allions au spectacle ?

«— Mais... où ?... dit la dame. A *Antony*?

«— Bah! dit l'époux, c'est du romantique ; allons aux Variétés.

«— Qu'est-ce que cela fait ? dit la femme. Nous verrons madame Dorval ; on dit qu'elle est superbe.»

Telles étaient les conjectures du petit homme, qui bâtissait un chapitre tout entier. Mais moi :

«Extravagant! me dis-je. Mal choisi! Pourquoi une affiche? Mauvais ton! Ne saurait-il, au lieu de tout ce scandale, gagner honorablement une servante? Est-il donc vrai, est-il donc réellement possible qu'en 1831, froide année inondée de pluie, où il n'éclôt que des œufs industriels ou des parodies verbeuses et des spéculations sèches, un homme (un fou, sans doute, un malheureux écolier qui n'aura jamais vu le grand monde) ait pu concevoir, exécuter une idée romanesque? O ciel! quel oubli total et effrayant des convenances!

«Oui, peut-être, il y a trente, quarante ans, l'amour fut romanesque ; c'était le temps où certaine demoiselle, qui est aujourd'hui une fort respectable mère de famille, disait, en voyant que Paris était barricadé et les portes fermées, je ne sais quel jour de terreur : «Ah! mon Dieu! comment fera-t-on donc les enlèvements ? » C'était le temps où Malvina faisait couler des larmes et répandait l'insomnie dans les pensionnats ; c'était lorsque la princesse W*** suivait l'armée française et son royal amant ; lorsque nous avions l'Europe pour patrie, et qu'il y avait un commissaire de police à Rome, comme aujourd'hui M. Cadet-Gassicourt est maire d'Alger ; lorsque les Français, en bivac sur toutes les terres du continent, avaient cessé d'être Français. Nos tantes l'ont vu.

«Mais nous! nous, grand Dieu! revêtus d'une hypocrisie bien fourrée, comme d'une saine douillette cuirassée de pointes inabordables, le mariage de convenance, semblable à un tartufe de mœurs, s'est établi parmi nous ; ll vit chez nous comme l'hôte d'Orgon. Le pauvre homme ! comme il eouvre ce sein que l'on ne saurait voir !

«Si je voulais personnifier dans une statue allégorique le siècle de Louis XV, si décrié pour sa morale, je jetterais une belle femme, décolletée outre mesure, sur un sofa de mauvais goût ; sa robe laisserait apercevoir la finesse de son bas de soie ; fardée, mouchetée, plâtrée, elle aurait l'air impudent, immoral, mais franc, — franc et généreux. (Voyez ce qu'en dit Jean-Jacques, ou, qui pis est, Saint-Preux.)

«N'est-ce rien que la franchise ? même la franchise du vice ? Si elle donne l'exemple du mal, du moins en peut-elle donner aussi le dégoût. L'homme romanesque, qui enlève la femme de son ami dans une nuit d'été, perd sa famille, tue son repos, flétrit le nom de ses enfants ; mais que fait celui qui, respectant les convenances, après quelques assiduités gazées, une déclaration modérée et discrète, des mesures certaines et ennemies du scandale, corrompt à voix basse la jeune fille qui lui donne la main pour danser, et déshonore avec bon goût, sur la pointe du pied ?

« L'homme romanesque se casse une jambe en montant à son échelle; il a surtout la fatale habitude d'écrire, et le suisse a laissé tomber une lettre dans la cour ; la femme de chambre l'a ramassée, l'oublie et la laisse ouverte dans la chambre de sa maîtresse, où la trouve le mari. L'homme de bon ton serait désolé si le talon de sa botte venait à tourner, et il écrit peu ou point ; il n'a oublié chez le suisse que deux ou trois pièces d'or, que la femme de chambre n'a pas trouvées, car le suisse n'a eu garde de les perdre.

«Mais, Dieu merci ! il n'y a plus aujourd'hui ni échelle, ni enlèvement, ni scandale ; on a trouvé à l'amour romanesque, comme à la petite vérole, une vaccine qui en préserve, sans l'inoculer ; et j'aime à croire que l'affiche du Palais-Royal était une bonne, très bonne plaisanterie.»

Lundi, 16 mai 1831.

XX

REVUE FANTASTIQUE

Des maux que causent les révolutions dans toutes les classes de la société. Tel était le titre d'un ouvrage déjà commencé par un pauvre petit commerçant de mes amis, qui se trouve ruiné par les événements de Juillet. «Eh! mon cher, lui disais-je hier au soir en arrivant de Pithiviers, pour faire un pareil livre il vous faudra dix ans de travail ; le public ne lit plus les in-quarto, et les ouvrages in-octavo restent dans la poussière des magasins si les volumes passent le nombre de deux ; d'ailleurs, mon cher, votre libraire vous payera en billets ; la révolution l'a frappé, dira-t-il, comme les autres, et ses effets iront chez l'huissier, le seul être qui s'engraisse des plaies de la société, comme le corbeau des corps d'un champ de bataille.»

Ce dernier argument découragea complètement le malheureux auteur. Il posa sa plume, ferma son canif à coulisse, et me demanda d'un air piteux ce qu'il pouvait faire pour gagner sa vie. «S'il ne me faut toucher, ajouta-t-il, ni à la politique, ni à la littérature, ni au commerce, s'il ne me faut pas louer une boutique de peur de ne pouvoir en payer le second terme, il ne me reste qu'à peindre des paravents ou à dessiner des festons pour les marchandes de modes. — Faites plutôt cela, lui dis-je, que de vous embarrasser d'entreprises nouvelles. Vivez au jour le jour, sans souci. Vous êtes garçon ; un homme ne meurt jamais de faim ; j'ai donné cet hiver à un honnête mendiant une pièce de quarante sous avec laquelle il a vécu dix-sept jours. — Hélas! mon cher ouvrage! répéta plusieurs fois l'auteur en jetant un coup d'œil paternel sur ses paperasses. — Écoutez, mon ami, après le plaisir de voir son œuvre imprimée, il n'est rien de plus doux, dit-on, pour un auteur, que d'en faire la lecture. Eh bien! j'aurai la patience de vous écouter : lisez-moi quelques passages de votre effrayant manuscrit, et contez-moi ce que vous aviez encore le projet d'y ajouter.» Le pauvre auteur me regarda avec attendrissement, il approcha sa chaise de la mienne, et, après avoir posé son doigt sur ma manche, il me parla ainsi :

«Dans mon ouvrage, je commençais par démontrer la sottise des hommes, qui depuis trois mille ans (et peut-être bien plus) ont toujours été gouvernés, et qui cependant n'ont pas encore pu trouver un mode de gouvernement qui les contente. Ils ont commencé par choisir entre eux un homme et lui donner tout pouvoir, même sur leur propre vie ; ensuite ils ont voulu être conduits par plusieurs hommes. Ils se sont aussi lassés d'obéir aux caprices de plusieurs, et ont formé des institutions ; après des essais de toute espèce, ils ont renversé le trône et ont mis à sa place la pierre de la constitution ; puis ils ont demandé à grands cris un homme. Enfin il y a, dit-on, trois mille ans que cette comédie se joue. Ce qu'il y a de cruel ou de risible, c'est que jamais un de ces tours de roue ne peut s'effectuer sans que la terre s'engraisse de sang et de larmes. Après ces considérations générales, j'en venais aux effets de la révolution sur ces trois classes principales de la société dans la capitale : la noblesse, la finance et la petite bourgeoisie.

«Chez la noblesse, les fêtes et la dépense ont cessé tout à coup. La marquise qui donnait des bals ne fait plus danser, parce que son fils n'est plus capitaine dans la garde royale, et que son mari, qui a perdu pour soixante mille francs de sinécures, ne possède plus que cinquante mille livres de rente.

«Le banquier cache son or : il ne prête plus, même avec usure ; il compte avec désappointement ses écus qui végètent sans intérêt dans sa caisse. Il est désœuvré ; il se promène, engraisse et soupire douloureusement ; sa face blêmie par l'air du cabinet reprend quelque apparence de vie ; ses cheveux ne tombent plus ; il accoste ses amis et passe volontiers, en leur parlant, une minute qui valait de l'or avant la révolution ; il perd son temps et ennuie son monde.

«Le petit marchand était jadis le plus heureux homme de la terre : il allait dîner tous les dimanches à Romainville, tenant d'un bras sa femme et de l'autre un pâté de Lesage ; il avait un débit assuré de gants, de pommade et d'eau de Cologne ; son banquier lui escomptait ses billets ; mais, hélas ! depuis la révolution personne ne veut plus de son papier. Le banquier qui l'écorchait autrefois ne voudrait plus prendre la chair de sa chair.

«Et pourtant il n'y a pas un seul de ces maux qui ne pût être évité si les hommes voulaient se donner la main. La marquise, qui possède cinquante mille livres de rente, ne pourrait-elle faire danser comme autrefois ? Le banquier ne ferait-il pas mieux de prendre les billets du pauvre marchand que de bâiller sur le boulevard ? Quant au petit bourgeois, Dieu m'est témoin qu'il ne demanderait pas mieux que de continuer à payer son loyer, qu'il aurait fait volontiers crédit au commis qui venait souvent à quatre heures acheter des gants pour causer avec la petite fille de comptoir. Ce n'est pas par sa faute que les scellés ont été mis sur sa boutique. La marquise crie à tue-tête qu'elle est ruinée, le banquier vocifère comme si sa caisse était vide, et le petit marchand n'a réellement plus le sou. Tout ce monde-là dit : « C'est la révolution. » Et qu'est-ce donc que la révolution ? Où est-elle ? Redemandons-lui notre argent. La révolution, est-ce une espèce de Briarée qui parcourt toutes les rues de Paris en retournant de ses cent bras toutes les poches ? Ce qu'ils appellent la révolution, n'est-ce pas plutôt la peur ? Et le croquemitaine qui les épouvante, n'est-ce pas ce bon peuple que jadis les insolents seigneurs avaient baptisé *Jacques Bonhomme ?* Ils craignent que l'instrument des fureurs populaires ne vienne encore à jouer de ses terribles mâchoires sur la place de Grève ; ils ne songent pas que jajamais les choses n'arrivent deux fois de la même manière, que cet être taciturne qui nous regarde du haut des nuages et qui compose luimême son spectacle ne se fait jamais jouer deux fois la même pièce.

« Des trois classes dont j'ai parlé, quelle est la plus malheureuse et la plus louable ? Ce n'est pas la noblesse, qui s'expatrie, qui emporte son bien pour aller conspirer sur une terre étrangère ; ce n'est pas le banquier, qui n'est plus qu'un puits où sont enfouis les écus, et d'où il ne sort que de fades paroles ; c'est encore le petit marchand : il donne à ses créanciers son dernier sou ; il se soumet à toutes les corvées de la garde nationale. Sa femme lui fait des guêtres blanches pour la revue, la veille du jour où sa boutique sera fermée. »

Ici, j'interrompis l'auteur. « Mon ami, lui dis-je, ce matin je passais avec notre ami Charlet dans la rue de Sèvres. « Voulez-vous voir, me dit-il, par qui le faubourg Saint-Germain est mis en fuite. Regardez. »

Il me montra deux polissons de dix ou douze ans qui marchaient devant nous. Le plus jeune disait à l'autre : « Je te parie quatre sous tout de suite que « c'est moi qui ai le premier proclamé la république et « demandé la tête des tyrans !

« — C'est pas vrai, répondit le plus grand, c'est pas toi, c'est le petit «Panotet. »

23 mai 1831.

XXI

REVUE FANTASTIQUE

Hier, à sept heures et demie, j'eus une funeste pensée.

Une pensée de mort, une lugubre, une apocalyptique pensée ; je ne sais ce qui put me l'inspirer à dîner. Le matin, j'étais allé à la morgue ; un affreux pressentiment me donna le frisson au rôti ; mais j'ignore par quelle fatalité je prononçai, en montant en voiture, un soupir faiblement articulé, d'après lequel le cocher, plein d'un affreux empressement, me mena à la porte de certain théâtre.

Je descendis, et mon aveuglement fut tel que j'allai sans hésiter au bureau, où la main ossue d'un contrôleur affamé me tendit un billet. J'entrai ; je me souviens qu'en ce moment je me retournai, et aperçus la colonnade d'un temple dédié au dieu des voleurs ; c'est tout ce qui précéda dans mon esprit troublé le plus noir cauchemar.

Sur le velours usé d'une avant-scène malsaine, où les exhalations fétides de la rampe se traînaient en serpentant et en se hissant bizarrement, je m'appuyai triste et gonflé. Des acteurs qui m'étaient inconnus, et dont le visage n'exprimait aucune espèce de sentiment, prononçaient des paroles dont le sens, pareil au chant des oiseaux qui se raillent d'Anselmus, irritait et raillait mon intelligence. Était-ce le premier acte de la seconde pièce ? le second de la première ? Était-ce un morne intermède, une fantasmagorie ? je ne sais ; le tuteur de la jeune fille s'agitait ; son amant passait des transports du bonheur à la contenance la plus glaciale, et sortait alternativement ou rentrait à sa guise dans les coulisses, comme dans un proverbe improvisé. Plusieurs se trompaient, et le souffleur riait malicieusement, je crois, au lieu de venir à leur secours et de les tirer du désespoir.

Je persistai cependant, et, ayant payé, voulus comprendre ; les artères de mes tempes commencèrent à être semblables aux conduits enflammés qui amènent la fonte dans le moule enfoui sous la terre ; elles battaient en grondant et ruisselaient ; je devins bleu ; le souvenir de tout ce que je venais de manger me saisit avec une force qui me fit frémir de terreur. En cet instant, une jeune actrice qui parlait et marchait avec peine s'avança vers les quinquets de la rampe, et, posant son pied par mégarde sur la main du souffleur, chanta très longtemps ; je résolus d'entendre les paroles de l'air, et, me crispant dans un accès de fureur, j'avançai le cou ; alors seulement je distinguai clairement une chose à laquelle je n'avais fait aucune attention, c'est que la salle était complètement déserte.

Que dis-je ? il y avait dans le coin de la galerie froide et retentissante une unique vieille, glacée et racornie sous un schall délabré.

Elle aussi fixait des yeux hagards sur les acteurs en branlant le chef ; les muscles de son cou se tendaient aussi ; mais la vieille crispée me parut moins malheureuse que moi. Ah ! infernale sorcière, murmurai-je, tu comprends, je le vois, tu es d'intelligence avec ces comédiens diaboliques ; ce qu'ils disent pénètre dans ta cervelle, et tu as la clef de tout ceci.

— Madame, lui dis-je, surmontant mon horreur, ceci est-il le premier acte ?

— Il n'y en a qu'un, me dit-elle poliment.

— Est-ce donc la pièce nouvelle ?

— Il y en a trois, répliqua-t-elle.

— Vieille, m'écriai-je, ne pense pas ici te jouer misérablement de ma patience ; qui es-tu ?

— Monsieur, dit-elle, je suis l'ouvreuse de la galerie, hélas ! (en jetant un regard qui voulait dire : de la déserte et désolée galerie.)

— Alors, lui dis-je, soulève tes membres assoupis, et, de quelque manière que ce soit, arme-toi d'un programme.

Elle m'obéit et me présenta bientôt un vieux lambeau qui avait été programme un beau soir d'hiver où il y avait eu plusieurs places de prises au bureau. Comme ce soir-là on jouait heureusement le même spectacle, et les trois mêmes pièces, je pourrais, disait-elle, m'y reconnaître (en appuyant son ongle sur l'endroit qu'il fallait).

Je lus le titre de la pièce, les noms des acteurs ; je respirai plus librement ; je m'accoudai, et m'apprêtai à écouter derechef ; la toile venait de tomber.

La vieille avait disparu, les musiciens s'en allaient deux à deux ; je demeurai seul sous la voûte silencieuse où pendait la lampe funéraire. Les funestes rêves qui tournoyaient autour de moi, et battaient les artères de mes tempes comme de lugubres aigles, prirent le dessus.

Je vis un vaste cimetière où d'immenses fosses étaient recouvertes de petites tombes abandonnées. Chacune de ces tombes portait un de ces noms que je me souvenais d'avoir vus sur des affiches de diverses couleurs, ou dans les journaux de spectacles. Sur un obélisque, incliné comme la tour de Pise, étaient écrits les noms révérés des anciens maîtres ; et les vents affreux du nord froissaient sur le piédestal de longues herbes desséchées. Un hideux gardien, avec une écharpe noire, comme le commissaire des fêtes désolées du lieu, portait écrit sur le front : *liberté des théâtres ;* et, de loin, il regardait en souriant d'interminables convois de morts qui entraient lentement par la grille du cimetière. Des crétins difformes, pliant leurs jambes cagneuses, venaient jeter dans la commune fosse du pauvre des enfants morts-nés, ou des monstres qu'ils arrosaient de larmes. Mais le spectacle le plus horrible fut celui de certaines gens qui, pareils aux *carabins* d'Oxford, entraient furtivement, et, munis de pioches, soulevaient les pierres calcinées des tombes anciennes ; ils en retiraient un membre à demi-rongé et apaisaient leur faim. D'autres visitaient les cercueils armoriés, et se contentaient d'arracher les bagues et les colliers avec lesquels les illustres morts avaient été ensevelis. Les vers rongeaient avec avidité, et du sein fétide de la terre sortaient mille animaux immondes, mille plantes fades et hideuses qui se traînaient, languissaient et mouraient.

En un clin d'œil, une végétation affreuse, semblable à une mer de moissons, couvrit les collines et les montagnes ; les laboureurs, pleins de joie, montraient leurs instruments, et essuyaient avec orgueil la sueur de leur front. Mais la tige des blés était pourrie, et dans chaque épi vivait un insecte vénéneux.

Stérile fécondité ! m'écriai-je ; laboureurs insensés qui ensemencez avec des cadavres un sol couvert d'une végétation dangereuse ! Ceux-là, pareils à de faux monnayeurs, s'efforcent d'imiter la signature du maître de la banque, et d'écrire correctement : *le contrefacteur est puni de mort ;*

ceux-ci se contentent de mêler à l'or pur un vil alliage et de glisser dans la main de l'acheteur, au moyen d'un rayon de soleil, une pièce brillante d'un faux éclat. Vous fouillez, comme le chien du Bengale, la terre du cimetière ; vous arrachez les fleurs des tombes pour en faire des bouquets à vos muses, et vous leur ordonnez d'aller courir, ainsi parées, comme des prostituées sur les places publiques. La sainte poésie est entre vos mains, au milieu de vous, semblable à un guerrier frappé de mort ; ces paroles de Mullner sont écrites sur sa tombe :

«Ici repose le chef illustre qui a inspiré des actions illustres ; son cœur est ouvert par une profonde blessure ; sa poitrine est nue, son manteau ducal couvre le reste de son corps ; et sur son sein repose l'ordre de Calatrava.»

Je crois que la fièvre me prenait ; la sonnette du régisseur m'annonça que la toile allait de nouveau se lever, et qu'il était temps de sortir.

Imité de l'allemand, me dis-je (étant revenu au grand air), imité! Mais bienheureux celui qui connaît l'original! Autrement, s'il n'a pas le fil de Thésée pour se guider au sein du labyrinthe, si un mot traduit, une ressemblance de scène, un costume, ne viennent pas lui rappeler de quart d'heure en quart d'heure où l'original en serait, à quel affreux cauchemar il est livré!

L'idée de *Blaise et Babet* me vint ; oui, au milieu de ce vague étourdissement, de ce vertige de galimatias qui m'étouffait, cette idée de *Blaise et Babet* se présenta à moi vêtue de rose et douce comme le chant du rossignol au milieu d'un bois affreux.

Robe d'innocence, m'écriai-je, robe des chastes muses! bon et honnête pastoral, vous êtes perdus à jamais!

En ce moment, je heurtai quelqu'un :

— Eh bien! Henri, d'où venez-vous si triste et si pensif? — Hélas! me dit-il, je sors d'une tragédie classique, et je rêvais aux horreurs de Frankenstein et aux massacres de la famille Borotin. Oui, s'écria-t-il les bras au ciel, plutôt l'océan des damnés dont parle Mathurin, que la plaine nue et stérile où je viens d'être traîné sur des épis nouvellement fauchés!

— O mon ami! lui dis-je, ouvrant les yeux à ces paroles, jurons de ne plus aller au théâtre de longtemps ; attendons qu'il arrive à quelqu'un des auteurs du jour ce qui arriva à un jeune peintre que j'ai connu.

Cet artiste fit un voyage d'Italie ; il n'y remarqua que la couleur des tuiles et la raideur des lignes ; les marais et les villes pittoresques furent par lui visités en véritable idiot, son cœur froid et méthodique était sept fois entouré et cuirassé d'érudition ; les principes de son école, semblables à un lierre desséchant, l'avaient enveloppé. Il n'avait d'autres idées, en voyant les plus beaux spectacles, que de plaire à ses amis ; et, face à face avec la nature, il semblait que son maître fût derrière lui pour critiquer chaque trait sur sa toile. Enfin, un jour, il tomba entre les mains de certains brigands qui l'emmenèrent et le gardèrent avec eux, dans l'espoir d'une rançon. Comme il était fort poltron, tout son être se trouva ébranlé, et ses entrailles s'émurent. Au bout de quelque temps, familiarisé avec les figures sauvages de ses hôtes, il voulut les reproduire sur la toile, mais il n'y put parvenir. La tête d'une femme de bandit lui coûta inutilement huit jours d'étude, après lesquels on lui rendit la liberté. Mais de ce jour il devint un grand peintre ; une voie nouvelle s'ouvrit pour lui, la vie pittoresque et agitée qu'il avait menée, les émotions qu'il avait ressenties, les expressions terribles qu'il avait tenté de reproduire, tout cela avait allumé dans ses veines cette fièvre qui ne s'éteint plus. Il abandonna tout système, et travailla assidûment d'après les conseils de son cœur, la femme du bandit n'en sortit jamais.

Lundi, 30 mai 1831.

XXII

PENSÉES DE JEAN-PAUL

PREMIER ARTICLE

Frédérick Richter, dont la *Revue de Paris* nous a fait lire quelques traductions élégantes et fidèles, est peut-être de tous les écrivains allemands celui que les Français aimeront le plus en sa qualité d'Allemand, et qu'ils détesteraient avec le plus d'acharnement s'il avait le malheur d'être né en France. Il n'y a pas une de ses pensées qui, lue dans le cabinet, ne plaise et n'enchante par un certain côté ; il n'y en a pas une qui, mise dans la bouche d'un comédien, ne fût bafouée par le parterre. C'est un singulier pays que le nôtre. En compagnie, nous avons toujours envie de rire. Si vous marchez entre deux pavés, devant trois personnes, vous serez moqué pour une entorse ; mais si le pied vous tourne, lorsque vous donnez le bras à votre ami dans la campagne, il se précipitera de bon cœur pour vous secourir. Il est clair de même que parler sentiment à une Française dans un cercle nombreux c'est vouloir s'exposer a quelque raillerie et jouer le rôle du paratonnerre, qui attire parce qu'il ne craint pas de recevoir ; tandis qu'il arrive quelquefois que la même thèse, soutenue dans le tête-à-tête, est en chance de réussir. Les Français, je crois, sont impitoyables en masse et au grand jour ; mais prenez-les à part, raisonnez, parlez sérieusement et franchement, prouvez-leur qu'ils doivent trouver que vous avez raison, et ils finissent par le croire et se montrer débonnaires.

C'est ainsi que Frédérick Richter, dans ses ouvrages bizarres et inimitables, ne s'est jamais adressé (même en Allemagne) à la foule, ce juge grossier et vif. Il parle à la méditation, au silence des nuits, à l'amant, au philosophe, à l'artiste ; il parle à tous ceux qui ont une âme et qui s'en servent pour juger, plutôt que de leur esprit ; il s'adresse à ces auteurs infortunés qui ont la mauvaise manie de laisser saigner leur cœur sur le papier ; lui-même il leur ouvre le sien ; il est plein de franchise, de bonté, de candeur. On voit s'il mérite le nom d'original.

Mais comment être original en France ? Cela est rendu impossible par cette perpétuelle habitude qu'ont les Parisiens de marcher le visage au vent et dans l'observation continue du voisin. Voir et être vu, tels sont les deux mots qui ont tué l'originalité et l'ont torturée sur l'enclume de la convenance ; car le mot que tous les sots ont à la bouche est « qu'il faut faire comme tout le monde » ; mais ceci n'existe pas dans un pays de bourrus, où chacun, armé de sa pipe ou gonflé de sa choucroute, s'en va tête baissée.

La belle nation où l'on se coudoie ! où l'on se grise sans être suivi des polissons ! où l'on chante dans les rues ! Affublez-vous d'une épée, d'une perruque, on ne vous dira rien. C'est dans cette foule préoccupée qu'Hoffmann, enluminé de punch et ses culottes barbouillées d'encre comme celles de Napoléon, rencontrait trois de ses amis et tenait une conversation d'une heure à chacun d'eux sans que pas un s'aperçût qu'il avait oublié son chapeau au cabaret.

Jean-Paul ne fut guère plus riche que le Corrège et ne s'en soucia guère davantage. Il est évident qu'il vécut dans le monde des fous, qui est celui des heureux. Mais il puisa dans la médiocrité la fable délicieuse de *Lenette*, dont les larmes sentimentales, arrachées par la lecture d'un roman, allaient tomber dans le pot-au-feu. (⁴) Ce dont Jean-Paul se plaint le plus volontiers, c'est de la bêtise des femmes quand elles sont bonnes, ou de leur méchant cœur lorsqu'elles ont de l'esprit.

L'Hespérus est le roman chéri d'Hoffmann; *Titan, la Loge invisible, Quintus Fixlein, le Ministre pendant le Jubilé, la Vie de Fibel, les Procès du Groenland, Récréations biographiques sous le crâne d'une géante, Choix de papiers du Diable*, etc., tels sont les titres des ouvrages de Jean-Paul, titres qui seuls doivent empêcher les trois quarts du temps un homme qui se respecte d'ouvrir le livre.

Le traducteur des pensées dont nous avons à parler ici a suivi une idée qui a généralement été adoptée en Allemagne. Toutes les œuvres de Frédérick Richter embrassent un cycle de quarante-trois ans, et forment à peu près soixante volumes ; on les a réduits à six, sous le titre de *Chrestomathie de Jean-Paul*. C'est là que sont rassemblés les traits les plus saillants de cet esprit, et qu'en la considération des paresseux le compilateur assidu a pris, comme Lenette, la cuiller à pot.

Un petit volume in-18 compose seul aujourd'hui cette réunion. Quel dommage qu'en passant par l'alambic la pensée humaine prenne le chemin contraire à celui de l'eau de roses, et qu'à la troisième ou quatrième épuration elle se dessèche, au lieu de s'exprimer en quintessence !

«Messieurs les classiques, dit le traducteur, ne manqueraient pas d'accueillir ce petit ouvrage si je pouvais faire éprouver à quelques-uns de mes lecteurs une partie du plaisir que j'ai trouvé dans les productions de Jean-Paul.» Hélas ! j'ai bien peur, pour ma part, que messieurs les classiques ne soient point ici de l'avis de monsieur le traducteur, quand il n'y aurait pour cela d'autre raison que sa traduction est faite en conscience. Quel sujet important il y aurait à traiter ici !

Il est probable que Jean-Paul, quand il écrivait et qu'il avait quelque chose en tête, ne faisait pas attention au moyen qu'il employait pour se faire comprendre, et qu'il s'inquiétait uniquement d'être compris. L'affectation, cette chenille qui dévore les germes et les boutons les plus verts, n'a jamais attaché sa rouille sur lui. Il écrivait comme il sentait, et l'on pouvait en dire ce qu'on a écrit de Shakspeare : sa plume et son cœur allaient ensemble. De là qu'arrive-t-il ? que là où la pensée est noble, le mot est noble ; là où elle est simple, le mot est simple, là trivial, là sublime, là ampoulé.

Ampoulé et trivial sont deux mots qui remplissent merveilleusement et arrondissent avec aisance la bouche d'un sot. Ce sont deux expressions poudrées comme les gâteaux qu'on vend en plein air : c'est dans le siècle du grand roi (qui fût le grand siècle) qu'on imagina le trivial et l'ampoulé. Voici comment :

Quelqu'un qui n'avait pas d'idées à lui prit toutes celles des autres, ramassa tout ce qui avait été dit, pensé, écrit ; il compila, replâtra, pétrit tout ce qui avait été pleuré, ri, crié et chanté ; il fit de tout un modèle en cire et l'arrondit convenablement. Il eut soin de donner à sa statue une physionomie bien connue de tout le monde, afin de ne choquer personne. Boileau y passa son cylindre, Chapelain son marteau, et les limeurs leur lime ; on fit un saint de l'idole ; on le plaça dans une niche, sur un autel, et l'Académie écrivit au bas : « Quiconque fera quelque chose ou rien ne ressemblera à ceci, sera trivial ou ampoulé. »

C'est-à-dire qu'un amant qui perd la raison, un joueur qui se ruine et saisit un pistolet pour finir sa peine ; c'est-à-dire qu'une mère qui défend sa fille, comme dans certain chapitre déchirant de la *Notre-Dame* ; c'est-à-dire qu'une verte gaieté, puisée dans l'oubli de toutes choses, que toutes les passions, que toutes les folies, tout cela est ampoulé ou trivial ; c'est-à-dire que Napoléon montrant les Pyramides est ampoulé ; que les baïonnettes de Mirabeau seraient triviales dans une tragédie ; que Régnier est trivial, Corneille ampoulé. Racine faillit l'être lorsqu'il ouvrit les bras de Phèdre au froid Hippolyte, mais il se couvrit du manteau de son maître.

Dans les trois premières lignes de son monologue, Faust dit qu'il mène ses écoliers par le bout du nez ; cependant, dix lignes plus bas, il s'élève au-dessus du langage et de la démence des hommes. Pauvre

Gœthe! comme te voilà, dans l'espace d'une demi-page, trivial et ampoulé! Et les marmots du bon Werther, et sa gamelle, et ses petits pois qu'il fait cuire lui-même! Comme tout cela soulève un cœur profondément sensible aux violations des convenances et aux fautes de grammaire!

Mais ce qu'il y a de plus curieux, c'est que ceux qui osent soutenir de pareilles niaiseries s'imaginent se donner raison en s'emplissant la bouche des mots d'*idéal*, de *beau*, de *noble ; qu'il ne faut pas sortir d'un certain cercle ; que l'art doit embellir la nature.* Cela est bon pour les écoliers, ou pour les directeurs de théâtre qui cherchent de quoi éconduire un auteur importun.

Qui est plus grotesque, trivial, cynique, qu'Hoffmann et Jean-Paul? Mais qui porte plus qu'eux dans le fond de leur âme l'exquis sentiment du beau, du noble, de l'idéal? Cependant ils n'hésitent pas à appeler un chat un chat, et ne croient pas pour cela déroger.

Irait-on dire à un musicien : «Il y a dans la gamme des notes ignobles, et dont vous ne sauriez vous servir, s'il vous plaît»? à un peintre : «Telles de vos couleurs sont ampoulées, vous les laisserez de côté»? Non ; toutes les notes, toutes les couleurs peuvent servir ; pourquoi et de quel droit dire à un écrivain : «Tarte à la crème ne peut aller ici»?

Savez-vous ce qui est trivial, hommes difficiles, gens de goût? C'est de ramasser dans les égouts des répertoires et les ordures des almanachs des idées mortes de vieillesse, de traîner sur les tréteaux des guenilles qui ont servi à tout le monde, et d'aller comme les bestiaux désaltérer votre soif de gloire et d'argent dans des abreuvoirs publics.

Nous reviendrons sur les pensées de Jean-Paul.

Du mardi, 17 mai 1831.

DEUXIÈME ARTICLE

«La Providence a donné aux Français l'empire de la terre ; aux Anglais celui de la mer ; aux Allemands celui de l'air.»

Cette bizarre pensée est la première chose que nous avons connue de Frédérick Richter ; elle est aussi folle précisément que sage (il est triste de songer que de ces trois empires deux seulement sont restés en la possession du maître que Jean-Paul leur assigne). Il est vrai que la domination de l'air est une propriété inattaquable. Kant, Gœthe sur les montagnes de Werther, Schiller au fond de son cabinet, Hoffmann assis sur la table d'un estaminet, Marguerite accoudée sur la fenêtre gothique et regardant passer les nuages au-dessus des vieilles murailles de la ville, Klopstock, Mignon, Crespel, Firmion, tous les génies, toutes les créations de l'Allemagne, vivent dans l'élément des rêveurs et des oiseaux du ciel. La réalité, la clarté, le matérialisme de la poésie française, doivent, dans cette acception du moins, donner aux Français la terre, la froide terre pour empire. C'est ainsi que *le Pirate* et le *Don Juan* de Byron s'emparent de l'océan.

« Sous l'empire d'une idée puissante, nous nous trouvons, comme le plongeur sous la cloche, à l'abri des flots de la mer immense qui nous environne. »

Et plus loin :

« Je veux m'élever au-dessus de l'océan des êtres, comme un nageur intrépide qui lutte contre les vagues, et non comme un cadavre, par la pourriture. »

Ces deux pensées sont sœurs ; il me semble qu'elles en ont une encore ; c'est ce mot de Sadi :

« Ne vous attachez point à la surface des hommes, et creusez quand vous voudrez trouver ; le talent se cache toujours. Ne voyez-vous pas que la perle demeure ensevelie au fond de l'océan, tandis que les cadavres remontent à la surface des flots ? »

Ce serait une véritable rage de commenter qu'il faudrait avoir, pour ajouter à de telles idées un seul mot ; j'ai ouvert le livre et je poursuis :

« Pourquoi les âmes pures sont-elles en proie à une foule de pensées dégoûtantes et empoisonnées qui glissent sur elles, comme les araignées sur les lambris les plus brillants ? Ah ! nos combats diffèrent peu de nos défaites. »

« Le cœur frappé du feu de l'enthousiasme devient étranger à tout sentiment terrestre ; il ressemble à ces lieux consacrés par la foudre où les anciens n'osaient ni marcher ni bâtir. »

Tel est Jean-Paul, lorsqu'il parle de lui ; car n'est-ce pas toujours

LES COULISSES, par Gavarni.

lui que dans de telles paroles il met en scène ? C'est l'ennui du monde plus que le mépris des hommes qui l'attriste ; on sent, lorsqu'il en laisse échapper quelque chose, avec quelle joie il se renfermait dans sa coquille, comme ces insectes qui se cachent à l'approche de l'homme et qui s'entr'ouvrent à la rosée des belles nuits : « Notre vie, dit-il, est semblable à une chambre obscure : les images d'un autre monde s'y retracent d'autant plus vivement qu'elle est plus sombre. » C'est ainsi qu'il prouve, par cette constante fantaisie de solitude, et en même temps par cette profonde connaissance du cœur humain qui respire et palpite sans cesse en lui, c'est ainsi, disons-nous, qu'il démontre que la vie extérieure et l'expérience des choses ne sont point, comme on le dit, nécessaires au poète qui veut peindre ; avec deux jours de réflexions, Jean-Paul avait vécu autant qu'un autre en deux années de voyages et de passions. Ainsi celui qui porte en lui l'élément de tout peut tout deviner. Un amour lui apprend tous les amours ; une femme, toutes les femmes ; un ennui, tous les chagrins ; ainsi chaque sensation qui fait saigner une fibre du cœur se continue toujours à l'infini dans son être. Si la destinée lui a épargné de grandes traverses et de grands bonheurs, c'est qu'elle savait sans doute que le délicat instrument qu'un souffle ébranlait et faisait vibrer, conservé sous la poussière de la médiocrité, se serait brisé sous la rude main du malheur.

Mais, lorsque Jean-Paul, portant ses regards autour de lui, les arrête sur le monde, sur les femmes, par exemple, que des pensées pleines de charmes et d'une sensibilité profonde viennent se presser sous cette plume âcre et mordante !

« Les femmes ressemblent aux maisons espagnoles, qui ont beaucoup de portes et peu de fenêtres : il est plus facile de pénétrer dans leur cœur que d'y lire.

« L'âme d'une jeune fille ressemble à une rose épanouie : arrachez à cette rose épanouie une seule feuille de son calice, toutes les autres tombent aussitôt.

« Sachez habituer de bonne heure votre fille aux travaux domestiques et lui en inspirer le goût ; que la religion seule et la poésie ouvrent son cœur au ciel ! Amassez de la terre autour de la racine qui nourrit cette plante délicate, mais n'en laissez point tomber dans son calice. »

Voilà, si je ne me trompe grossièrement, de ces pensées qui vous remettent en tête les Vierges d'Albert Dürer, avec leurs visages doux et tristes ; malheureusement ces charmantes gravures ne marchent que dans les drames de Gœthe, et jamais dans les rues de Vienne ou de Berlin. Jean-Paul le savait assurément et ne manquait pas de se moquer de lui-même :

« Heureux, s'écrie-t-il, celui dont le cœur ne demande qu'un cœur, et qui ne désire de plus ni parcs à l'anglaise, ni opera seria, ni musique de Mozart, ni tableaux de Raphaël, ni éclipse de lune, ni même un clair de lune, ni scènes de romans, ni leur accomplissement ! »

Et lorsque ce sexe qui n'est point appelé *beau* vient à tomber entre ses mains, on peut voir sa philanthropie :

« Les hommes, dit-il, comme les navets, doivent être clairsemés pour se bien développer. Les hommes et les arbres rapprochés manquent de fixité. »

« L'enfant joyeux court sur un bâton, le vieillard morose se traîne sur une béquille ; quelle différence entre ces deux enfants ? L'espérance et le souvenir. »

« Les jeunes gens tombent à genoux devant leur maîtresse comme l'infanterie devant la cavalerie, pour la vaincre ou pour recevoir la mort. »

Nous épuiserions tout le petit volume qui renferme ces gouttes d'un vin précieux, si nous voulions citer chaque trait naïf, chaque expression pittoresque, singulière, imprévue. Après avoir tenté d'extraire les plus remarquables, nous voyons que nous aurions dû nous borner à conseiller de les lire d'un bout à l'autre. Ceux qui ont pris plaisir à ces grandes pages tant rebattues que Vauvenargues nous sert comme des tartines de beurre trouveront dans le livre de Jean-Paul bien des bouchées amères, douces, inattendues ; mais il faut les plaindre s'ils n'en disent pas, après tout, et sans se pouvoir rendre compte de l'effet produit sur eux, ce que l'auteur lui-même dit des génies semblables à lui :

« D'où vient donc que dans les ouvrages des grands écrivains un esprit invisible nous captive sans que nous puissions indiquer les mots et les passages qui produisent sur nous cet effet ? Ainsi murmure une antique forêt, sans qu'on voie une seule branche agitée. »

Nous finirons cet article par quelques mots qui finissent ce livre :

«Celui qui a marché longtemps vers un but éloigné jette un regard en arrière, et, plein de nouveaux désirs, mesure en soupirant la carrière qu'il a parcourue et à laquelle il a sacrifié tant d'heures si précieuses.

«Aujourd'hui, avant la nuit, j'ai recueilli toutes les rognures qui sont tombées de ce livre, au lieu de les brûler comme font d'autres auteurs ; j'ai déposé en même temps dans mes tablettes toutes les lettres des amis qui ne peuvent plus m'en écrire, comme les pièces d'un procès terminé par l'instance de la mort ; c'est ainsi que l'homme devrait toujours enrichir ses archives, et fixer, quoique desséchées, les fleurs de la joie dans un herbier ; je ne voudrais même pas qu'il donnât ni qu'il vendît ses vieilles hardes, mais qu'il les suspendît dans ses armoires comme les dépouilles de ses heures moissonnées, comme les marionnettes de ses plaisirs écoulés, et le *caput mortuum* des temps passés. »

Lundi 6 juin 1831.

ARTICLES PUBLIÉS DANS LA

REVUE DES DEUX MONDES

I

COMPTE RENDU DE *GUSTAVE III*[1]

14 mars 1833.

Il n'y a d'important, dans les nouvelles théâtrales de la quinzaine, que *Gustave III*. Quelle drôle de chose que de rendre compte d'un opéra! Un opéra nouveau est une si drôle de chose par lui-même!

Autrefois, dans une académie royale de musique, on se serait imaginé qu'on allait entendre de la musique. Quant à moi, je ne suis point musicien, je puis le dire comme M. de Maistre, j'en atteste le ciel et tous ceux qui m'ont entendu jouer du piano. Mais je crois qu'en vérité, je n'en ai pas besoin cette fois-ci. Ce qu'il y a de plus joli dans *Gustave*, en fait de musique et de poème, c'est un galop.

Oui, un galop! Il n'y a que cela dans la pièce. Vous croyez peut-être que j'en veux dire du mal. Point du tout : la pièce est admirable, car le galop est divin. Et comment aurait-on pu amener le galop sans

(1) *Gustave III,* opéra en cinq actes de Scribe, musique d'Auber, représenté à l'Académie royale de musique le 27 février 1833. Ce compte rendu a paru, sans nom d'auteur, dans la *Revue des Deux Mondes* du 15 mars 1833 (t. I. p. 600). M. Clouard l'a reproduit dans ses *Doc. inéd.*, p. 193.

la pièce ? Comment la pièce aurait-elle fini sans galop ? Vous voyez bien que cela se tient. Remarquez, je vous prie, comme ce galop est amené.

Vous savez que Gustave III a été assassiné par un de ses amis, nommé Ankastroëm, par la raison qu'il lui avait fait perdre son argent en changeant la valeur des papiers publics. C'est une raison comme une autre, et qui vaut bien celle pour laquelle M. Levasseur tire un coup de pistolet à M. Adolphe Nourrit, le seul crime de M. Nourrit étant, à ma connaissance, de chanter une ariette ou deux à Mlle Falcon. Ankastroëm était donc à couteau tiré, depuis un an ou deux, avec son bon roi ; M. Levasseur est très bien avec M. Nourrit ; c'est son favori, son confident intime. Le premier acte s'ouvre là-dessus.

Je conviens que le caractère de Gustave est très bien compris par le costumier. Sa redingote verte est admirable. Nonchalamment couché sur un sopha, le sage monarque se fait jouer un ballet, pour se délasser des soins de son empire ; mais, dussé-je passer pour un maniaque et un ignorant, je ne saurais approuver les roses pompons de couleur écarlate qu'il porte à ses souliers.

Au second acte nous sommes chez la sorcière. Quelle sorcière ? dites-vous. C'est ce que j'allais vous demander. Mais qu'il vous suffise d'apprendre que le roi est déguisé en matelot. Le costume va à ravir au jeune page, Mlle Dorus. La sorcière prédit au roi qu'il sera assassiné : *amen dico vobis*. Et, comme Jésus-Christ, Gustave reçoit, de son futur meurtrier, la poignée de main de Judas.

Au troisième acte, nous sommes en plein vent. La décoration est superbe. Ankastroëm trouve sa femme en rendez-vous avec son maître, et, comme le mari de Molière, il se charge de la reconduire voilée. Il paraît, d'après ce que j'ai entendu dire, que ce mari, qui ne reconnaît pas sa femme, et qui lui offre galamment le bras pour la ramener à la ville, est d'un effet très dramatique. Voilà comme tout change avec le temps.

Au quatrième acte, Ankastroëm, qui a reconnu sa femme, chante dans ses appartements avec un petit nombre d'amis.

Au cinquième acte, voilà où j'en voulais venir, on danse le galop. Ceux qui n'ont pas vu ce galop, ne savent rien des choses de ce monde. Jamais l'éclat des bougies, le bruit d'une fête, le parfum des fleurs, la musique, la folie et la beauté, n'ont fait une heure de plaisir comparable à celle-là. Jamais les masques agaçants, les costumes bizarrement accouplés, les dominos et les grotesques, n'ont fait ondoyer leurs mille couleurs avec plus de grâce et d'esprit sous l'éclatante lueur des lustres. Jamais un collégien, lisant les *Mille et Une Nuits*, n'a vu passer dans ses rêves du soir une fantasmagorie plus voluptueuse et plus enivrante. L'ensemble en est éblouissant ; l'analyse en est amusante. Si c'est là ce qu'on appelle l'art du théâtre, son but est rempli. La réalité est vaincue, et la magie n'ira pas plus loin.

Et je vous le demande, que vous importe le reste ? Que nous importe, à nous, qui venons nous accouder sur un balcon, deux heures après dîner, que l'art soit en décadence, que la vraie musique fasse bâiller, que les poèmes de nos opéras dorment debout ? Que nous importe que les bouffes aient perdu la vogue, que l'admirable talent de Rubini s'épuise en difficultés et danse sur la corde comme l'archet de Paganini ? Que nous importe qu'on en soit venu, pour attirer la foule, jusqu'à faire de nos opéras des concerts, et, de nos concerts, des opéras ; qu'on nous donne un acte de l'un, un acte de l'autre, qu'on mutile Don Juan (Don Juan !) ; qu'on n'aie plus le sens commun, ni l'envie de l'avoir, qu'avaient du moins nos pères, que les principes soient à tous les diables et madame Malibran en Angleterre ? Il nous reste un galop, et, du moment qu'on danse, qu'importe sur quel air ? J'aime autant mes yeux que mes oreilles.

Vous croyez peut-être que c'est par fantaisie que l'opéra est à la mode. Pas du tout. Il y a une raison à tout ce qui se fait sous la lune, et la Providence sait pourquoi un siècle porte des habits carrés plutôt qu'un autre. C'est l'éternelle sagesse elle-même qui a mis le moyen âge en pantalon collant, et pas un atome de poudre à la Richelieu n'est tombé impunément sur la nuque de la Régence. Avez-vous été au Gymnase depuis peu ? aux Variétés ? à la Porte-Saint-Martin ? Êtes-vous convaincu qu'on y bâille ? Je ne vous demande pas si vous êtes allé aux Français, car il paraît qu'à la lueur de certaines lampes mal entretenues d'une huile épaisse, il se joue chaque jour, sous une voûte déserte, au coin du Palais-Royal, une certaine quantité de drames ignorés. Mais, pour tout dire en un mot, êtes-vous allé hier, irez-vous demain ailleurs qu'à l'Opéra ? Là est le siècle tout entier. Que nos musiciens apprennent à jouer des contredanses ; qu'ils songent à

entourer ce divin spectacle de languissantes mélodies, de molles sérénades ; à ce prix, on veut encore de leurs efforts ; que nos poètes
sachent amener une fête, une orgie ; qu'ils placent à propos dans leur
cadre douze légère folies armées de leurs grelots ; qu'on y assassine
un roi ou deux, si vous y tenez, mais que nous ayons des bals à la cour,
et des galops.

A propos de galop, voilà le carnaval qui se meurt. C'est aujourd'hui la mi-carême, bien qu'il n'y ait plus de carême. N'y a-t-il pas
eu quelque part des criailleries contre notre carnaval de cette année ?
Il appartient à un pédant ennuyé de vivre, d'injurier ees mascarades.
A qui diable une mascarade a-t-elle jamais fait tort de sa vie ? On se
plaint que les jeunes gens aillent aux Variétés; je demande où l'on
veut qu'ils aillent. Le faubourg Saint-Germain n'a pas donné un bal,
il ne s'y prend pas une glace, il ne s'y attèle pas quatre chevaux par
jour. La Chaussée d'Antin bâille fort aussi, quoiqu'on y attèle
beaucoup et qu'on y mange de même. Pourquoi le jour du bal de
l'Opéra, lorsque le directeur a voulu faire une tentative hardie et
nouvelle, personne n'y a-t-il répondu ? Pourquoi ce jour-là, comme
les autres, pas une femme du monde n'a-t-elle osé prendre le masque ?
Je ne dis pas le domino ; ce vieil et insipide oripeau se promène depuis
longtemps dans le désert. Mais on nous parle de mœurs de la Régence,
en quoi les nôtres valent-elles mieux ?

Lorsque la Reine de France, déguisée en marchande de violettes,
venait, avec sa cour à l'Opéra, l'esprit pouvait entrer dans les plaisirs
de la soirée, et il sortait de ces lèvres de carton roses d'autres choses
que des hurlements de l'ivresse et les saletés du cabaret. Vous appelez
ces mœurs infâmes ; vous repoussez les femmes dans leurs ménages,
et vous entourez d'une grille de fer le berceau de leurs filles. Cela est
très sage, très juste, très décent. Mais un jeune homme ne se marie pas
à vingt ans, et tous les ans le mardi gras vient à son heure, qu'on
veuille ou non de lui. Accorderez-vous à la jeunesse qu'elle ait des sens,
des besoins de plaisir, parfois même des jours de folie ? Où voulez-
vous qu'elle les passe ? C'est un Anglais silencieux qui glisse sous une
table inondée de *porter*, sans proférer une plainte, et qui s'éteint
dans l'eau-de-vie avec le papier embrasé qui la brûle. Il faut aux
Français des voitures pleines de masques, des torches, des théâtres

ouverts, des gendarmes et du vin chaud. Tant pis pour le siècle où les cabarets sont pleins et où les salons sont vides. Donnez la terre aux Saint-Simoniens, à chacun une pioche et un bonnet de coton. Otez à l'or sa valeur, au plaisir son attrait ; faites de la société un champ de blé de la Beauce, où pas un épi ne dépasse l'autre. Vous n'aurez plus alors de *jeunesse dorée*, ni de Longchamp sur le boulevard Italien. Mais tant que vous voulez vivre dans un pays libre, où chacun peut faire ce qu'il entend, où l'or est en cours, où le plaisir est à bon marché, ne vous étonnez pas que les jeunes gens aillent en masque ; et vous, législateur prudent et circonspect, qui prêchez la morale publique, souvenez-vous de Caton l'Ancien, qui félicitait un jeune homme en le voyant sortir d'un lieu de débauche.

II

UN MOT SUR L'ART MODERNE

Il ne manque pas de gens aujourd'hui qui vous font la leçon ni plus ni moins que des maîtres d'école. On dit à la jeunesse : « Faites ceci, faites cela. » Je crois que rien n'est plus indifférent au public ; les sermons n'ont pour lui d'autre inconvénient que de l'endormir ; mais il n'en est pas de même des jeunes artistes. Rien n'est plus à craindre pour eux que ces larges décoctions d'herbes malfaisantes qu'une maudite curiosité les pousse toujours à avaler en dépit de leur raison. Qu'arrive-t-il, en effet ? Ou qu'ils sont révoltés, ou qu'ils se laissent faire. S'ils sont révoltés, où trouveront-ils une tribune pour répondre à ce qu'on leur dit ? Comment expliquer leur pensée ? Car, si peu qu'elle vaille, cette pensée d'un être obscur et libre peut être aussi utile au monde que les oracles de ses dieux. Elle peut aller à quelqu'un, bien qu'elle ne vienne de personne. De quel droit ne peuvent-ils parler ? Et, s'ils se laissent faire, que vont-ils devenir, sinon des gouttes d'eau dans l'océan ?

Dans *Don Carlos*, Posa dit à Philippe II : « Je ne puis être serviteur des princes ; je ne puis distribuer à vos peuples ce bonheur que vous faites marquer à votre coin. » Quel est le jeune homme, ayant du talent ou non, mais ayant quelque énergie, qui ne se sente battre le cœur à ces paroles ? Sans doute la liberté engendre la licence ; mais la licence vaut mieux que la servilité, que la *domesticité littéraire*. Ce mot ne m'appartient pas ; c'est un homme redoutable et franc dans ses critiques qui l'a trouvé. Je m'en sers là, parce qu'il peint d'un trait. Et sous quel prétexte, s'il vous plaît, aujourd'hui que les arts sont plus que jamais une république, rêve-t-on les associations ? Sous prétexte que l'art se meurt ? Nouvelle bouffonnerie ! Les uns disent que l'art existe, les autres qu'il n'existe pas. Je vous demande un peu ce que c'est qu'un être, une chose, une pensée, sur lesquels on peut élever un pareil doute ? Ce dont je doute, je le nie.

Il n'y a pas d'art, il n'y a que des hommes. Appelez-vous art le métier de peintre, de poète ou de musicien, en tant qu'il consiste à frotter de la toile ou du papier ? Alors il y a un art tant qu'il y a des gens qui frottent du papier et de la toile. Mais si vous entendez par là ce qui préside au travail matériel, ce qui résulte de ce travail ; si, en prononçant ce mot *d'art*, vous voulez donner un nom à cet être qui en a mille : inspiration, méditation, respect pour les règles, culte pour la beauté, rêverie et réalisation ; si vous baptisez ainsi une idée abstraite quelconque, dans ce cas-là ce que vous appelez art, c'est l'homme.

Voilà un sculpteur qui lève sur sa planche sa main pleine d'argile. Où est l'art, je vous prie ? Est-ce un fil de la bonne Vierge qui traverse les airs ? Est-ce le lointain murmure des conseils d'une coterie, des doctrines d'un journal, des souvenirs de l'atelier ? L'art, c'est le sentiment, et chacun sent à sa manière. Savez-vous où est l'art ? Dans la tête de l'homme, dans son cœur, dans sa main, jusqu'au bout de ses ongles.

A moins que vous n'appeliez de ce nom l'esprit d'imitation, la règle seule, l'éternelle momie que la pédanterie embaume ; alors vous pouvez dire, en effet, que l'art meurt ou qu'il se ranime. Et qu'on ne s'y trompe pas, dans tous les conseils à la jeunesse il y a quelque sourde tentation de la faire imiter ; on lui parle d'indépendance, on lui ouvre un grand chemin, et tout doucement on y trace une petite ornière, la plus paternelle possible.

Il y a des gens qui ne font qu'en rire ; moi, j'avoue que cela m'assomme. Je me laisserai volontiers traiter par la critique de telle manière qu'il lui plaira ; mais je ne puis souffrir qu'on me bénisse. Non seulement les associations étaient possibles dans les temps religieux, mais elles étaient belles, naturelles, nécessaires. Autrefois le temple des arts était le temple de Dieu même. On n'y entendait que le chant sacré des orgues ; on n'y respirait que l'encens le plus pur ; on n'y voyait que l'image de la Vierge ou la figure céleste du Sauveur ; — et l'exaltation du génie ressemblait à une de ces belles messes italiennes que l'on voit encore à Rome, et qui sont, même aujourd'hui, le plus magnifique des spectacles. Au seuil de ce temple était assis un gardien sévère, le Goût ; il en fermait l'entrée aux profanes, et, comme un esclave des temps antiques, il posait la couronne de fleurs sur le front des convives divins dont il avait lavé les pieds.

Une sainte terreur, un frisson religieux devait alors s'emparer de l'artiste au moment du travail ; Dante devait trembler devant son propre enfer, et Raphaël devait sentir ses genoux fléchir lorsqu'il se mettait à l'ouvrage. Quel beau temps ! Quel beau moment ! On ne se frappait pas le front quand on voulait écrire ; on ne se creusait pas la tête pour inventer quelque chose de nouveau, d'individuel ; on ne remuait pas la lie de son cœur pour en faire sortir une écume livide. Ces tableaux, ces chapelles, ces églises, ces mélodies suaves et plaintives, c'étaient des prières que tout cela. Il n'y avait pas là de fiel humain, d'entrailles remuées. Les cantiques de Pergolèse coulaient comme les larmes de ces beaux martyrs mélancoliques qui mouraient dans l'arène en regardant le ciel.

S'il s'agissait d'une opinion privée, personne au monde ne regretterait plus que moi que de pareils leviers aient été brisés dans nos mains. Peut-être cependant n'est-ce pas un mal qu'ils le soient.

Il était aussi difficile alors qu'aujourd'hui d'avoir un vrai génie ; il était beaucoup plus aisé d'acquérir un talent médiocre. Tous les centres possibles donnés à la pensée universelle, toutes les associations de l'esprit humain n'ont servi et ne serviront de tout temps qu'au troupeau imbécile des imitateurs. Lorsque les règles manquent, lorsque la foi s'éteint, lorsque la langue d'un pays s'altère et se corrompt, c'est alors qu'un homme comme Gœthe peut montrer ce qu'il vaut et créer tout à la fois le moule, la matière et le modèle. Mais si la carrière est mesurée, le but marqué, l'ornière faite, les plus lourds chevaux de carrosse viennent s'y traîner à la suite des plus nobles coursiers.

Et puisqu'il faut, bon gré mal gré, que la médiocrité s'en mêle ; puisque, pour un bon artiste ou deux que peut produire un genre, il faut qu'un nuage de poussière s'élève sous les pas du maître ; qu'importe au public, je le demande, qu'importe surtout à la postérité que cette fourmilière pitoyable cherche ses habits de fête pour obtenir l'entrée dans un palais, ou qu'elle se rue dans les carrefours avec les chiens errants ? Qu'importe au siècle de Racine ce qu'ont fait Pradon et Scudéri ? Qu'importe au siècle de Lamartine ce qu'a fait tel ou tel ? Le public s'imagine que les mauvais ouvrages le dégoûtent, il se trompe ; tout cela lui est bien égal. L'inconvénient du siècle de Voltaire, par exemple, c'est que tout le monde l'imitait, et que, depuis Crébillon jusqu'à Dorat, la pâle contre-épreuve de son génie va s'affaiblissant à l'infini, de même que la lumière d'une lampe, lorsque deux glaces sont l'une en face de l'autre, va se répétant dans une multitude de miroirs qui se suivent jusqu'au dernier atome de sa clarté. L'inconvénient du siècle de Lamartine, du nôtre, c'est que personne ne l'imite ; que, le culte une fois détruit, il n'y a personne qui ne se croie une vocation ; que là où tout est livré au hasard tout le monde se prend pour le dieu du hasard ; et qu'on a vu des chanteurs ambulants venir coudoyer le poète jusque sur le trépied sans tache où il est debout depuis dix ans. Eh bien! dis-je, que nous importe ? La terre est balayée aujourd'hui autour de Voltaire, la foudre est tombée sur l'édifice qu'il sapait lui-même ; et que sont devenues ses ombres ? N'est-il pas resté seul, parmi tant de ruines, en face de son éternel ennemi, Rousseau ? Il en sera ainsi un jour à venir. Et le vent qui chasse la fumée ne s'arrê-tera qu'avec le temps.

On pourrait répondre à cela que la médiocrité basse, se rendant justice à elle-même et s'estimant tout juste assez pour plagier, est encore un moins triste spectacle que cent ou deux cents génies manqués qui se bâtissent cent ou deux cents tribunes dans tous les coins de la place publique, et de là haranguent le monde, en foi de quoi ils se plantent la couronne sur la tête et s'endorment du sommeil éternel.

J'en demeure d'accord ; et si l'on se demande par quelle fatalité une telle rage nous prend aujourd'hui, voici ma raison.

Il y a deux sortes de littératures : l'une, en dehors de la vie, théâtrale, n'appartenant à aucun siècle ; l'autre, tenant au siècle qui l'a produite, résultant des circonstances, quelquefois mourant avec elles, et quelquefois les immortalisant. Ne vous semble-t-il pas que le siècle de Périclès, celui d'Auguste, celui de Louis XIV, se passent de main en main une belle statue, froide et majestueuse, trouvée dans les ruines du Parthénon ? Momie indescriptible, Racine et Alfieri l'ont embaumée de puissants aromates ; et Schiller lui-même, ce prêtre exalté d'un autre Dieu, n'a pas voulu mourir sans avoir bu sur ses épaules de marbre ce qui restait des baisers d'Euripide. Ne trouvez-vous pas, au contraire, que les hommes comme Juvénal, comme Shakespeare, comme Byron, tirent des entrailles de la terre où ils marchent, de la terre boueuse attachée à leurs sandales, une argile vivante et saignante, qu'ils pétrissent de leurs larges mains ? Ils promènent sur leurs contemporains des regards attristés, taillent un être à leur image, leur crient : « Regardez-vous ! » puis ensevelissent avec eux leur épouvantable effigie.

Or, maintenant, laquelle de ces deux routes voyons-nous qu'on suive aujourd'hui ? Il est facile de répondre qu'on n'a pas tenté la dernière. Nos théâtres portent les costumes des temps passés ; nos romans en parlent parfois la langue ; nos tableaux ont suivi la mode, et nos musiciens eux-mêmes pourraient finir par s'y soumettre. Où voit-on un peintre, un poète préoccupé de ce qui se passe, non pas à Venise ou à Cadix, mais à Paris, à droite et à gauche ? Que nous dit-on de nous dans les théâtres ? de nous dans les livres ? et, j'allais dire, de nous dans le forum ? Car Dieu sait de quoi parlent ceux qui ont la parole. Nous ne créons que des fantômes, ou si, pour nous distraire, nous regardons dans la rue, c'est pour y peindre un âne savant ou un artilleur de la garde nationale.

Reste donc la littérature théâtrale, je dirais presque la littérature immobile, celle qui ne s'inquiète ni des temps ni des lieux.

Celle-là, nous l'avons tentée, et c'est ici que je m'arrête. Lorsqu'un siècle est mauvais, lorsqu'on vit dans un temps où il n'y a ni religion, ni morale, ni foi dans l'avenir, ni croyance au passé, lorsqu'on écrit pour ce siècle, on peut braver toutes les règles, renverser toutes les statues, on peut prendre pour Dieu le mal et le malheur, on peut faire *les Brigands* de Schiller, si l'on est Schiller par hasard, et répondre d'avance aux hommes qui vous jugeront un jour : «Mon siècle était ainsi, je l'ai peint comme je l'ai trouvé.» Mais quand il s'agit de distraire la multitude, lorsqu'en prenant la plume et en se frappant la tête on se donne pour but d'amener à grands frais dans une salle de spectacle un public blasé et indifférent, et, là, de lui faire supporter deux heures de gêne et d'attention, sans lui parler de lui, simplement avec vos caprices, avec les rêves de vos nuits sans sommeil ; quand on veut faire de l'art, à proprement parler, rien que de l'art, comme on dit aujourd'hui, oh! alors, il faut songer deux fois à ce que l'on va faire ; il faut songer surtout à cette belle statue antique qui est encore sur son piédestal. Il faut se dire que là où le motif qui vous guide la main n'est pas visible à tous, actuel, irrécusable, la tête et le cœur répondent de la main ; il faut savoir que dès qu'un homme, en vous écoutant, ne se dit pas : « J'en écrirais autant à sa place,» il est en droit de vous demander : «Pourquoi écrivez-vous cela ? » Que lui répondrez-vous, si votre fantaisie a des ailes de cire qui fondent aux premiers rayons du soleil?

Les règles sont tristes, je l'avoue ; et c'est parce qu'elles sont tristes que la littérature théâtrale est morte aujourd'hui ; c'est parce que nous n'avons plus Louis XIV et Versailles qu'on ne joue plus *Athalie ;* c'est parce que César est mort que nous ne lisons plus Virgile ; c'est parce que notre siècle est l'antipode des grands siècles que nous brisons leur pâle idole et que nous la foulons aux pieds. Mais que nous ayons voulu la remplacer, voilà la faute ; rien n'est si vite fait que des ruines, rien n'est si difficile que de bâtir. Du jour où le public, ce sultan orgueilleux, a répudié sa favorite, jetez le sérail à la mer ; à quoi servait de venir lui montrer des Éthiopiennes difformes et jusqu'à des monstres morts-nés pour exciter encore sa lubricité blasée? Les combats de taureaux mènent aux gladiateurs, et dans la voie de la corruption il n'y a qu'un pas du vice au crime.

Il faut la beauté à la littérature, à la peinture, à tous les arts, dès qu'ils s'éloignent de la vie, — je veux dire de l'époque où ils vivent. Les portraits seuls ont le droit d'être laids.

Résignons-nous. Pourquoi la poésie est-elle morte en France? Parce que les poètes sont en dehors de tout. *Athalie* était certainement du temps de Racine une œuvre de pure imagination, très en dehors du siècle ; mais *Athalie* était une œuvre religieuse, et le siècle était religieux. On pourrait dire aussi, en passant, que c'est un des chefs-d'œuvre de l'esprit humain ; mais cela pourrait choquer quelques personnes.

S'il y a une religion, il y a un art céleste au-dessus de l'art humain. Qu'il y ait alors des écoles, des associations. Que le souffle de toutes les poitrines fasse vibrer cette belle harpe éolienne, suspendue d'un pôle à l'autre ! Que tous les yeux se fixent sur le même point, et que ce point soit le triangle mystérieux, symbole de la Divinité ! Mais dans un siècle où il n'y a que l'homme, qu'on ferme les écoles, que la solitude plante son dieu d'argile sur son foyer ! L'indépendance, voilà le dieu d'aujourd'hui (je ne dis pas la liberté).

Il y a des gens qui vous disent que le siècle est préoccupé, qu'on ne lit plus rien, qu'on ne se soucie de rien. Napoléon était préoccupé, je pense, à la Bérésina ; il avait cependant son Ossian avec lui. Depuis quand la pensée ne peut-elle plus monter en croupe derrière l'action ? Depuis quand l'humanité ne va-t-elle plus au combat, comme Tyrtée, son épée d'une main et sa lyre de l'autre ? Puisque le monde aujourd'hui a un corps, il a une âme. C'est au poète à la comprendre, au lieu de la nier. — C'est à lui de frapper sur les entrailles du colosse, comme Éblis sur celles du premier homme, en s'écriant, comme l'archange tombé : « Ceci est à moi, le reste est à Dieu. »

Notre siècle apparemment n'est pas assez beau pour nous. Bon ou mauvais, je n'en sais rien ; mais beau, à coup sûr.

N'apercevez-vous pas, de l'orient à l'occident, ces deux déités gigantesques, couchées sur les ruines des temps passés ? L'une est immobile et silencieuse ; — d'une main elle tient le tronçon d'une épée, de l'autre elle presse sur sa poitrine sanglante les herbes salutaires qui ferment ses blessures. L'ange de l'espérance lui parle à l'oreille et lui montre le ciel encore entr'ouvert ; le démon du désespoir creuse une tombe à ses pieds. Mais elle n'entend pas leurs paroles et suspend son regard tranquille entre le ciel et la terre. Le fantôme du Christ est dans ses bras, il approche en vain de son sein ses lèvres décolorées, elle le laisse expirer sur sa mamelle stérile ; son visage est beau, mais d'une beauté inanimée ; de ses épaules musculeuses vient de glisser un manteau d'or et de pourpre qui tombe dans l'immensité. Comme le sphinx d'Œdipe, elle repousse du pied les ossements des hommes qui ne l'ont pas comprise. — Son nom est la Raison.

L'autre est plus belle, mais plus triste. Tantôt elle se penche, les yeux en pleurs, sur un insecte qui se débat dans une goutte de rosée ; tantôt elle essuie ses paupières pour compter les grains de sable de la voie lactée. Dans sa main gauche est un livre où épelle un enfant ; dans sa droite, un levier dont l'extrémité repose sous l'axe du monde ; elle le soulève de temps en temps, et s'arrête en soupirant quand il est près de se briser. Alors elle s'incline sur la nuit éternelle ; un chant mélancolique flotte sur ses lèvres ; elle appuie sur son cœur la pointe d'une épée ; mais son épée ploie comme un roseau, et la nuit éternelle, ainsi qu'un miroir céleste, lui montre son image répétée partout dans l'infini. La pâleur de la mort est sur ses traits, et cependant elle ne peut mourir. Elle a reçu du serpent le fruit qui devait lui coûter la vie ; elle a bu à longs traits la ciguë ; elle est montée sur la croix du Golgotha, et cependant elle ne peut mourir. Elle a détourné la foudre ; elle a secoué dans la main de Lucifer la coupe de destruction, et elle en a recueilli chaque goutte sur la pointe d'un scalpel ; elle a empoisonné ses flèches dans le sang de Prométhée ; elle a soulevé comme Samson la colonne du temple éternel, pour s'anéantir avec lui en le brisant, et cependant elle ne peut mourir. — L'Intelligence est son nom.

1er septembre 1833 *(Revue des Deux Mondes)*.

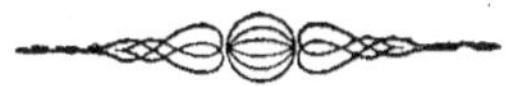

III

SALON DE 1836

Je ne parlerai que d'un petit nombre d'ouvrages, non par dédain, mais pour ma conscience. Il me semble que la critique ne doit frapper que quand elle espère; car autrement, sévère sans mesure, si elle est juste elle est inutile, et si elle se trompe elle nuit. Le médiocre, préférable au faux, oblige à se taire, par ses qualités mêmes. On le regarde sans vouloir l'aider. Je ne veux pas me tromper en mal ; mon avis entraînera l'éloge, sans que mon silence soit une condamnation.

Les comptes rendus des journaux n'étant que des opinions personnelles, avant de dire ce que j'approuve, je dois m'expliquer sur ce qui, en général, me semble devoir être approuvé. Non pas que j'aie un système en peinture, car je ne suis pas peintre. Un système dans l'artiste, c'est de l'amour ; dans le critique, ce n'est que de la haine. Mais, pour qu'un jugement puisse avoir quelque poids, il faut en dire clairement les motifs.

Je crois qu'une œuvre d'art, quelle qu'elle soit, vit à deux conditions: la première, de plaire à la foule, et la seconde, de plaire aux connaisseurs. Dans toute production qui atteint l'un de ces deux buts, il y a un talent incontestable, à mon avis. Mais le vrai talent, seul durable, doit les atteindre tous deux à la fois. Je sais que cette façon de voir n'est pas celle de tout le monde. Il y a des gens qui font profession de mépriser le vulgaire, comme il y en a qui n'ont foi qu'en lui. Rien n'est plus fatal aux artistes ; car qu'arrive-t-il ? Qu'on ne veut rien faire pour le public, ou qu'on lui sacrifie tout. Les uns, fiers d'un succès populaire, ne songent qu'au flot qui les entoure, et qui, demain, les laissera à sec. Les conseils qu'on leur donne se perdent dans le bruit ; l'équité leur paraît envie. Couronnée une fois, leur ambition meurt de joie ; ils craignent d'étudier, de peur de différer d'eux-mêmes et que leur gloire ne les reconnaisse plus. Les autres, trompés par les louanges de leurs amis, le succès manquant s'irritent ; ils se croient mal connus, mal jugés, et crient à l'injustice. On les délaisse, disent-ils, et pourtant messieurs tels et tels les ont applaudis. Qui ne les goûte pas est ignorant ; ils travaillent pour trois personnes ; l'orgueil les prend, les concentre, les enivre, et le talent meurt étouffé.

Je voudrais, autant qu'il est en moi, pouvoir combattre cette double erreur. Il faut consulter les connaisseurs, apprendre d'eux à se corriger, se montrer fier de leurs éloges ; mais il ne faut pas oublier le public. Il faut chercher à attirer la foule, à être compris et nommé par elle, car c'est par elle qu'on est de son temps ; mais il ne faut pas lui sacrifier l'estime des connaisseurs, ou, qui pis est, son propre sentiment.

On se récriera sur la difficulté de réunir deux conditions pareilles. Il est vrai que c'est difficile, car il est difficile d'avoir un vrai talent. Mais qui aime la gloire doit le tenter. Ne travailler que pour la foule, c'est faire un métier ; ne travailler que pour les connaisseurs, c'est faire de la science. L'art n'est ni science ni métier.

Pour soutenir mon assertion, je choisirai quelques exemples. Que ceux qui ne recherchent que la popularité me disent ce qu'ils pensent des ouvrages de Maso Mansuoli, d'Arpino, de Santi-Titi, du Laureti, du Ricci et de Zuccari. Ils ont régné en rois sur leur époque ; ils ont été les favoris de Pie IV, de Grégoire XIII, de Sixte V ; ils ont été fêtés, enrichis, proclamés immortels ; et Zuccari, appelé de Florence sur la demande expresse du pape, a sali de ses fresques la voûte de la chapelle Pauline ébauchée par Michel-Ange.

A ceux qui dédaignent la foule je ne citerai pas de pareils noms, mais je leur demanderai d'en citer un seul qui, glorieux aujourd'hui, ait été, de son temps, méconnu du public. Qui est-ce ? J'ai entendu dire qu'on en a trouvé dans l'histoire ; ce n'est qu'un rêve ou, pour mieux dire, qu'une gageure faite en haine des sots. Qu'il y ait eu des renommées tardives, je ne le nie pas. Le public est lent à arriver, il ne passe pas par les ruelles ; mais, s'il y a route, il arrive. Le Corrège, dit-on, mourut pauvre, après avoir vécu inconnu. C'est Vasari qui a fait ce conte. Sept écrivains ont prouvé le contraire : Ratti, Tiraboschi, le père Affo, Mengs, Lanzi, l'Orlandi et le Scanneli. Mais la fable, plus poétique sans doute, a prévalu comme toujours. Parmi les grands artistes de toute espèce, il y en a, certes, de malheureux ; Dante, le Tasse, Rousseau, le prouvent. Mais leur génie était-il méconnu ? En quoi leur mauvaise fortune a-t-elle nui à leurs œuvres de leur vivant ? Dante, proscrit, était un demi-dieu, terrible à ses ennemis mêmes. Le Tasse était l'ami d'un roi qui a puni en lui le courtisan, et non pas le poète. Rousseau, lapidé par la populace, brûlé en effigie dans ses livres, remplissait l'Europe de son nom. Gilbert, ajoute-t-on, et André Chénier sont morts ignorés. Chénier n'avait point imprimé ses ouvrages; sa mémoire n'accuse que Robespierre. Gilbert avait fait une satire médiocre contre toutes les gloires de son siècle ; sa mort est affreuse, et le récit en fait horreur ; mais la route qu'il avait prise, il faut l'avouer, mène au malheur ; c'est celle de la haine et de l'envie. Ce qu'on plaint en lui, ce n'est pas son talent.

«Mais, dira-t-on, mettez le premier venu devant un tableau de Raphaël, et, sans lui dire de qui il est, demandez-lui ce qu'il en pense. Ne pourra-t-il pas se tromper ?» Je répondrai d'abord que le public n'est pas le premier venu. Son jugement se compose de cent jugements, son blâme ou son éloge de cent opinions confondues, mêlées, souvent diverses, mais en équilibre, et réunies par le contact. Le public est comme la mer : le flot n'y est rien sans la fluctuation. Ensuite je dirai : «Mettez devant un tableau de Raphaël un homme de son temps. Ce temps était religieux, Raphaël n'a guère peint que des sujets de religion. En obéissant à son cœur, il travaillait donc pour la foule ; et la foule le comprenait donc, puisqu'elle aimait mieux voir la Vierge peinte par lui que par ses rivaux. »

Il n'y a pas de plus grande erreur dans les arts que de croire à des sphères trop élevées pour les profanes. Ces sphères appartiennent à l'imagination : qu'elle s'y recueille quand elle conçoit ; mais, la main à l'ouvrage, il faut que la forme soit accessible à tous. L'exécution d'une œuvre d'art est une lutte contre la réalité ; c'est le chemin par où l'artiste conduit les hommes jusqu'au sanctuaire de la pensée. Plus ce chemin est vaste, simple, ouvert, frayé, plus il est beau ; et tout ce qui est beau est reconnu tel, et à son heure. La nature, en cela comme en tout, doit servir de modèle aux arts ; ses ouvrages les plus parfaits sont les plus clairs et les plus compréhensibles, et nul n'y est profane. C'est pourquoi ils font aimer Dieu.

Dans l'examen que je vais faire, je m'attacherai donc au principe que je pose, et qui me semble, sauf meilleur avis, une base solide. Lorsque j'ai vu la foule, au Salon, se porter vers un tableau, je l'y ai suivie, et j'ai écouté là ce qu'en disaient les connaisseurs ; lorsque les artistes s'arrêtaient devant une toile, je m'y suis arrêté avec eux, et j'ai écouté ce qu'en disait la foule. C'est sur cette double épreuve que je fonderai mes jugements, reconnaissant d'avance, je le répète, que tout succès prouve, à mon sens, un talent qu'il est impossible de nier.

*
* *

Le Salon, au premier coup d'œil, offre un aspect si varié et se compose d'éléments si divers, qu'il est difficile, en commençant, de rien dire sur son ensemble. De quoi est-on d'abord frappé ? Rien d'homogène, point de pensée commune, point d'écoles, point de familles, aucun lien entre les artistes, ni dans le choix de leurs sujets ni dans la forme. Chaque peintre se présente isolé, et non seulement chaque peintre, mais parfois même chaque tableau du même peintre. Les toiles exposées au public n'ont, le plus souvent, ni mères ni sœurs ; on se croirait dans ces temps de décadence où l'école bolonaise, voulant réunir toutes les qualités qui distinguaient Florence, Rome et Venise, amena dans les arts tant de confusion. Ce serait en vain qu'on chercherait, dans une si grande quantité d'ouvrages, à faire quelques classifications ; car à quoi servirait de dire, par exemple : « Il y a tant de tableaux d'église, tant de batailles, ou tant de marines » ? Y a-t-il, à l'époque où nous vivons, des raisons pour que les peintres fassent plutôt des marines que des batailles, et des saintes familles que des paysages ? Ils n'ont pour cela point de raison probable, sinon que tel est leur caprice, ou qu'on le leur a demandé. On ne peut donc rien classer ainsi ; car ce sera autre chose demain, et il en était hier autrement. Peut-on dire encore : « Là est une série de coloristes, là de dessinateurs » ? Non ; car chacun veut être à la fois coloriste et dessinateur, ou peut-être personne n'y pense ; car on ne pense guère qu'à l'effet. Remarque-t-on d'ailleurs, de ces grandes influences exercées de tout temps par les hommes supérieurs, et de ces volontés génératrices qui, à défaut d'élèves ou de rivaux, se créent, du moins, des imitateurs ? Non, ou trop peu pour que la critique puisse en prendre acte. Robert, pour les sujets italiens, monsieur Cabat, pour le paysage, Ingres, Delaroche, sont quelquefois imités. Mais, comme c'est pure affaire de forme, et qu'on n'imite en eux rien de nécessaire, il n'en résulte rien d'utile. Cependant, l'unité manquant, trouve-t-on, du moins, une noble indépendance, et reconnaît-on, dans cette multitude bizarre, cette noble liberté de conscience dont la force mène à l'isolement ? Je sais qu'on l'a dit, mais je ne le vois pas. Il me semble que le pastiche domine : de tous côtés on peut noter des ouvrages remarquables, où une préoccupation visible altère et contourne la pensée première ; et je répète ici ce que je viens de dire plus haut : par quel motif ? Pourquoi imiter tel peintre lombard, espagnol ou flamand, mort il y a deux ou trois cents ans ? Non pas que je blâme l'artiste qui s'inspire du maître ; mais, à dire vrai, copier certains fragments, chercher certains tons qui souvent résultent chez le maître de l'effet du temps sur les couleurs, voir la nature avec d'autres yeux que les siens, gâter ce qu'on sent par ce qu'on sait, est-ce là s'inspirer ? Un pareil travail sur soi-même détruit l'originalité, tandis que l'inspiration véritable la ravive et la met en jeu. Il faut que l'enthousiasme pour les maîtres soit comme une huile dont on se frotte non comme un voile dont on se couvre. Quand on se sent porté vers un ancien peintre par l'admiration, par la sympathie, quand, en un mot, on sent comme lui, qu'on l'étudie, à la bonne heure ; qu'on le regarde, qu'on l'interroge, qu'on recherche comment il rendait sur la toile cette pensée, ce sentiment dont la nature vous est commune avec lui ;

puis, après cela, qu'on se mette à l'œuvre, et qu'on se livre sur de nouveaux sujets à l'inspiration ainsi appelée. Alors il sera possible qu'on fasse un bon tableau, et ceux qui verront ce tableau ne trouveront pas qu'il ressemble à tel ouvrage du maître, mais ils diront que le maître lui-même aurait pu faire ce tableau. Mais le pastiche, au contraire, au lieu de saisir le foyer, rassemble des rayons partiels ; au lieu de chercher à pénétrer à travers la forme dans la grande âme du Titien ou de Rubens, il ne s'attache qu'à cette forme ; il prend çà et là des figures, des torses, des draperies et des muscles ; triste dépouille ! Ce n'est plus l'homme ; ce sont les membres de l'homme :

Disjecti membra poetæ.

Comment prend-on le goût à une pareille tâche, surtout en peinture, où l'on a affaire à la réalité, et où la nature, qui pose devant l'artiste, n'a besoin que des yeux pour aller au cœur ?

La première impression, en entrant au Salon, est donc fâcheuse et peu favorable. Nous verrons cependant plus tard si cette impression se modifie, et si du défaut même d'ensemble il ne serait pas possible de tirer quelques conséquences générales. Bornons-nous à dire dès à présent que, tel qu'il puisse être chez nous, l'art n'est nulle part en meilleure route. Qui a peu vu est difficile ; l'antiquité ou l'éloignement font respecter ce qu'on ignore. Par ennui de l'habitude, on médit des siens ; mais quand on passe la frontière, on apprend ce que vaut la France. Il est certain qu'aucune nation, maintenant, n'a le pas sur elle. En matière d'art, comme en d'autres matières, l'avenir lui appartiendra.

*
* *

Le premier tableau qui s'offre aux regards, et devant lequel la foule se porte, est celui de monsieur Hesse. Il représente le Vinci venant d'acheter des oiseaux et leur rendant la liberté.

Il respire sur cette toile un air de fraîcheur qui charme d'abord, et qui invite à s'arrêter. L'aspect en est gai et aimable ; la scène se passe sur un quai, et, si je ne me trompe, à Florence. Un groupe de femmes regarde le peintre, tandis que les marchands, assis à terre, comptent leur argent ; un précepteur passe ; l'enfant qui l'accompagne à regret se retourne d'un air boudeur ; il voudrait bien tenir ces oiseaux. Un autre enfant les suit des yeux dans l'air ; le ciel est pur, les figures délicates, les maisons blanches (trop blanches peut-être pour Florence, où tout est bâti avec une pierre brune ; mais peu importe) ; il n'est pas jusqu'aux quatre lignes qui expliquent ce tableau dans le livret, où l'on ne trouve une naïveté gracieuse : ·

« Souvent, en passant par les lieux où l'on vendait des oiseaux, de sa main il les tirait de la cage, après en avoir payé le prix demandé, et leur restituait la liberté perdue. »

Je ne demanderai pas à monsieur Hesse d'après quel portrait ou quelle gravure il a peint son principal personnage, celui du Vinci ; je l'ai entendu critiquer, et je le trouve bien. On lui reproche de manquer d'expression ; mais il me semble que c'est mal raisonner. Quelle expression donner à un homme qui ouvre une cage et délivre des oiseaux ? Toute idée profonde eût été niaise, et toute apparence d'affectation sentimentale cent fois plus niaise encore. La figure est calme, jeune et digne ; c'est pour le mieux ; j'aime cet homme à ronde encolure, qui est appuyé sur le parapet du pont, et qui regarde, vrai badaud du temps, avec un grain de philosophie. La vieille femme qui lève la main est parlante, et semble un portrait achevé ; mais la première figure du groupe des femmes, habillée de rose est roide et déplaisante ; elle n'a ni hanches ni poitrine ; évidemment, dans ce personnage, monsieur Hesse a pensé aux vieux peintres allemands. Les deux autres femmes, les marchands sont peints plus simplement ; il y a là une touche excellente. Le précepteur a le même défaut que la femme vêtue de rose ; les deux enfants sont charmants, pleins de naturel et de finesse. En somme, toutes les têtes sont bien. Pourquoi, avec un talent hors ligne et qui n'a besoin d'aucun aide, se souvenir de ce qu'il y a au monde de moins simple ? Pourquoi cette robe rose, qui tombe sur un sol peint avec vérité, fait-elle des plis de convention ? A quoi bon songer au gothique, dans un tableau qui est tout le contraire du gothique, c'est-à-dire vivant et gracieux ? Du reste, je ne fais cette critique, quelque

juste qu'elle soit, qu'avec restriction, car dans les figures que je blâme
il n'y a que le contour de roide ; on sent que la main qui les a peintes
est originale malgré elle, et que, débarrassé de quelques légères entraves,
le talent de monsieur Hesse prendra un vol libre et heureux, comme les
oiseaux du Vinci.

Je passe devant le tableau de Robert, pour y revenir, et je trouve
celui de monsieur Édouard Bertin. Il a une qualité rare aujourd'hui,
de l'élévation et de la sévérité. Monsieur Bertin semble avoir trans-
porté dans le paysage, invention moderne, l'amour de la plastique,
cher à l'antiquité. On sent qu'il cherche la beauté de la forme et du
contour depuis les masses de ses rochers jusque dans les feuilles de ses
arbres qui se découpent sur le ciel. Les tons sont larges et fins, et la
nature, qu'il étudie, est grave et noble sous son pinceau. Ce serait un
beau frontispice à un missel qu'une gravure faite d'après son paysage.
Je ne chercherai pas ce qui lui manque ; rien ne me choque, et tout
me plaît.

Monsieur Le Poittevin avait exposé, l'année dernière, sa *Rentrée
des pêcheurs*, à la place même où est son nouveau tableau. Quoique
celui-ci ait du mérite, la comparaison lui fait tort. Les eaux sont belles
et jetées hardiment ; mais le sujet, perdu dans une scène trop vaste,
ne produit pas l'effet désirable. Cette glorieuse fin du *Vengeur* est vue
de trop loin ; il faut la chercher. Ce n'est qu'avec de l'attention, et
sur l'avertissement du livret, qu'on aperçoit les héros mourants et
tout le désordre de la défaite. Les trois mâts du vaisseau vainqueur,
qui apparaissent dans le fond, se lèvent trop droit sur cette mer hou-
leuse ; ils ressemblent à un clocher. C'est un bon tableau de marine ;
mais ce n'est pas tout ce que ce pouvait être.

Le *Passage du Rhin* me semble préférable à la *Bataille de Fleurus* qui
lui sert de pendant dans le grand salon. Il n'y a pas dans la composition
de monsieur Baume la confusion qui fatigue dans celle de monsieur
Bellangé ; mais le paysage est terne, et on ne sait si c'est le soir ou le
matin.

La *Vue prise à Naples*, de monsieur Gudin, est pleine de lumière et
de chaleur. J'aime ces pêcheurs couchés sur le rivage, cette teinte
mate des maisons, et ce flot mourant qui glisse sur le sable et vient
tomber sur le premier plan. Peut-être l'ensemble est-il trop coquet

et trop ajusté. C'est du satin et de la moire ; mais il est impossible de n'y pas reconnaître un vrai côté de la nature. Cette vue est bien supérieur à un effet de lune et de coucher de soleil qui est dans la première salle de la galerie. Ce n'est pas que ce dernier tableau manque de vérité ; mais il est d'une dimension trop petite pour que les deux effets qui se contrarient n'aient pas quelque chose de bizarre et de puéril. Cette barque, qui se trouve précisément au milieu, comme pour séparer les deux teintes, rend ce défaut encore plus frappant ; la même vague, bleue d'un côté, est verte de l'autre. Monsieur Gudin n'a-t-il donc pas songé que, lorsque la mer se revêt ainsi de deux nuances opposées, c'est sur une échelle immense, et avec des dégradations infinies ?

Après un *paysage*, de monsieur J.-V. Bertin, où l'on retrouve toujours de la grâce, la *Plaine de Rivoli*, de monsieur Boguet, me paraît se distinguer par d'éminentes qualités. On peut lui reprocher de la froideur, et si je suivais toujours la foule je passerais peut-être sans m'arrêter. Mais il y a dans cette toile un grand travail fait consciencieusement. On sent dans ce vaste horizon je ne sais quoi de pur et de triste. « L'auteur, dit le livret, fut chargé de dessiner ce champ de bataille. Napoléon voulait montrer une *localité* où vingt-cinq mille Français ont battu soixante-dix mille hommes, qui occupaient toutes les positions. » Monsieur Boguet a peint cette *localité*, et il avait une belle occasion de l'encombrer de shakos et de gibernes ; mais il n'a mis dans la vallée qu'un pâtre et une chèvre. Assurément il y a dans cette pensée, fût-elle involontaire, quelque chose du Poussin.

Sans la loi que je me suis imposée de constater tous les succès, j'aurais voulu ne pas parler du *J.-J. Rousseau* de monsieur Roqueplan, car je reconnais à ce jeune peintre beaucoup d'habileté. S'il devient jamais sincèrement amoureux de la nature, il sentira qu'elle différence il y a entre la popularité et la mode. Watteau est aux grands maîtres de la peinture ce qu'est à une statue antique une belle porcelaine de Saxe. Monsieur Roqueplan est coloriste. Qu'il prenne garde d'être à Watteau ce qu'est à une porcelaine de Saxe une jolie imitation anglaise !

La *Retraite de Russie*, de monsieur Charlet, est un ouvrage de la plus haute portée. Il l'a intitulé *Épisode*, et c'est une grande modestie ; c'est tout un poème. En le voyant on est d'abord frappé d'une horreur

vague et inquiète. Que représente donc ce tableau ? Est-ce la Bérésina,
est-ce la retraite de Ney ? Où est le groupe de l'état-major ? Où est le
point qui attire les yeux, et qu'on est habitué à trouver dans les batailles
de nos musées ? Où sont les chevaux, les panaches, les capitaines, les
maréchaux ? Rien de tout cela ; c'est la grande armée, c'est le soldat
ou plutôt c'est l'homme ; c'est la misère humaine toute seule, sous
un ciel brumeux, sur un sol de glace, sans guide, sans chef, sans
distinction. C'est le désespoir dans le désert. Où est l'empereur ?
Il est parti. Au loin, là-bas, à l'horizon, dans ces tourbillons effroyables,
sa voiture roule peut-être sur des monceaux de cadavres, emportant
sa fortune trahie ; mais on n'en voit pas même la poussière. Cependant
cent mille malheureux marchent d'un pas égal, tête baissée et la mort
dans l'âme. Celui-ci s'arrête, las de souffrir ; il se couche et s'endort
pour toujours. Celui-là se dresse comme un spectre et tend les bras
en suppliant. «Sauvez-moi, s'écrie-t-il, ne m'abandonnez pas !» Mais
la foule passe, et il va retomber. Les corbeaux voltigent sur la neige,
pleine de formes humaines. Les cieux ruissellent et, chargés de frimas,
semblent s'affaisser sur la terre. Quelques soldats ont trouvé des bri-
gands qui dépouillent les morts ; ils les fusillent. Mais de ces scènes
partielles pas une n'attire et ne distrait. Partout où le regard se promène,
il ne trouve qu'horreur, mais horreur sans laideur, comme sans exagé-
ration. Hors la *Méduse* de Géricault et le *Déluge* du Poussin, je ne con-
nais point de tableau qui produise une impression pareille, non que je
compare ces ouvrages, différents de forme et de procédé ; mais la pensée
en est la même, et (l'exécution à part) plus forte peut-être dans monsieur
Charlet. Il est un des premiers qui ait peint le peuple, et il faut con-
venir que ces spirituelles caricatures, toutes amusantes qu'elles sont,
n'annonçaient pas ce coup d'essai. Je le loue avec d'autant plus de
confiance que je ne crois pas que la louange puisse lui faire du tort
et le gâter ; je n'en veux d'autre preuve que la vigueur et la simplicité
de sa touche. Avec quel plaisir, en examinant sa toile j'ai trouvé, dans
les premiers plans, des coups de pinceau presque grossiers ? Comme
ces sapins sont faits largement ! De près on croit voir une ébauche ;
mais dès qu'on recule ils sortent du tableau. D'ailleurs nulle préoccu-
pation ; aucun modèle n'a pu servir ni à la conception de l'ouvrage, ni
à l'effet, ni à l'arrangement. C'est bien une œuvre de ce temps-ci,

claire, hardie et originale. Il me semble voir une page d'un poème épique écrit par Béranger.

Le portrait de mademoiselle R..., de monsieur Champmartin, n'est pas des meilleurs qu'il ait faits, et on doit doublement le lui reprocher ; car, si son tableau ne plaît pas, ce n'est pas la faute de son modèle. Le portrait de la marquise de M... vaut mieux ; il est habilement exécuté. Les contours du front et du visage sont pleins de douceur et bien *fondus*. La main droite n'est pas heureusement posée ; en voulant vaincre la difficulté, le peintre a trop accusé les plis de la peau ; cette main a dix ans de plus que l'autre. Le portrait de monsieur D... est, à mon avis, le plus remarquable des trois, quoiqu'il ne soit pas le plus remarqué. Il y a, en général, dans les ouvrages de monsieur Champmartin, un éclat de couleur et une absence de plans qui, je lui demande pardon du terme, donnent parfois à ses personnages l'air d'un joujou de Nuremberg. Qu'il ne croie pas pourtant que je plaisante lorsqu'il s'agit de son talent ! Je lui reprocherai plus sérieusement de se souvenir de Lawrence, surtout dans ses fonds ; pourquoi faire ? Ces demi-paysages, à peine entrevus, ces draperies faites d'un coup de brosse, et qui ne sont vraies que pour un myope, ne sont pas le beau côté de la manière de Lawrence. C'est du convenu ; monsieur Champmartin en a moins besoin que tout autre. J'ai vu dernièrement, au faubourg Saint-Germain, un portrait du jeune fils de la marquise de C..., peint par lui, et je n'ai qu'à le féliciter de l'effet du temps sur ses couleurs : elles acquièrent une rare solidité, sans perdre de leur prestige.

Je pourrais faire à monsieur Decaisne un beau compliment sur son *Ange gardien*. Durant les premiers jours où je visitais le Musée, je consultais l'un de nos poètes, et si je ne craignais pas de le nommer je dirais que c'est le premier de tous. Après Robert, *l'Ange gardien* l'avait surtout frappé. « Dites hardiment, me dit-il, que c'est un des plus beaux tableaux du Salon. » J'ai cependant entendu depuis bien des critiques sur cet ouvrage : on veut trouver dans l'enfant endormi un souvenir de Rubens ; on reproche à l'ange d'être vêtu de soie, on le voudrait en robe blanche ; on se rappelle certaines toiles du même auteur qui étaient loin de valoir celle-ci ; on les compare, on les oppose ; enfin, on dit que tout est médiocre ; mais, pour profiter du conseil, je dirai hardiment qu'on ne me convainc pas. La tête de l'ange est admirable dans toute la force du terme ; le reste est simple et harmonieux ; le sujet d'ailleurs est si beau, qu'il est de moitié dans l'émotion qu'on éprouve : un enfant couché dans son berceau, une mère qu'assoupit la fatigue et un ange qui veille à sa place. Quel peintre oserait être médiocre en traitant un pareil sujet ? La palette lui tomberait des mains. Que monsieur Decaisne conserve la sienne ; et, s'il m'est permis de lui parler ainsi, qu'il regarde attentivement ce qu'il vient de faire ! On dit que la tête de son ange est celle d'un enfant de quatorze ans ; je souhaite que cette supposition soit vraie ; elle prouverait beaucoup en faveur du peintre. Le grand principe qu'a posé Raphaël, et qui a fécondé tout son siècle, n'était pas autre que celui-ci : se servir du réel pour aller à l'idéal. Il n'en a pas fallu davantage pour couvrir l'Italie de chefs-d'œuvre et l'embraser du feu sacré. Quelle que soit la route qui ait conduit monsieur Decaisne au résultat qu'il nous montre aujourd'hui, il est arrivé ! Qu'il saisisse cette phase de son talent ; qu'il renonce pour toujours à ce cliquetis de couleurs, à ces petits effets mesquins, qu'il a cherchés, naguère encore, dans ses portraits ; qu'il prenne confiance en son cœur, et, en même temps qu'il se défie de sa main ! Que les yeux calmes de son ange lui apprennent qu'il n'y a de beau que ce qui est simple. Qu'il ne veuille pas faire plus qu'il ne peut, mais qu'il soit ce qu'il doit être ! Puisse-t-il trouver souvent une inspiration aussi heureuse ! S'il voit des gens qui passent devant sa toile et qui se contentent de ne pas dédaigner, qu'il laisse ceux-là aller à leurs affaires ou se pâmer devant le bric-à-brac ! Le temps n'est pas loin où le romantisme ne barbouillera plus que des enseignes. Si j'adresse à monsieur Decaisne, que je ne connais pas, ces conseils, peut-être un peu francs, c'est que j'ai été, sur une autre route, assurément plus dans le faux que lui ; je n'ai pas fait son *Ange gardien*, mais je le sens peut-être mieux qu'un autre. Je le louerais moins si l'auteur avait mieux fait jusqu'à présent ; mais qu'il tienne bon et prenne courage ! Le cœur, quand il est sain, guérit toujours l'intelligence.

Le portrait du maréchal Grouchy, de monsieur Dubufle, atteste un progrès louable dans sa manière. Il est ressemblant ; et, pour l'exécution, il n'y a point de reproches à lui faire. Il y a loin de là à ces tristes poupées qu'il habillait de satin blanc et qu'il appelait *Regrets* ou *Souvenirs*.

L'Angélus du Soir, de monsieur Bodinier, est une composition suave et pleine de mélancolie. Les teintes du soleil couchant, la sombre verdure de la campagne, les chiens blancs, le vieillard à genoux, le troupeau, tout est bien rendu. J'aime surtout ce berger debout, dont la tête se détache en noir sur l'horizon. C'est une idylle que ce petit tableau. Le sentiment qu'il réveille est si vrai que la scène qu'il représente semble familière à tout le monde ; cependant elle était difficile à exécuter. Les Napolitaines sont de bonnes études, mais ce sont trop des études seulement. Le *Repos à la fontaine* a le même mérite que *l'Angelus*, quoique à un degré moins éminent ; en somme, parmi tant de peintres que l'Italie a inspirés, monsieur Bodinier, à côté de Robert, de Schnetz et d'Horace Vernet, a su se marquer une place choisie. On ne peut ni l'oublier ni le confondre ; et ne forçant jamais son talent, chaque tableau signé par lui est reconnu et adopté de tous.

La grande toile de monsieur Larivière ne me plaît pas, et j'en ai du regret ; car c'est un immense travail, dans lequel il y a de bonnes parties. Mais j'ai beau faire, ces grandes parades m'attristent, et, je les laisse à plus robuste que moi.

J'entreprendrai cependant de parler des batailles de monsieur Horace Vernet, et, quoiqu'elles soient passablement longues, j'y adjoindrai celle de *Fontenoy*. Ce n'est pas là une petite affaire, mais je tâcherai d'être plus court que lui.

J'ai dit, en commençant cet article, que tout succès populaire prouvait à mon avis un incontestable talent. Il m'est impossible, en ceci, de partager une opinion émise autrefois dans la *Revue des Deux Mondes*. Je ne puis comprendre par quelle raison une foule qui sans cesse se renouvelle, dont les jugements sont si variables, et que tant d'efforts cherchent à attirer de tous côtés, se donnerait le mot pour admirer. entre mille, au hasard, un homme que rien ne distinguerait de ses rivaux, Si on prétend que la politique et la passion s'en mêlent, je le veux bien ; mais cette passion et cette politique, n'y a-t-il qu'un homme qui cherche à les flatter ? Lorsque monsieur Horace Vernet, en butte à une censure odieuse, ouvrit son atelier, je conviendrai certainement que la circonstance lui fut favorable ; mais quoi ! n'y avait-il que lui ? Le général Lejeune, par exemple, qui pense maintenant à ses tableaux ? Ils ont eu un succès d'un jour, pourquoi ne parlerait-on plus de lui et parle-t-on

toujours d'Horace Vernet ? C'est que le général Lejeune n'avait affaire
qu'à la mode, et Horace Vernet à la popularité. Ce que je dis là pour un
peintre, je le dirais, s'il s'agissait de littérature, pour deux hommes qu'on
lui compare, messieurs Casimir Delavigne et Scribe, talents avérés et
positifs, qu'attaquent des feuilletons désœuvrés. Le succès des *Messé-
niennes* ressemble beaucoup à celui des *Batailles* d'Horace Vernet.
Aussi leur adresse-t-on quelquefois des critiques du même genre.
Pour moi, qui sais encore par cœur les strophes qui commencent ainsi :

> *Eurotas, Eurotas, que font ces lauriers-roses*
> *Sur ton rivage en deuil par la mort habité?*

j'avoue que je ne puis me figurer que ce soit par passion politique que je
les ai apprises au collège, lorsque j'étais en quatrième ; mais ce n'est
pas assurément par passion politique que je les trouve encore fort
belles aujourd'hui, et que je les ai récitées l'autre jour à souper à des
amis qui sont de mon avis.

Mais sans plaider plus longtemps cette cause, et en reconnaissant
d'abord à monsieur Horace Vernet la juste réputation qu'il s'est
acquise, faut-il le citer à un autre tribunal et lui demander un compte
sévère de ces ouvrages si applaudis ? Cette question peut être posée ;
mais j'y répondrai négativement. Monsieur Horace Vernet n'est pas
un jeune homme, et encore moins un apprenti ; ses défauts mêmes
sentent la main du maître ; il les connaît peut-être aussi bien que nous ;
il sait ce que sa facilité doit entraîner de négligences et ce que la rapidité
de son pinceau doit lui faire perdre en profondeur, mais il sait aussi
les avantages de sa manière, et, en tout cas, il veut être lui. Qui peut se
tromper sur ses tableaux ? Il n'y a que faire de signature, et cette seule
preuve annonce un grand talent.

Le monde ne se doute guère que les réputations qu'il a consacrées
sont remises en question tous les jours. Que de gens, vivant à Paris,
s'occupant des arts, et capables d'en juger, seraient étonnés si on leur
lisait tout ce qui s'imprime sur les écrivains ou sur les peintres qu'ils
préfèrent !

On voit, d'après ce que je viens de dire, que je ne m'appliquerai pas à un examen approfondi des quatre batailles que j'ai nommées plus haut. Il me suffira de les citer et de remarquer que ce qu'on y peut trouver de plus blâmable, c'est le titre qu'on leur a donné ; ce ne sont point des batailles, d'abord parce qu'on ne s'y bat point, et on ne pouvait point s'y battre, puisque l'empereur est là en personne. A Iéna, l'empereur entend sortir des rangs de la garde impériale les mots : *En avant!* « Qu'est-ce ? dit-il. Ce ne peut-être qu'un jeune homme sans barbe qui ose préjuger ainsi de ce que je dois faire. » Tel est le sujet du premier épisode. Voyons ce qu'en a fait monsieur Vernet : il lance l'empereur au galop, Murat le suit, la colonne porte les armes. Un soldat pris d'enthousiasme crie en agitant son bonnet ; l'empereur s'arrête : le geste est sévère, l'expression vraie ; et, sans aller plus loin, n'y a-t-il pas là beaucoup d'habileté ? Quel effet eût produit, je suppose, l'empereur à pied, les mains derrière le dos ? Ou, quelle que fût sa contenance, quel autre geste eût mieux rendu l'action ? Ce cheval ardent qui trépigne, retenu par une main irritée, cette tête qui se retourne, ce regard d'aigle, tout fait deviner la parole. Cependant, dans le creux d'un ravin, les grenadiers défilent en silence ; au delà du tertre, l'horizon. Assurément, je le répète, ce n'est pas la bataille d'Iéna ; mais c'est le sujet, tel qu'il est donné, conçu adroitement et nettement rendu. Voudriez-vous voir une plaine ? l'armée ? que sais-je ? pourquoi pas l'ennemi ? et l'empereur perdu au milieu de tout cela ? Eh ! s'il était si petit et si loin, on n'entendrait pas ce qu'il dit.

David disait à Baour-Lormian : « Tu es bien heureux, toi, Baour : avec tes vers, tu fais ce que tu veux ; tandis que moi, avec ma toile, je suis toujours horriblement gêné. Supposons, par exemple, que je veuille peindre deux amants dans les Alpes. Bon. Si je fais deux beaux amants, des amants de grandeur naturelle, me voilà avec des Alpes grosses comme rien ; si, au contraire, je fais des belles Alpes, des Alpes convenables, me voilà avec de petits amants d'un demi-pied qui ne signifient plus rien du tout! Mais toi, Baour, trente pages d'Alpes, trente pages d'amants ; t'en faut-il encore ? trente autres pages d'Alpes, trente autres pages d'amants, etc. » Ainsi parlait le vieux David dans son langage trivial et profond, faisant la plus juste critique des critiques qu'on lui adressait. Monsieur Vernet pourrait en dire autant à ceux qui lui demandent autre chose que ce qu'il a voulu faire. Puisque l'acteur est Napoléon, et puisque l'action est exacte, que vouliez-vous qu'il vous montrât entre les quatre jambes de son cheval ?

Ceci s'applique également à l'épisode de Friedland et à celui de Wagram. Le vrai talent de monsieur Vernet, c'est la verve. A propos du premier de ces deux tableaux, je ne dirai pas : « Voyez comme ce coucher du soleil est rendu, voyez ces teintes, ces dégradations, ces étoffes ou ces cuirasses ; » mais je dirai : « Voyez ces poses ; voyez ce général Oudinot qui s'incline à demi pour recevoir les ordres du maître ; voyez ce hussard rouge, si fièrement campé, ce cheval qui flaire un mort. A Wagram, voyez cet autre cheval blessé, cette gravité de l'empereur qui tend sa carte sans se détourner, tandis qu'un boulet tombe à deux pas de lui ! A Fontenoy, voyez ce vainqueur, noble, souriant, ces vaincus consternés ; comme tout cela est disposé, ou plutôt jeté ! Quelle hardiesse ! » Certes il n'y a pas là la conscience d'un Holbein, la couleur d'un Titien, la grâce d'un Vinci ; ce n'est ni flamand, ni italien, ni espagnol ; mais, à coup sûr, c'est français. Ce n'est pas de la poésie, si vous voulez ; mais c'est de la prose facile, rapide, presque de l'action, dit monsieur Michelet. En vérité, quand on y pense, la critique est bien difficile : chercher partout ce qui n'y est pas, au lieu de voir ce qui doit y être ! Quant à moi, je critiquerai monsieur Vernet lorsque je ne trouverai plus dans ses œuvres les qualités qui le distinguent et que je ne comprends pas qu'on puisse lui disputer ; mais tant que je verrai cette verve, cette adresse et cette vigueur, je ne chercherai pas les ombres de ces précieux rayons de lumière.

La *Bataille de Fontenoy* m'amène à parler de monsieur Couder. Sa scène de Lawfeldt, considérée en elle-même et à part, est un ouvrage recommandable. Le roi et le maréchal de Saxe sont largement peints, et leurs habits sont en beau velours. Le vicomte de Ligonier et les soldats qui l'amènent forment un groupe sagement composé. Mais reconnaît-on dans cette toile la touche de l'auteur du *Lévite* ? Pourquoi ce tableau, qui a du mérite, diffère-t-il étrangement de son aîné qui le vaut bien ? Est-ce une manière nouvelle que monsieur Couder vient d'adopter, et le premier tableau que nous aurons de lui sera-t-il fait dans cette manière ? Non ; monsieur Couder a peint pour Versailles une *Bataille de Louis XV*, et il a cherché, dans son exécution, à se rapprocher des peintres du temps de Louis XV. Je suis fâché de retrouver, à côté de qualités solides, ce démon du pastiche qui me poursuit.

Ce n'est pas le manque d'une manière reconnaissable que l'on peut reprocher à monsieur Delacroix. C'est encore un homme, à mon avis, dont il ne faut pas chercher les défauts avec trop de sévérité. Pour parler de lui équitablement, il ne faut pas isoler ses ouvrages ni porter sur tel ou tel de ses tableaux un jugement définitif ; car dans tout ce qu'il fait il y a la même inspiration, et on le retrouve toujours le même dans ses plus grands succès comme dans ses plus grands écarts. J'avoue que cette identité constante, quand je la rencontre, me rend critique difficile ; je serai aussi sévère qu'on voudra pour une œuvre qui se présentera seule, qui ne tiendra à rien, que rien n'amène ni ne doit suivre ; mais je ne puis m'empêcher de respecter ce lien magique, cette force plus forte que la volonté même, qui fait qu'un homme ne peut lever la main sans que sa main ne le trahisse et sans que son œuvre ne le nomme. Je juge chaque ouvrage d'un peintre sans manière comme je jugerais celui d'un mort ; je n'y vois rien que ce qui est devant mes yeux ; si je trouve alors un muscle de travers, un bras cassé, je suis impitoyable ; je m'écrierai que c'est détestable, insupportable, ou, pour mieux faire, je m'en irai regarder autre chose. Mais dans un talent identique, en parlant du passé, il me semble que je parle aussi de l'avenir ; je sens que j'ai affaire à un vivant, et, en blâmant ce que je vois, j'ai peur de blâmer ce que je ne vois pas encore, ce qui va arriver bientôt ; et notez bien que monsieur Delacroix, de qui il s'agit maintenant, imite quelquefois. On se souvient de cette grande toile de *Sardanapale*, où il était clair que l'auteur avait cherché à se rapprocher de Rubens. Eh ! mon Dieu, c'était bien inutile ; aussi le résultat l'a-t-il trompé. Mais c'est une belle victoire que de se tromper impunément. Monsieur Delacroix peut demain, s'il veut, se mettre à imiter Michel-Ange, comme il a imité Rubens. Après-demain il imitera Rembrandt, et dimanche le Caravage ; mais lundi tout sera fini ; il s'ennuiera de ce travail aride, et, vaincu par sa propre force, il redeviendra lui-même à son premier coup de pinceau.

Il y a dans le *Saint Sébastien* des défauts qui frappent le public ; je les reconnais, et je ne les signalerai pas ; car le *Saint Sébastien* est le frère d'une famille déjà nombreuse, et je ne veux pas dire de mal du

HAMLET ET HORATIO, par DELACROIX.

Massacre de Scio, ni de cette *Liberté* que monsieur Auguste Barbier seul pourrait décrire, ni des *Anges du Christ aux Olives*, ni du *Dante*, ni du *Justinien;* et je serais bien plus fâché encore de dire du mal du premier tableau que monsieur Delacroix peut nous faire, de son plafond que je n'ai pas vu, de ses projets que je ne connais pas. On a voulu faire de monsieur Delacroix le chef d'une école nouvelle, prête à renverser ce qu'on admire et à usurper un trône en ruine. Je ne pense pas qu'il ait jamais eu ces noirs projets révolutionnaires. Je crois qu'il travaille en conscience, par conséquent sans parti pris. S'il a un système en peinture, c'est le résultat de son organisation, et je n'ai pas entendu dire qu'il voulût l'imposer à personne : aussi ne le blâmerai-je pas d'aimer Rubens par-dessus tout ; je partage son enthousiasme sans partager ses antipathies ; et j'aime Rubens, quoique j'aime mieux Raphaël. Mais fussé-je l'ennemi déclaré de la manière de monsieur Delacroix, je n'en serais pas moins surpris qu'on ait, au jury d'admission, refusé un de ses tableaux. Je ne connais pas son *Hamlet*, et je n'en puis parler d'aucune façon ; mais, quelques défauts que puisse avoir cet ouvrage, comment se peut-il qu'on l'ait jugé indigne d'être condamné par le public ? Est-ce donc la contagion qu'on a repoussée dans cette toile ? Est-elle peinte avec de l'aconit ? Il semble que tant de sévérité n'est juste qu'autant qu'elle est impartiale ; et comment croire qu'elle le soit, lorsqu'on voit de combien de croûtes le Musée est rempli ? Mais ce n'est pas assez que de tous côtés on trouve les plus affreux barbouillages ; on a reçu jusqu'à des copies que le livret donne pour originaux. J'ai noté un de ces vols manifestes, au n° 1491. On y trouve un tableau intitulé *Une Bacchante*, de monsieur Poyet ; or ce tableau est une copie, et une très mauvaise copie d'un magnifique ouvrage de David, qui appartient à monsieur Bouchet.

Je passe devant le tableau de monsieur Steuben, et puisque je parle de tout ce qu'on regarde, je conviens qu'on regarde sa *Jeanne la Folle*, mais j'en reviens à mon opinion : la mode n'est que l'apparence de la popularité, qui elle-même n'est pas toujours sûre. Monsieur Steuben a, dans la galerie, un petit portrait d'une jeune fille qui sourit, appuyée sur son coude. Cette étude fine et naïve vaut mille fois mieux que ces grands mélodrames où on entasse le clinquant et où l'œil cherche le trou du souffleur.

Messieurs Vauchelet, Alaux, Caminade, Rouillard, Saint-Èvre, Lepaulle, Gallait, ont exposé des portraits historiques faits pour le musée de Versailles. Dans quelques-uns de ces portraits se retrouve toujours le même défaut, l'imitation des peintres contemporains des personnages représentés.

Le Christ au Tombeau de monsieur Comeyras ne manque certainement pas de talent. Mais, bon Dieu, quelle étrange couleur ! Ces gens-là sont de cuivre et d'étain. Comment ne s'aperçoit-on pas que ce qui donne aux vieux tableaux des maîtres ces teintes qu'on imite, c'est le temps et la dégradation ?

Avant de sortir de la grande salle, il ne me reste plus qu'à parler de la *Bataille des Pyramides ;* je retrouverai monsieur Granet dans la galerie, et je reviendrai pour Robert. C'est avec respect et avec douleur qu'il faut prononcer le nom de Gros. Ce doit être aussi avec ces deux sentiments que monsieur Debay, son élève, a terminé l'œuvre, laissée imparfaite, du plus grand peintre de notre temps. Elle ne vaut pas, à beaucoup près, les autres ; mais c'est la dernière page d'un si beau livre, que sa seule ressemblance avec le reste doit l'ennoblir et la consacrer.

*
* *

Nous voici dans la galerie. J'aime la *Venise* de monsieur Flandrin. Il a du moins fait sa lagune tranquille, et non agitée comme une mer, comme on s'obstine à nous la peindre en dépit de la vérité ; car, n'en déplaise au Canaletto lui-même, la lagune est toujours dormante, hors dans les jours de grande tempête ; encore ne s'émeut-elle guère aux entours de la Piazzetta. Puisque je fais de la science, je rappellerai à monsieur Flandrin que l'ange du campanile de Saint-Marc est doré, et non pas blanc. Mais ne voilà-t-il pas une belle remarque ! Les tons sont justes, les ombres bien jetées : c'est bien le moment du coucher du soleil.

Le *François de Lorraine*, de monsieur Johannot, quoique assez habi-
lement exécuté, a encore ce défaut inexorable qui dépare tant de toiles
cette année : c'est évidemment un pastiche de Rubens.

Tout le monde se souvient du *Tobie* exposé l'année dernière par
monsieur Lehmann. Il y avait dans ce début non seulement tout ce qui
annonce un beau talent, mais encore ce qui le constitue. C'était à la
fois une espérance et un résultat. Aussi n'avait-on pas manqué d'encou-
rager le jeune artiste ; sa *Fille de Jephté* a fait changer quelques jour-
naux de langage, et il ne faut pas qu'il s'en étonne ni en même temps
qu'il s'en inquiète. S'il regardait les critiques qu'on lui adresse comme
injustes et mal raisonnées, il aurait tort et s'engagerait peut-être dans
une route qui n'est pas la vraie. Mais il se tromperait plus encore si, en
reconnaissant la justice des critiques, il se laissait décourager. Le public
ne blâme dans son ouvrage que de certaines parties qu'en effet il me
semble impossible d'approuver. Pour parler d'abord des défauts maté-
riels, il y a, dans les sept figures de ses femmes, une monotonie qui
fatigue ; elles se ressemblent toutes entre elles, plus ou moins, une
exceptée qui est charmante, et dont la beauté fait tort à ses sœurs ;
c'est celle qui est assise et inclinée à la droite de la fille de Jephté.
Toutes les autres (je suis fâché de faire une remarque qui a l'air d'une
plaisanterie), toutes les autres ont la tête trop forte, et monsieur Leh-
mann connaît sans doute trop bien l'antique pour ne pas savoir que la
grosseur de la tête est incompatible avec la grâce des proportions ;
en outre, les chairs ont une teinte mate qui leur donne l'air d'être en
ivoire et qui les fait ressortir trop vivement sur les étoffes et sur le fond,
comme dans certains tableaux de l'Albane. Si de ces premières obser-
vations on passe à l'examen moral de l'ouvrage, monsieur Lehmann me
permettra de lui dire que, dans la composition de sa scène, il a oublié
une maxime qui a été vraie de tous les temps : c'est qu'on n'arrive
jamais à la simplicité par la réflexion. Il est certain qu'en cherchant
ces lignes parallèles, en traçant cette sorte de triangle que dessine le
groupe des femmes et que suivent les montagnes mêmes, l'artiste a
voulu être simple. Il l'eût été en y pensant moins. Voilà, je crois, ce
qu'une juste critique doit reprocher à monsieur Lehmann. Maintenant
il faut ajouter que le personnage de la fille de Jephté est très beau,
vraiment simple d'expression et parfaitement bien posé. Si le peintre

qui l'a conçu n'eût voulu exprimer que la douleur, il se fût contenté avec raison d'avoir créé cette noble figure, et il eût groupé les autres autour d'elle avec moins d'apprêt et de recherche. Les deux femmes qui pleurent debout et qui s'appuient l'une sur l'autre méritent aussi beaucoup d'éloges ; elles produiraient bien plus d'effet si l'artiste ne les avait pas fixées comme au sommet d'une pyramide, et si, les laissant au second plan, comme elles sont, il les eût placées à droite ou à gauche de leur sœur, et non pas au milieu de la toile. Que monsieur Lehmann pense au Poussin ; qu'il voie comment ce grand maître dispose ses groupes, les met en équilibre sans roideur et les entremêle sans confusion ! Non que je conseille à monsieur Lehmann d'imiter le Poussin ni personne ; mais il me fâche de voir que dans son tableau il y a non seulement le talent, mais encore les éléments nécessaires pour conquérir l'assentiment de tous ; je ne doute pas que ses personnages mêmes, sans y faire de grands changements, mieux disposés, ne pussent plaire à tout le monde. Il me semble, en regardant cette toile, qu'il n'y a qu'à dire à ces deux femmes : «Vous, descendez de cette roche, éloignez-vous et pleurez à l'écart ;» à cette autre, vue en plein profil : «Faites un mouvement, détournez-vous ;» à cette autre : «Regardez le ciel ; un geste, un rien va tout changer ; la douleur de votre sœur est vraie, simple, sublime, ne la gâtez pas.»

En lisant dans le livret du Musée les dix lignes du chapitre des *Juges* qui servent d'explication au tableau de la *Fille de Jephté*, je fais une remarque peut-être inutile, mais que je livre à l'artiste pour ce qu'elle vaut : c'est que, dans ce fragment, qu'on a dû nécessairement abréger, la simplicité biblique est singulièrement outrée. Qui a donné ces dix lignes ? Est-ce le peintre lui-même ? Je l'ignore. Jephté, dit le livret, en vouant sa fille, déchira ses vêtements, et dit : «Ah ! ma fille, tu m'as entièrement abaissé.» Or le latin dit, au lieu de cela : «*Heu! me, filia mea, decepisti me, et ipsa decepta es.* — Hélas ! ma fille, tu m'as trompé, et tu t'es trompée toi-même.» La fille de Jephté répond dans le livret : «Fais-moi ce qui est sorti de ta bouche.» Le latin dit : «*Si aperuisti os tuum ad Dominum, fac mihi quodcumque pollicitus es.* — Si tu as ouvert la bouche au Seigneur, fais-moi tout ce que tu as promis.» Je ne relève pas par pédantisme ces petites altérations du texte. A tort ou à raison, elles me semblent avoir une parenté avec les défauts du tableau. Bien entendu que si c'est le hasard qui en est cause ma remarque est non avenue.

Mais je ne veux pas quitter monsieur Lehmann comme ces gens qui s'en vont au plus vite dès qu'ils ont dit un méchant bon mot. Je jette en partant un dernier regard sur cette belle fille désolée, sur sa charmante sœur aux yeux noirs, dont le corps plie comme un roseau, sur ces deux statues éplorées dont le contour est si délicat ; et je me dis que la jeune main qui a rendu la douleur si belle se consacrera tôt ou tard au culte de la vérité.

Un *Intérieur d'appartement gothique*, de monsieur Lafaye, doit être remarqué avec éloge. Je trouve à côté un tableau de monsieur Schnetz, qui n'a pas assez d'importance pour qu'on puisse parler dignement, à propos de si peu de chose, du talent de l'auteur. C'est à Notre-Dame-de-Lorette que nous verrons bientôt ses nouveaux titres à une réputation si bien méritée.

Le *Martyre de saint Saturnin*, de monsieur Bézard, est une composition importante et qui a un grand mérite de dessin. On y sent la manière de monsieur Ingres et l'étude de l'école romaine ; mais il ne faut pas que l'école romaine fasse oublier à ceux qui l'admirent qu'après Raphaël est venu le Corrège, et que l'absence du clair-obscur, en donnant du grandiose, ôte du naturel. Que monsieur Bézard se souvienne du mot du grand Allegri : *Ed io anche son pittore.*

Une *Voiture de masques*, de monsieur Eugène Lami, m'amuserait comme un vieux péché, quand bien même je n'aurais pas à constater dans son auteur un talent fin et distingué. J'aime mieux ce petit tableau que la *Bataille de Hondschoote*, dont le paysage est de monsieur Dupré. Cette toile, d'un effet bizarre, mais qui a bien aussi son mérite, perd à être vue au Salon ; placée isolément, elle gagnerait beaucoup.

Je remarque un *Site d'Italie*, de monsieur Jules Cogniet, et je m'arrête devant le *Dante*, de monsieur Flandrin. Le Dante est bien ; sa robe rouge est largement peinte ; son mouvement exprime le sujet ; j'aime la tête du Virgile ; mais je n'aime pas ce bras qui retient son manteau, non à cause du bras, mais à cause du geste, car on dirait que le manteau va tomber. En général, tout le tableau plaît ; c'est de la bonne et saine peinture. Les *Envieux* ne sont pas assez des envieux ; la première de ces figures est très belle, la seconde et la troisième, celle qui regarde le Dante, sont bien drapées ; mais la cinquième tête, correcte en elle-même, ne peut pas être celle d'un homme envoyé aux enfers pour le dernier et le plus dégradant des vices, celui de Zoïle et de Fréron. Ce front calme, cet air de noblesse, cette contenance résignée, appartiennent, si vous le voulez, à un voleur ou à un faussaire, mais jamais à un envieux. Monsieur Flandrin, qui, je crois, est encore à Rome, a un bel avenir devant lui. Son *Berger assis* est une charmante étude, qui annonce une intelligence heureuse de la nature, avec un air d'antiquité.

Dans le *Saint Hippolyte* de monsieur de Dreux, il y a de la verve et de la vigueur. Les chevaux sont trop des chevaux anglais ; mais cela ne fait tort qu'au sujet, le tableau n'y perd qu'un peu de couleur locale, ce dont une palette bien employée du reste peut se passer sans inquiétude. Au-dessus du *Saint Hippolyte* est un bon portrait de monsieur Jouy aîné. Je dois aussi citer avec éloge celui de madame C... et de sa sœur, de monsieur Canzi. Il est d'une adroite ressemblance et d'une gracieuse exécution.

C'est un très étrange tableau que celui de monsieur Brémond, Je voudrais en savoir le secret, car cette nature laide me répugne et cependant cet ange debout, avec son auréole d'or, ou plutôt malgré l'auréole, me frappe et m'émeut. Singulier travail ! Pour imité, il l'est à coup sûr, mais il l'est si bien qu'il me trompe et que je crois voir un vieux tableau. Je consulte encore mon livret, pour éclaircir mon impression, et je lis : «On dévala de la croix ce corps tout froissé que la Vierge...» Fi ! monsieur Brémond, *dévala !* Quel vilain mot vous allez choisir ! Qu'est-ce que c'est donc que *dévala ?* Est-ce qu'on dévale ? Et qui ? juste Dieu ! Cet affreux mot me fait presque comprendre pourquoi votre Christ est si maigre et si vieux et toute la recherche d'horreur que je vois dans votre tableau. Mais je continue : «Un ange, ému de la douleur de la Vierge, se place devant elle pour lui dérober la vue de la croix où son fils a été supplicié.» Ma foi, je ne sais plus que dire, car cette pensée me paraît belle, et elle est de monsieur Brémond, tandis que *dévala* est dans la *Vie des saints*.

Je fais de vains efforts pour critiquer les toiles citoyennes de monsieur Court ; il est impossible d'en rien dire, pas même du mal. Quelle froideur dans cette signature de la proclamation royale ! Ce pauvre

monsieur Dugas-Montbel, on l'a mis là aussi pourtant ! C'était le tra-
ducteur d'Homère, brave et digne homme, et très savant ; en quoi
a-t-il pu offenser monsieur Court ? Mais je me rappelle de ce peintre
une jolie Espagnole en mantille, et je vais regarder le tableau d'Isabey.

Cette toile mérite, à mon avis, des éloges sans restriction : l'exécu-
tion en est magnifique, et la conception tellement forte qu'elle étonne
au premier abord. J'ai entendu reprocher à l'auteur de n'avoir montré
qu'une partie de son vaisseau. Rien n'est moins juste que cette critique,
car c'est de cette disposition hardie que résulte toute l'importance de la
scène. Si le tableau avait deux pieds de plus, et si on en voyait davantage,
la composition y perdrait moitié. Monsieur Isabey n'a pas fait cette
faute, qui nuit à monsieur Le Poittevin. Aussi produit-il le plus grand
effet, et cet effet est un tour de force. Quelle difficulté n'y avait-il pas
à fixer l'attention sur ce mort qu'on lance dans la mer par une fenêtre !
Et quelle autre difficulté à ce que la petite dimension et la position
même du mort, attaché sur une planche, n'eussent rien de ridicule !
Qu'il était aisé d'échouer et d'arriver à un résultat d'autant plus fâcheux
que la prétention eût paru plus grande ! Monsieur Isabey a plus que
réussi ; il a trouvé le moyen d'être sérieux là où bien d'autres auraient
été mesquins. Quand on regarde ces flots houleux, battus par le
roulis, ce ciel sombre, cette cérémonie imposante, tout cet appareil
religieux, on se sent pénétré de tristesse. Je ne sais de quelle angoisse
invincible on est saisi à l'aspect de ce cadavre, qui enveloppé d'un lin-
ceul blanc, au bruit du canon et devant tout l'équipage, descend solen-
nellement dans la mer ! Il semble que ce bâtiment va fuir, que cette
planche va tomber, et que l'abîme, troublé un instant, va se refermer
en silence.

Tous ceux qui ont lu la belle description de Constantinople, dans
le *Voyage en Orient*, s'arrêtent avec intérêt devant le tableau de
madame Clerget. La multitiplicité des détails, l'étendue du Bosphore,
présentaient de grandes difficultés ; elles sont heureusement vaincues
par le tableau original et distingué de l'artiste. Ce tableau se fait remar-
quer par de vaporeux lointains, par la transparence des eaux et l'exac-
titude du panorama. La *Vue du lac de Genève*, du même auteur, présente
le même genre de mérite ; on regrette qu'il soit placé dans la partie
sombre de la galerie, ce qui nuit à l'effet qu'il devrait produire. Les

ouvrages de madame Clerget doivent fixer l'attention des amateurs, qui, en peinture, apprécient avant tout la vérité.

Le *Farniente*, de monsieur Winterhalter, me plaît tellement que je n'ose dire jusqu'à quel point. Ce n'est pas que j'aie peur de faire l'éloge d'un tableau où le talent me paraît évident, mais je crains que les beaux yeux d'une certaine jeune fille qui est accoudée près d'une fontaine ne m'aient tant soit peu tourné la tête. Cette jeune fille me semble admirable, et tout le reste à l'avenant. Des paysans sont couchés à l'ombre. Une femme, assise au pied d'un arbre, présente à son enfant un sein blanc comme le lait. Une autre, étendue au soleil, rêve ou s'endort, ou fait semblant ; tandis qu'un jeune pâtre indolent balance dans l'air une belle grappe de raisin qu'un enfant dévore des yeux. Plus loin, un bosquet et des danses ; à l'horizon, la mer et le volcan. Vers la gauche, un jeune homme assis, la guitare à la main, fredonne une canzonnette :

> *Io son ricco, e tu sei bella.*
> *Nina mia, che vuoi di più ?*
>
> . . . .
>
> *Ci fosse Nemorino !*
> *Me lo vorrei goder.*
> *Ci fosse Nemorino !*

Ce n'est peut-être pas cet air-là ; mais je me le figure parce que je l'aime et que, malgré moi, je marie ce qui me plaît. Voyez-vous ce petit moinillon qui retrousse son froc, comme il écoute ! Le petit drôle chante déjà au lutrin. Mais regardez ma belle paysanne ; elle est debout, le menton dans sa main ; quels yeux ! quelle bouche ! A quoi songe-t-elle ?

> *Si, si, l'avremo, cara.*

Vous serez aimée et cajolée, autant qu'il vous plaira de l'être ; mais je m'en vais, crainte de prévariquer. Il est dangereux de s'ériger en juge quand on n'est pas d'âge à être député.

L'*Hiver*, de monsieur Cabat, vient à propos pour me sauver de la tentation ; il n'y a rien de plus calmant qu'une vieille femme morte de froid. Encore ne suis-je pas bien sûr que ce ne soit pas un bûcheron. Je ne reconnais pas dans ce paysage la touche ordinaire de l'artiste ;

c'est cependant le plus important qu'il ait exposé cette année. Si on le signait d'un nom flamand, même d'un nom célèbre, on pourrait s'y tromper.

Je regrette de n'avoir pas gardé une place distincte aux paysagistes, car je retrouve tant de noms sous ma plume, que je suis sûr d'en oublier. Dans le premier salon, messieurs Gué et Hostein doivent être cités honorablement ; dans la galerie, messieurs Mercey, Jolivard et Bucquet, talents remarquables, ainsi que monsieur Joyant, qui a exposé de jolies vues vénitiennes ; messieurs Rousseau, Danvin, Veillat, Corot, dont la *Campagne de Rome* a de grands admirateurs. Monsieur Paul Huet doit être mis à part ; ce serait plutôt en Angleterre qu'en France qu'on trouverait à qui le comparer. Je ne vois pas la nature aussi vague, mais il y aurait de l'injustice à ne pas reconnaître à ce jeune peintre une belle entente des grandes masses.

La mémoire du moins ne me manquera pas pour citer madame de Mirbel. La patience unie au talent est une des premières vertus féminines, et c'était bien à elle qu'il appartenait de conserver en France l'art précieux de la miniature. Les deux portraits que madame de Mirbel a envoyés cette année au Salon ont toujours cette grâce et cette finesse qu'on est habitué à trouver dans les petits chefs-d'œuvre signés de son nom. Je remarque en même temps, dans la travée opposée, une miniature de monsieur Bell, d'un rare fini.

Le *Réveil du juste*, de monsieur Signol, a le défaut d'être théâtral, et il n'y a pas de défaut plus dangereux, car il ne doit chercher que l'effet et fausser les moyens. Que le décor et les trompe-l'œil demandent une main habile, j'en conviens, et je suis prêt à rendre justice aux toiles de fond de nos théâtres, quoique je sois fermement persuadé qu'avec cette splendeur d'entourage il n'y a pas d'art dramatique possible. Mais composer un tableau de chevalet comme une scène de tragédie, c'est commettre une grande erreur. Monsieur Signol a du talent, et je regrette d'être si sévère. Mais pourquoi séparer son tableau en deux et lui donner un air de famille avec la dernière scène des *Victime cloîtrées* ? Son méchant qui sort de la tombe est évidemment soutenu par une trappe, comme les nonnes de l'Opéra.

Monsieur Granet est toujours lui, c'est-à-dire simple et admirable. Il est difficile de le louer d'une façon qui soit nouvelle. Le public préfère, en général, les *Catacombes* à la *Sainte-Marie-des-Anges*. Je ne fais point de différence entre ces deux ouvrages marqués tous deux du même cachet. Il y a une fierté singulière dans l'espèce d'inhabilité avec laquelle monsieur Granet peint les personnages de ses tableaux. Jamais on n'a mis tant de largeur dans les détails ni tant de grandiose dans les petites choses. Je me souviens que, regardant un jour un petit tableau de bataille fait avec soin, je me demandais si, dans cette minutie scrupuleuse, il n'y avait pas beaucoup de convention. J'étais choqué de pouvoir compter jusqu'aux boutons des habits de soldats. « Ne devrait-on pas, me disais-je, lorsqu'on enferme un grand espace dans une toile si resserrée, laisser supposer au spectateur que ce qu'on lui montre est à distance? Un paysage, par exemple, ne devrait-il pas toujours être un lointain? Car, autrement, quelle apparence de vérité pour celui qui regarde? Il lui semble être dans une chambre obscure et voir la nature à travers un appareil microscopique. » Cette réflexion m'est revenue en tête devant les ouvrages de monsieur Granet. Il n'y a point là de convenu, car ses tableaux veulent être vus à distance, comme s'ils étaient la nature même. Ce sont les seuls qui me fassent clairement comprendre que la réalité puisse être réduite et que le talent produise l'illusion.

Il me semble qu'il doit y avoir dans la réputation de monsieur Granet, si juste, si calme, si incontestée, une leçon pour les artistes. Que de disputes, que de systèmes se sont succédé depuis dix ans dans les arts! Sont-ils allés jusqu'aux oreilles de l'auteur de la *Mort du Poussin?* Non ; il a sans doute fermé au bavardage la porte de son atelier ; il y est seul avec la nature, et, sûr de lui, n'interroge pas. Ce serait un exemple à suivre, si tout le reste s'apprenait à ce prix.

Je ne suis pas grand partisan de la caricature en peinture, mais, si la gravité est un mystère du corps inventé pour cacher les défauts de l'esprit, j'imagine que les gens qui s'arrêtent devant la *Revue*, de monsieur Biard, courront le risque de perdre leur gravité, et par conséquent de montrer quelle est la dose de leur esprit. Tout est parfait, depuis le sergent de village jusqu'au maire, et depuis l'officier qui conduit la troupe jusqu'à cette inimitable petite fille qui, l'œil au ciel, rouge et essoufflée, s'écarquille pour marcher au pas.

Le *Carnaval à Rome*, de monsieur Biard, a de l'entraînement et du mouvement. Le *Départ de la garde nationale*, de monsieur Cogniet, mérite des éloges, quoique les tons trop coquets fassent un effet mesquin. Le *Tobie*, de monsieur Balthazar, ne manque pas de délicatesse, mais l'ange qui l'accompagne est faible; c'est une femme qui a posé.

Le *Triomphe de Pétrarque*, de monsieur Boulanger, annonce un progrès marqué dans son talent. C'est quelque chose de rare et de louable que de voir un jeune artiste dont les débuts ont été vantés outre mesure, et qu'on a toujours essayé de gâter, ne se laisser prendre ni à la flatterie ni à la paresse, et marcher sans relâche à la poursuite du mieux. Quand je pense aux éloges effrayants dont j'ai vu monsieur Boulanger entouré et comme accablé dès ses premiers pas dans la carrière des arts, je me sens tenté de donner maintenant à son courage et à sa persévérance ces louanges qu'on prodiguait jadis à ses essais. Pour qu'un jeune homme résiste à une pareille épreuve, il faut que la voix de sa conscience parle bien haut et bien impérieusement. Je ne veux pourtant pas lui dire que son *Pétrarque* soit un chef-d'œuvre ; vraisemblablement il ne le croirait pas ; mais c'est un ouvrage qui fait plaisir à voir et qu'on regarde en souriant sans se demander ce qu'il y manque. Je pardonne volontiers à monsieur Boulanger ses chevaux à la Jules Romain et la naïveté de ce sol jonché de fleurs, car j'aime à croire que plus il ira, moins il sera tenté d'imiter.

Quel beau sujet, du reste, et quelle journée! Cet homme vêtu d'une robe de pourpre, traîné sur un char triomphal, entouré de l'élite de la noblesse, des poètes, des savants, des guerriers, marchant au milieu d'une ville, sur un tapis de roses effeuillées, suivi d'un chœur de jeunes filles et précédé par la Rêverie, applaudi, fêté, admiré de tous, et qu'avait-il donc fait pour tant de gloire? Il avait aimé et chanté sa maîtresse. Ce n'était pas lui qu'on couronnait et qu'on menait au Capitole, c'était la douleur et l'amour. Les conquérants ont eu bien des trophées ; l'épée a triomphé cent fois, l'amour une seule. Pétrarque est le premier des poètes. Que se passa-t-il ce jour-là dans ce grand cœur ainsi récompensé? Que regardait-il du haut de ce char? Hélas! sa Laura n'était plus ; il cachait peut-être une larme, et il se répétait tout bas : « *Beati gli occhi che la veder viva!* »

*
* *

Avant de descendre à la salle des sculptures, il ne faut pas oublier madame Jaquotot ni les émaux de monsieur Kanz. C'est assurément un grand tort de parler légèrement d'un tableau, et si j'ai eu ce tort dans cet article, je ne crois pas du moins avoir eu celui de parler trop légèrement d'un peintre. Mais quand il s'agit d'un travail aussi difficile, aussi pénible que la peinture sur émail, il serait impardonnable de trancher au hasard. C'est le résultat de six ans d'études que monsieur Kanz apporte au Salon, dans un cadre d'un pied de haut qu'on a accroché contre une fenêtre. Pour faire un portrait sur émail, il faut vingt-cinq séances de deux heures chaque, et, pendant que l'artiste travaille, le four, constamment échauffé, est prêt à recevoir le résultat de la séance, et à changer, par l'action chimique, toutes les couleurs, laborieusement choisies. Ainsi le peintre recommence son ouvrage autant de fois qu'il le livre au feu. Mais le résultat est indestructible ; c'est l'émail même qui devient portrait. Monsieur Kanz doit à son père l'héritage d'un vrai talent. Il devra, je n'en doute pas, à sa rare persévérance de se faire un nom dans l'art de Petitot.

Il n'y a qu'un seul mot à dire de la copie sur porcelaine que madame Jaquotot a faite de la Vierge au voile : c'est aussi beau que Raphaël.

Je remercie monsieur Étex de n'avoir pas fait dans sa *Geneviève* de ce roide et faux style gothique qu'on veut donner pour supportable. La tête de sa statue est belle, le geste simple ; il y a de la grandeur. J'aime à voir sous ce corsage plat que c'est un être vivant qui le porte. Il était difficile de rester ainsi sur la lisière du gothique.

La statue de Bailly et celle de Mirabeau, par monsieur Jaley, ne manquent certainement pas de mérite. Je suis fâché qu'elles portent des habits, car il m'est impossible de comprendre le vêtement moderne en sculpture. Le *Paria* du même sculpteur a de la pensée.

Le lion en bronze de monsieur Barye est effrayant comme la nature. Quelle vigueur et quelle vérité! Ce lion rugit, ce serpent siffle. Quelle rage dans ce muffle grincé, dans ce regard oblique, dans ce dos qui se hérisse! Quelle puissance dans cette patte posée sur la proie! Et quelle soif de combat dans ce monstre tortueux, dans cette gueule affamée et béante! Où monsieur Barye a-t-il donc trouvé à faire poser de pareils modèles? Est-ce que son atelier est un désert de l'Afrique ou une forêt de l'Hindoustan?

L'*Anacréon*, de monsieur Lequien, la *Baigneuse*, de monsieur Espercieux, ont de la grâce ; mais ce sont des pastiches de l'antique. Il y a un sentiment naïf dans la *Jeune fille* de monsieur Lescorné ; les pieds nus qui sortent de la robe ne produisent pas un bon effet. J'aime la *Renaissance*, de monsieur Feuchère, quoique ce soit encore un pastiche ; mais le sujet voulait que c'en fût un. L'*Esclave*, de monsieur Debay, plaît beaucoup au public, et le public se trompe bien plus rarement en sculpture qu'en peinture ; la forme le frappe. C'est une enfant de quinze ans qu'a représentée monsieur Debay ; par conséquent, c'est une nature faible, encore indécise, et dont les proportions ne sont pas développées. Ce genre d'étude est nouveau en sculpture.

Le *Modèle de vase*, de monsieur Triquetti, est une imitation curieuse. Le buste de la baronne de G..., de monsieur Ruoltz, est charmant. Je dois citer celui de Philippe V, de monsieur Lescorné ; celui de madame de Fitz-James, de monsieur Foyatier, et celui de Bellini, de monsieur Dantan. Le *Chactas*, de monsieur Duret, est une composition poétique, vraie d'expression et belle d'exécution ; la tête est admirable. J'arrive à la *Vénus*, de monsieur Pradier, et j'avoue qu'il m'a été impossible de ne pas me presser d'y venir. Le groupe me paraît si charmant que j'aurais peur de commettre un sacrilège en disant ma pensée tout entière. Non seulement je le trouve d'une parfaite exécution, mais la pensée m'en semble délicieuse. Cette *Vénus*, presque vierge encore, mais déjà coquette et rusée, qui se penche sur cet enfant boudeur et l'interroge, capricieuse elle-même, sur un caprice léger ; cette main qui se pose sur la tête chérie, plonge dans les cheveux et invite au baiser ; cette bouche de l'enfant qui rêve et refuse de répondre pour se faire prier ; ces petites jambes, vraies comme la nature, où le marbre semble animé ; tout m'enchante ; je me sens païen devant

un si beau paganisme. Il y a là de quoi passer un jour et oublier que
la laideur existe. Pris seulement comme une étude, comme le portrait
d'une femme et d'un enfant, ce marbre serait un morceau précieux,
plein de grâce et de vérité. Car notez que, sauf la ligne grecque qui unit
le nez avec le front, la *Vénus* est une femme de tous les temps et de tous
les pays, ce qui, à mon sens, est un grand mérite ; mais je serais bien
fâché que monsieur Pradier eût appelé son groupe autrement que *Vénus
et l'Amour*, car je vois là le parfait symbole de la volupté et du caprice,
non de la volupté grossière, ivre, échevelée, comme on nous la fait,
mais délicate, sensuelle, et un peu pâle, intelligente et pleine de désirs ;
non du caprice effréné, furieux, qu'un rien déprave et que tout dégoûte,
mais rêveur, jeune, avide de jouissance, tendre pourtant, et aimant
sa mère, sa fraîche nourrice, la blanche Volupté.

*
* *

Je remonte maintenant dans la salle, pour dire un mot des *Pêcheurs*
de Robert.

J'ai vu que, dans plusieurs des articles qui ont été faits sur ce tableau,
on demandait pourquoi tous les personnages y sont si tristes, et qu'on
croyait en trouver la raison dans la crainte d'une tempête que le ciel,
disait-on, présage. Le ciel est clair, et le paraîtrait plus, sans le voisinage
de la toile de monsieur Hesse, dont les couleurs tranchées lui font tort.
Les pêcheurs que Robert a peints sont des Chiojotes ; et le motif de
leur tristesse, c'est qu'ils ont besoin pour vivre de deux sous par jour,
à peu près, et qu'ils ne les ont pas tous les jours.

Les pêcheurs vénitiens n'ont point de lit, et ils couchent sur les
marches des escaliers du quai des Esclavons. Ils ne possèdent qu'un
manteau et un pantalon qui, le plus souvent, est de toile. Le manteau
est très court, d'une étoffe grossière, très lourde, brune, et ils le portent
été comme hiver. L'été seulement ils n'en mettent pas les manches
qu'ils laissent tomber sur leurs épaules ; le pêcheur assis dans le tableau

a un manteau de cette espèce. C'est dans ce manteau qu'ils s'enve-
loppent pour dormir, se rapprochant le plus possible les uns des autres,
afin d'éviter le froid des dalles. Il arrive souvent, surtout pendant le
carême, que lorsqu'un d'eux s'éveille la nuit il entonne un psaume
à haute voix ; alors ses camarades se relèvent et l'accompagnent en
partie, car ils ne chantent jamais à l'unisson, comme nos ouvriers ;
leurs voix sont, en général, parfaitement justes et d'un timbre très
sonore et très profond ; ils ne chantent guère plus d'un couplet à la
fois, et se rendorment après l'avoir chanté ; c'est pour eux l'équivalent
d'un verre d'eau-de-vie ou d'une pipe. Quelques heures après, si un
autre se réveille, ils recommencent. Leurs femmes, quand ils en ont,
logent dans les greniers des palais déserts qu'on leur abandonne par
charité. Elles ne se montrent guère qu'au départ ou au retour de la
pêche, portant leurs enfants sur leurs bras, comme la jeune femme
qu'on voit dans le tableau. Du reste, ils ne mendient jamais, différents
en cela du peuple de Venise et de toute l'Italie, où tout mendie, même
les soldats. Leur contenance a beaucoup de gravité, et l'étoffe dont ils
sont vêtus ajoute à leur aspect sévère, par ses plis rares et immobiles ;
leurs poses sont souvent théâtrales, comme on peut le voir dans le
tableau par celle de l'enfant qui déploie les filets. Leur seul moyen de
subsistance est la pêche des huîtres et des poissons de mer, qui sont
excellents dans l'Adriatique, mais qui se vendent à très bon marché.
Quoique leur misère soit profonde, ils sont très honnêtes et ne com-
mettent jamais aucun désordre. Il est bien rare qu'on entende parler
d'un vol dans la ville, dont les rues, véritable labyrinthe, favorise-
raient tous les attentats. Les seuls voleurs à Venise sont les mar-
chands, qui en sont aussi la seule aristocratie.

Tels sont, à peu de chose près que j'oublie peut-être, les pêcheurs
vénitiens ; les Chiojotes sont beaucoup plus pauvres, car le lieu qu'ils
habitent, situé à quelque distance de la ville, est loin de leur fournir
les occasions des petits gains partiels dont les autres font leur profit.

J'étais à Venise, il y a deux ans, et, me trouvant mal à l'auberge,
je cherchais vainement un logement. Je ne rencontrais partout que
désert ou une misère épouvantable. A peine si, quand je sortais le
soir pour aller à la Fenice, sur quatre palais du Grand Canal, j'en voyais
un où, au troisième étage, tremblait une faible lueur ; c'était la lampe

d'un portier qui ne répondait qu'en secouant la tête, ou de pauvres diables qu'on y oubliait. J'avais essayé de louer le premier étage de l'un des palais Mocenigo, les seuls garnis de toute la ville, et où avait demeuré lord Byron ; le loyer n'en coûtait pas cher, mais nous étions alors en hiver, et le soleil n'y pénètre jamais. Je frappai un jour à la porte d'un casin de modeste apparence, qui appartenait à une Française, nommée, je crois, Adèle ; elle tenait maison garnie. Sur ma demande, elle m'introduisit dans un appartement délabré, chauffé par un seul poêle, et meublé de vieux canapés. C'était pourtant le plus propre que j'eusse vu, et je l'arrêtai pour un mois ; mais je tombai malade peu de temps après, et je ne pus venir l'habiter.

Comme je traversais la galerie pour sortir de ce casin, je vis une jeune fille assez jolie, brune, très fraîche, qui portait un plat. Je lui demandais si elle était parente de la maîtresse de la maison, et à qui était destiné ce qu'elle tenait à la main. Elle me dit que c'était pour un locataire français qui habitait au second une petite chambre près d'un autre Français. « Et quand je demeurerai ici, lui demandai-je encore, me ferez-vous aussi à déjeuner ? » Elle répondit en faisant claquer sa langue sur ses dents, ce qui veut dire *non* en vénitien. « Fort bien, lui dis-je. Et quel est ce Français privilégié qui sait se faire servir tout seul ? C'est donc quelque grand personnage ? — Non, répliqua-t-elle ; c'est monsieur Robert, un peintre que personne ne connaît. — Robert, m'écriai-je, Léopold Robert ! Peut-on le voir ? Où est son atelier ? — Il n'en a point, puisqu'il n'a qu'une petite chambre ; on ne peut pas le voir ; jamais personne ne vient. »

Je demandai quelques jours après à monsieur de Sacy, consul de France, si on pouvait obtenir de Robert la permission de le voir un instant ; monsieur de Sacy me répondit que je ne serais pas reçu si j'y allais ; à moins que je ne fusse connu de lui ou de l'ami qui demeurait avec lui ; mais que, si je voulais faire une demande, elle serait accueillie avec bonté. Ma démarche n'eut pas de suite, et je ne voulus pas insister de peur d'importuner le grand peintre. Mais jamais depuis ce temps-là je n'ai passé sur le petit canal qui baignait les murs de la maison, sans regarder les fenêtres avec tristesse. Cette solitude, cette crainte du monde, qui fuyait même les compatriotes, non par mépris, mais par ennui, sans doute ; ce mot : « Que personne ne connaît ; » cette

misère du casin, que le soin et la propreté même faisaient ressortir ;
tout me pénétrait et m'affligeait ; à cette époque, Léopold Robert
terminait son *Départ pour la pêche.*

Ah Dieu! la main qui a fait cela et qui a peint dans six personnages
tout un peuple et tout un pays! cette main puissante, sage, patiente,
sublime, la seule capable de renouveler les arts et de ramener la vérité!
cette main qui, dans le peu qu'elle a fait, n'a retracé de la nature que
ce qui est beau, noble, immortel! cette main qui peignait le peuple, et
à qui le seul instinct du génie faisait chercher la route de l'avenir là
où elle est, dans l'humanité! cette main, Léopold, la tienne! cette main
qui a fait cela, briser le front qui l'avait conçu!

13 avril 1836 (Revue des Deux Mondes).

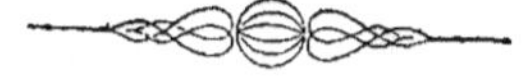

IV

DE LA TRAGÉDIE

A PROPOS DES DÉBUTS DE MADEMOISELLE RACHEL

Il se passe en ce moment au Théâtre-Français une chose inattendue, surprenante, curieuse pour le public, intéressante au plus haut degré pour ceux qui s'occupent des arts. Après avoir été complètement abandonnées pendant dix ans, les tragédies de Corneille et de Racine reparaissent tout à coup et reprennent faveur. Jamais, même aux plus beaux jours de Talma, la foule n'a été plus considérable. Depuis les combles du théâtre jusqu'à la place réservée aux musiciens, tout est envahi. On fait cinq mille francs de recette avec des pièces qui en faisaient cinq cents ; on écoute religieusement, on applaudit avec enthousiasme *Horace, Mithridate, Cinna ;* on pleure à *Andromaque* et à *Tancrède.*

Il est ridicule et honteux que ce soit un prodige ; cependant c'en est un. On ne peut nier l'oubli profond dans lequel était tombé l'ancien répertoire. Cet oubli était si bien constaté, que quelques personnes, et même des gens d'esprit, regardent l'affluence qui se porte maintenant au Théâtre-Français comme le résultat d'un engouement passager qui ne peut pas durer. D'un autre côté, comme il y a longtemps que ces pièces n'avaient été suivies, on voit des gens qui arrivent là comme en pays étranger, et qui jugent au foyer nos vieux chefs-d'œuvre comme des vaudevilles nouveaux. Les uns, restés fidèles à la littérature classique, proclament une révolution, ou pour mieux dire une restauration, et disent tout haut que le romantisme est mort ; les autres, accoutumés au genre à la mode et à tout le fracas de nos mélodrames, s'indignent, soit à plaisir, soit de bonne foi, et paraissent disposés à renouveler les querelles oubliées entre la nouvelle et l'ancienne école. C'est un assez singulier chaos que ces opinions diverses.

Une jeune fille qui n'a pas dix-sept ans, et qui semble n'avoir eu pour maître que la nature, est la cause de ce changement imprévu qui soulève les plus importantes questions littéraires. Avant d'essayer d'observer ces questions, il faut dire un mot de la débutante.

Mademoiselle Rachel est plutôt petite que grande ; ceux qui ne se représentent une reine de théâtre qu'avec une encolure musculeuse et d'énormes appas noyés dans la pourpre, ne trouveront pas leur affaire ; la taille de mademoiselle Rachel n'est guère plus grosse qu'un des bras de mademoiselle George. Ce qui frappe d'abord dans sa démarche, dans ses gestes et dans sa parole, c'est une simplicité parfaite, un air de véritable modestie. Sa voix est pénétrante, et, dans les moments de passion, extrêmement énergique. Ses traits délicats, qu'on ne peut regarder de près sans émotion, perdent à être vus de loin sur la scène. Du reste, elle semble d'une santé faible ; un rôle un peu long la fatigue visiblement.

Si, d'une part, on considère l'âge de cette jeune tragédienne, et si on réfléchit, d'un autre côté, combien l'expérience est indispensable au comédien seulement pour dire juste, on doit éprouver une grande défiance en voyant paraître une enfant sous les traits d'Hermione et de Monime. Que de sentiments, en effet, ne faut-il pas avoir connus par soi-même, et jusqu'à l'excès, pour oser rendre des rôles si variés, si passionnés, si profonds, tracés par la main des plus grands maîtres qui aient jamais sondé le cœur de l'homme ! Mademoiselle Rachel n'a pas l'expérience du théâtre, et il est impossible qu'à son âge elle ait l'expérience de la vie. On devait donc s'attendre à ne trouver en elle que des intonations plus ou moins heureuses apprises au Conservatoire et répétées avec plus ou moins d'adresse et d'intelligence. Il n'en est rien : elle ne déclame point, elle parle ; elle n'emploie, pour toucher le spectateur, ni ces gestes de convention ni ces cris furieux dont on abuse partout aujourd'hui ; elle ne se sert point de ces moyens communs, qui sont presque toujours immanquables, de ces contrastes cadencés qu'on pourrait noter, et dans lesquels l'acteur sacrifie dix vers pour amener un mot ; là où la tradition veut qu'on cherche l'effet, elle n'en produit pas la plupart du temps. Si elle excite l'enthousiasme, c'est en disant les vers les plus simples, souvent les moins saillants, et aux endroits où l'on s'y attend le moins. Dans *Tancrède*, par exemple, lorsque Aménaïde, accusée par son amant, s'écrie :

> *Il devait présumer qu'il était impossible*
> *Que jamais je trahisse un si noble lien.*

Il est certainement difficile de trouver deux vers plus ordinaires, on peut même dire plus prosaïques. Ils sont au milieu d'une tirade, et, par conséquent, n'appellent point l'attention. Cependant, quand mademoiselle Rachel les prononce, un frémissement électrique parcourt toute la salle, les applaudissements éclatent de toutes parts.

On peut juger par cet exemple du talent particulier de la jeune actrice, car ces deux vers, tout faibles qu'ils sont, n'en expriment pas moins un sentiment vrai, l'indignation d'une âme loyale qui se voit injustement soupçonnée ; ce sentiment suffit à mademoiselle Rachel : elle s'en empare, et elle le rend avec tant de justesse et d'énergie, que ce seul mot d'*impossible* devient sublime dans sa bouche. Et encore dans le rôle d'Hermione :

> *Je percerai ce cœur que je n'ai pu toucher.*

Pour quiconque l'a entendue et sait le prix de la vérité, l'accent qu'elle donne à ce vers, qui n'est pas bien remarquable non plus, est une chose incompréhensible dans une si jeune fille ; car ce qui va au cœur vient du cœur ; ceux qui en manquent peuvent seuls le contester ; et où a-t-elle appris le secret d'une émotion si forte et si juste ? Ni leçons, ni conseils, ni études, ne peuvent rien produire de semblable. Qu'une femme de trente ans, exaltée et connaissant l'amour, pût trouver un accent pareil dans un moment d'inspiration, il faudrait encore s'étonner ; mais que répondre quand l'artiste a seize ans ?

J'ai choisi deux exemples au hasard, tels que ma mémoire me les a fournis ; j'en aurais pu citer cent autres qui seraient autant de preuves concluantes. Il faut nécessairement reconnaître là une faculté divinatrice, inexplicable, qui trompe tous les calculs, et qui ressemble à ce qu'on appelle une révélation. Tel est le caractère du génie ; il ne faut pas craindre ici de prononcer ce mot, car il est juste. Mademoiselle Rachel n'a pas un talent consommé, il s'en faut même de beaucoup, et cela lui reste à acquérir ; elle a besoin d'étudier ; mais on peut affirmer qu'elle a du génie, c'est-à-dire l'instinct du beau, du vrai, l'étincelle sacrée qui ne s'acquiert pas et qui ne se perd pas non plus, quoi qu'on dise ; voilà pourquoi il n'est pas à redouter que les compliments lui fassent tort. Si sa poitrine ne se fatigue pas, si on ne la détourne pas de sa route pour lui faire jouer le drame moderne, avec de l'étude et des passions elle peut devenir une Malibran.

Venons aux questions littéraires. Pour ce qui regarde d'abord les gens qui croient voir une affaire de mode dans le retour du public à l'ancienne tragédie, disons, sans hésiter, qu'ils se trompent. Il est bien vrai qu'on va voir *Andromaque* parce que mademoiselle Rachel joue *Hermione*, et non pour autre chose, de même qu'il est vrai que Racine écrivit *Iphigénie* pour la Champmeslé, et non pour une autre. Qu'est-ce, en effet, que la plus belle pièce du monde, si elle est mal jouée ? Autant vaut la lire. Iriez-vous entendre le *Don Juan* de Mozart si Tamburini chantait faux ? Que ceux qui essayent de se persuader que Racine a passé veuillent bien se rappeler le mot de madame de Sévigné, et prendre une demi-tasse de café !

Quant à ceux qui pensent que ce même retour aux pièces du siècle de Louis XIV est une atteinte mortelle portée au romantisme, on ne peut leur répondre ni avec autant d'assurance, même au risque de se tromper, ni d'une manière absolument explicite. Il se pourrait bien, en effet, que des représentations suivies des chefs-d'œuvre de notre langue causassent un notable dommage aux drames qu'on appelle romantiques, c'est-à-dire à ceux que nous avons en France aujourd'hui. En ce sens, les classiques auraient raison ; mais il n'en resterait pas moins avéré que le genre romantique, celui qui se passe des unités existe ; qu'il a ses maîtres et ses chefs-d'œuvre, tout comme l'autre ; qu'il ouvre une voie immense à ses élèves ; qu'il procure des jouissances extrêmes à ses admirateurs, et enfin qu'à l'heure qu'il est il a pris pied chez nous et n'en sortira plus. Voilà ce qu'il est peut-être hardi, mais nécessaire, de dire aux classiques; car il y en aura toujours en France, de quelque nom qu'on les appelle. Nous avons quelque chose d'attique dans l'esprit, qui ne nous quittera jamais. Lors donc que les classiques de ce temps-ci assistent à un drame nouveau, ils se récrient et se révoltent, souvent avec justice, et ils s'imaginent voir la décadence de l'art ; ils se trompent. Ils voient de mauvaises pièces faites d'après les principes d'un art qui n'est pas le leur, qu'ils n'aiment pas et qu'ils ne connaissent pas tous, mais qui est un art : il n'y a pas là de décadence. Je conviendrai tant qu'on voudra qu'on trouve aujourd'hui sur la scène les événements les plus invraisemblables entassés à plaisir les uns sur les autres, un luxe de décoration inouï et inutile, des acteurs qui crient à tue-tête, un bruit d'orchestre infernal, en un mot des efforts monstrueux, désespérés, pour réveiller notre indifférence, et qui n'y peuvent réussir ; mais qu'importe ? Un méchant mélodrame bâti à l'imitation de Calderon ou de Shakspeare ne prouve rien de plus qu'une sotte tragédie cousue de lieux communs sur le patron de Corneille ou de Racine ; et, si on me demandait auquel des deux je me résignerais le plus volontiers, en cas d'arrêt formel qui m'y condamnât, je crois que je choisirais le mélodrame. Qui oserait dire que ces deux noms de Shakspeare et de Calderon, puisque je viens de les citer, ne sont pas aussi glorieux que ceux de Sophocle et d'Euripide ? Ceux-ci ont produit Racine et Corneille, ceux-là Gœthe et Schiller. Les uns ont placé, pour ainsi dire, leur muse au centre d'un temple entouré d'un triple cercle ; les autres ont lancé leur génie à tire-d'aile, en toute liberté. « Enfance de l'art, dit-on, barbarie ! » Mais avez-vous lu les œuvres de ces barbares ? *Hamlet* vaut *Oreste*, *Macbeth* vaut *Œdipe*, et je ne sais même ce qui vaut *Othello*.

Pourquoi a-t-on opposé ces deux genres l'un à l'autre ? Pourquoi l'esprit humain est-il si rétréci qu'il lui faille toujours se montrer exclusif ? Pourquoi les admirateurs de Raphaël jettent-ils la pierre à Rubens ? Pourquoi ceux de Mozart à Rossini ? Nous sommes ainsi faits ; on ne peut même pas dire que ce soit un mal, puisque ces enthousiasmes intolérants produisent souvent les plus beaux résultats ; mais il ne faudrait pourtant pas que ce fût une éternelle guerre. Lorsque, jadis, le pauvre La Motte proposa le premier à Paris de faire des pièces en prose, sans unités, Voltaire frémit d'horreur à Ferney et écrivit aux comédiens du roi que c'était l'*abomination de la désolation* dans le temple de Melpomène. Lorsque, de nos jours, monsieur Victor Hugo, avec un courage auquel on doit honneur et justice, monta hardiment à la brèche de ce même temple, quel déluge de traits n'a-t-on pas lancé sur lui? Mais il a fait comme Duguesclin : il a planté lui-même son échelle. Maintenant que la paix est faite et la citadelle emportée, pourquoi les deux partis n'en profitent-ils pas?

Ceci m'amène au point délicat qui fait le sujet de cet article : à savoir, si la tragédie renaissait aujourd'hui et reprenait franchement sa place à côté du drame romantique, ce qu'elle pourrait être. Il va sans dire que je n'ai pas la prétention de décider une question pareille, mais seulement de la poser et de faire quelques conjectures.

Le lecteur relèvera de lui-même mes erreurs, et de plus habiles que moi décideront.

Tout le monde sait l'histoire de la tragédie. Née pendant la vendange dans le chariot de Thespis, et ne signifiant alors que le *chant du bouc*([5]), élevée tout à coup, comme par enchantement, sur les gigantesques tréteaux d'Eschyle, corrigée par Sophocle, adoucie par Euripide, énervée par Sénèque, errante et abandonnée pendant douze siècles, retrouvée en Italie par Trissino, apportée en France par Jodelle et Garnier, son véritable père chez nous fut le grand Corneille ; Racine, bien que plus tendre et plus passionné que l'auteur du *Cid*, suivit les lois que celui-ci avait posées ; Voltaire et Crébillon tentèrent à demi de se rapprocher de l'antique ; le reste ne fut qu'une longue imitation, où brillent de temps à autre quelques bons ouvrages. Ainsi est venue la tragédie jusqu'à nos écrivains d'aujourd'hui, qu'il ne m'appartient pas de juger, mais parmi lesquels ce serait une faute de ne pas citer ici messieurs Casimir Delavigne, qu'on n'oublie pas, et Lemercier, qu'on oublie trop.

Au milieu de si rudes traversées, la tragédie a nécessairement subi de nombreuses transformations. Il n'y a cependant que deux époques importantes et que deux maîtres, Sophocle et Corneille. Le premier a fondé la tragédie ancienne, le second la moderne, fort différentes l'une de l'autre. Au-dessus de ces deux génies en domine un troisième, le plus grand peut-être de l'antiquité. Notre siècle est si extravagant et si puérilement railleur qu'on y hésite à nommer Aristote.

Grâce aux quolibets de quelques ignorants, on a rendu presque ridicule le nom de cet homme qui, n'ayant pour guide que son jugement, pour règle que son coup d'œil, en philosophie, en zoologie, en littérature, dans presque toutes les sciences, a posé des bases aussi vieilles, aussi impérissables que le monde. Je ne prétends pas le suivre dans sa poétique, ni Corneille dans son discours des trois unités : ce seraient trop de détails inutiles ; je me bornerai à indiquer rapidement la différence de la tragédie antique et de la tragédie moderne, afin de venir clairement jusqu'à nous. La tragédie est la représentation d'une action héroïque, c'est-à-dire qu'elle a un objet élevé, comme la mort d'un roi, l'acquisition d'un trône, et pour acteurs des rois, des héros. Son but est d'exciter la terreur et la pitié. Pour cela, elle doit nous montrer les hommes dans le péril et dans le malheur, dans un péril qui nous effraye, dans un malheur qui nous touche, et donner à cette imitation une apparence de vérité telle que nous nous laissions émouvoir jusqu'à la douleur. Pour parvenir à cette apparence de vérité, il faut qu'une seule action, pitoyable et terrible, se passe devant nous, dans un lieu qui ne change pas, en un espace de temps qui excède le moins possible la durée de la représentation, en sorte que nous puissions croire assister au fait même, et non à une imitation. Voilà les premiers principes de la tragédie, qui sont communs aux modernes et aux anciens.

L'homme qu'il s'agit de nous montrer tombe dans le péril ou le malheur par une cause qui est *hors de lui*, ou *en lui-même* : *hors de lui*, c'est le destin, le devoir, la parenté, l'action de la nature et des hommes ; *en lui*, ce sont les passions, les vices, les vertus ; voilà la source de la différence des deux tragédies. Cette différence n'est pas le résultat d'un hasard ni d'une fantaisie ; elle a un motif simple et facile à dire.

Dans presque toutes les tragédies antiques, le malheur du principal personnage naissait d'une cause étrangère ; la fatalité y présidait ; cela devait être. Les poètes usaient de leurs moyens, et le dogme de la fatalité était la plus terrible comme la plus répandue des croyances populaires. Leurs théâtres contenaient dix mille spectateurs ; il s'agissait pour eux d'emporter le prix, et ils se servaient, pour soulever les masses, du levier le plus sûr qu'ils eussent sous la main. Qu'on examine seulement l'histoire des Atrides, qui a été le sujet de tant de tragédies : Agamemnon sacrifie sa fille parce que les dieux la lui ont demandée ; Clytemnestre tue son mari pour venger la mort de sa fille ; Oreste arrive et égorge sa mère parce qu'elle a tué Agamemnon ; mais Oreste lui-même est frappé du châtiment le plus horrible, il tombe en démence, les Furies le poursuivent et vengent à leur tour Clytemnestre. Quel exemple, quelle recherche d'une fatalité aveugle, implacable ! Une pareille fable nous révolte ; il n'en était pas ainsi en Grèce ; ce qui ne nous semble qu'un jeu cruel du hasard, inventé à plaisir, était pour les Grecs un enseignement, car le hasard chez eux s'appelait Destin, et c'était le plus puissant de leurs dieux. Ils apprenaient à se résigner et à souffrir, à devenir stoïciens, en assistant à des spectacles semblables. Aristote calcule et compare les diverses sortes de dénoûments, et non seulement il donne la préférence aux plus affreux, aux plus féroces, mais il ne craint pas de témoigner son mépris pour les dénoûments heureux. Il va plus loin :

« La tragédie n'agit point, dit-il, pour imiter les mœurs, elle peut même s'en passer ; ce qu'il faut pour émouvoir, c'est un personnage sans caractère, mêlé de vices et de vertus, qui ne soit ni méchant ni bon, mais malheureux par une erreur ou par une faute involontaire. » C'était ainsi que les poètes antiques apprenaient aux hommes à se soumettre, à se courber sans murmurer devant la Destinée. Ils croyaient leur donner une leçon plus salutaire en leur montrant leurs semblables persécutés, accablés par un pouvoir injuste, capricieux, inexorable, qu'en faisant triompher la vertu aux dépens du vice, comme on en use aujourd'hui.

Mais ce qu'ils nommaient destin ou fatalité n'existe plus pour nous. La religion chrétienne d'une part, et d'ailleurs la philosophie moderne, ont tout changé ; il ne nous reste que la Providence et le hasard ; ni l'un ni l'autre ne sont tragiques. La Providence ne ferait que des dénoûments heureux ; et quant au hasard, si on le prend pour élément d'une pièce de théâtre, c'est précisément lui qui produit ces drames informes où les accidents se succèdent sans motif, s'enchaînent sans avoir de lien, et se dénouent sans qu'on sache pourquoi, sinon qu'il faut finir la pièce. Le hasard, cessant d'être un dieu, n'est plus qu'un bateleur. Corneille fut le premier qui s'aperçut de la distance qui, sous ce rapport, nous sépare des temps passés ; il vit que l'antique élément avait disparu, et il entreprit de le remplacer par un autre. Ce fut alors qu'en lisant Aristote et en étudiant ses principes, il remarqua que, si ce grand maître recommande surtout la fatalité, il permet aussi au poète de peindre l'homme conduit au malheur seulement par ses passions ; les anciens eux-mêmes l'avaient fait dans l'*Electre* et dans le *Thyeste*. Corneille se saisit de cette source nouvelle ; à peine eut-elle jailli devant lui qu'il la changea en fleuve ; il résolut de montrer la passion aux prises avec le devoir, avec le malheur, avec les liens du sang, avec la religion ; la pièce espagnole de Guillen de Castro lui sembla la plus propre à développer sa pensée ; il en fit une imitation qui est restée et restera toujours comme un chef-d'œuvre ; puis, comme il était aussi simple qu'il était grand, il écrivit une poétique, afin de répandre le trésor qu'il avait trouvé, ce dont Racine profita si bien. Par cette poétique, il consacra le principe dont il était question tout à l'heure, c'est-à-dire de faire périr le personnage intéressant par une cause qui est *en lui*, et non *hors de lui*, comme chez les Grecs.

La passion est donc devenue la base, ou plutôt l'axe des tragédies modernes. Au lieu de se mêler à l'intrigue pour la compliquer ou pour la nouer comme autrefois, elle est maintenant la cause première. Elle naît d'elle-même et tout vient d'elle : une passion et un obstacle, voilà le résumé de presque toute nos pièces. Si Phèdre brûle pour Hippolyte, ce n'est plus Vénus offensée qui la condamne au supplice de l'amour, ce sont les entrailles d'une marâtre qui s'émeuvent à l'aspect d'un beau jeune homme. La divinité n'intervient plus dans nos fables ; nous n'avons plus de ces terribles prologues où un dieu irrité sort d'un palais et appelle le malheur sur ceux qui l'habitent. Apollon et la Mort ne se disputent plus Alceste ; Hercule ne vient plus la tirer de la tombe ; si nous voulions faire un nouvel Œdipe, il n'exciterait que l'horreur et le dégoût, car sa rencontre avec Laïus et son mariage avec Jocaste, n'étant plus annoncés par un oracle, ne pouvant plus amener la peste après eux, ne seraient plus que de hideuses débauches d'imagination ; chez nous, l'homme est seul, et ses vertus, ses vices, ses crimes lui appartiennent. J'ai déjà dit que je ne pourrais entrer ici dans les subdivisions, ni parler, par conséquent, de la tragédie pathétique ou morale, simple ou implexe, des révolutions, des reconnaissances, ni des combinaisons qui résultent, chez les anciens comme chez les modernes, du mélange des deux systèmes. Au risque d'être repris justement, je ne puis m'occuper des exceptions.

Voici maintenant ce qui arriva : Corneille ayant établi que la passion était l'élément de la tragédie, Racine survint qui déclara que la tragédie pouvait n'être simplement que le développement de la passion. Cette doctrine semble au premier abord ne rien changer aux choses ; cependant elle change tout, car elle détruit l'action. La passion qui rencontre un obstacle et qui agit pour le renverser, soit qu'elle triomphe ou succombe, est un spectacle animé, vivant ; du premier obstacle en naît un second, souvent un troisième, puis une catastrophe, et au milieu de ces nœuds qui l'enveloppent, l'homme, qui se débat pour arriver à son but, peut inspirer terreur et pitié ; mais si la passion n'est plus aux prises qu'avec elle-même, qu'arrive-t-il ? Une fable languissante, un intérêt faible, de longs discours, des détails fins, de curieuses recherches sur le cœur humain, des héros comme Pyrrhus, comme Titus, comme Xipharès, de beaux parleurs, en un mot, et de belles discoureuses qui content leurs peines au parterre ; voilà ce qu'avec un génie admirable, un style divin et un art infini, Racine introduisit sur la scène. Il a fait des chefs-d'œuvre sans doute, mais il nous a laissé une détestable école de bavardage, et, personne ne pouvant parler comme lui, ses successeurs ont endormi tout le monde.

Faut-il lui en faire un reproche, et pouvait-il faire autrement ? Ceci mérite qu'on l'examine, car c'est là qu'on peut trouver la différence de son temps au nôtre, et par conséquent les motifs qui doivent nous faire tenter une autre voie.

On s'attend peut-être que je vais parler des mœurs de la cour de Louis XIV et essayer de prouver, après mille autres, que Racine a subi l'influence de cette cour efféminée ; cela est probable, mais c'est une autre raison beaucoup moins relevée, beaucoup plus réelle et matérielle, que je soumettrai ici au lecteur. « Un des plus grands obstacles, dit Voltaire, qui s'opposent, sur notre théâtre, à toute action grande et pathétique, est la foule des spectateurs confondue avec les acteurs... Les bancs qui sont sur le théâtre rétrécissent la scène et rendent toute action presque impraticable...Il ne faut pas s'y méprendre ; un inconvénient tel que celui-là seul a suffi pour priver la France d'une foule de chefs-d'œuvre qu'on aurait sans doute hasardés si on avait eu un théâtre libre, propre pour l'action, et tel qu'il est chez toutes les autres nations de l'Europe... *Cinna*, *Athalie*, méritaient d'être représentés ailleurs que dans un jeu de paume, au bout duquel on a élevé quelques décorations du plus mauvais goût, et dans lequel les spectateurs sont placés, contre tout ordre et contre toute raison, les uns debout sur le théâtre même, les autres debout dans ce qu'on nomme parterre... Comment oserions-nous faire paraître, par exemple, l'ombre de Pompée ou le génie de Brutus au milieu de tant de jeunes gens qui ne regardent jamais les choses les plus sérieuses que comme l'occasion de dire un bon mot ?... Comment apporter le corps de César sanglant sur la scène ? Comment faire descendre une reine éperdue dans le tombeau de son époux, et l'en faire sortir mourante de la main de son fils, au milieu d'une foule qui cache et le tombeau et le fils et la mère, et qui énerve la terreur du spectacle par le contraste du ridicule ?... Comment cela peut-il s'exécuter sur une scène étroite, au milieu d'une foule de jeunes gens qui laissent à peine *dix pieds* de place aux acteurs ? De là vient que la plupart des pièces ne sont que de longues conversations... Il faut convenir que, d'environ quatre cents tragédies qu'on a données au théâtre depuis qu'il est en possession de quelque gloire en France, il n'y en a pas dix ou douze qui ne soient fondées sur une intrigue d'amour, plus propre à la comédie qu'au genre tragique. C'est presque toujours la même pièce, le même nœud, formé par une jalousie et une rupture, et dénoué par un mariage; c'est une coquetterie continuelle, une simple comédie où des princes sont acteurs, et dans laquelle il y a quelquefois du sang répandu pour la forme. »

J'extrais ces phrases détachées de plusieurs passages de Voltaire ; elles me semblent concluantes au dernier point. Il n'y a d'ailleurs personne qui ne se souvienne de ces vers des *Fâcheux* de Molière :

> *Les acteurs commençaient, chacun prêtait silence,*
> *Lorsque, d'un air bruyant et plein d'extravagance,*
> *Un homme à grands canons est entré brusquement,*
> *En criant : Holà ! ho ! un siège promptement...*

Triste vanité des choses humaines! Quoi! ces belles théories de Racine, ces pompeuses pensées si élégamment vêtues, ces préfaces si concises, si nobles, ce doux système si tendre et si passionné, tout

cela aurait eu pour cause véritable les embarras d'un espace de dix
pieds et les banquettes de l'avant-scène? Serait-il possible que tant de
confidents n'eussent fait de si harmonieux récits, que tant de princes
amoureux n'eussent si bien parlé que pour remplir la scène sans trop
remuer, de peur d'accrocher en passant les jambes de messieurs les
marquis? Hélas! il n'est que trop vrai. Et d'où vient maintenant
qu'au théâtre, il faut le dire, les tragédies de Racine, toutes magni-
fiques qu'elles sont, paraissent froides par instants, et même d'une
froideur bizarre, comme de belles statues à demi animées? C'est que
le comte de Lauraguais a donné trente mille francs, en 1759, pour
qu'on ôtât les banquettes de la scène ; c'est qu'Andromaque, Monime,
Émilie, sont aujourd'hui, toutes seules dans de grand péristyles où
rien ne les gêne, où elles peuvent se promener sur une surface de
soixante pieds carrés, et les marquis ne sont plus là pour entourer
l'actrice, pour dire un bon mot après chaque tirade, pour ramasser
l'éventail d'Hermione, ou critiquer les canons de Thésée. Oreste,
son épée à la main, n'a plus besoin d'écarter la foule des petits-maîtres
et de leur dire : « Messieurs, permettez-moi de passer ; je suis obligé
d'aller tuer Pyrrhus. » Voilà pourquoi nous nous apercevons que
l'action languit, et nous nous étonnons que, toutes les portes étant
ouvertes, tout le palais désert, personne n'entre, n'agisse, ne ranime
la pièce.

Quel que soit donc notre respect pour les écrivains du grand
siècle, nous sommes dans d'autres conditions qu'eux ; nous devons
faire autre chose que ce qu'ils ont fait ; mais quoi? c'est là la ques-
tion. Voltaire essaya, le premier, dans *Tancrède*, de créer une tragédie
vraiment moderne. Il crut avoir complètement réussi, et il ne se trom-
pait pas tout à fait. Son sujet est l'un des plus beaux, des plus pathé-
tiques qu'on ait vus au théâtre ; son plan est simple, hardi, tracé de
main de maître ; tout le monde convient malheureusement que la
versification est lâche, commune, écrite à la hâte, et que la déclamation
y usurpe la place de la vérité. Il semble que Voltaire n'ait rien écrit pour
satisfaire sa propre conscience, excepté quand sa bile s'émouvait ;
le reste du temps on dirait un homme qui a fait une gageure et qui
improvise. Lors même qu'il composait ses plus beaux vers, on croi-
rait que ses amis étaient derrière la porte à l'écouter; c'est une perpétuelle

parade. Je ne m'étonne pas qu'à Sainte-Hélène l'empereur, lisant *Zaïre*, ait jeté le livre, en s'écriant que Voltaire ne connaissait ni les hommes ni les passions. Napoléon ne pouvait pas tenir compte à l'auteur d'*Œdipe* des efforts admirables qu'il a entrepris pour faire goûter à une société dépravée et blasée les fruits sauvages de l'antiquité. Quoi qu'il en soit, et malgré ses défauts, la tragédie chevaleresque de *Tancrède* mérite d'être l'objet de graves méditations. Si ce n'est un modèle, c'est un exemple.

De Belloy a fait quelques essais pour amener une tragédie nationale ; la pensée première en est remarquable, mais l'exécution est d'une telle faiblesse qu'il n'y a pas moyen d'en parler. Chénier suivit la même route, et voulut faire jusqu'à un certain point une tragédie historique et républicaine. Mais ces détails m'entraîneraient trop loin, je veux seulement marquer la date d'une idée féconde.

L'introduction du drame en France a exercé une influence si rapide et si forte, que, pour satisfaire ce goût nouveau sans déserter entièrement l'ancienne école, quelques écrivains ont pris le parti de chercher un genre mitoyen, et de faire pour ainsi dire, des drames tragiques. Ils n'ont pas précisément violé les règles, mais ils les ont éludées, et on pourrait dire, en style de palais, qu'ils ont commis un délit romantique avec circonstances atténuantes. D'excellents esprits ont tenté cette voie ; ils y ont réussi, parce que le talent plaît toujours, sous quelque forme qu'on le trouve ; mais, en mettant à part ces succès mérités, je crois que ce genre en lui-même est faux, bâtard et dangereux pour les jeunes gens qui le tenteraient. « Que m'importe, dira-t-on, que les règles soient observées ou non dans une pièce, pourvu qu'elle m'amuse ? » Le public a raison de raisonner ainsi ; ce ne sont pas ses affaires que les divisions d'Aristote, mais ce sont les affaires de l'écrivain, qui doit les connaître, et ce n'est pas pour se divertir que le précepteur d'Alexandre a fait tant de calculs, tant de profondes études, tant de recherches arides, afin d'en venir à établir ces lois. Beaucoup de gens se sont habitués à regarder les règles comme des entraves ; La Motte disait que les trois unités étaient une chose de fantaisie, dont on pouvait se servir ou se passer à son gré. Il est certain que rien n'oblige un honnête homme à s'y astreindre. Qui veut peut écrire ce qui lui plaît. Les règles de la tragédie ne regardent que celui qui a dessein de faire une tragédie; mais vouloir en faire une sans les unités, c'est à peu près la même chose que de vouloir bâtir une maison sans pierres. Une pièce sans unités peut être fort belle ; on peut y trouver mille charmes et les plus beaux vers du monde ; on peut même imprimer sur une affiche que c'est une tragédie ; mais, pour le faire croire, c'est autre chose, à moins d'imiter ce moine qui, en carême, jetait un peu d'eau sur un poulet en lui disant : « Je te baptise carpe. »

Si les règles étaient des entraves inventées à plaisir pour augmenter la difficulté, mettre un auteur à la torture et l'obliger à des tours de force, ce serait une puérilité si sotte qu'il n'est guère probable que des esprits comme Sophocle, Euripide, Corneille, s'y fussent prêtés. Les règles ne sont que le résultat des calculs qu'on a faits sur les moyens d'arriver au but que se propose l'art. Loin d'être des entraves, ce sont des armes, des recettes, des secrets, des leviers. Un architecte se sert de roues, de poulies, de charpentes ; un poète se sert des règles, et plus elles seront exactement observées, énergiquement employées, plus l'effet sera grand, le résultat solide ; gardez-vous donc bien de les affaiblir, si vous ne voulez vous affaiblir vous-même.

Je suppose que ce genre que j'appelle mitoyen, à demi dramatique, à demi tragique, s'établisse en France et devienne coutume. Je suppose encore que deux écrivains, l'un de génie indépendant comme Shakspeare, l'autre d'un goût épuré comme Racine, se présentent, et, trouvant le genre adopté, essayent de le suivre ; qu'arrivera-t-il ? L'homme indépendant n'aura pas plutôt écrit quatre pages qu'il se trouvera à l'étroit; il ne pourra supporter la gêne; un besoin irrésistible de se développer tout entier lui fera secouer un faible joug qui lui semblera inutile et injuste ; l'autre écrivain, au contraire, s'apercevra bientôt qu'en se rapprochant de la simplicité il a tout à gagner ; il sentira que les épisodes, les changements de décoration, les tableaux de mœurs et de caractères, ôtent à son ouvrage la grandeur et la force qu'il y veut imprimer ; s'il ignore les règles, il les devinera ; s'il les connaît, il en fera usage. Ainsi le genre mitoyen sera insuffisant pour le premier de ces deux hommes, dangereux et inutile pour le second ; l'un brisera la chaîne, l'autre la resserrera.

Si la tragédie reparaît en France, j'ose avancer qu'elle devrait se montrer plus châtiée, plus sévère, plus antique que du temps de

Racine et de Corneille. Dans toutes les transformations qu'elle a subies, dans tous les développements, dans toutes les altérations qui l'ont dégradée, il y avait une tendance vers le drame. Lorsque Marmontel proposa de changer les décorations à chaque acte ; lorsque l'Encyclopédie osa dire que la pièce anglaise de *Beverley* était aussi tragique qu'*Œdipe* ; lorsque Diderot voulut prouver que les malheurs d'un simple particulier pouvaient être aussi intéressants que ceux des rois, tout cela parut une décadence, et tout cela n'était que la préface du romantisme. Aujourd'hui le drame est naturalisé français ; nous comprenons Gœthe et Shakspeare aussi bien que madame de Staël ; l'école nouvelle n'a encore, il est vrai, produit que des essais, et son ardeur révolutionnaire l'a emportée, comme dirait Molière, un peu bien loin ; mais nous ferons mieux plus tard, et le fait reste accompli. Or, par cette raison même que le drame est adopté, il me semble que la tragédie, si elle veut renaître et vivre, doit reprendre son ancienne allure avec plus de fierté que jamais. Depuis Voltaire, elle n'a presque toujours été qu'un prétexte, une espèce de thème au moyen duquel on s'exerçait à tout autre chose, et souvent à la détruire elle-même. Le romantisme, cherchant à se faire jour, s'introduisait dans la tragédie pour la ronger, comme un ver dans un fruit mûr ; et il ne manque pas de gens à présent qui croient le fruit desséché ou pourri. Si Melpomène veut reparaître sur nos théâtres, il faut qu'elle lave ses blessures.

Ne serait-ce pas une belle chose que d'essayer si, de nos jours, la vraie tragédie pourrait réussir ? J'appelle vraie tragédie, non celle de Racine, mais celle de Sophocle, dans toute sa simplicité, avec la stricte observation des règles.

Pourquoi ne traiterions-nous pas des sujets nouveaux, non pas contemporains ni trop voisins de nous, mais français et nationaux ? Il me semble qu'on aimerait à voir sur notre scène quelques-uns de ces vieux héros de notre histoire, Duguesclin ou Jeanne d'Arc chassant les Anglais, et que leurs armures sont aussi belles que le manteau et la tunique.

Ne serait-ce pas une entreprise hardie, mais louable, que de purger la scène de ces vains discours, de ces madrigaux philosophiques, de ces lamentations amoureuses, de ces étalages de fadaises qui

RACHEL, costume de Roxane dans *Bajazet*.

encombrent nos planches, et d'envoyer cette friperie rejoindre les marquis de Molière et les banquettes du comte de Lauraguais ?

Pourquoi ne prendrions-nous pas pour devise ce vers de Chénier, qui a servi d'épigraphe au romantisme, et qui serait vraiment applicable à la renaissance de la tragédie :

Sur des pensers nouveaux faisons des vers antiques.

Ne serait-ce pas une grande nouveauté que de réveiller la muse grecque, d'oser la présenter aux Français dans sa féroce grandeur, dans son atrocité sublime ? « Les malheurs qui arrivent à des amis ou à des indifférents, dit Aristote, ne sont point tragiques ; une mère qui tue son fils, un fils qui égorge son père, un frère près d'être immolé par sa sœur, voilà des sujets de tragédie. » Ce ne sont pas là, comme on voit, des madrigaux.

Ne serait-il pas curieux de voir aux prises avec le drame moderne, qui se croit souvent terrible quand il n'est que ridicule, cette muse farouche, inexorable, telle qu'elle était aux beaux jours d'Athènes, quand les vases d'airain tremblaient à sa voix ?

Ne serait-il pas temps de prouver que la tragédie est autre chose qu'une statue qui déclame, de montrer enfin qu'on peut agir en parlant et marcher avec le cothurne ?

Ne serait-il pas temps de ramener dans les sujets sérieux la franchise du style, d'abandonner la périphrase, cette pompeuse et frivole manière de tourner autour de la pensée ? N'est-il donc pas aussi noble de dire, par exemple : « un homme qui frappe avec son épée », que : « un mortel qui immole avec son glaive » ? Les anciens méprisaient cette timidité, et Corneille ne parlait pas ainsi.

Telles sont les questions que j'oserais adresser aux écrivains qui sont en possession d'une juste faveur parmi nous, si le talent de la jeune artiste qui remet aujourd'hui en honneur l'ancien répertoire les engageait, comme il est probable, à écrire un rôle pour elle.

1er novembre 1838 *(Revue des Deux Mondes)*.

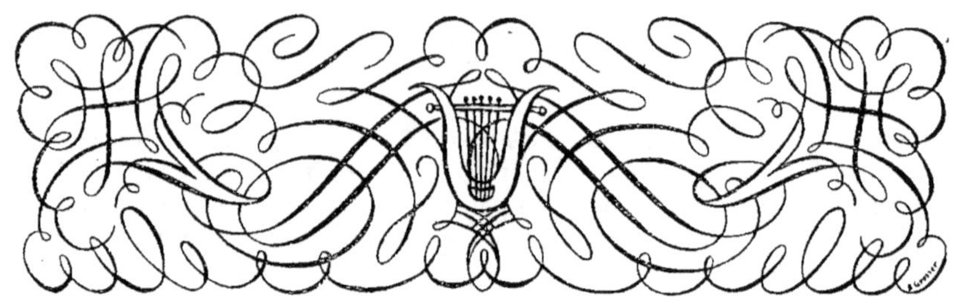

V

REPRISE DE BAJAZET

MADEMOISELLE RACHEL

Le Théâtre-Français vient de reprendre *Bajazet* ; mademoiselle Rachel joue Roxane ; c'est, si je ne me trompe, son sixième début. La critique, qui s'était montrée cinq fois indulgente et juste en même temps (chose presque rare), a fait preuve, cette fois, de sévérité ; j'avoue que je ne sais pas pourquoi ; mais huit feuilletons, écrits le même jour par des gens d'esprit et de goût, sont mécontents de cette reprise. Je ne sais pas non plus pourquoi ils font de cet essai une circonstance à peu près décisive, sur laquelle on remet en question le mérite de la jeune artiste et celui de Racine par la même occasion ; j'avais assisté à la reprise, j'y suis retourné en toute conscience, afin de tenter d'éclaircir ce point, et je sais encore moins pourquoi. Des six rôles que mademoiselle Rachel a représentés depuis qu'elle est au théâtre, après Hermione, Roxane me semble celui dans lequel il faut la voir, préférablement à tout autre.

Je me souviens qu'un jour, au bal, je vis entrer une jeune femme (c'était une actrice, ce qui rentre dans mon sujet), et je me retournai vers mon voisin pour lui dire que je la trouvais jolie ; mon voisin était un Anglais, homme d'esprit ; il fut de mon avis. « Cependant, lui dis-je, les journaux disent qu'elle est laide. — Mais vous savez, me répondit-il, *une* journal, c'est *une* jeune homme. — Comment, un jeune homme — Eh oui ! c'est *une* jeune homme qui écrit pour dire comme il voit, pas autre chose. — Fort bien, mais plusieurs journaux trouvent cette personne laide. — Eh bien ! me répondit mon Anglais, nous voilà deux qui *le* trouvons jolie ; nous sommes autant que deux journaux..

Encouragé par cet exemple, j'ose déclarer que je suis un jeune homme qui trouve *Bajazet* joli et Roxane charmante. J'ai beau faire, je ne comprends pas ce qu'on a trouvé de mal à cette reprise. La décoration ? Elle est fort convenable. Les costumes ? Ils sont tout battant neufs, passablement exacts. Les acteurs ? Mais ce sont les mêmes qui ont joué *Mithridate, Andromaque, Cinna*, etc., etc., excepté celui qui est chargé du rôle de Bajazet. Joanny, qui joue Acomat, jouait Mithridate, Auguste, le vieil Horace ; mademoiselle Rabut, qui représente Atalide, représentait Andromaque, Sabine ; d'où vient donc le mécontentement dont on parle, et que, du reste, il m'a été impossible de remarquer dans la salle ? Il ne reste que deux choses à critiquer : ou l'auteur, ou la principale actrice.

Comme il me semble que l'auteur est Racine, je ne m'y arrête pas, pour cause. C'est donc l'actrice qu'on attaque. Pourquoi dans ce rôle ? Elle l'a étudié, il suffit de la regarder pour le voir, et de l'écouter pour le sentir. A-t-elle un moins bon maître, moins d'intelligence, moins de cœur ? Est-elle plus faible, ou moins inspirée, ou plus craintive, ou moins bien placée dans cette pièce ? Ou enfin, paraissant sous les habits de Roxane et obligée à quelque éclat, est-elle plus petite qu'il y a un mois ? Cette dernière question est peut-être la plus importante ; je crois, en effet, que c'est le reproche le plus sérieux qu'on puisse adresser à mademoiselle Rachel : elle n'est pas grande ; voilà une chose sur laquelle il faut prendre son parti. Pellegrini, excellent acteur, chanteur divin, avait le nez trop long ; Lablache un peu gros ; Duprez est aussi trop petit ; tout cela est fâcheux. Mademoiselle Rachel est donc petite, à telle enseigne qu'au quatrième acte de *Bajazet*, pendant le monologue, j'ai entendu quelqu'un du parterre s'écrier : « Quel petit démon ! » Ce quelqu'un là ne se doutait guère qu'en parlant ainsi il résumait habilement de grandes questions, et que son mot valait un feuilleton tout entier. En effet, ne serait-il pas curieux de savoir pourquoi Roxane doit être plus grande qu'Hermione ?

Roxane est, avec Phèdre, le rôle le plus difficile que Racine ait écrit. Certes, pour comprendre l'étendue de rôles pareils et pour les *composer*, comme on dit, ce serait une terrible entreprise, si ces rôles n'étaient depuis longtemps connus ; mais ils le sont, et non seulement connus, approfondis, calculés, mais notés. Qui les a créés ? Racine lui-même. On sait, depuis cent soixante ans, comment sortir, rentrer, marcher, parler, dans les chefs-d'œuvre du grand siècle ; il est vrai que mademoiselle Rachel ne suit point la tradition ; mais, sans la suivre, elle de l'ignore pas ; à quelque inspiration qu'elle se livre, c'est sous le portique sacré, *antique* et *solennel*, qu'elle improvise. Il n'est pas difficile de reconnaître dans ses plus hardies interprétations le respect et l'intelligence du passé ; elle ne joue pas Roxane de souvenir, car elle n'était pas née la dernière fois qu'on l'a jouée avant elle ; mais il suffit qu'une tirade soit de Racine pour qu'on y sente la Champmeslé. Il ne s'agit donc point, à proprement parler, de savoir si elle a bien conçu le rôle, mais si elle veut, sait, peu le rendre. Mais à quoi bon discuter cela, quand le parterre, les loges ont applaudi ? Quelqu'un qui a plus que de l'esprit disait l'autre soir au foyer des Français : «En vérité, on juge singulièrement ici ; on demande non seulement plus, mais autre chose que ce qu'on peut avoir ; on a réfléchi sur tout, fait mille rêves, on s'est épuisé en fantaisies ; on voudrait trouver Shakspeare dans Racine, Racine dans Shakspeare ; ce n'est pas juger raisonnablement, ni même, pour ainsi dire, d'une manière honnête..

Mademoiselle Rachel, on le sait, n'a pas dix-huit ans, voilà ce dont on s'est aperçu lorsqu'on l'a vue la première fois dans le costume de Camille ; voilà, il me semble, ce à quoi on devrait penser quand on a la voit dans cette robe orientale qui la gênait vendredi dernier. De bonne foi, ce n'est pas sa faute si elle est si jeune. Mais Roxane, dit-on, est une belle esclave, devenue sultane par un caprice, plaçant son amant dans l'alternative ou de l'épouser ou de mourir, amoureuse par les sens seulement, furieuse sans ironie, dissimulée par boutade, lascive et emportée, mais surtout jalouse ; et on s'étonne, on s'indigne presque qu'une enfant de dix-sept ans n'exprime pas tout cela ; ce sont de belles imaginations, de profondes découvertes sans doute ; mademoiselle Rachel n'a probablement pas encore eu le temps de les faire. Et pourquoi, alors, entreprend-elle ce rôle ? demande-t-on. Pourquoi veut-elle rendre des sentiments, je me trompe, des sensations qui lui sont inconnues ? La réponse ne serait pas difficile à faire. D'abord Racine était un homme pieux, simple, quoique poli, consciencieux, et on n'avait pas inventé de son temps la littérature du nôtre ; il est donc plus que douteux qu'il ait donné à la favorite d'Amurat le hideux caractère qu'on lui prête ; quand ce caractère eût été historique, il n'aurait ni voulu ni pu le retracer ; et mademoiselle Rachel, que je ne connais pas, me semble une honnête fille, consciencieuse, qui ne voudrait ni ne pourrait le jouer.

Veux-je dire par là que Roxane soit une vestale ? Non, Dieu merci ! C'est une tête de fer, passionnée, fougueuse ; c'est une sultane, une esclave, une amante, tout ce qu'on voudra ; mais elle a passé par le noble cerveau de Racine ; et croyez qu'un poète qui mettait deux ans et demi à traduire la *Phèdre* d'Euripide, presque vers par vers (comme Schiller, à son tour, a traduit la traduction française) ; croyez, dis-je, que ce poète avait dans l'âme un certain instinct de la beauté et de l'idéal, qui ne s'accommode pas d'héroïnes tigresses. Celui qui passe une heure à polir un vers n'y fait pas entrer une idée honteuse ; si sa pensée est cruelle, il sait l'adoucir ; ardente, la purifier ; amoureuse, l'ennoblir ; jalouse, la sonder sans trouble ; sublime et chaste, l'exprimer simplement ; s'il a à peindre une Roxane, il la peindra, n'en doutez pas, et sans qu'un trait manque au tableau ; mais chaque trait sera tel que nulle autre main que la sienne ne l'aura pu dessiner, et de cette main, le cœur en répond. Avant tout, la poésie est là, qui veille, cette rose *empoisonnée* dont parle Shakspeare, et dont le parfum ne s'échappe qu'avec crainte, modestie et honnêteté ; voilà pourquoi une enfant de seize ans, quand elle s'appelle Rachel, peut jouer Roxane.

Pour citer un exemple, entre autres, quelques journaux ont remarqué ce vers :

Je plaignis Bajazet, je lui vantai ses charmes.

Ils ont appuyé sur le sens de ces mots, et ils les ont trouvés très licencieux. Que peut-on entendre, disent-ils, par les *charmes* d'un homme ? Eh ! mon Dieu ! Racine, à coup sûr, n'entendait par là que la beauté du visage, la grâce des manières, la douceur du langage, qui peuvent appartenir à un homme aussi bien qu'à une femme. Et depuis quand, en effet, le mot *charmes* veut-il dire autre chose ? Dieu sait quelle rougeur eût monté au front du poète si on avait cherché devant lui une interprétation obscène à son vers ! Mais que voulez-vous ! du temps de Racine, Robert Macaire n'existait pas.

Pour me servir de ce mot qu'on dénature et qui n'en vaut pas moins pour cela, je dirai que mademoiselle Rachel a rempli son rôle avec un charme inimitable. Si ce rôle était son premier début, la critique n'aurait pas assez d'éloges, d'épithètes pompeuses, de phrases louangeuses pour rendre compte de la représentation de *Bajazet*. Dans quel étonnement ne serions-nous pas, dans quel enthousiasme ! Mais c'est le sixième rôle qu'elle joue, et voilà comme nous sommes à Paris : nous aurions voulu autre chose que mademoiselle Rachel elle-même ; nous connaissons cette grande manière de dire, ces gestes rares, frappants, ce regard profond, cette prodigieuse intelligence de notre jeune artiste ; nous les admirions hier, nous les aimions, et tout cela nous allait au cœur. Mais aujourd'hui nous avons mal dîné, et nous voudrions du nouveau. Au lieu de cette énergie, nous voudrions de la tendresse ; au lieu de cette sobriété, du désordre, et que l'actrice surtout fût plus grande. Voilà comme on juge, du moins dans les journaux ; car, Dieu merci, le public n'est pas le moins du monde de cet avis : il est venu à la seconde représentation comme il est venu à la première, comme il ira à la troisième ; il a vingt fois interrompu l'action par ces murmures involontaires que ne peut retenir une foule émue, et qui sont les vrais applaudissements. En un mot Roxane a été l'un des plus beaux triomphes de mademoiselle Rachel.

Pourquoi quelques journaux veulent-ils nier ce triomphe ? J'ai dit que je n'en savais rien, et, s'il m'était permis de le leur demander, voici comment je m'exprimerais :

Mais enfin, dites-moi, messieurs, pourquoi la chagrinez-vous ? Elle a fait ce qu'elle a pu et ce que nulle autre qu'elle assurément ne pourrait faire. Puisque vous dites qu'il faut pour ce rôle des femmes de trente ans, amenez-en donc, et que nous leur entendions dire :

> *Bajazet, écoutez, je sens que je vous aime,*
> *Vous vous perdez.*

Puisque vous ne voulez pas d'ironie, enseignez-nous comment il faut prononcer autrement que notre jeune tragédienne :

> *Vous jouirez bientôt de son aimable vue.*

Puisque vous aimez la passion, l'énergie, je dirais presque la férocité, trouvez donc l'accent de ce vers :

> *Ma rivale à mes yeux s'est enfin déclarée.*

Puisque enfin vous refusez à mademoiselle Rachel ce qu'on appelle la sensibilité, c'est-à-dire l'expression qui sort du cœur, essayez donc de répéter après elle :

> *Tu ne saurais jamais prononcer que tu m'aimes.*

Pour parler sérieusement, la critique a des droits que nul ne conteste ; c'est à juste titre que des hommes de sens et d'esprit, qui ont fait leurs preuves et qui sont en possession d'une réputation légitime, parlent et discutent sur toutes choses, donnent des arrêts quelquefois légers, mais fins, piquants, et qui se font toujours lire; si quelques uns s'en plaignent, tous en profitent ; oui, la critique est une vraie puissance, et l'une des plus grandes aujourd'hui.

Oui, lorsqu'une jeune fille débute, lorsqu'elle arrive sur un théâtre qu'elle ne connaît pas, où elle doit craindre plus qu'espérer, où rien ne la soutient encore; lorsque le public, qui l'ignore et qui ne se donne la peine de rien deviner, la laisse jouer dans le désert des pièces qu'il s'est habitué à abandonner ; et lorsque, dans cette solitude, l'artiste, inconnue, mais fidèle à sa conscience, révèle courageusement son talent, sans regarder qui est là, ni si on l'écoute ; oui, la critique alors a une noble tâche à remplir : c'est d'écouter, de prendre la plume, d'avertir le public qu'il faut venir ; et le public vient. Cette foule blasée, indifférente, dont on a gâté le goût, assourdi les oreilles, quitte l'Opéra, le boulevard, voire même la rue Saint-Denis, et accourt ; elle s'assied, elle fait silence, elle voit qu'on ne l'a pas trompée ; et tout Paris se dérange le lendemain pour venir entendre, au milieu de cinq actes qu'il sait par cœur, cent vers récités par une enfant.

Oui, lorsque plus tard cette même jeune fille devenue femme, sûre d'elle-même et de sa réputation, adoptée depuis longtemps par tous, paraît dans un rôle nouveau, la critique a encore une belle part : c'est de veiller sur la gloire de l'artiste, de ne pas la laisser descendre de la place qu'elle a conquise, de l'avertir à son tour et au besoin de la blâmer, de faire en un mot l'office de la vigie qui annonce la terre et marque aussi l'écueil.

Mais quand on est encore aux premiers pas, quand cette enfant, qui ne doit pas croire à sa gloire, est encore à lutter pour qu'on la comprenne ; lorsque, applaudie dans cinq rôles, elle s'essaye dans un sixième, et là, n'ayant encore que du génie, lorsqu'elle cherche à mûrir son talent, viendrez-vous déjà, dès le lendemain, avec votre esprit, votre expérience, viendrez-vous vous asseoir sur ce même banc où vous avez été si juste, et jugerez-vous sévèrement maintenant cette noble et modeste intelligence qui s'exerce devant deux mille personnes, qui s'écoute elle-même en public, impatiente de se sentir, de se deviner, dans un des plus difficiles, des plus dangereux rôles de nos tragédies ? Assisterez-vous à cet essai comme si c'était un spectacle ordinaire, une fantaisie, un passe-temps ? Et vous, forts de vos souvenirs, viendrez-vous hocher la tête là où vous devriez battre des mains, uniquement parce que ce n'est plus tout à fait un premier début, parce que votre esprit a changé peut-être, parce qu'il faut du nouveau à tout prix ?

Si c'est là aujourd'hui votre rôle, alors nous, public, nous qui payons nos stalles, nous que vous avez avertis hier de venir voir *Andromaque*, nous avons le droit de vous dire comme le vieux Corneille : « Tout beau ! » car ce n'est plus d'une actrice qu'il s'agit, ni d'une réputation, ni d'un caprice de mode ; vous nous avez appris à aimer un plaisir que nous avions perdu, mais qui nous est cher et qui est à nous ; nous voulons voir ce qui en sera, comment mademoiselle Rachel jouera Roxane après-demain, et ensuite Esther et Chimène. La tragédie renaît par elle-même, nous n'entendons pas qu'on l'étouffe : il faut nous laisser d'abord écouter, et nous vous dirons dans deux ans d'ici ce que nous en pensons définitivement; l'artiste, jusque-là, ne vous appartient plus ; ce n'est plus elle qui est en question, c'est l'art qu'elle ravive, l'art immortel, gloire et délices de l'esprit humain.

Quel est votre but, en effet, et que prétendriez-vous faire ? Admettons que mademoiselle Rachel n'ait rèellement pas été à sa hauteur ordinaire dans *Bajazet*, ce que je suis loin d'accorder, mais n'importe. Admettons encore que c'est en conscience que vous signalez cet échec, et que vous faites en cela un acte d'impartialité. Ne croyez-vous pas que votre devoir était, au contraire, l'indulgence ? Vous en aviez pour Talma vieillissant, vous ne lui disiez pas ainsi qu'il avait été faible un soir ; et ce silence que vous vous imposiez par respect pour la renommée d'un homme, ne pouviez-vous pas le garder aujourd'hui pour vos propres espérances, pour l'avenir de l'art, pour les efforts d'une enfant, pour vos paroles de la veille ? Quand il serait vrai que *Bajazet* eût été moins bien joué que *Mithridate*, quelle si grande importance y attachez-vous donc, quelle si grande différence y avez-vous trouvée ? Ne voyez-vous pas qu'en attaquant ainsi cette jeune fille, vous plaidez une cause qui n'est pas la vraie, qui ne peut pas être bonne, quand même elle serait juste ? Est-ce votre admiration pour Racine qui produit votre mécontentement, et êtes-vous si fort indignés de le voir moins bien représenté aujourd'hui qu'hier ? A qui rendez-vous service en le disant ? Ce n'est pas à Racine lui-même, car si ses ouvrages reprennent faveur au théâtre, ce sera grâce à mademoiselle Rachel, et ne sentez-vous pas qu'en se voyant blâmée si vite, avec si peu de ménagement, elle peut se décourager ? Ne sentez-vous pas qu'en lisant vos articles, cette enfant en qui seule repose toute la grandeur d'une renaissance, cette enfant qui n'est pas sûre d'elle, et qui, malgré son génie précoce, n'est pas encore à l'épreuve des chagrins que peut nous causer la critique, cette enfant qui joue si bien Hermione, qui sait si bien comprendre et réciter Racine, peut se mettre à pleurer ?

Voyez le grand mal! dira-t-on peut-être. Oui, ce serait un très grand mal. Que les journaux attaquent demain mademoiselle Grisi ou Fanny Essler, et qu'elles s'en affligent un instant, peu importe ;

leur réputation est faite, leurs noms sont aimés, elles sont à l'abri d'un blâme passager. D'ailleurs, la musique, la pantomime, la danse, ne sont point aujourd'hui des arts délaissés. Il en est autrement de la tragédie. Si on décourageait mademoiselle Rachel, ce serait Hermione elle-même, Monime et Roxane qu'on découragerait. Quiconque aime les arts doit y regarder à deux fois. Sommes-nous donc aux beaux jours de Talma, de la Duchesnoy, de Lafont, de mademoiselle George? Peut-être alors on aurait eu le droit de traiter légèrement une débutante, de la comparer à ceux qui l'auraient entourée, et de lui donner, dans son intérêt, des conseils sévères ; mais aujourd'hui, dans le désordre où nous sommes, dans le triste état où se trouve le théâtre, les amis des arts, critiques et poètes, artistes de toute sorte, peintres, musiciens, tous tant que nous sommes, nous n'avons qu'une chose à faire lorsque nous allons aux Français, c'est d'applaudir mademoiselle Rachel, de la soutenir de toutes nos forces, de la vanter même outre mesure s'il le faut, sans crainte de la gâter par nos éloges. N'est-ce pas un assez beau spectacle que cette volonté, cette puissance d'une jeune fille, qui ne se laisse troubler ni par la multitude, ni par les répliques si souvent fausses des acteurs qui jouent avec elle, ni par la difficulté, ni par la grandeur de sa tâche, mais qui arrive seule, simplement et tranquillement, se poser devant le parterre et parler selon son cœur ? N'en fait-elle pas assez par cela seul qu'elle fait ce qu'elle peut et qu'elle peut régénérer l'art au temps où nous sommes ? Quant à moi, si je savais qu'un des articles dirigés contre elle l'eût affligée, et si je l'avais vue pleurer, je lui aurais dit : « Pleurez pour Bajazet, mademoiselle ; pleurez pour Pyrrhus, pour Tancrède ; voilà des sujets dignes de vos pleurs ; et soyez sûre que la moindre larme que vous verserez pour eux sur la scène en fera plus pour votre gloire que tous les feuilletons de l'univers. »

Il n'y a de bonne cause que celle de l'avenir, car c'est la seule à qui doive rester la victoire. On peut nuire à cette cause, la gêner, l'affaiblir, mais non la détruire ; voilà ce qu'on ne sait pas assez. On peut écraser un talent médiocre, on peut aussi le faire valoir et lui donner une apparence de renommée ; mais vouloir étouffer un vrai talent, c'est la même chose que d'essayer de prouver que le bleu est rouge, ou qu'il fait clair à minuit ; c'est s'attaquer à plus fort que soi ; c'est perdre son temps d'une méchante manière : le talent triomphe tôt ou tard, car il n'a qu'à se montrer pour qu'on le reconnaisse. Celui qui me dirait que mademoiselle Rachel est l'objet d'un caprice du public, et qu'elle ne tiendra pas ses promesses, je ne lui répondrais qu'une chose : « Mon esprit peut porter un faux jugement, mais, quand je suis ému, je ne saurais me tromper ; je puis lire ou écouter une pièce de théâtre et m'abuser sur sa valeur ; mais, eussé-je le goût le plus faux et le plus déraisonnable du monde, quand mon cœur parle, il a raison. Ce n'est pas là une vaine prétention à la sensibilité, c'est pour vous dire que le cœur n'est point sujet aux méprises de l'esprit, qu'il décide à coup sûr, sans réplique, sans retour, que ni brigues ni cabales ne peuvent rien sur lui, que c'est, en un mot, le souverain juge. » Voilà ce qui me donne la hardiesse de répéter ce que j'ai déjà dit de mademoiselle Rachel, qu'elle sera un jour une Malibran. Voilà pourquoi j'ai vu avec peine, avec tristesse, qu'on l'ait attaquée ; voilà enfin pourquoi il me semble que, si peu de crédit qu'on ait, il faut la défendre autant qu'on le peut, et se garder surtout de vouloir détruire dans le cœur d'une enfant le germe sacré, la semence divine, qui ne peut manquer de porter ses fruits.

1er décembre 1838 *(Revue des Deux Mondes)*.

VI

CONCERT DE
MADEMOISELLE GARCIA

Je ne sais pourquoi l'apparition des morts est regardée en général comme une chose si horrible et si effrayante ; les esprits les plus fermes sont, à cet égard, aussi faibles que les enfants. Nous frémissons à l'idée de voir reparaître un seul moment les êtres que nous avons le plus aimés, ceux dont la mémoire nous est la plus chère. Au lieu de cette belle coutume des anciens « de séparer par l'action d'un feu pur cet ensemble parfait formé par la nature avec tant de lenteur et de sagesse », nous ensevelissons à la hate, en détournant les yeux, les corps de nos meilleurs amis, et une pelletée de terre n'est pas plus tôt tombée sur ces corps, que tout le monde évite d'en parler. Il semble que ce soit manquer aux convenances que de rappeler à un fils, à un frère, une mère, une sœur morte ; au lieu de ces urnes qui renfermaient jadis la cendre des familles et qui restaient près du foyer, nous avons imaginé ces affreux déserts qu'on appelle des cimetières, et nous avons remplacé les évocations antiques par la peur des revenants.

Depuis que mademoiselle Garcia commence à se faire connaître, tous ceux qui l'ont vue ont remarqué sa ressemblance avec la Malibran, et, le croirait-on ? il paraît certain que plusieurs des anciens amis de la grande cantatrice ont été presque épouvantés de cette ressemblance. On cite, là-dessus, de nombreux exemples, parmi lesquels j'en choisirai un. Il y a à peu près un an, une demoiselle anglaise prenait, à Londres, des leçons de Lablache, qui habitait la même maison que mademoiselle Garcia ; la jeune personne se disposait à chanter un air de *Norma*, et son maître, tout en la conseillant, lui parlait de la manière dont la Malibran comprenait cet air ; au moment où l'écolière va se mettre au piano, une voix se fait entendre dans la chambre voisine (c'était mademoiselle Garcia qui chantait précisément, dit-on, la cavatine de *Norma*) ; l'Anglaise croit reconnaître la voix de la Malibran elle-même, elle s'arrête frappée de surprise ; elle s'imagine qu'un fantôme vient lui donner leçon ; la terreur s'empare d'elle ; elle s'évanouit.

Il me semble qu'en pareil cas j'aurais été ouvrir la porte au fantôme. La première fois que j'ai entendu mademoiselle Garcia, j'ai cru aussi un peu voir un revenant, mais j'avoue que ce revenant de dix-sept ans m'a inspiré tout autre chose que l'envie de me trouver mal. Il est certain qu'aux premiers accents, pour quiconque a aimé la sœur aînée, il est impossible de ne pas être ému. La ressemblance, qui consiste, du reste, plutôt dans la voix que dans les traits, est tellement frappante qu'elle paraîtrait surnaturelle s'il n'était pas tout simple que deux sœurs se ressemblent. C'est le même timbre clair, sonore, hardi, ce *coup de gosier* espagnol qui a quelque chose de si rude et de si doux à la fois, et qui produit sur nous une impression à peu près analogue à la saveur d'un fruit sauvage. Mais, si le timbre seul était pareil, ce serait un hasard de peu d'importance, bon, en effet, tout au plus, à donner des attaques de nerfs ; heureusement pour nous, si Pauline Garcia a la voix de sa sœur, elle en a l'âme en même temps, et, sans la moindre imitation, c'est le même génie ; je ne crois, en le disant, ni exagérer ni me tromper.

Je n'ai pas la prétention de rendre compte en détail du concert qui a été donné au théâtre de la Renaisance ; je ne vous dirai pas si mademoiselle Garcia va de *sol* en *mi* et de *fa* en *ré*, si sa voix est un *mezzo-soprano* ou un *contralto*, par la très bonne raison que je ne me connais pas à ces sortes de choses et que je me tromperais probablement. Je ne suis pas musicien, et je puis dire, à peu près comme M. de Maistre : « J'en atteste le ciel et tous ceux qui m'ont entendu jouer du piano!» La jeune artiste a chanté trois airs : voici le jugement qu'en portait une personne d'esprit, dans une lettre écrite le lendemain, qui vaut mieux que ce que je pourrais dire : « Elle a chanté d'abord un air de Costa fait pour la Malibran, qui est une sorte de vocalise très favorable au développement de toutes les belles cordes ; grands applaudissements, mais pas d'émotion ; ensuite l'air de monsieur de Bériot, mais l'orchestre a mal accompagné. Elle tient sa musique à la main avec une grâce particulière, et elle est décidément jolie à la scène. Elle était tout en blanc ; une chaîne noire avec un petit diamant sur le haut du front ; elle avait l'air plein de distinction ; elle salue aussi en se pliant un peu, et ce salut plein de modestie frappe par dignité. Sans séparation avec le *tremolo* qui avait enlevé le parterre, elle a chanté la cadence du diable ; mauvaise musique, tour de force à deux qui vous laisse étonné, et voilà tout. Vous voyez qu'elle n'a pu développer ni son talent dramatique ni son vrai chant ; on l'avait un peu sacrifiée. »

Mademoiselle Garcia sait cinq langues ; elle peut jouer sur un théâtre allemand, anglais, français, espagnol ou italien, et elle serait aussi à son aise à New-York ou à Vienne qu'à la Scala ou à l'Odéon. Elle s'accompagne elle-même avec la plus grande facilité ; lorsqu'elle chante, elle ne semble éprouver aucun embarras ni mettre aucune application ; que ce soit une cavatine ou un boléro, un air de Mozart ou une romance d'Amédée de Beauplan, elle se livre à l'inspiration avec cette simplicité pleine d'aisance qui donne à tout un air de grandeur. Bien qu'elle ait fait de longues études, et que cette facilité cache une science profonde, il semble qu'elle soit comme les gens de qualité qui savent tout sans avoir jamais rien appris. On ne sent pas, en l'écoutant, ce plaisir pénible que nous causent toujours des efforts calculés, quand même le résultat serait la perfection ; elle n'est pas de ces artistes travailleurs qu'on admire en fronçant le sourcil et dont le talent donne des maux de tête. Elle chante comme elle respire ; quoiqu'on sache qu'elle n'a que dix-sept ans, son talent est si naturel qu'on ne pense même pas à s'en étonner. Sa physionomie, pleine d'expression, change avec une rapidité prodigieuse, avec une liberté extrême, non seulement selon le morceau, mais selon la phrase qu'elle exécute. Elle possède, en un mot, le grand secret des artistes : avant d'exprimer, elle sent. Ce n'est pas sa voix qu'elle écoute, c'est son cœur, et si Boileau a eu raison de dire :

Ce que l'on conçoit bien s'énonce clairement,

on peut dire avec assurance : « Ce que l'on sent bien s'exprime mieux encore. »

Je n'ai jamais compris par quelle raison on est, pour ainsi dire, convenu de ne parler franchement avec éloge que des morts, à moins que ce ne soit pour réserver les injures aux vivants. L'esprit humain est si misérable, que la louange la plus sincère passe presque toujours pour un compliment dès qu'elle s'adresse à une personne qui n'est pas aux antipodes ou en terre. « J'ose dire ce que j'ose faire, » disait Montaigne. On devrait oser dire ce qu'on ose penser. Je pense donc que mademoiselle Garcia, qui doit, je crois, débuter dans deux ans, a devant elle un avenir aussi glorieux que celui de sa sœur. Je n'ai qu'un regret, c'est qu'elle ne débute pas ce soir, afin de nous délivrer d'un genre faux, affecté, ridicule, qui est à la mode aujourd'hui.

Je suis loin, en parlant ainsi, de vouloir nier que nous ayons d'excellents artistes ; ils sont même si bien connus qu'il est inutile de les citer ; il ne m'entre d'ailleurs dans l'esprit d'attaquer personne, c'est un métier que je n'aime pas. Je veux parler, non d'un acteur ni d'un théâtre mais d'un genre, lequel est une exagération perpétuelle. Cette maladie règne partout, envahit tout ; on s'en fait gloire ; c'est l'affectation du naturel, parodie plus fatigante, plus désagréable à voir que toutes les froideurs de la tradition ancienne. La tradition est très ennuyeuse, je le sais ; elle a un défaut insupportable : c'est de faire des mannequins qui semblent tenir tous à un même fil et qui ne remuent que lorsqu'on tire ce fil ; l'acteur devient une marionnette. Mais l'exagération du naturel est encore pire. Si, du moins, puisque maintenant le joug de la tradition est brisé, le comédien, livré à lui-même, suivait réellement son inspiration, bonne ou mauvaise, il n'y aurait que demi-mal. On verrait sur la scène des personnages vrais, les uns ridicules, les autres sérieux, les uns froids, les autres passionnés. Il n'y a pas deux hommes qui sentent de même : chacun exprimerait donc à sa façon. Au lieu de cela, qu'arrive-t-il ? La Malibran, il faut en convenir, a contribué à amener le genre à la mode ; elle s'abandonnait à tous les mouvements, à tous les gestes, à tous les moyens possibles de rendre sa pensée ; elle marchait brusquement, elle courait, elle riait, elle pleurait, se frappait le front, se décoiffait ; tout cela sans songer au parterre ; mais, du moins elle était vraie dans son désordre. Ces pleurs, ces rires, ces cheveux déroulés, étaient à elle, et ce n'était pas pour imiter telle ou telle actrice qu'elle se jetait par terre dans *Othello*. Quelle impression voulez-vous produire sur moi, quand vous vous arracheriez réellement les cheveux, et quand vous en feriez cent fois plus que la Malibran, si je m'aperçois que vous ne sentez rien ? Quel intérêt voulez-vous que je prenne à vos cris de désespoir, à vos contorsions ? Je n'en comprends même pas le motif, je ne sais pas pourquoi vous vous démenez ainsi. Lorsque les chanteurs allemands sont venus à Paris, il y avait une certaine actrice qui s'appelait, je crois, madame Fischer ; c'était une jolie personne, grande, blonde, avec une voix très fraîche ; elle se posait sur le bord de la rampe, près du trou du souffleur ; elle joignait les mains comme quelqu'un qui fait sa prière, et là elle chantait de son mieux. Jamais elle ne bougeait autrement, son air durât-il une demi-heure ; si on lui criait *bis*, elle revenait à la même place, rapprochait ses mains et recommençait. Ce n'était certainement pas une Malibran, c'était madame Fischer, chantant à sa manière et ne cherchant à imiter personne ; elle n'en faisait pas beaucoup, il est vrai ; mais pourquoi en aurait-elle fait plus si elle n'en sentait pas davantage ? Voilà une question qu'on pourrait aujourd'hui adresser à bien des gens : «Pourquoi en faites-vous tant ? Vous vous croyez sublime, et vous seriez peut-être passable si vous en faisiez moitié moins.»

L'exagération des acteurs vient de la manie, ou plutôt de la rage de faire de l'effet, qui semble aujourd'hui s'être emparée de tout le monde. Je veux bien supposer que cette manie a existé dans tous les temps, mais je ne puis croire qu'elle ait jamais été poussée si loin. On dirait que nous avons la simplicité en horreur. Auteurs, acteurs, musiciens, tous ont le même but, l'effet, et rien de plus ; tout est bon pour y parvenir, et, dès qu'on l'atteint, tout est dit ; l'orchestre tâche de faire le plus de bruit possible pour qu'on l'entende ; le chanteur, qui veut couvrir le fracas de l'orchestre, crie à tue-tête ; le peintre et le machiniste entassent dans les décorations des charpentes énormes, afin qu'on regarde leur nom sur l'affiche ; l'auteur ajoute à l'orchestre quarante trompettes, afin que son opéra fasse plus de tapage que le précédent ; et ainsi de suite, les uns renchérissant sur les autres. Le public ébahi, assourdi, ouvre les yeux et les oreilles dans une stupeur muette ; le directeur ne pense qu'à la recette et fait *mousser* la pièce dans les journaux ; et, au milieu de tout cela, il n'y a pas une honnête créature qui se demande si autrefois il n'existait pas quelque chose qu'on appelait la musique.

Ce qu'il y a d'inouï dans ce temps-ci, c'est qu'on nous donne *Don Juan* et que nous y allons. Madame Persiani nous chante *Vedrai carino*, l'air le plus simple et le plus naïf du monde, et nous le trouvons charmant. En sortant de là, nous allons voir l'opéra à la mode ; nous voilà dans une tombe, dans l'enfer, que sais-je ? Voilà des bourreaux, des chevaux, des armures, des orgies, des coups de pistolet, des cloches, pas une phrase musicale ; un bruit à se sauver ou à devenir fou ; et nous trouvons encore cela charmant, juste autant que *Vedrai carino*. Pauvre petit air, que Mozart semble avoir écrit pour une fauvette amoureuse, que deviendrait-il, grand Dieu ! si on le mettait dans un opéra à cloches et à trompettes ?

Ce que je disais tout à l'heure de ma science musicale me donne sans doute peu d'autorité en cette matière ; je n'ai pas les armes nécessaires pour attaquer un genre que je crois mauvais, et tout ce que je puis dire c'est qu'il est mauvais. De plus habiles que moi sauraient expliquer pourquoi, et de plus habiles le pensent ; mais on ne le dit pas assez. Je me souviens d'avoir lu quelque part une excellente question d'Alphonse Karr : «Mais, monsieur, demande un spectateur à son voisin en écoutant un opéra, croyez-vous que ce soit réellement de la musique ?» Je ne sais pas trop ce que répond le voisin ; mais je répondrais en pareil cas : «Non, monsieur, ce n'est pas précisément de la musique, et cependant on ne peut pas dire non plus tout à fait que ce n'en soit pas.» C'est un terme moyen entre de la musique et pas de musique ; ce sont des airs qui ne sont ni des airs ni des récitatifs, des phrases qui ont une velléité d'être des phrases, mais qui, au fond, n'en sont pas. Quant à des chants, à de la mélodie, ce n'est plus de cela qu'il s'agit ; on ne chante plus, on parle ou on crie ; c'est peut-être une sorte de déclamation notée, un *compromis* entre le mélodrame, la tragédie, l'opéra, le ballet et le diorama. C'est un assemblage de choses qui remuent les sens; la musique s'y trouve peut-être, mais je ne saurais dire quel est le rôle qu'elle y joue. Du reste, demandez à tel chanteur italien que nous connaissons tous s'il admire cet opéra, il vous répondra que oui, qu'il y a dedans des choses superbes, de grands effets, de belles combinaisons d'harmonie, beaucoup de science et de travail; mais demandez-lui s'il voudrait y chanter un rôle, il vous répondra qu'il aimerait mieux être aux galères.

Il est temps qu'on nous débarrasse de la maladie des effets. Il faut, lorsque mademoiselle Garcia débutera, qu'elle ait le courage de dire à l'orchestre : «Messieurs, pas si haut!» aux acteurs : «Vous criez trop fort ;» et à l'auteur : «Votre opéra est un charivari.» Il faut du courage et de l'énergie pour oser parler aussi clairement ; mais, quand on s'appelle Garcia, qu'on est sœur de Ninette et fille de don Juan, on peut tenir un pareil langage, ou plutôt on n'a pas besoin d'y penser ; la vérité est une force invincible qui a son cours comme les fleuves, et le génie est le levier dont elle se sert. On parlé déjà d'un opéra nouveau qu'on ferait pour mademoiselle Garcia ; on dit aussi qu'elle va en Angleterre ; ce seraient deux torts : il ne faut pas aller en Angleterre ; parce que c'est à Paris qu'est le vrai public, et il ne faut pas débuter dans un opéra nouveau, parce que c'est dans les maîtres qu'est la vraie musique. De ce que toutes les cantatrices du monde ont joué un rôle, ce n'est pas une raison pour qu'une débutante recule devant ce rôle; bien au contraire, c'est par ce motif même qu'il faut qu'elle le joue à son tour. La Malibran, la Pasta, madame Fodor, qui vous voudrez encore, ont chanté tel opéra ; chantez-le donc aussi, et que, par vous comme par elles, cet opéra devienne nouveau pour nous... Mais je m'aperçois que, sans y penser, je donne à mademoiselle Garcia des conseils dont elle n'a pas besoin. J'aurais dû borner cet article à un seul mot : la Malibran est revenue au monde, il n'y a pas d'inquiétude à avoir, et on n'a qu'a laisser faire.

Le jour même où j'ai entendu mademoiselle Garcia, en passant le matin sur le pont Royal, j'ai rencontré mademoiselle Rachel. Elle était dans un cabriolet de place avec sa mère, et, chemin faisant, elle lisait ; probablement elle étudiait un rôle. Je la regardais venir de loin, son livre à la main, avec sa physionomie grave et douce, plongée dans une préoccupation profonde ; elle jetait un coup d'œil sur son livre, puis elle semblait réfléchir. Je ne pouvais m'empêcher de comparer en moi-même ces deux jeunes filles, qui sont du même âge, destinées toutes deux à faire une révolution et une époque dans l'histoire des arts ; l'une sachant cinq langues, s'accompagnant elle-même avec l'aisance et l'aplomb d'un maître, pleine de feu et de vivacité, causant comme une artiste et comme une princesse, dessinant comme Grandville, chantant comme sa sœur ; l'autre, ne sachant rien que lire et comprendre, simple, recueillie, silencieuse, née dans la pauvreté, n'ayant pour tout bien, pour tout occupation et pour toute gloire, que ce petit livre qui s'en allait vacillant dans sa main. Elles sont pourtant sœurs, me disais-je, ces deux enfants qui ne se connaissent pas, qui ne se rencontreront peut-être jamais. Il y a entre elles une parenté sacrée, le même point de départ et deux routes si diverses, le même but et deux résultats si diffé-rents ! Celle-là n'a qu'à ouvrir les lèvres pour que tout le monde l'aime et l'admire ; on pourrait dire qu'elle est née fleur, et que la musique est son parfum ; et celle-ci, quel travail, quel effort ne faut-il pas à cette petite tête pour comprendre la délicatesse d'un courtisan de Louis XIV, la noblesse et la modestie de Monime, l'âme farouche de Roxane, la grâce des muses, la poésie des passions ! Quelle difficulté dans sa tâche, et quel prodige qu'elle y réussisse ! Oui, le génie est un don du ciel, c'est lui qui déborde dans Pauline Garcia comme un vin généreux dans une coupe trop pleine ; c'est lui qui brille au fond des yeux dis-traits de Rachel, comme une étincelle sous la cendre. Oui, il y a dans ce moment-ci un coup de vent dans le monde des arts ; la tradition ancienne était une admirable convention, mais c'était une convention ; le débordement romantique a été un déluge effrayant, mais une impor-tante conquête. Le joug est brisé, la fièvre est passée ; il est temps que la vérité règne, pure, sans nuages, dégagée de l'exagération de la licence, comme des entraves de la convention. Le retour à la vérité est la mission de ces deux jeunes filles. Qu'elles l'accomplissent ! Qu'elles suivent leur chemin ! Il ne m'appartient malheureusement pas de les suivre, mais je puis du moins les regarder partir et boire à leur santé le coup de l'étrier.

Tout en rêvant ainsi, je suis allé au concert, et, comme il faut tou-jours qu'un rimeur rime ses pensées, j'ai fait, tant bien que mal, ces strophes :

Ainsi donc, quoi qu'on dise, elle ne tarit pas,
 La source immortelle et féconde
Que le coursier divin fit jaillir sous ses pas.
Elle existe toujours, cette sève du monde.
Elle coule, et les dieux sont encore ici-bas !

A quoi nous servent donc tant de luttes frivoles,
Tant d'efforts toujours vains et toujours renaissants;
Un chaos si pompeux d'inutiles paroles,
 Et tant de marteaux impuissants
 Frappant les anciennes idoles.

Discourons sur les arts, faisons les connaisseurs;
 Nous aurons beau changer d'erreurs
 Comme un libertin de maîtresse,
Les lilas au printemps seront toujours en fleurs,
Et les arts immortels rajeuniront sans cesse.

Discutons nos travers, nos rêves et nos goûts,
Comparons à loisir le moderne et l'antique,
 Et ferraillons sous ces drapeaux jaloux;
Quand nous serons au bout de notre rhétorique,
Deux enfants nés d'hier en sauront plus que nous.

O jeunes cœurs remplis d'antique poésie,
Soyez les bienvenus, enfants aimés des dieux !
Vous avez le même âge et le même génie.
 La douce clarté soit bénie
 Que vous ramenez dans nos yeux !

 Allez, que le bonheur vous suive !
Ce n'est pas du hasard un caprice inconstant
 Qui vous fit naître au même instant.
Votre mère ici-bas, c'est la Muse attentive
Qui sur le feu sacré veille éternellement.

Obéissez sans crainte au dieu qui vous inspire.
Ignorez, s'il se peut, que nous parlons de vous.
Ces plaintes, ces accords, ces pleurs, ce frais sourire,
 Tous vos trésors, donnez-les-nous.
 Chantez, enfants, laissez-nous dire.

1er janvier 1839 (Revue des Deux Mondes).

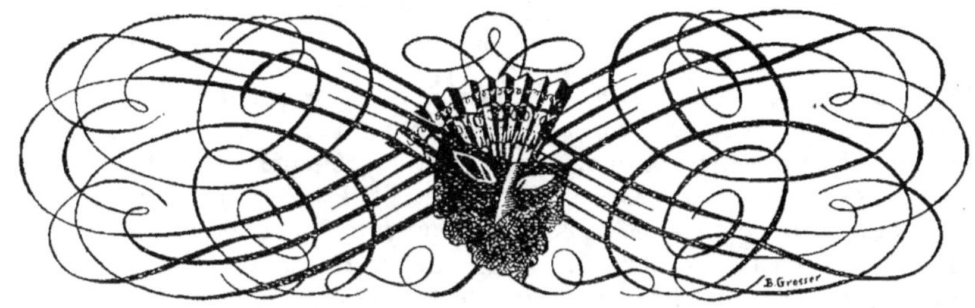

VII

DÉBUTS DE MADEMOISELLE

PAULINE GARCIA

Je me félicite d'avoir attendu pour essayer de dire quelques mots sur les débuts de mademoiselle Garcia. Il est vrai qu'en venant si tard je n'ai plus rien à apprendre à personne, et qu'aujourd'hui le public n'a que faire de mon avis ; raison de plus pour que je le lui donne, car ainsi ce que je pourrai dire ce ne sera pas, Dieu merci, de la critique, et je n'aurai pas de verdict à prononcer en une heure sur un avenir plein d'années. Mon opinion ne sera pas un jugement, mais une causerie, si l'on veut, comme celles du foyer pendant une entr'acte.

Les juges les plus sévères ont reconnu à mademoiselle Garcia une voix magnifique, d'une étendue extraordinaire, une méthode parfaite, une facilité charmante, un talent dramatique plein de force, d'imagination et de vérité. On pourrait, à la rigueur, s'en tenir là, et un pareil éloge suffirait à une cantatrice consommée. Cependant cet éloge s'adresse à une jeune fille de dix-huit ans, qui n'a paru que six fois sur notre scène. Le rôle qu'elle a abordé le premier, celui de Desdé-mone, est un des plus difficiles du Théâtre-Italien ; c'est peut-être le plus difficile. Il faut y être cantatrice et tragédienne, être émue et songer à soi, non seulement exécuter la musique la plus compliquée et la plus fatigante, mais animer cette musique, toucher le cœur avec des fioritures diaboliques, rendre Rossini et Shakspeare. Ajoutez à cela qu'il faut lutter contre les plus dangereux souvenirs, celui de la Malibran, de la Pasta. — Sortir triomphante d'une pareille épreuve, dès le premier jour, sans hésitation, ce n'est pas peu de chose. Mademoiselle Garcia aura fort à faire si ce ne sont que des promesses ; elle débute comme bien d'autres voudraient finir.

Je n'ignore pas que le chapitre des restrictions est une nécessité à laquelle il faut satisfaire. Notre charité chrétienne ne saurait admettre un éloge sans restriction. Je suis là-dessus aussi savant qu'un autre, et j'ai très savamment remarqué que, mademoiselle Garcia étant fort jeune, sa voix n'est pas aussi assurée ni aussi développée qu'elle le deviendra probablement un jour, quand elle sera plus âgée. J'ai remarqué de même que, n'ayant joué que fort rarement, elle n'a pas autant d'habitude de la scène qu'elle pourra en acquérir lorsqu'elle aura plus d'expérience. J'ai fait encore bien d'autres remarques tout aussi profondes ; mais je demande la permission de ne pas disputer sur le présent quand l'avenir me semble clair, et de ne pas compter les plumes qui tombent au premier coup d'aile d'un oiseau qui s'envole.

Certes, c'est toujours un spectacle touchant, et qui dispose à la bienveillance, que l'apparition d'une jeune fille qui se hasarde pour la première fois en public dans une carrière où elle a mis toutes ses espérances. Mais quand on sait d'avance quelle est cette jeune fille, quand on la connaît comme nous connaissons tous mademoiselle Garcia pour une personne remplie de talents, de mérite et de modestie, chez qui une excellente éducation a fécondé la plus riche nature, ce spectacle alors fait plus que de toucher, il commande le respect et éveille en même temps la plus vive sollicitude. La première représentation d'*Otello* avait attiré à l'Odéon ce qu'on appelle tout Paris. Lorsque, sur la ritournelle mélancolique de l'air d'*Elisabeth*, mademoiselle Garcia est entrée en scène, il y a eu d'abord dans la salle un moment de silence. La jeune artiste était émue, elle hésitait ; mais, avant qu'elle eût ouvert la bouche, des applaudissements unanimes l'ont saluée de toutes parts. Était-ce la mémoire de la sœur que nous avons tant aimée ? N'était-ce qu'un

généreux accueil fait à une débutante qui tremblait ? Personne, peut-être,
ne s'en rendait compte. Chacun des premiers sons, encore voilés par
l'émotion, qui sortirent des lèvres de Pauline Garcia, fut, pour ainsi
dire, recueilli par la foule et suivi d'un murmure flatteur. A la première
difficulté qui se présenta dans le chant, le courage lui revint tout à coup ;
les applaudissements recommencèrent, et, en un quart d'heure, une
belle destinée fut ouverte ; ce fut une noble chose qui fait honneur
à tous.

On ne saurait trop louer l'*Otello* de Rossini ; je ne sais pas s'il
passera de mode, car la mode en musique est effrayante. Il n'y a pas
d'art plus périssable au monde, et on peut lui appliquer, mieux qu'à
la peinture, ce vers de Dante :

> *Muta nome perchè muta lato.*

Quoi qu'il en soit, pour nous, qui sommes de notre temps, l'opéra
d'*Otello* est un chef-d'œuvre. Je ne parle pas, bien entendu, du libretto.
Il est même curieux de voir jusqu'à quel point on a pu si peu et si mal
faire une pièce de Shakspeare. Mais quelle puissance dans le génie qui
a su écrire un duo sublime sur ces quatre méchantes rimes :

> *No più crudele un' anima*
> *No, che giammai si vide!...*

Je ne sais même pas si c'est de l'italien.

L'Otello de Rossini n'est pas celui de Shakspeare. Dans la tragédie
anglaise, maîtresse tragédie s'il en fut, la passion humaine conduit
tout. Otello, brave, ouvert, généreux, est le jouet d'un traître subal-
terne qui l'empoisonne lentement. L'angélique pureté de Desdé-
mone lutte, par sa seule douceur, contre tous les efforts d'Iago. Otello
écoute, souffre, hésite, maltraite sa femme, puis fond en larmes ;
il succombe enfin, dit à la fois adieu à la gloire et au bonheur, et
frappe. Dans l'opéra, une fatalité terrible, inexorable, domine. Depuis
le moment où l'action commence jusqu'à celui où elle s'achève, la
victime est dévouée. La musique respire constamment la plus sombre
mélancolie ; en dépit des roulades, des fanfares et des *concetti* chantés

qui s'y trouvent, tous les motifs sont tristement frères ; tous s'appellent, s'enchaînent, de plus en plus sombres, jusqu'au dernier, celui qui annonce l'arrivée de la mort dans la chambre nuptiale, et qui semble le chœur invisible des démons qui poussent au meurtre. L'Otello de Shakspeare est le portrait vivant de la jalousie, une effrayante dissection sur le cœur de l'homme ; celui de Rossini n'est que la triste histoire d'une enfant calomniée qui meurt innocente.

Personne, je crois, n'a mieux compris que mademoiselle Garcia le rôle de Desdémone, et il est à propos de remarquer ici la différence qui existe entre les deux sœurs. La Malibran jouait Desdémone en Vénitienne et en héroïne ; l'amour, la colère, la terreur, tout en elle était expansif ; sa mélancolie même était énergique, et la romance du *Saule* éclatait sur ses lèvres comme un long sanglot. On eût dit qu'elle mettait en action ce mot d'Otello débarquant et embrassant sa femme : « O ma belle guerrière ! » et cette fière parole devait plaire, en effet, à son ardent génie. Pauline Garcia qui, du reste, n'a pu voir jouer sa sœur qu'un petit nombre de fois, a imprimé au rôle entier un grand caractère de douceur et de résignation. Ses gestes craintifs, modérés, trahissent à peine le trouble qu'elle éprouve. Son inquiétude et le pressentiment secret de sa destinée, pressentiment qui ne la quitte pas, ne se révèlent que par des regards tristes et suppliants, par de tendres plaintes, par de doux efforts pour ressaisir la vie. Ce n'est plus la belle guerrière, c'est une jeune fille qui aime naïvement, qui voudrait qu'on lui pardonnât son amour, qui pleure dans les bras de son père au moment même où il va la maudire, et qui n'a de courage qu'à l'instant de la mort ; en un mot, pour citer encore Shakspeare, c'est d'un bout à l'autre de la pièce « une excellente créature ». (6)

Un trait particulier pourra rendre plus sensible la différence dont je parle.

Au second acte, lorsque Otello est sorti pour se battre, Desdémone, restée seule, interroge le chœur sur le sort de son époux. « Il vit, » répond le chœur. On sait avec quelle vivacité la Malibran jouait cette scène ; le cri de joie qu'elle poussait était irrésistible et électrisait la salle entière. Mademoiselle Garcia rend cette situation tout autrement et arrive à l'effet par un moyen contraire. A peine s'est-elle livrée à l'espérance qu'elle se retourne, aperçoit son père qui entre, et reste frappée de terreur : c'est par ce contraste puissant et plein de vérité qu'elle se fait applaudir, en sorte que l'émotion du spectateur, au lieu de porter sur un éclair de joie, se fixe sur un impression douloureuse. Je ne prétends pas décider laquelle des deux sœurs a raison, et je crois qu'elles l'ont toutes deux ; je ne veux que signaler une nuance remarquable.

La pièce italienne, à proprement parler, ne commence qu'à la fin du premier acte. Mademoiselle Garcia a joué ce finale avec une grâce et une retenue parfaites; son attitude soumise près de son père, les regards détournés qu'elle ose à peine jeter sur Otello, la crainte mortelle qui l'agite, tout a été profondément senti et pudiquement exprimé. Dans ce beau chœur dont on n'entend qu'un mot : *la dolce speme* (et ce seul mot suffit, tant cette langue est charmante), elle a chanté avec une admirable tristesse.

Au second acte, elle a un peu manqué, pendant la première scène, de cette habitude du théâtre dont il était question tout à l'heure. Je crois que Rubini, pour se soustraire à ses demandes, a été obligé de chercher un abri jusque dans la coulisse. Le moment où elle tombe à terre, repoussée par Otello, a semblé pénible à quelques personnes. Pourquoi cette chute ? Il y avait là, autrefois, un fauteuil, et le libretto dit seulement que Desdémone s'évanouit. Si je fais cette remarque, ce n'est pas que j'y attache grande importance, mais ces grands mouvements scéniques, ces coups de théâtre précipités sont tellement à la mode aujourd'hui, que je crois qu'il faut en être sobre. La Malibran en usait souvent, il est vrai ; elle tombait, et toujours très bien. Mais aujourd'hui les actrices du boulevard ont aussi appris à tomber, et mademoiselle Garcia, plus que toute autre, me paraît capable de montrer que, si on peut réussir avec de tels moyens, on peut aussi s'en abstenir.

L'air *Se il padre m'abbandona* est un morceau des plus bizarres ; c'est un mélange des phrases les plus simples et des difficultés les plus contournées. La situation force l'actrice à être aussi touchante que possible, et en même temps, à peine a-t-elle dit les premières notes, que la vocalise l'entraîne et la jette dans un déluge de fioritures, mais, à cause de sa bizarrerie même, cet air peut servir de pierre de touche pour juger une cantatrice : si elle n'est pas à la hauteur de la situation, on s'en aperçoit sur-le-champ. Que de fois n'avons-nous pas vu de belles

personnes, pleines de bonne volonté, lancer hardiment les premières
mesures d'une voix émue, qu'on croyait qu'elles sentaient quelque
chose et qu'elles allaient faire pleurer, puis s'arrêter là tout à coup,
reprendre haleine tranquillement et se mettre à jouer de la flûte! Quand
la phrase simple arrive, on est à l'opéra ; mais, dès que la difficulté
se présente, on est au concert. L'émotion retombe en triples croches,
comme une fusée en étincelles. Mademoiselle Garcia, dans cet air, n'a
rien laissé à désirer. Les difficultés, loin de l'affaiblir, semblaient
l'animer. Sa voix, qui, comme on le sait, a deux octaves et demie,
mélange rare du soprano et du contralto, s'est développée avec la plus
grande liberté. Elle a su donner l'accent de la douleur aux traits les
plus hardis et les plus périlleux. Le parterre a applaudi les roulades
avec transport, et il avait raison ; la phrase principale a ému tout le
monde ; pour ma part, je recommande, à ceux qui savent comprendre,
la manière dont mademoiselle Garcia prononce le premier vers :

L'error, l'error d'un infelice.

Dans la lenteur qu'elle met à s'agenouiller, dans la façon dont le
geste suit la voix, dans ses mains tremblantes qui se joignent d'abord,
puis qui retombent quand le genou plie, il y a une gradation singulière,
tout instinctive, que l'artiste n'a certainement pas calculée et qui suit
merveilleusement la musique ; on croira peut-être que je cherche une
finesse ; tout au contraire, rien n'est plus simple, et c'est de ces simples
choses que vit la poésie.

Si je voulais suivre pas à pas, jusqu'au bout, mademoiselle Garcia
dans le troisième acte, cet article n'aurait pas de fin. Rossini a semé
dans ses récitatifs une telle profusion de beautés, qu'il n'y a pas une
seule phrase qui ne vaille la peine de s'y arrêter. Ces récitatifs, d'autre
part, ont été rendus de tant de façons, on les a si souvent étudiés et
commentés, qu'il n'y a plus moyen d'en rien dire de nouveau. Il faut
cependant noter certains mots auxquels la jeune artiste a donné un
accent qui lui est propre : l'adieu à son amie, *il bacio estremo*, la phrase
presque parlée qu'elle adresse à Otello quand elle s'éveille, le moment
de colère et d'indignation contre Iago, et surtout le cri plein de fierté,
intrepida morrò, ces passages ont été exprimés d'une manière neuve

et originale, c'est pourquoi je les cite. Les autres ont été plus ou moins heureusement exécutés, mais dans un sens conforme à la tradition.

Il me reste à parler de la romance. On a dit que mademoiselle Garcia, dans cet air, avait surpassé la Malibran. C'est beaucoup dire et aller bien vite. On ne surpasse pas la perfection. Chacun la cherche suivant ses facultés, et un bien petit nombre peut l'atteindre ; mais, entre ces intelligences privilégiées, auxquelles il est donné de temps en temps de toucher à la suprême beauté, je ne peux pas comprendre qu'on établisse des comparaisons. Quiconque a des sens, et écoute, a le droit de dire : « Je préfère ceci, » mais il n'a jamais le droit de dire : « Ceci vaut mieux. » Quand donc en viendra-t-on, à Paris, à ne plus mêler le blâme à l'éloge, et à dire le bien sans médire ?

Je cherche à peindre l'impression qu'a produite sur moi cette romance, et je ne trouve rien qui l'exprime, car je ne puis me résoudre à la détailler. Dirai-je comment mademoiselle Garcia tenait sa harpe, qu'elle a fait au second couplet un arpège de deux octaves ? La romance du *Saule* est la poésie même ; c'est l'inspiration la plus élevée d'un des plus grands maîtres qui aient existé ; on ne rend pas plus ou moins bien de pareils airs ; on les rend tout à fait ou pas du tout. La Malibran chantait le *Saule* ; Pauline Garcia l'a chanté.

En vérité, quand on pense au travail infini que doit coûter à l'artiste la composition d'un rôle, il y a de quoi effrayer. Que d'études, d'efforts, de calculs ! Quelle dépense d'intelligence et de force pour nous donner trois heures de distraction, à nous qui sortons de table et qui daignons payer ! Il est vrai qu'à l'Odéon tout le monde ne daigne pas jouer. Rubini, par exemple, soit dit en passant, avec son admirable talent, est un chanteur divin, mais un acteur par trop paresseux. Je le lui pardonnerais de bon cœur si je n'avais pas vu la *Lucia.* Pourquoi, quand on peut jouer ainsi pendant un quart d'heure, ne pas jouer plus souvent ? Duprez chante comme un lion, et Rubini joue comme un rossignol.

Mademoiselle Garcia est entrée de prime abord et hardiment dans la vraie route. Comme son père et comme sa sœur, elle possède la rare faculté de puiser l'inspiration tragique dans l'inspiration musicale. Ce serait peut-être une étude curieuse que de rechercher jusqu'à quel point ces deux muses peuvent s'allier, où commence leur union et où elle finit ; car, il ne faut pas s'y tromper, elle ne peuvent être constamment unies. Diderot, dans *le Neveu de Rameau*, a dit, je crois, le premier, une chose qui me semble parfaitement fausse. Il a prétendu que la musique n'était que la déclamation exagérée, en sorte que, si l'on comparait la déclamation à une ligne droite, à un thyrse, je suppose, la musique tournerait à l'entour en l'enveloppant à peu près comme un pampre où une branche de lierre. C'est une ingénieuse absurdité. La déclamation, c'est la parole, et la musique, c'est la pensée pure. L'opéra d'*Otello*, comme bien d'autres, le prouverait. Rien n'est assurément plus dramatique et (en prenant le mot en bonne part) plus déclamatoire que la majeure partie de cet opéra. Mais, quand le souffle musical arrive, voyez comme tout s'efface devant lui! Y a-t-il vestige de déclamation dans la romance? Si la mélodie enveloppe alors la parole, ce n'est pas comme un lierre qui s'attache à elle, mais comme un nuage léger qui l'enlève et qui l'emporte dans les cieux.

Que deviendra maintenant Pauline Garcia? Personne ne doute de son avenir ; son succès est certain, il est constaté ; elle ne peut, quoi qu'elle fasse, que s'élever plus haut. Mais que fera-t-elle? La garderons-nous? Ira-t-elle, comme sa sœur, se montrer en Allemagne, en Angleterre, en Italie? Quelques poignées de louis de plus ou de moins lui feront-elles courir le monde? Cherchera-t-elle sa gloire ailleurs, ou saurons-nous la lui donner? Qu'est-ce, à tout prendre, qu'une réputation? Qui la fait et qui en décide? Voilà ce que je me disais l'autre soir en venant de voir *Otello*, après avoir assisté à ce triomphe, après avoir vu dans la salle bien des visages émus, bien des yeux humides ; et j'en demande pardon au parterre, qui avait battu des mains si bravement, ce n'est pas à lui que cette question s'adressait. Je vous en demande pardon aussi, belles dames des avant-scènes, qui rêvez si bien aux airs que vous aimez, qui frappez quelquefois dans vos gants, et qui, lorsque le cœur vous bat aux accents du génie, lui jetez si noblement vos bouquets parfumés. Ce n'était pas non plus à vous que j'avais affaire, et encore moins à vous, subtils connaisseurs, honnêtes gens qui savez tout, et que par conséquent rien n'amuse! Je pensais à l'étudiant, à l'artiste, à celui qui n'a, comme on dit, qu'un cœur et peu d'argent comptant, à celui qui vient là une fois par extraordinaire, un dimanche, et qui ne perd pas un mot de la pièce ; à celui pour qui les purs exercices de l'intelligence sont une jouissance cordiale et salutaire, qui a besoin de voir du bon et du beau, et d'en pleurer, afin d'avoir du courage en rentrant, et de travailler gaiement le lendemain ; à celui, enfin, qui aimait la sœur aînée, et qui sait le prix de la vérité.

1er novembre 1839 *(Revue des Deux Mondes)*.

LE POÈTE ET LE PROSATEUR

Le poète n'écrit presque jamais la réflexion. Le prosateur n'est juste et profond que par elle. Le poète cependant doit la sentir, et plus profondément encore que le prosateur, par cette raison que, pour exprimer son idée, quelle qu'elle soit, quand ce ne serait que pour la rime, il faut qu'il travaille longtemps. Or, pendant ce travail obligé, une minute de commentaires, de faces diverses, de corollaires, se présentent nécessairement, à moins de supposer un idiot qui rime un plagiat. Ces corollaires sont plus ou moins bons, brillants, justes, séduisants ; ils détournent, ramènent, expliquent, enchantent ; pour le prosateur, ce sont des veines, des minerais; pour le poète, les reflets d'un prisme. Il faut au poète le jet de l'âme, l'idée mère ; il s'y attache, et cependant peut-il se résoudre à perdre le fruit de la réflexion ? S'il n'a que quatre lignes à écrire, il faut donc que le reste y entre ; de là ce qu'on nomme la poésie, c'est-à-dire ce qui fait penser. Dans tout vers remarquable d'un vrai poète, il y a deux ou trois fois plus que ce qui est dit ; c'est au lecteur à suppléer le reste, selon ses idées, sa force, ses goûts.

Parlons de la mélodie. Tout le monde la sent, depuis les loges de la Scala où les femmes se balancent sous les girandoles, jusqu'aux échaliers de la Beauce où les Bœufs s'arrêtent quand un pâtre siffle. Là est, avant tout, la passion du poète. La poésie est si essentiellement musicale qu'il n'y a pas de si belle pensée devant laquelle un poète ne recule si la mélodie ne s'y trouve pas, et, à force de s'exercer ainsi, il en vient à n'avoir non seulement que des paroles, mais que des pensées mélodieuses. Pour celui qui écrit en prose, il y a bien, si l'on veut, une sorte de goût qui évite les dissonances, et une certaine recherche de la grâce qui groupe les mots le plus proprement possible ; mais, si cette recherche et ce goût préoccupent seulement un peu trop l'écrivain, c'est une puérilité qui ôte le poids à la pensée. Un mot suffit pour le prouver : la prose n'a pas de rythme déterminé, et sans le rythme la mélodie n'existe pas. Or, du moment qu'un moyen qu'on emploie n'est pas une condition nécessaire pour arriver au but qu'on veut atteindre, à quoi bon ? Que dirait-on d'un homme qui, ayant une affaire pressée, s'imposerait l'obligation de ne marcher dans les rues qu'en faisant des pas de bourrée comme un danseur ? C'est à peu près là ce que fait le prosateur qui cadence ses mots ; car lui aussi a une affaire pressée, c'est de dire ce qu'il pense, et non autre chose. Le poète, au contraire, a pour premières lois, pour conditions indispensables, le rythme et la mesure. Son talent n'existe pas indépendamment de ces lois, mais par elles ; le rythme est sur ses lèvres, la mesure dans sa gorge ; sans eux il est muet.

Pénétrons plus avant. Mon but n'est pas de faire un parallèle et de prouver que le prosateur est un piéton et le poète un cavalier. Je veux dire que ce sont deux natures entièrement différentes, presque opposées, et antipathiques l'une à l'autre. Cela est si vrai qu'il n'est pas rare de voir, parmi les lecteurs, des gens de mérite, pleins d'intelligence et d'esprit, montrer un goût parfait pour les ouvrages en prose et ne rien comprendre à la poésie. D'autres, au contraire, presque ignorants, étrangers aux lettres, se laissent prendre, sans savoir pourquoi, au seul bruit d'une rime, jusqu'au point de ne plus pouvoir examiner ce que vaut une pensée dès l'instant qu'elle fait un vers. Que dire à cela ? Il faut bien reconnaître qu'une différence de procédé ne suffit pas pour motiver d'une part une si grande répugnance, de l'autre une si forte prédilection.

Le romancier, l'écrivain dramatique, le moraliste, l'historien, le philosophe, voient les rapports des choses : le poète en saisit l'essence. Son génie purement natif cherche en tout les forces natives. Sa pensée est une source qui sort de terre; ne lui demandez pas de se mêler de critique et de raisonner sur telle circonstance qui se passerait même à deux pas de lui ; il ignore ces jeux de la fantaisie et ces variations de l'espèce humaine, il ne connaît qu'un homme, celui de tous les temps. Le poète n'a jamais songé que la terre tourne autour du soleil ; il est indifférent aux affaires publiques, négligent des siennes ; c'est assez pour lui des ouvrages de la nature. Le plus petit être, la moindre créature, par cela seul qu'ils existent excitent sa curiosité. Le grand Gœthe quittait sa plume pour examiner un caillou et le regardait des heures entières ; il savait qu'en toute chose réside un peu du secret des dieux. Ainsi fait le poète, et les êtres inanimés eux-mêmes lui semblent des pensées muettes. Tandis que des rêveurs qui divaguent cherchent à satisfaire leur exaltation par des déclamations ampoulées et par un vain cliquetis de mots, il contemple ardemment la forme de la matière et s'exerce à entrer dans la sève du monde. Regarder, sentir, exprimer, voilà sa vie ; tout lui parle ; il cause avec un brin d'herbe ; dans tous les contours qui frappent ses yeux, même dans les plus difformes, il puise et nourrit incessamment l'amour de la suprême beauté ; dans tous les sentiments qu'il éprouve, dans toutes les actions dont il est témoin, il cherche la vérité éternelle ; et tel il est né, tel il meurt, dans sa simplicité première ; arrivé au terme de sa gloire, le dernier regard qu'il jette sur ce monde est encore celui d'un enfant.

1839.

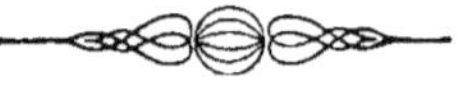

LETTRES DE DUPUIS ET COTONET

PREMIÈRE LETTRE

La Ferté-sous-Jouarre, 8 septembre 1836.

Mon cher monsieur,

Que les dieux immortels vous assistent et vous préservent des romans nouveaux ! Nous sommes deux abonnés de votre *Revue*, mon ami Cotonet et moi, qui avons résolu de vous écrire touchant une remarque que nous avons faite : c'est que, dans les livres d'aujourd'hui, on emploie beaucoup d'adjectifs, et que nous croyons que les auteurs se font par là un tort considérable.

Nous savons, monsieur, que ce n'est plus la mode de parler de littérature, et vous trouverez peut-être que, dans ce moment-ci, nous nous inquiétons de bien peu de chose. Nous en conviendrons volontiers, car nous recevons *le Constitutionnel*, et nous avons des fonds espagnols qui nous démangent terriblement. Mais, mieux qu'un autre, vous comprendrez sans doute toùte la douceur que deux âmes bien nées trouvent à s'occuper des beaux-arts, qui font le charme de la vie, au milieu des tourmentes sociales ; nous ne sommes point Béotiens, monsieur, vous le voyez par ces paroles.

Pour que vous goûtiez notre remarque simple en apparence, mais qui nous a coûté douze ans de réflexions, il faut que vous nous permettiez de vous raconter, posément et graduellement, de quelle manière elle nous est venue. Bien que les lettres soient maintenant avilies, il fut un temps, monsieur, où elles florissaient ; il fut un temps où on lisait les livres, et, dans nos théâtres, naguère encore, il fut un temps où l'on sifflait. C'était, si notre mémoire est bonne, de 1824 à 1829. Le roi d'alors, le clergé aidant, se préparait à renverser la charte, et à priver le peuple de ses droits ; et vous n'êtes pas sans vous souvenir que, à cette époque, il a été grandement question d'une méthode toute nouvelle qu'on venait d'inventer pour faire des pièces de théâtre, des romans, et même des sonnets. On s'en est fort occupé ici ; mais nous n'avons jamais pu comprendre, mon ami Cotonet ni moi, ce que c'était que le *romantisme*, et cependant nous avons beaucoup lu, notamment des préfaces, car nous ne sommes pas de Falaise, nous savons bien que c'est le principal, et que le reste n'est que pour enfler la chose ; mais il ne faut pas anticiper.

A vous dire vrai, dans ce pays-ci on est badaud jusqu'aux oreilles, et, sans compter le tapage des journaux, nous sommes bien aises de jaser sur les quatre ou cinq heures. Nous avons dans la rue Marchande un gros cabinet de lecture, où il nous vient des cloyères de livres. Deux sous le volume, c'est comme partout ; et il n'y aurait pas à se plaindre si les portières se lavaient les mains, mais depuis qu'il n'y a plus de loterie, elles dévorent les romans, que Dieu leur pardonne ! c'est à ne pas savoir par où y toucher. Mais peu importe ; nous autres Français, nous ne regardons pas à la marge. En Angleterre, les gens qui sont propres aiment à lire dans des livres propres. En France, on lit à la gamelle ; c'est notre manière d'encourager les arts. Nos petites-maîtresses ne souffriraient pas une mouche de crotte sur un bas qui n'a affaire qu'à leur pied ; mais elles ouvrent très délicatement de leur main blanche un volume banal qui sent la cuisine et porte la marque du pouce de leur cocher. Il me semble pourtant que si j'étais femme et

que si je tenais au fond de mon alcôve, les rideaux tirés, un auteur qui
me plût, je n'aimerais pas qu'au parfum poétique d'une page il se
mêlat... Je reviens à mon sujet.

Je vous disais que nous ne comprenions pas ce que signifiait ce
mot de *romantisme*. Si ce que je vous raconte vous paraît un peu usé et
connu au premier abord, il ne faut pas vous effrayer, mais seulement
me laisser faire ; j'ai intention d'en venir à mes fins. C'était donc
vers 1824, ou un peu plus tard, je l'ai oublié ; on se battait dans *le Jour-
nal des Débats*. Il était question de *pittoresque*, de *grotesque*, du paysage
introduit dans la poésie, de l'histoire dramatisée, du drame blasonné,
de l'art pur, du rythme brisé, du tragique fondu avec le comique, et
du moyen âge ressuscité. Mon ami Cotonet et moi, nous nous prome-
nions devant le jeu de boules. Il faut savoir qu'à la Ferté-sous-Jouarre
nous avions alors un grand clerc d'avoué qui venait de Paris, fier et
fort impertinent, ne doutant de rien, tranchant sur tout et qui avait
l'air de comprendre tout ce qu'il lisait. Il nous aborda, le journal à la
main, en nous demandant ce que nous pensions de toutes ces querelles
littéraires. Cotonet est fort à son aise, il a cheval et cabriolet ; nous ne
sommes plus jeunes ni l'un ni l'autre, et, de mon côté, j'ai quelque poids;
ces questions nous révoltèrent et toute la ville fut pour nous. Mais, à
dater de ce jour, on ne parla chez nous que de romantique et de clas-
sique ; madame Dupuis seule n'a rien voulu entendre ; elle dit que c'est
jus vert, ou vert jus. Nous lûmes tout ce qui paraissait, et nous reçûmes
la Muse, au cercle. Quelques-uns de nous (je fus du nombre) vinrent
à Paris et virent *les Vêpres ;* le sous-préfet acheta la pièce, et à une
quête pour les Grecs mon fils récita *Parthénope et l'Etrangère,* septième
messénienne. D'une autre part, monsieur Ducoudray, magistrat
distingué, au retour des vacances rapporta les *Méditations* parfaitement
reliées, qu'il donna à sa femme. Madame Javart en fut choquée ;
elle déteste les novateurs ; ma nièce y allait ; nous cessâmes de nous
voir. Le receveur fut de notre bord ; c'était un esprit caustique et
mordant, il travaillait sous main à *la Pandore ;* quatre ans après il fut
destitué, leva le masque, et fit un pamphlet qu'imprima le fameux
Firmin Didot. Monsieur Ducoudray nous donna vers la mi-septembre
un dîner qui fut des plus orageux ; ce fut là qu'éclata la guerre ; voici
comment l'affaire arriva. Madame Javart, qui porte perruque et qui

s'imaginait qu'on n'en savait rien, ayant fait ce jour-là de grands frais de toilette, avait fiché dans sa coiffure une petite poignée de marabouts ; elle était à droite du receveur, et ils causaient littérature ; peu à peu la discussion s'échauffa ; madame Javart, classique entêtée, se prononça pour l'abbé Delille ; le receveur l'appela *perruque*, et, par une fatalité déplorable, au moment où il prononçait ce mot d'un ton de voix passablement violent, les marabouts de madame Javart prirent feu à une bougie placée auprès d'elle ; elle n'en sentait rien et continuait de s'agiter, quand le receveur, la voyant tout en flammes, saisit les marabouts et les arracha ; malheureusement le toupet tout entier quitta la tête de la pauvre femme, qui se trouva tout à coup exposée aux regards, le chef complètement dégarni. Madame Javart, ignorant le danger qu'elle avait couru, crut que le receveur la décoiffait pour ajouter le geste à la parole, et, comme elle était en train de manger un œuf à la coque, elle le lui lança au visage ; le receveur en fut aveuglé ; le jaune couvrait sa chemise et son gilet, et n'ayant voulu que rendre un service il fut impossible de l'apaiser, quelque effort qu'on fît pour cela. Madame Javart, de son côté, se leva et sortit en fureur ; elle traversa toute la ville sa perruque à la main, malgré les prières de sa servante, et perdit connaissance en rentrant chez elle. Jamais elle n'a voulu croire que le feu eût pris à ses marabouts ; elle soutient encore qu'on l'a outragée de la manière la plus inconvenante, et vous pensez le bruit qu'elle en a fait. Voilà, monsieur, comment nous devînmes romantiques à la Ferté-sous-Jouarre.

Cependant, Cotonet et moi, nous résolûmes d'approfondir la question et de nous rendre compte des querelles qui divisaient tant d'esprits habiles. Nous avons fait de bonnes études, Cotonet surtout, qui est notaire et qui s'occupe d'ornithologie. Nous crûmes d'abord, pendant deux ans, que le *romantisme*, en matière d'écriture, ne s'appliquait qu'au théâtre, et qu'il se distinguait du classique parce qu'il se passait des unités, c'est clair : Shakspeare, par exemple, fait voyager les gens de Rome à Londres, et d'Athènes à Alexandrie, en un quart d'heure ; ses héros vivent dix ou vingt ans dans un entr'acte ; ses héroïnes, anges de vertu pendant toute une scène, n'ont qu'à passer dans la coulisse pour reparaître mariées, adultères, veuves et grand'mères. Voilà, disions-nous, le romantique. Sophocle, au contraire, fait asseoir

Œdipe, encore est-ce à grand'peine, sur un rocher, dès le commencement de sa tragédie ; tous les personnages viennent le trouver là, l'un après l'autre ; peut-être se lève-t-il, mais j'en doute, à moins que ce ne soit par respect pour Thésée, qui, durant toute la pièce, court sur le grand chemin pour l'obliger, rentrant en scène et sortant sans cesse. Le chœur est là, et si quelque chose cloche, s'il y a un geste obscur, il l'explique ; ce qui s'est passé, il le raconte ; ce qui se passe, il le commente ; ce qui va se passer, il le prédit ; bref, il est dans la tragédie grecque comme une note de monsieur Aimé Martin au bas d'une page de Molière. Voilà, disions-nous, le classique. Il n'y avait point de quoi disputer, et les choses allaient sans dire. Mais on nous apprend tout à coup (c'était, je crois, en 1828) qu'il y avait poésie romantique et poésie classique, roman romantique et roman classique, ode romantique et ode classique ; que dis-je ? un seul vers, mon cher monsieur, un seul et unique vers pouvait être romantique ou classique, selon que l'envie lui en prenait.

Quand nous reçûmes cette nouvelle, nous ne pûmes fermer l'œil de la nuit. Deux ans de paisible conviction venaient de s'évanouir comme un songe. Toutes nos idées étaient bouleversées ; car, si les règles d'Aristote n'étaient plus la ligne de démarcation qui séparait les camps littéraires, où se retrouver et sur quoi s'appuyer ? Par quel moyen, en lisant un ouvrage, savoir à quelle école il appartenait ? Nous pensions bien que les initiés de Paris devaient avoir une espèce de mot d'ordre qui les tirait d'abord d'embarras ; mais, en province, comment faire ? Et il faut vous dire, monsieur, qu'en province le mot *romantique* a, en général, une signification facile à retenir : il est synonyme d'absurde, et on ne s'en inquiète pas autrement. Heureusement, dans la même année, parut une illustre préface que nous dévorâmes aussitôt, et qui faillit nous convaincre à jamais. Il y respirait un air d'assurance qui était fait pour tranquilliser, et les principes de la nouvelle école s'y trouvaient détaillés au long. On y disait très nettement que le romantisme n'était autre chose que l'alliance du fou et du sérieux, du grotesque et du terrible, du bouffon et de l'horrible, autrement dit, si vous l'aimez mieux, de la comédie et de la tragédie. Nous le crûmes, Cotonet et moi, pendant l'espace d'une année entière. Le drame fut notre passion, car on avait baptisé de ce nom de *drame*, non seulement les ouvrages dialogués, mais toutes les inventions modernes de l'imagination, sous le prétexte qu'elles étaient dramatiques. Il y avait bien là quelque galimatias, mais enfin c'était quelque chose. Le drame nous apparaissait comme un prêtre respectable qui avait marié, après tant de siècles, le comique avec le tragique ; nous le voyions vêtu de blanc et de noir, riant d'un œil et pleurant de l'autre, agiter d'une main un poignard, et de l'autre une marotte ; à la rigueur cela se comprenait, les poètes du jour proclamaient ce genre une découverte toute moderne : « La mélancolie, disaient-ils, était inconnue aux anciens ; c'est elle qui, jointe à l'esprit d'analyse et de controverse, a créé la religion nouvelle, la société nouvelle, et introduit dans l'art un type nouveau. » A parler franc, nous croyions tout cela un peu sur parole, et cette mélancolie inconnue aux anciens ne nous fut pas d'une digestion facile. « Quoi ! disions-nous, Sapho expirante, Platon regardant le ciel, n'ont pas ressenti quelque tristesse ? Le vieux Priam redemandant son fils mort, à genoux devant le meurtrier, et s'écriant : « Souviens-toi de ton père, ô Achille ! » n'éprouvait point quelque mélancolie ? Le beau Narcisse couché dans les roseaux, n'était point malade de quelque dégoût des choses de la terre ? Et la jeune nymphe qui l'aimait, cette pauvre Écho si malheureuse, n'était-elle donc pas le parfait symbole de la mélancolie solitaire, lorsque, épuisée par sa douleur, il ne lui restait que les os et la voix ? » D'autre part, dans la susdite préface, écrite d'ailleurs avec un grand talent, l'antiquité nous semblait comprise d'une assez étrange façon. On y comparaît, entre autres choses, les Furies avec les sorcières, et on disait que les Furies s'appelaient Euménides, c'est-à-dire *douces et bienfaisantes*, ce qui prouvait, ajoutait-on, qu'elles n'étaient que médiocrement difformes, par conséquent à peine grotesques. Il nous étonnait que l'auteur pût ignorer que l'antiphrase est au nombre des tropes, bien que Sanctius ne veuille pas l'admettre. Mais passons ; l'important pour nous était de répondre aux questionneurs : « Le romantisme est l'alliance de la comédie et de la tragédie, ou, de quelque genre d'ouvrage qu'il s'agisse, le mélange du bouffon et du sérieux. » Voilà qui allait encore à merveille, et nous dormions tranquilles là-dessus. Mais que pensai-je, monsieur, lorsqu'un matin je vis Cotonet entrer dans ma chambre avec six petits volumes sous le bras ! Aristophane, vous le savez, est,

de tous les génies de la Grèce antique, le plus noble à la fois et le plus
grotesque, le plus sérieux et le plus bouffon, le plus lyrique et le plus
satirique. Que répondre lorsque Cotonet, avec sa belle basse-taille,
commença à déclamer pompeusement l'admirable dispute du juste
et de l'injuste([7]), la plus grave et la plus noble scène que jamais
théâtre ait entendue? Comment, en écoutant ce style énergique, ces
pensées sublimes, cette simple éloquence, en assistant à ce combat
divin entre les deux puissances qui gouvernent le monde, comment
ne pas s'écrier avec le chœur: «O toi qui habites le temple élevé de la
sagesse, le parfum de la vertu émane de tes discours!» Puis, tout
à coup, à quelques pages de là, voilà le poète qui nous fait assister
au spectacle d'un homme qui se relève la nuit pour soulager son
ventre([8]). Quel écrivain s'est jamais élevé plus haut qu'Aristophane
dans ce terrible drame des *Chevaliers*, où paraît le peuple athénien
lui-même personnifié dans un vieillard? Quoi de plus sérieux, quoi
de plus imposant que les anapestes où le poète gourmande le public,
et que ce chœur qui commence ainsi: «Maintenant, Athéniens,
prêtez-nous votre attention, si vous aimez un langage sincère!»([9])
Quoi de plus grotesque en même temps, quoi de plus bouffon que
Bacchus et Xanthias([10])? Quoi de plus comique et de plus plaisant
que cette Myrrhine, se déchaussant à demi nue sur le lit où son
pauvre époux meurt d'abstinence et de désirs([11])? A voir cette rusée
commère, plus rouée que la rouée Merteuil, les spectateurs eux-mêmes
devaient partager le tourment de Cinésias, pour peu que la scène
fût bien rendue. Dans quelle classification pourra-t-on jamais faire
entrer les ouvrages d'Aristophane? Quelles lignes, quels cercles
tracera-t-on jamais autour de la pensée humaine, que ce génie audacieux
ne dépassera pas? Il n'est pas seulement tragique et comique, il est
tendre et terrible, pur et obscène, honnête et corrompu, noble et tri-
vial, et au fond de tout cela, pour qui sait comprendre, assurément
il est mélancolique. Hélas! monsieur, si on le lisait davantage, on se
dispenserait de beaucoup parler, et on pourrait savoir au juste d'où
viennent bien des inventions nouvelles qui se font donner des brevets.
Il n'est pas jusqu'aux saint-simoniens qui ne se trouvent dans Aristo-
phane. Que lui avaient fait ces pauvres gens? La comédie des *Haran-
gueuses* est pourtant leur complète satire, comme les *Chevaliers*, à

plus d'un égard, pourraient passer pour celle du gouvernement représentatif.

Nous voilà donc, Cotonet et moi, retombés dans l'incertitude. Le romantisme devait, avant tout, être une découverte, sinon récente, du moins moderne. Ce n'était donc pas plus l'alliance du comique et du tragique que l'infraction permise aux règles d'Aristote (j'ai oublié de vous dire qu'Aristophane ne tient lui-même aucun compte des unités). Nous fîmes donc ce raisonnement très simple : «Puisqu'on se bat à Paris dans les théâtres, dans les préfaces et dans les journaux, il faut que ce soit pour quelque chose ; puisque les auteurs proclament une trouvaille, un art nouveau et une foi nouvelle, il faut que ce quelque chose soit autre chose qu'une chose renouvelée des Grecs ; puisque nous n'avons rien de mieux à faire, nous allons chercher ce que c'est.»

«Mais, me direz-vous, mon cher monsieur, Aristophane est romantique ; voilà tout ce que prouvent vos discours ; la différence des genres n'en subsiste pas moins, et l'art moderne, l'art humanitaire, l'art social, l'art pur, l'art naïf, l'art moyen âge...»

Patience, monsieur ; que Dieu vous garde d'être si vif! Je ne discute pas, je vous raconte un événement qui m'est arrivé. D'abord, pour ce qui est du mot *humanitaire*, je le révère, et quand je l'entends je ne manque jamais de tirer mon chapeau ; puissent les dieux me le faire comprendre! Mais je me résigne et j'attends. Je ne cherche pas, remarquez bien, à savoir si le romantisme existe ou non ; je suis Français, et je me rends compte de ce qu'on appelle le romantisme en France.

Et, à propos des mots nouveaux, je vous dirai que, durant une autre année, nous tombâmes dans une triste erreur. Las d'examiner et de peser, trouvant toujours des phrases vides et des professions de foi incompréhensibles, nous en vînmes à croire que ce mot de *romantisme* n'était qu'un mot ; nous le trouvions beau, et il nous semblait que c'était dommage qu'il ne voulût rien dire. Il ressemble à *Rome* et à *Romain*, à *roman* et à *romanesque ;* peut-être est-ce la même chose que *romanesque ;* nous fûmes du moins tentés de le croire par comparaison, car il est arrivé depuis peu, comme vous savez, que certains mots, d'ailleurs convenables, ont éprouvé de petites variations qui ne font de tort à personne. Autrefois, par exemple, on disait tout bêtement : «Voilà une idée raisonnable;» maintenant on dit plus dignement :

« Voilà une déduction *rationnelle*. » C'est comme la *patrie*, vieux mot assez usé ; on dit le *pays ;* voyez nos orateurs ; ils n'y manqueraient pas pour dix écus. Quand deux gouvernements, la Suisse et la France, je suppose, convenaient ensemble de faire payer dix ou douze sous un port de lettre, on disait jadis trivialement : « C'est une convention de poste ; » maintenant on dit : « Convention *postale*. » Quelle différence et quelle magnificence ! Au lieu de *surpris* ou d'*étonné*, on dit *stupéfié*. Sentez-vous la nuance ? Stupéfié ! non pas stupéfait, prenez-y garde ; *stupéfait* est pauvre, rebattu ; fi ! ne m'en parlez pas, c'est un drôle capable de se laisser trouver dans un dictionnaire. Qui est-ce qui voudrait de cela ? Mais Cotonet, par-dessus tout, préfère trois mots dans la langue moderne ; l'auteur qui, dans une seule phrase, les réunirait par hasard, serait, à son gré, le premier des hommes. Le premier de ces mots est *morganatique ;* le second, *blandices*, et le troisième... le troisième est un mot allemand.

Je retourne à mon dire. Nous ne pûmes longtemps demeurer dans l'indifférence. Notre sous-préfet venait d'être changé ; le nouveau venu avait une nièce, jolie brune pâle, quoique un peu maigre, qui s'était éprise des manières anglaises et qui portait un voile vert, des gants orange et des lunettes d'argent. Un soir qu'elle passait près de nous (Cotonet et moi, à notre habitude, nous nous promenions sur le jeu de boules), elle se retourna du côté du moulin à eau qui est près du gué, où il y avait des sacs de farine, des oies et un bœuf attaché : « Voilà un site romantique, » dit-elle à sa gouvernante. A ce mot nous nous sentîmes saisis de notre curiosité première. « Eh ! ventre-bleu ! dis-je, que veut-elle dire ? Ne saurons-nous pas à quoi nous en tenir ? Il nous arriva sur ces entrefaites un journal qui contenait ces mots : « André Chénier et madame de Staël sont les deux sources du fleuve immense qui nous entraîne vers l'avenir. C'est par eux que la rénovation poétique, déjà triomphante et presque accomplie, se divisera en deux branches fleuries sur le tronc flétri du passé. La poésie romantique, fille de l'Allemagne, attachera ainsi à son front une palme verte, sœur des myrtes d'Athènes. Ossian et Homère se donnent la main. » — « Mon ami, dis-je à Cotonet, je crois que voilà notre affaire : le romantisme, c'est la poésie allemande ; madame de Staël est la première qui nous ait fait connaître cette littérature ; et de l'apparition de son livre date la rage qui nous a pris. Achetons Gœthe, Schiller et Wieland ; nous sommes sauvés ; tout est venu de là. »

Nous crûmes, jusqu'en 1830, que le romantisme était l'imitation des Allemands, et nous y ajoutâmes les Anglais, sur le conseil qu'on nous en donna. Il est incontestable, en effet, que ces deux peuples ont dans leur poésie un caractère particulier, et qu'ils ne ressemblent ni aux Grecs, ni aux Romains, ni aux Français. Les Espagnols nous embarrassèrent, car ils ont aussi leur cachet, et il était clair que l'école moderne se ressentait d'eux terriblement. Les romantiques, par exemple, ont constamment prôné *le Cid* de Corneille, qui est une traduction presque littérale d'une fort belle pièce espagnole. A ce propos, nous ne savions pas pourquoi ils n'en prônaient pas aussi bien quelque autre, malgré la beauté de celle-là ; mais, à tout prix, c'était une issue qui nous tirait du labyrinthe. « Mais, disait encore Cotonet, quelle invention peut-il y avoir à naturaliser une imitation ? Les Allemands ont fait des ballades ; nous en faisons, c'est à merveille ; ils aiment les spectres, les gnomes, les goules, les psylles, les vampires, les squelettes, les ogres, les cauchemars, les rats, les aspioles, les vipères, les sorcières, le sabbat, Satan, Puck, les mandragores ; enfin cela leur fait plaisir ; nous les imitons et en disons autant, quoique cela nous régale médiocrement ; mais je l'accorde. D'autre part, dans leurs romans, on se tue, on pleure, on revient, on fait des phrases longues d'une aune, on sort à tout bout de champ du bon sens et de la nature ; nous les copions, il n'y a rien de mieux. Viennent les Anglais par là-dessus qui passent le temps et usent leur cervelle à broyer du noir dans un pot ; toutes leurs poésies, présentes et futures, ont été résumées par Gœthe dans cette simple et aimable phrase : « L'expérience et la douleur « s'unissent pour guider l'homme à travers cette vie et le conduire à la « mort. » Cela est faux, et même assez sot ; mais je veux bien encore qu'on s'y plaise. Buvons gaiement, avec l'aide de Dieu et de notre bon tempérament français, du sang de pendu dans la chaudière anglaise. Survient l'Espagne, avec ses Castillans qui se coupent la gorge comme on boit un verre d'eau, ses Andalouses qui font plus vite encore un petit métier moins dépeuplant, ses taureaux, ses toréadors, matadors, etc... j'y souscris. Quoi enfin ? Quand nous aurons tout imité, copié, plagié, traduit et compilé, qu'y a-t-il de romantique ? Il n'y a rien de moins nouveau sous le ciel que de compiler de de plagier. »

Ainsi raisonnait Cotonet, et nous tombions de mal en pis ; car, examinée sous ce point de vue, la question se rétrécissait singulièrement. Le classique ne serait-il donc que l'imitation de la poésie grecque et le romantique que l'imitation des poésies allemande, anglaise et espagnole ? Diable ! que deviendraient alors tant de beaux discours sur Boileau et sur Aristote, sur l'antiquité et le christianisme, sur le génie et la liberté, sur le passé et sur l'avenir, etc... ? C'est impossible. Quelque chose nous criait que ce ne pouvait être là le résultat de recherches si curieuses et si empressées. Ne serait-ce pas, pensâmes-nous, seulement affaire de forme ? Ce romantisme indéchiffrable ne consisterait-il pas dans ce vers brisé dont on fait assez de bruit dans le monde ? Mais non ; car, dans leurs plaidoyers, nous voyons les auteurs nouveaux citer Molière et quelques autres comme ayant donné l'exemple de cette méthode ; le vers brisé, d'ailleurs, est horrible ; il faut dire plus, il est impie ; c'est un sacrilège envers les dieux, une offense à la muse.

Je vous expose naïvement, monsieur, toute la suite de nos tribulations, et si vous trouvez mon récit un peu long il faut songer à douze ans de souffrances ; nous avançons, ne vous inquiétez pas.

De 1830 à 1831, nous crûmes que le romantisme était le genre historique, ou, si vous voulez, cette manie qui, depuis peu, a pris nos auteurs d'appeler des personnages de romans et de mélodrames Charlemagne, François Ier ou Henri IV, au lieu d'Amadis, d'Oronte ou de Saint-Albin. Mademoiselle de Scudéry est, je crois, la première qui ait donné en France l'exemple de cette mode, et beaucoup de gens disent du mal des ouvrages de cette demoiselle, qui ne les ont certainement pas lus. Nous ne prétendons pas les juger ici : ils ont fait les délices du siècle le plus poli, le plus classique et le plus galant du monde ; mais ils nous ont semblé aussi vraisemblables, mieux écrits et guère plus ridicules que certains romans de nos jours dont on ne parlera pas si longtemps.

De 1831 à l'année suivante, voyant le genre historique discrédité et le romantisme toujours en vie, nous pensâmes que c'était le genre *intime*, dont on parlait fort. Mais, quelque peine que nous ayons prise, nous n'avons jamais pu découvrir ce que c'était que le genre intime. Les romans intimes sont tout comme les autres : ils ont deux volumes in-octavo, beaucoup de blanc ; il y est question d'adultères, de marasme, de suicides, avec force archaïsmes et néologismes ; ils ont une couverture jaune et ils coûtent quinze francs ; nous n'y avons trouvé aucun autre signe particulier qui les distinguât.

De 1832 à 1833, il nous vint à l'esprit que le romantisme pouvait être un système de philosophie et d'économie politique. En effet, les écrivains affectaient alors dans leurs préfaces (que nous n'avons jamais cessé de lire avant tout, comme le plus important) de parler de l'avenir, du progrès social, de l'humanité et de la civilisation ; mais nous avons pensé que c'était la révolution de Juillet qui était cause de cette mode, et d'ailleurs il n'est pas possible de croire qu'il soit nouveau d'être républicain. On a dit que Jésus-Christ l'était; j'en doute, car il voulait se faire roi de Jérusalem ; mais, depuis que le monde existe, il est certain que quiconque n'a que deux sous et en voit quatre à son voisin, ou une jolie femme, désire les lui prendre, et doit conséquemment dans ce but parler d'égalité, de liberté, des droits de l'homme, etc., etc.

De 1833 à 1834, nous crûmes que le romantisme consistait à ne pas se raser et à porter des gilets à larges revers, très empesés. L'année suivante, nous crûmes que c'était de refuser de monter la garde. L'année d'après, nous ne crûmes rien, Cotonet ayant fait un petit voyage pour une succession dans le Midi, et me trouvant moi-même très occupé à faire réparer une grange que les grandes pluies m'avaient endommagée.

Maintenant, monsieur, j'arrive au résultat définitif de ces trop longues incertitudes. Un jour que nous nous promenions (c'était toujours sur le jeu de boules), nous nous souvînmes de ce flandrin qui, le premier, en 1824, avait porté le trouble dans notre esprit, et par suite dans toute la ville. Nous fûmes le voir, décidés cette fois à l'interroger lui-même et à trancher le nœud gordien. Nous le trouvâmes en bonnet de nuit, fort triste et mangeant une omelette. Il se disait dégoûté de la vie et blasé sur l'amour. Comme nous étions au mois de janvier, nous pensâmes que c'était qu'il n'avait pas eu de gratification cette année, et ne lui en sûmes pas mauvais gré. Après les premières civilités, le dialogue suivant eut lieu entre nous ; permettez-moi de vous le transcrire le plus brièvement possible.

MOI

Monsieur, je vous prie de m'expliquer ce que c'est que le romantisme. Est-ce le mépris des unités établies par Aristote et respectées par les auteurs français ?

LE CLERC

Assurément. Nous nous soucions bien d'Aristote ! Faut-il qu'un pédant de collège, mort il y a deux ou trois mille ans...

COTONET

Comment le romantisme serait-il le mépris des unités, puisque le romantisme s'applique à mille autres choses qu'aux pièces de théâtre ?

LE CLERC

C'est vrai ; le mépris des unités n'est rien ; pure bagatelle ! ne nous y arrêtons pas.

MOI

En ce cas, serait-ce l'alliance du comique et du tragique ?

LE CLERC

Vous l'avez dit ; c'est cela même ; vous l'avez nommé par son nom.

COTONET

Monsieur, il y a longtemps qu'Aristote est mort, mais il y a tout aussi longtemps qu'il existe des ouvrages où le comique est allié au tragique. D'ailleurs Ossian, votre Homère nouveau, est sérieux d'un bout à l'autre ; il n'y a, ma foi, pas de quoi rire. Pourquoi l'appelez-vous donc romantique ? Homère est beaucoup plus romantique que lui.

LE CLERC

C'est juste ; je vous prie de m'excuser ; le romantisme est bien autre chose.

MOI

Serait-ce l'imitation ou l'inspiration de certaines littératures
étrangères, ou, pour m'expliquer en un seul mot, serait-ce tout, hors
les Grecs et les Romains ?

LE CLERC

N'en doutez pas. Les Grecs et les Romains sont à jamais bannis
de France ; un vers spirituel et mordant...

COTONET

Alors le romantisme n'est qu'un plagiat, un simulacre, une copie ;
c'est honteux, monsieur, c'est avilissant. La France n'est ni anglaise ni
allemande, pas plus qu'elle n'est ni grecque ni romaine ; et, plagiat
pour plagiat, j'aime mieux un beau plâtre pris sur la Diane chasseresse
qu'un monstre de bois vermoulu décroché d'un grenier gothique.

LE CLERC

Le romantisme n'est pas un plagiat, et nous ne voulons imiter
personne ; non, l'Angleterre ni l'Allemagne n'ont rien à faire dans
notre pays.

COTONET, *vivement.*

Qu'est-ce donc alors que le romantisme ? Est-ce l'emploi des mots
crus ? Est-ce la haine des périphrases ? Est-ce l'usage de la musique au
théâtre à l'entrée d'un personnage principal ? Mais on en a toujours
agi ainsi dans les mélodrames, et nos pièces nouvelles ne sont pas autre
chose. Pourquoi changer les termes ? *Mélos*, musique, et *drama*,
drame. *Colas* et *le Joueur* sont deux modèles en ce genre. Est-ce l'abus
des noms historiques ? Est-ce la forme des costumes ? Est-ce le choix
de certaines époques à la mode, comme la Fronde ou le règne de
Charles IX ? Est-ce la manie du suicide et l'héroïsme à la Byron ? Sont-ce
les néologismes, le néochristianisme, et, pour appeler d'un nom nouveau
une peste nouvelle, tous les *néosophismes* de la terre ? Est-ce de jurer
par écrit ? Est-ce de choquer le bon sens et la grammaire ? Est-ce

quelque chose enfin, ou n'est-ce rien qu'un mot sonore et l'orgueil à vide qui se bat les flancs ?

LE CLERC, *avec exaltation.*

Non ! ce n'est rien de tout cela ; non ! vous ne comprenez pas la chose. Que vous êtes grossier, monsieur ! Quelle épaisseur dans vos paroles ! Allez, les sylphes ne vous hantent point ; vous êtes poncif, vous êtes trumeau, vous êtes volute, vous n'avez rien d'ogive ; ce que vous dites est sans galbe ; vous ne vous doutez pas de l'instinct sociétaire ; vous avez marché sur Campistron.

COTONET

Vertu de ma vie ! qu'est-ce que c'est que cela ?

LE CLERC

Le romantisme, mon cher monsieur ! Non, à coup sûr, ce n'est ni le mépris des unités, ni l'alliance du comique ou du tragique, ni rien au monde que vous puissiez dire ; vous saisiriez vainement l'aile du papillon, la poussière qui le colore vous resterait dans les doigts. Le romantisme, c'est l'étoile qui pleure, c'est le vent qui vagit, c'est la nuit qui frissonne, l'oiseau qui vole et la fleur qui embaume ; c'est le jet inespéré, l'extase alanguie, la citerne sous les palmiers, et l'espoir vermeil et ses mille amours, l'ange et la perle, la robe blanche des saules ; ô la belle chose, monsieur ! C'est l'infini et l'étoilé, le chaud, le rompu, le désenivré, et pourtant en même temps le plein et le rond, le diamétral, le pyramidal, l'oriental, le nu à vif, l'étreint, l'embrassé, le tourbillonnant ! Quelle science nouvelle ! C'est la philosophie providentielle géométrisant les faits accomplis, puis s'élançant dans le vague des expériences pour y ciseler les fibres secrètes...

COTONET

Monsieur, ceci est une faribole. Je sue à grosses gouttes pour vous écouter.

LE CLERC

J'en suis fâché ; j'ai dit mon opinion, et rien au monde ne m'en fera changer.

Nous fûmes chez monsieur Ducoudray après cette scène, que je vous abrège, vu qu'elle dura trois beures et que la tête tourne en y pensant, Monsieur Ducoudray est un magistrat, comme j'ai eu l'honneur de vous le dire. Il porte un habit marron et éulotte de soie, le tout bien brossé, et il nous offrit une prise de tabae sec dans sa tabatière de corne, propre et luisante comme un écu neuf. Nous lui contâmes, comme vous le pensez, la visite que nous venions de faire, et reprenant le même sujet voici qu'elle fût son opinion :

« Sous la Restauration, nous dit-il, le gouvernement faisait tous ses efforts pour ramener le passé. Les premières places aux Tuileries étaient remplies, vous le savez, par les mêmes noms que sous Louis XIV. Les prêtres, ressaisissant le pouvoir, organisaient de tous côtés une sorte d'inquisition occulte, comme aujourd'hui les associations républicaines. D'autre part, une censure sévère interdisait aux écrivains la peinture libre des choses présentes ; quels portraits de mœurs ou quelles satires, même les plus douces, auraient été tolérés sur un théâtre où *Germanicus* était défendu ? En troisième lieu, la cassette royale, ouverte à quelques gens de lettres, avait justement récompensé en eux des talents remarquables, mais en même temps des opinions religieuses et monarchiques. Ces deux grands mots, la religion et la monarchie, étaient alors dans leur toute-puissance ; avec eux seuls il pouvait y avoir succès, fortune et gloire ; sans eux, rien au monde, sinon l'oubli ou la persécution ! Cependant la France ne manquait pas de jeunes têtes qui avaient grand besoin de se produire et la meilleure envie de parler. Plus de guerre, partant beaucoup d'oisiveté ; une éducation très contraire au corps, mais très favorable à l'esprit, l'ennui de la paix, les carrières obstruées, tout portait la jeunesse à écrire ; aussi n'y eut-il à aucune époque le quart autant d'écrivains que dans celle-ci. Mais de quoi parler ? Que pouvait-on écrire ? Comme le gouvernement, comme les mœurs, comme la cour et la ville, la littérature chercha à revenir au passé. Le trône et l'autel défrayèrent tout ; en même temps, cela va sans dire, il y eut une littérature d'opposition. Celle-ci, forte de sa pensée ou de l'intérêt qui s'attachait à elle, prit la route convenue et resta classique ; les poètes qui chantaient l'Empire, la gloire de la France ou la liberté, sûrs de plaire par le fond, ne s'embarrassèrent point de la forme. Mais il n'en fut pas de même de ceux qui chantaient le trône et l'autel ; ayant affaire à des idées rebattues et à des sentiments antipathiques à la nation, ils cherchèrent à rajeunir, par des moyens nouveaux, la vieillesse de leur pensée ; ils hasardèrent d'abord quelques contorsions poétiques, pour appeler la curiosité ; elle ne vint pas, ils redoublèrent. D'étranges qu'ils voulaient être, ils devinrent bizarres, de bizarres, baroques, ou peu s'en fallait. Madame de Staël, ce Blücher littéraire, venait d'achever son invasion, et de même que le passage des Cosaques en France avait introduit dans les familles quelques types de physionomie expressive, la littérature portait dans son sein une bâtardise encore sommeillante. Elle parut bientôt au grand jour ; les libraires étonnés accouchaient de certains enfants qui avaient le nez allemand et l'oreille anglaise. La superstition et ses légendes, mortes et enterrées depuis longtemps, profitèrent du moment pour se glisser par la seule porte qui pût leur être ouverte, et vivre encore un jour avant de mourir à jamais. La manie des ballades, arrivant d'Allemagne, rencontra un beau jour la poésie monarchique chez le libraire Ladvocat, et toutes deux, la pioche en main, s'en allèrent, à la nuit tombée, déterrer dans une église le moyen âge, qui ne s'y attendait pas. Comme pour aller à Notre-Dame on passe devant la Morgue, ils y entrèrent de compagnie ; ce fut là que, sur le cadavre d'un monomane, ils se jurèrent foi et amitié. Le roi Louis XVIII, qui avait pour lecteur un homme d'esprit, et qui ne manquait pas d'esprit lui-même, ne lut rien et trouva tout au mieux. Malheureusement il vint à mourir, et Charles X abolit la censure. Le moyen âge était alors très bien portant et à peu près remis de la peur qu'il avait eue de se croire mort pendant trois siècles. Il nourrisait et élevait une quantité de petites chauves-souris, de petits lézards et de jeunes grenouilles, à qui il apprenait la cathéchisme, la haine de Boileau et la crainte du roi. Il fut effrayé d'y voir clair, quand on lui ôta l'éteignoir dont il avait fait son bonnet. Ébloui par les premières clartés du jour, il se mit à courir par les rues, et, comme le soleil l'aveuglait, il prit la Porte-Saint-Martin pour une cathédrale et y entra avec ses poussins. Ce fut la mode de l'y aller voir ; bientôt ce fut

une rage ; et, consolé de sa méprise, il commença à régner ostensible-
ment. Toute la journée on lui taillait des pourpoints, des manches
longues, des pièces de velours, des drames et des culottes. Enfin, un
matin, on le planta là, le gouvernement lui-même passait de mode,
et la révolution changea tout. Qu'arriva-t-il ? Roi dépossédé, il fit
comme Denys, il ouvrit une école. Il était en France en bateleur, comme
le bouffon de la Restauration ; il ne lui plut point d'aller à Saint-Denis,
et, au moment où on le croyait tué, il monta en chaire, chaussa ses
lunettes, et fit un sermon sur la liberté. Les bonnes gens qui l'écoutent
maintenant ont peut-être sous les yeux le plus singulier spectacle
qui puisse se rencontrer dans l'histoire d'une littérature : c'est un reve-
nant, ou plutôt un mort, qui, affublé d'oripeaux d'un autre siècle,
prêche et déclame sur celui-ci ; car en changeant de texte il n'a pu
quitter son vieux masque, et garde encore ses manières d'emprunt ; il
se sert du style de Ronsard pour célébrer les chemins de fer ; en chan-
tant Washington ou Lafayette, il imite Dante ; et pour parler de répu-
blique, d'égalité, de la loi agraire ou du divorce, il va chercher des mots
et des phrases dans le glossaire de ces siècles ténébreux où tout était
despotisme, honte, misère et superstition. Il s'adresse au peuple le plus
libre, le plus brave, le plus gai et le plus sain de l'univers, et au théâtre,
devant ce peuple intelligent, qui a le cœur ouvert et les mains si
promptes, il ne trouve rien de mieux que de faire faire des barbarismes
à des fantômes inconnus ; il se dit jeune, et parle à notre jeunesse
comme on parlait sous un roi podagre qui tuait tout ce qui remuait ;
il appelle l'avenir à grands cris, et asperge de vieille eau bénite la
statue de la Liberté ; vive Dieu ! qu'en penserait-elle si elle n'était de
marbre ? Mais le public est de chair et d'os, et qu'en pense-t-il ?
De quoi se soucie-t-il ? Que va-t-il voir et qu'est-ce qui l'attire à ces
myriades de vaudevilles sans but, sans queue, sans tête, sans rime ni
raison ? Qu'est-ce que c'est que tant de marquis, de cardinaux, de
pages, de rois, de reines, de ministres, de pantins, de criailleries et
de balivernes ? La Restauration, en partant, nous a légué ses friperies.
Ah ! Français, on se moquerait de vous si vous ne vous en moquiez pas
vous-mêmes. Le grand Gœthe n'en riait pas, lui, il y a quatre ou
cinq ans, lorsqu'il maudissait notre littérature, qui désespérait sa vieil-
lesse, car le digne homme s'en croyait la cause. Mais ce n'est qu'à nous

qu'il faut nous en prendre, oui, à nous seuls, car il n'y a que nous sur
la terre d'assez badauds pour nous laisser faire. Les autres nations
civilisées n'auraient qu'une clef et qu'une pomme cuite pour les
niaiseries que nous tolérons. Pourquoi Molière n'est-il plus au monde ?
Que l'homme eût pu être immortel, dont immortel est le génie !
Quel misanthrope nous aurions ! Ce ne serait plus l'homme aux rubans
verts, et il ne s'agirait pas d'un sonnet. Quel siècle fut jamais plus
favorable ? Il n'y a qu'à oser, tout est prêt ; les mœurs sont là, les choses
et les hommes, et tout est nouveau ; le théâtre est libre, quoi qu'on
veuille dire là-dessus, ou, s'il ne l'est pas, Molière l'était-il ? Faites
le *Tartufe*, quitte à faire le dénoûment du *Tartufe ;* mais que non pas !
nous aimons bien mieux quelque autre chose, comme qui dirait
Philippe le Long, ou Charles VI, qui n'était que fou et imbécile ;
voilà notre homme, et il nous démange de savoir de quelle couleur
était sa barrette. Que le costume soit juste surtout ! sans quoi c'est
le tailleur qu'on siffle ; et ne taille pas qui veut de ces habits-là. Male-
peste ! où en serions-nous si les tailleurs allaient se fâcher ? Car ces
tailleurs ont la tête chaude. Que deviendraient nos après-dînées si on
ne taillait plus ? Comment digérer ? Que dire de la reine Berthe, ou de
la reine Blanche, ou de Charles IX ? Ah ! le pauvre homme ! si son pour-
point allait lui manquer ! qu'il ait son pourpoint, et qu'il soit de velours
noir, et que les crevés y soient, et en satin, et les bottes, et la fraise,
et la chaîne au cou, et l'épée du temps, et qu'il jure, et qu'on l'entende,
ou rendez-moi l'argent ! Je suis venu pour qu'on m'intéresse, et je
n'entends pas qu'on me plaisante avec du velours de coton. Mais
quelle jouissance quand tout s'y trouve ! Nous avons bien à faire du
style, ou des passions, ou des caractères ! Affaire de bottes nous avons,
affaire de fraises, et c'est le sublime. Nous ne manquons ni de vices ni
de ridicules ; il y aurait peut-être bien quelque petite bluette à arranger
sur nos amis et nos voisins, quand ce ne serait que les députés, les
filles entretenues et les journalistes ; mais quoi ! nous craignons le
scandale, et si nous abordons le présent ce n'est que pour traîner
sur les planches madame de la Valette et Chabert, dont l'une est deve-
nue folle de vertu et d'héroïsme, et l'autre, grand Dieu ! sa femme
remariée lui a montré son propre extrait mortuaire. Il y aurait de quoi
faire un couplet. Mais qu'est-ce auprès de Marguerite de Bourgogne ?

Voilà où l'on mène ses filles ; quatre incestes et deux parricides, en costume du temps, c'est de la haute littérature. Phèdre est une mijaurée de couvent ; c'est Marguerite que demandent les collèges le jour de la fête de leur proviseur ; voilà ce qu'il nous faut, ou la Brinvilliers, ou Lucrèce Borgia, ou Alexandre VI lui-même ; on pourrait le faire battre avec un bouc, à défaut de gladiateur. Voilà le romantisme, mon voisin, et ce pourquoi ne se joue point le *Polyeucte* du bonhomme Corneille, qui, dit Tallement, fit de bonnes comédies. »

Telle fut, à peu de chose près, l'opinion de monsieur Ducoudray ; je fus tenté d'être de son avis, mais Cotonet, qui a l'esprit doux, fut choqué de sa violence. D'ailleurs la conclusion ne satisfaisait pas ; Cotonet recherchait l'effet, quelle que pût être la cause ; il s'enferma durant quatre mois, et m'a fait part du fruit de ses veilles. Nous allons, monsieur, si vous permettez, vous le soumettre d'un commun accord. Nous avons pensé qu'une phrase ou deux, écrites dans un style ordinaire, pouvaient être prises pour le texte, ou, comme on dit au collège, pour la *matière* d'un morceau romantique, et nous croyons avoir trouvé ainsi la véritable et unique différence du romantique et du classique. Voici notre travail :

Lettre d'une Jeune Fille abandonnée par son Amant.

(STYLE ROMANTIQUE)

« Considère, mon amour adoré, mon ange, mon bien, mon cœur, ma vie ; toi que j'idolâtre de toutes les puissances de mon âme ; toi, ma joie et mon désespoir ; toi, mon rire et mes larmes ; toi, ma vie et ma mort ! — jusqu'à quel excès effroyable tu as outragé et méconnu les nobles sentiments dont ton cœur est plein, et oublié la sauvegarde de l'homme, la seule force de la faiblesse, la seule armure, la seule cuirasse, la seule visière baissée dans le combat de la vie, la seule aile d'ange qui palpite sur nous, la seule vertu qui marche sur les flots, comme le divin Rédempteur, la prévoyance, sœur de l'adversité !

« Tu as été trahi et tu as trahi ; tu as été trompé et tu as trompé ; tu as reçu la blessure et tu l'as rendue ; tu as saigné et tu as frappé ; la

verte espérance s'est enfuie loin de nous. Une passion si pleine de pro-
jets, si pleine de sève et de puissance, si pleine de crainte et de douces
larmes, si riche, si belle, si jeune encore, et qui suffisait à toute une vie,
à toute une vie d'angoisses et de délires, de joies et de terreurs, et de
suprême oubli ; — cette passion, consacrée par le bonheur, jurée
devant Dieu comme un serment jaloux ; — cette passion qui nous a
attachés l'un à l'autre comme une chaîne de fer à jamais fermée,
comme le serpent unit sa proie au tronc flexible du bambou pliant ; —
cette passion qui fut notre âme elle-même, le sang de nos veines et le
battement de notre cœur ; — cette passion, tu l'as oubliée, anéantie,
perdue à jamais ; ce qui fut ta joie et ton délice n'est plus pour toi
qu'un mortel désespoir qu'on ne peut comparer qu'à l'absence qui
le cause. — Quoi, cette absence !... etc., etc. »

Texte véritable de la Lettre,
la première des Lettres Portugaises.

(STYLE ORDINAIRE)

« Considère, mon amour, jusqu'à quel excès tu as manqué de
prévoyance ! Ah ! malheureux, tu as été trahi, et tu m'as trahie par des
espérances trompeuses. Une passion sur laquelle tu avais fait tant de
projets de plaisirs ne te cause présentement qu'un mortel désespoir,
qu'on ne peut comparer qu'à la cruauté de l'absence qui le cause.
Quoi ! cette absence... etc. »

Vous voyez, monsieur, par ce faible essai, la nature de nos
recherches. L'exemple suivant vous fera mieux sentir l'avantage de notre
procédé, comme étant moins exagéré :

Portrait de deux Enfants.

(STYLE ROMANTIQUE.)

« Aucun souci précoce n'avait ridé leur front naïf, aucune intempé-
rance n'avait corrompu leur jeune sang ; aucune passion malheureuse

n’avait dépravé leur cœur enfantin, fraîche fleur à peine entr’ouverte ; l’amour candide, l’innocence aux yeux bleus, la suave piété, développaient chaque jour la beauté sereine de leur âme radieuse en grâces ineffables, dans leurs souples attitudes et leurs harmonieux mouvements. »

Texte

« Aucun souci n’avait ridé leur front, aucune intempérance n’avait corrompu leur sang, aucune passion malheureuse n’avait dépravé leur cœur ; l’amour, l’innocence, la piété, développaient chaque jour la beauté de leur âme en grâce ineffables, dans leurs traits, leurs attitudes et leurs mouvements. »

Ce second texte, monsieur, est tiré de *Paul et Virginie*. Vous savez que Quintilien compare une phrase trop chargée d’adjectifs à une armée où chaque soldat aurait derrière lui son valet de chambre. Nous voilà arrivés au sujet de cette lettre : c’est que nous pensons qu’on met trop d’adjectifs dans ce moment-ci. Vous apprécierez, nous l’espérons, la réserve de cette dernière amplification ; il y a juste le nécessaire ; mais notre opinion concluante est que, si on rayait tous les adjectifs des livres qu’on fait aujourd’hui, il n’y aurait qu’un volume au lieu de deux, et donc il n’en coûterait que sept livres dix sous au lieu de quinze francs, ce qui mérite réflexion. Les auteurs vendraient mieux leurs ouvrages, selon toute apparence. Vous vous souvenez, monsieur, des *âcres* baisers de Julie, dans la *Nouvelle Héloïse ;* ils ont produit de l’effet dans leur temps ; mais il nous semble que dans celui-ci ils n’en produiraient guère, car il faut une grande sobriété dans un ouvrage pour qu’une épithète se remarque. Il n’y a guère de romans maintenant où l’on n’ait rencontré autant d’épithètes au bout de trois pages, et plus violentes, qu’il n’y en a dans tout Montesquieu. Pour en finir, nous croyons que le romantisme consiste à employer tous ces adjectifs, et non en autre chose. Sur quoi, nous vous saluons bien cordialement, et signons ensemble.

DEUXIÈME LETTRE

La Ferté-sous-Jouarre, 25 novembre 1836.

Mon cher Monsieur,

Que les dieux immortels vous assistent et vous préservent des romans nouveaux ! Nous vous écrivons derechef, mon ami Cotonet et moi, touchant une remarque qu'on nous a faite : c'est que, dans notre lettre de l'autre fois, nous vous disions que nous ne comprenions pas le sens du mot *humanitaire*, et qu'on nous l'a très bien expliqué.

Celui qui nous a démontré la chose est un muscadin de Paris. C'est un gaillard qui en dégoise ; il porte une barbe longue d'une aune, des pantalons collants, un habit à larges revers, et un bolivar sur la tête, si bien qu'on ne sait, quand on le regarde, si on voit Ponce Pilate, ou un truand du moyen âge, ou un quaker, ou Robespierre ; mais cela ne lui messied pas. Il vient d'arriver par le coche, et vous ne sauriez croire l'effet qu'il produit ici ; c'est une berlue à dormir debout ; on ne sait où l'on est quand il parle, ni ce qu'on entend, ni l'heure qu'il est ; c'est quelque chose comme un aérolithe ; il vous cause du ciel et de l'enfer, de l'avenir et de la Providence, ni plus ni moins que s'il était conseiller privé du Père Éternel. Nous l'avons eu à dîner à la maison, et comme ces dames en raffolent il a parlé considérablement ; mais ce qui nous a le plus frappés, c'est son adresse incomparable à avaler en même temps ; sa mâchoire est, Dieu me pardonne ! un chef-d'œuvre de mécanique ; il y en entre autant qu'il en sort (notez qu'il ne tousse ni n'éternue ; par ma foi, c'est un habile homme). Quand on lui fait une question, il n'a pas l'air de vous entendre, et avant de vous avoir écouté il vous a déjà répondu et confondu, cela va sans dire. Demandez-lui ce qui se fera dans deux mille ans sur les confins de la Poméranie, il vous l'expose doux comme miel. Avez-vous besoin, au contraire, d'un renseignement sur le déluge ? parlez, de grâce, asseyez-vous ; il ne faut point vous gêner pour cela ; son calepin est plein de notes recueillies par Deucalion. Génie complet, comme vous voyez, nature éminemment besacière, sachant le passé comme l'avenir ; quant au présent, c'est de boire frais ; grand réformateur ; artiste enthousiaste ; républicain comme Saint-Just, dévot comme saint Ignace ; ignorant du reste, mais point méchant ; voilà le personnage. Madame Cotonet l'a tenu sur les fonts ; c'est son neveu à la mode de Bretagne. Bref, de tant de merveilles que nous avons ouïes (les oreilles m'en cornent encore et de longtemps m'en corneront), nous avons nonobstant retenu quelque chose, à notre grand honneur et profit. C'est une définition catégorique que nous gardons comme résultat ; nous la transcrivons, vierge et nette, telle que nous l'avons dûment enregistrée :

« *Humanitaire*, en style de préface, veut dire homme croyant à la perfectibilité du genre humain, et travaillant de son mieux, pour sa quote-part, au perfectionnement dudit genre humain. » *Amen*.

Voilà, monsieur, si nous ne nous trompons, la traduction du mot mirifique ; les dictionnaires n'en parlent point, il est vrai, pas même Boiste, qui fut un habile homme, indulgent au néologisme, et qui eût fait un parfait lexique s'il n'avait oublié qu'un dictionnaire ne doit pas être une satire. Mais nos jeunes gens n'y regardent pas de si près ; ils ont bien d'autre affaire en tête que le bonhomme Boiste et ses renvois ; quand l'expression manque, ils la créent, c'est aux vilains de se gratter la tête. Qui ne connaît pas ces moments où la mémoire est de mauvaise humeur ? Il y a de ces jours de pluie où l'on ne saurait nommer son chapeau ; ce fut sans doute en telle occurrence qu'un étudiant affligé de marasme, rentrant chez lui avec un ami, voulut parler d'un philanthrope ; c'est un vieux mot qui s'entendait : *philos*, ami, *anthrôpos*, homme. Mais que voulez-vous ! le mot ne vint pas ; *humanitaire* fut fabriqué. Ainsi se fabriquent bien d'autre choses ; ce n'est pas là de quoi s'étonner.

Il serait *pourtant temps*, comme dit la chanson, de savoir ce que parler veut dire. Un mot, si peu qu'il signifie, n'en a pas moins son quantà soi ; c'est quelquefois même une pensée, non pas toujours, entendons-nous, nos écrivains se fâcheraient. Mais qui naît du hasard est enclin à faire fortune, et le susdit mot n'y a point failli. Le voilà imprimé tout d'abord, et les journaux s'en sont emparés. Or, ce de quoi les journaux s'emparent, c'est d'autre chose qu'il faut plaisanter. Ce ne sont pas là de ces petits jardins pour y aller jeter des pierres ; les journaux sont d'honnêtes gens, et nous les prions avant tout de ne point se blesser en cette matière. Malepeste! nous les respectons comme dieux et demi-dieux, et sommes leurs très humbles serviteurs. Les journaux, monsieur, sont puissants, très formidables sont les journaux ; nous en parcourons peu ou prou, mais les révérons tous sur parole. Il ne faut pas croire que nous ne sachions rien faire parce que nous sommes de notre pays. Nous savons lire, et honorer le mérite, et saluer les autorités. Les journaux sont les souverains dispensateurs de bien des choses, parmi lesquelles il y en a de bonnes, et le pire n'est pas pour eux. Qui n'aurait pas quarante sous par mois à donner aux cabinets littéraires ne connaîtrait pas les journaux ; de tel oubli le ciel nous garde! Nous les donnons, monsieur, depuis vingt ans ; aussi très bien connaissons-nous et vénérons-nous lesdits journaux ; ils siègent en maîtres dans le forum, consuls, tribuns, sénateurs à la fois, lus de tous, hantés de plusieurs, nourris à souhait, compris de quelques-uns, mais toujours puissants, et toujours imprimés. Rien ne se débat qu'ils n'y soient et qu'ils n'y touchent, et c'est de main de maître ; les libraires n'osent vendre que ce qu'ils prônent, et, fût-ce à un drame nouveau, on ne saurait siffler s'ils ne bâillent. Voyez un peu quelle dictature! *La Cuisinière bourgeoise* les redoute elle-même ; le *Rudiment* de Lhomond leur tire son bonnet, mais, il est vrai, par simple politesse, étant de l'Université. Y a-t-il procès quelque part ? ils dénoncent, témoignent, plaident, répliquent, concluent, jugent, condamnent et vont dîner ; c'est un emploi de haute justice. Sans eux George Sand serait notaire et Rossini fût mort ignoré ; le libraire de Béranger l'allait tirer à sept exemplaires, n'eût été que par aventure un feuilleton l'encouragea ; ce fut heureux, nous perdions notre Horace. Mais quelles actions de grâces ne leur devons-nous pas ? Aussi, monsieur, comme c'est notre devoir, nous commençons notre propos par leur faire la révérence, leur déclarant qu'en ce sujet nous ne les prenons aucunement à partie.

Mais, là-dessus, venons au fait. Brailler est bon, mais selon ce qu'on braille ; et voilà bien quelque cinq ans qu'il est cruellement question de ce grand verbe humanitaire. Nous l'avons saisi des plus tard, mais c'est le défaut de la province. Suffit enfin que nous croyons comprendre; nous demandons la permission de nous instruire quelque peu davantage. Vouloir se rendre compte des choses annonce peut-être un mauvais caractère, mais c'est notre marotte ; du reste, nous n'avons qu'une simple question à faire, et rien autre, comme vous verrez. Or, à qui peut nuire une question ?

D'après les renseignements qui nous sont parvenus, on distingue, au premier abord, des humanitaires de deux sortes. Les uns ont un système tout fait, complet, relié, coulé en bronze, comme qui dirait une utopie. Rien ne leur manque ni ne les gêne ; leur monde est créé, dormons là-dessus ; ils attendent qu'on reconnaisse qu'il n'y a qu'eux qui aient le sens commun. De ceux-là, monsieur, nous n'en parlerons pas. Ils ont fait preuve, dans leurs théories de plus ou moins d'imagination, voire de science et de grandes lumières ; mais, depuis que la terre tourne, jamais utopie n'a servi de rien, ni fait aucun mal, que l'on sache, pas plus Thomas Morus que Platon, Owen et autres, que Dieu tienne en joie. D'ailleurs il est écrit quelque part : « Jamais n'attaquez, ne détruisez l'inoffensive utopie de personne. »

L'autre sorte d'humanitaires est celle dont nous deviserons. Ceux-ci n'ont point de système réglé, écrivent peu, lisent encore moins, et ne créent rien, sinon quelque bruit. Mais, au lieu de s'enfermer pacifiquement, prudemment, dans une placide rêverie, ils prêchent et courent, et vont semaillant je ne sais quoi que le vent emporte ; tranchent sur tout ; se disent prophètes, à la barbe de leur pays ; accusent d'autant, qui les lois, qui les hommes ; ne se font scrupule de berner Solon ; qu'a-t-il à faire dans cette galère ? enfin, ce sont des législateurs ; la main leur démange de manier toutes les pâtes, et, la narine ouverte, comme les cavales, ils aspirent le *quand viendras-tu ?* Que parmi eux il en soit d'honnêtes, de braves même, il le faut noter ; c'est le meilleur de la jeunesse : et qui rêverait, sinon les grands cœurs ? Pauvres jeunes gens qu'un follet emmène, comme Faust au Broken, à travers champ, et, les bras tendus vers l'ombre fuyarde, ils marchent sur les récoltes du voisin, traînent leur dada sur les luzernes, et gâtent le blé finalement ! Rendons-leur néanmoins justice : le cœur en eux vaut mieux que la tête ; aux jours de crises et de révolutions, il est permis de prendre parfois un météore pour le soleil, et l'héroïsme est toujours beau, même dans le gouffre de Curtius.

Mais, hélas ! le gouffre est profond, très profond, monsieur, et plus large encore. Serait-ce un mal d'y regarder ? Non, sans doute, surtout si l'on y pouvait voir. Tâchons d'y voir, et regardons.

Quel conflit, bon Dieu, quel chaos ! Nous voici lancés à la nage. Quels flots, quelle mer, quelle vapeur ! A qui entendre, et où s'accrocher ? Celui-là demande le divorce ; celui-ci veut l'abolition de l'hérédité, qu'il n'y ait plus ni nobles ni riches ; un tiers réclame les biens en commun, la polygamie, cas pendable, mais ce pourrait être divertissant. Que veut ce quatrième ? Il prie pour les pauvres et qu'on traite les gens selon leur capacité ; ne pensez pas qu'il s'agisse de boire, capacité veut dire intelligence, c'est une simple variante. En voilà un, là-bas, dans un coin, qui a trouvé une façon nouvelle d'envisager l'histoire ; au lieu de dire, par exemple, que Jésus-Christ est venu après Platon, il vous dira : «Pour que Jésus-Christ vînt, il fallait que Platon eût existé.» Quelle invention et quelle érudition ! J'en avise un sixième encore : celui-là s'occupe d'accommoder, après tant de siècles, Josué avec Galilée, qui, vous le savez, se chamaillent quelque peu sur certains points d'astronomie ; mais les témoins ont clos l'affaire : désormais tout est harmonie, il ne s'agit plus de ces vieilles gens. Ce septième résume l'univers, hommes, choses, dieux, lois, coutumes, guerres, sciences, arts, et prouve que tout ce qui a été n'est que pour la montre et pour nous annoncer ; l'antiquité est un cauchemar, et le monde éveillé se tire les bras ; voilà un homme universel, et au delà de tout ce qu'on a pu dire d'Aristote, Voltaire, Leibnitz, et autre menu fretin ; Newton vaut mieux, il sut compter jadis, mais ignorait la phrénologie ; quant à Copernic, c'est un drôle, et Platon est inexcusable d'avoir appelé *animal imparfait* la pierre angulaire du futur édifice social, *id est* la femme. Un huitième se présente, et s'annonce simplement comme membre indigne d'une confrérie immense ; oui, monsieur, si on veut le croire, ils ne sont pas moins de deux ou trois cent mille hommes, tous de même force et qui ne badinent pas ; c'est une des conséquences de leur trouvaille que dans un demi-siècle tout au plus, probablement plus tôt, peut-être dimanche, on ne verra sur terre que des hommes de génie ; voyez l'effet des saines doctrines ! Ce neuvième-ci est plus inquiétant : il veut que tout change de face, sans cependant rien déranger, comme ce garçon de mes amis qui avait cédé à quelqu'un ses entrée à l'Opéra, en les conservant néanmoins ; à l'écouter, pour sauver l'univers, il faut que les cureurs de puits se fassent géomètres, et les académiciens raffineurs de sucre. Quelle régénération ! Vous figurez-vous une société pareille ? Mais tout le monde aura cent mille livres de rente, et vous verrez que nul ne se plaindra. Un dixième va plus loin, car il faut bien qu'on aille, c'est loi de nature que le progrès, et remarquez que, si par hasard mon voisin dit : « Deux et deux font quatre, » j'arrive sur-le-champ et m'écrie : « Deux et deux font quatre, dites-vous ? Deux et deux font six. » Et je suis sublime ! Grand prodige de l'émulation. Ce dixième donc déclare d'abord que toutes les femmes vont avoir de l'esprit ; il y a de quoi se donner au diable. Mais il a soin d'ajouter aussitôt : « Pourra se marier qui voudra. » La correction du moins soulage ; il était temps de s'expliquer. Mais que vois-je et que dit-on là ? Un dernier vient couronner l'œuvre : il a un ballon sous le bras, et propose d'aller dans la lune et d'y transporter le Palais-Royal ; Saturne devient le faubourg Saint-Germain, et Vénus le boulevard de Gand ; c'est vraiment une belle ville, et il ne reste qu'à s'embrasser.

Cependant, parmi ce chaos, ne saurait-on rien débrouiller ? Je ne crois pas la chose impossible. Peut-être même, dans cette multitude, pourrait-on trouver deux camps bien distincts, savoir : les uns qui veulent certaines choses, les autres qui ne savent ce qu'ils veulent. Posons ceci, nous nous effrayerons moins. Que les derniers aillent à leur bureau, s'ils en ont, ce que je souhaite ; nous leur parlerons tout à l'heure. Occupons-nous d'abord des premiers. Commençons par nous rendre compte de ce que voudraient ceux qui veulent, et nous verrons ce qu'on en peut vouloir, si nous pouvons. Le divorce, donc ; point d'héritage, mais la loi agraire ; point de famille, bien entendu ; de pauvreté pas plus que de richesse, c'est-à-dire plus de métaux (car ces métaux sont traîtres en diable) ; à chacun selon son mérite, ceci n'est pas le souhait le plus nouveau ; enfin, union entre les hommes, soit pour le travail, soit pour les plaisirs ; association. Je crois que c'est tout.

Si pourtant ce n'est que cela, ce n'est point de quoi fouetter nos chats, quoique l'apparence soit effrayante. Lycurgue, monsieur, fut un Grec d'esprit ; il vous en souvient sans nul doute. Or, le résumé que nous faisons, il le fit dans sa république. Ce digne homme voyagea longtemps, et rapporta de sa tournée deux choses à tout jamais louables, ses lois et le manuscrit d'Homère (pour mon goût, j'aime mieux le manuscrit ; mais ce n'est point le cas de disputer). Pour attacher le peuple à la constitution, il prit deux moyens décisifs : ce fut le partage de toutes les terres entre les citoyens, et l'abolition de la monnaie. Vous voyez que de prime abord il ne frappait pas de main morte. On divisa la Laconie en trente mille parts, les terres de Sparte en neuf mille, et chaque habitant eut son bien. Ce devait être moins grand que nos duchés. Pour l'abolition de la monnaie, le législateur se garda de dépouiller ceux qui avaient de l'or ou de l'argent ; il était bien trop galant homme. Mais, respectant scrupuleusement ces richesses, il en anéantit la valeur en ne permettant de recevoir dans le commerce qu'une certaine monnaie de fer, laquelle monnaie était si pesante qu'il fallait deux bœufs pour traîner dix mines, ce qui équivaut à vingt-cinq louis ; chose peu commode pour entretenir des filles, mais il n'en était point question. Les riches gardèrent donc leur or, et en purent jouer aux osselets. Afin de rendre la tempérance et la sobriété recommandables, Lycurgue voulut qu'on dînât en public, comme du temps de la Terreur. Un bâtiment fut construit tout exprès, crainte de la pluie et des mouches ; là, chaque citoyen, tous les mois, était tenu d'envoyer ses provisions, non pas en chevreuils ou homards ni poissons frais de chez madame Beauvais, mais en farine, fromage, carottes, vin du cru, et deux livres et demie de figues. Jugez des ripailles qui se faisaient là. Agis lui-même, après une victoire, fut réprimandé vertement pour avoir dîné au coin de son feu avec madame la reine, sa femme, et peu s'en fallut qu'on ne le mît au pain sec. Point de viande donc, mais force brouet ; on en a perdu la recette, au grand dommage de la postérité. Ce devait être un cruel potage ! Denis le Tyran le trouvait insipide, nous dit Goldsmith en ses *Essais ;* mais d'un tyran rien ne m'étonne, ces gens-là boivent du vin pur. Lycurgue n'entendait pas cela, non plus que Solon, car, à Athènes, un archonte ivre était puni de mort. Revenons à Sparte. Au lieu de confier à père et mère l'éducation des petits enfants, on en chargeait des instituteurs publics. Lycurgue était si fort en peine d'avoir de beaux hommes dans l'armée, qu'il voulut prendre soin des enfants jusque dans le ventre de leurs mères, mettant celles-ci au régime et leur faisant faire de bonnes courses à pied, promenades et exercices propres à les réconforter ; ceux qui naissaient mal conformés étaient condamnés à périr, et, par amour pour la plastique, on les jetait, dans une serviette, du haut en bas du mont Taygète. Les beaux garçons, l'État les adoptait et les élevait martialement, les faisait marcher pieds nus, passer les nuits à la belle étoile, leur défendait de choisir dans le plat les pommes qui n'étaient pas pourries, les habituait à aller à la cave sans chandelle, la tête rasée, sans vêtement, et à se donner, par-dessus tout, de bons coups de poing les uns aux autres. Tous les ans, pour leur récompense, on les fouettait publiquement au pied de l'autel de Diane, mais je dis fouetter d'importance, et celui qui criait le moins, on le couronnait vert comme pré. Que les parents devaient être aises ! A eux d'ailleurs permis de voler ; c'était aux fruitières à garder leurs boutiques. Quant aux jeunes filles, même sévérité : point de mari avant vingt ans, des amoureux tant qu'elles voulaient ; courir, lutter, sauter les barrières, tels étaient leurs amusements; et de peur qu'en ces évolutions diverses leur robe ne vînt à se retrousser, elles se montraient nues dans leurs exercices, devant les citoyens rassemblés. Mais, dit l'histoire, la pudeur publique sanctifiait cette nudité. Je ne suis point éloigné de le croire ; car, s'il y en avait de belles dans le nombre, il s'y devait trouver des correctifs. Tel était le peuple lacédémonien, sortant des mains du grand Lycurgue. Cependant les ilotes labouraient la terre et mouraient de faim sur les sillons. Mais ceci n'est qu'épisodique, et il ne faut point s'y arrêter. Toujours est-il que cette république est, à peu de chose près, la réalisation des rêves du jour et le portrait de nos hyperboles.

Maintenant nos apôtres modernes nous diront-ils que cette peinture est le souhait de toute leur vie, et qu'ils ne demandent rien de mieux ? Cela peut tenter en effet, quand ce ne serait que par curiosité (je ne parle pas du costume des femmes), mais seulement pour voir ce qui adviendrait. Et aussi bien pourquoi ne pas essayer ? Mais voici un point embarrassant, et qui demande réflexion.

Si Lycurgue fut grand législateur, Montesquieu fut savant légiste : or sur les questions de ce genre il avait parfois médité : son avis pourrait être utile, mais qui s'en inquiète aujourd'hui ? « Montesquieu, vivant sous un prince, n'a pu montrer d'impartialité ; » ainsi parlent sans doute ceux qui ne l'ont pas lu ; ouvrons-le pourtant, si vous permettez. Il y a, je crois, dans *l'Esprit des Lois*, qui, dans son temps, fut un bon livre, certain chapitre qui nous irait. « Il est de la nature d'une république, y dit l'auteur, qu'elle n'ait qu'un petit territoire ; sans cela elle ne peut guère subsister. Dans une grande république, il y a de grandes fortunes et par conséquent peu de modération dans les esprits ; il y a de trop grands dépôts à mettre entre les mains d'un citoyen ; les intérêts se particularisent : un homme sent d'abord qu'il peut être heureux, grand, glorieux, sans sa patrie ; et bientôt qu'il peut être seul grand sur les ruines de sa patrie. »

Que pensez-vous de ce morceau ? N'est-il pas fait pour notre histoire ? Mais continuons : « Un État monarchique doit être d'une grandeur médiocre. S'il était petit, il se formerait en république. S'il était fort étendu, les principaux de l'État pourraient cesser d'obéir... Un grand empire suppose une autorité despotique dans celui qui gouverne. Il faut que la promptitude des résolutions supplée à la distance des lieux où elles sont envoyées... La propriété naturelle des petits États est d'être gouvernés en république ; celle des médiocres d'être soumis à un monarque ; celle des grands empires, d'être dominés par un despote. »

Ne vous semble-t-il pas que ceci peut avoir quelque poids, monsieur ? Quant à moi, plus je le relis, plus je me figure que c'est juste. La France aurait donc, par son étendue, une première difficulté à présenter aux humanitaires ; mais ne nous fâchons pas pour si peu ; car, après tout, en cas de besoin, ne pourrait-on pas rétrécir la place ? Ce qui nous tourmente vraisemblablement n'est pas l'amour de la patrie. Voici donc une seconde objection, que nous ne tirerons point de Montesquieu, mais de la nature, assez bon livre aussi.

Nous poserons d'abord un principe que peu de gens contesteront : c'est que l'ombre produit la lumière et que toute chose a son

inconvénient. De ce qui est sous le soleil, rien ne s'éclaire des deux côtés
Or, parmi les animaux différents, habitants du terrestre globe, les uns
sont faits pour vivre seuls, les autres pour vivre en société. Vous ne
persuaderiez point à un aigle de se mettre à la queue d'un autre aigle,
comme les canes qui vont aux champs ; de même feriez-vous de vains
efforts pour trouver une cane solitaire ; et, sous ce rapport, l'homme
est cane, il faut l'avouer. Dieu nous a créés pour loger ensemble ;
les peuples donc s'arrangent comme ils peuvent ; arrivent les lois, us
et coutumes, lesquels ont du bon, partant du mauvais. J'en conclus
qu'en toute société il faut que les uns se félicitent, que les autres se
plaignent par conséquent ; mais de ces plaintes et félicitations, lequel
faut-il écouter de préférence ? D'une plainte naît souvent un désir, et
ces désirs sont dangereux. Je m'explique, car je ne veux pas qu'on me
prenne ici pour un Machiavel. Une femme a pour mari un butor,
joueur, dépensier, ce qu'on voudra ; ne va-t-elle pas croire toutes les
femmes malheureuses, et que le mariage est un martyre ? N'est-il pas
plausible qu'un homme sans le sou demande que tout le monde puisse
être riche ? Ajoutons à cela les cervelles oisives, et les chagrins qui
s'engendrent d'eux-mêmes, comme faisait le phénix, dit-on ; cela se
voit de par le monde. Faut-il que le législateur écoute la foule ou l'excep-
tion ? Puisque le mariage est notre exemple, considérons un peu cette
affaire.

Le mariage, contre lequel déclament beaucoup de gens plus ou
moins mariés, est une des choses d'ici-bas qui ont le plus évidemment
un bon et un mauvais côté. Sous quel côté faut-il donc le voir ? Il a
cela de bon qu'avec lui il faut rentrer chez soi et payer son terme ; il a
ceci de mauvais qu'on ne peut pas découcher et envoyer promener ses
créanciers ; il a cela de bon qu'il force aux apparences et à l'air d'hon-
nêteté, quand ce ne serait que crainte des voisins ; il a ceci de mauvais
qu'il mène à l'hypocrisie, mais cela de bon qu'il empêche l'impudeur
du vice, mais ceci de mauvais qu'on le traite comme une fiction et
qu'il sert de manteau à bien des actes de célibataires ; pour ce qui
regarde la famille, il en est le lien, et en cela louable ; pour ce qui regarde
les amours, il en est le fléau, et en ceci blâmable. C'est la sauvegarde
des fortunes, c'est la ruine des passions. Avec lui on est sage, sans lui
comme on serait fou ! Il assure protection à la femme, mais quelquefois

donne du ridicule au mari ; cependant, quand on revient triste, où seraient, sans le mariage, le toit, l'abri, le feu qui flambe, la main amie qui vous serre la main ? Mais, quand il fait beau et qu'on sort joyeux, où sont, avec le mariage, les rendez-vous, le punch, la liberté ? C'est une terrible alternative ; qu'en décidez-vous, mon cher monsieur ? Les humanitaires ne veulent point du mariage, sous le prétexte qu'on s'en gausse et que l'adultère le souille ; mais sont-ils sûrs, en disant cela, d'avoir mis leurs meilleures lunettes ? Puisque rien n'est qu'ombre et lumière, sont-ils sûrs de ce qu'ils ont vu ? J'admets qu'ils connaissent les salons et qu'ils aillent au bal tout l'hiver ; ils ont peut-être observé dans les beaux quartiers de Paris quelques infractions à l'hyménée, le fait n'est point inadmissible. Ont-ils parcouru nos provinces ? Sont-ils entrés dans nos fermes, au village ? Ont-ils bu la piquette des vachers de la Beauce ? Se sont-ils assis au coin de l'âtre immense des vignerons du Roussillon ? Ont-ils consulté, avant de trancher si vite, la paysanne qui allaite son nourrisson rebondi ? Se sont-ils demandé quel effet produiraient leurs doctrines à la mode sur ces robustes charretières, sur ces laborieuses et saines nourrices ? Ce n'est pas tout que la Chaussée-d'Antin. Savent-ils ce que c'est, eux qui parlent d'adultère et qui ont leurs maîtresses sans doute, savent-ils ce que c'est que le mariage, non pas musqué, sous les robes de Palmire, au fond d'un boudoir en lampas, mais dans les prés, au plein soleil, sur la place, à la fontaine publique, à la paroisse, et dans le lit de vieux chêne.

Troisième objection maintenant, et j'en reviens toujours à mes Spartiates, qui étaient de francs saint-simoniens : dites-moi un peu, je vous en prie, quelle figure auraient faite à Lacédémone les déterminés émancipateurs d'aujourd'hui qui ne veulent pas monter leur garde ! Que j'aime à les entendre, au fond d'un restaurant splendidement éclairé par le gaz, évoquer le spectre de Lycurgue au milieu des fumées champenoises ! Qu'il fait bon les admirer, le dos à la cheminée, les basques d'habits retroussées, balançant sous leur nez un verre de vin de Chypre, et nous lançant avec une bouffée de cigare un plan de réforme pour les peuples futurs ! Ne voilà-t-il pas de beaux Alcibiades, et que diraient-ils si on les prenait au mot ? Je voudrais les voir le lendemain s'éveiller dans leur république. Que leur coiffeur leur brûle un favori, ils vont pousser des cris d'angoisse ; ne voudraient-ils pas qu'on leur rasât la tête ! Et le brouet, et l'autel de Diane, qu'en pensez-vous ? C'est quelque autre chose que le bois de Boulogne et les bals de Musart. Dites-moi un peu, sans plaisanterie, comment nous autres, peuple français, qui avons tout vu, tout bu, tout usé, tout chanté, tout mis en guenilles, même les rois ; dites-moi comment et de quel visage nous pourrions débarquer en Grèce, sinon pour rebâtir Athènes ! Mais, pour ne pas remonter si haut, dites-moi comment on est assez fou pour vouloir servir à nos tables des plats refroidis apportés d'Amérique ! Quel rapport entre nous et une nation vierge, imberbe encore, accouchée d'hier ? Ces boutures qu'on nous vante, est-ce dans nos champs qu'on les veut planter, dans nos vieux champs pleins de reliques, gras du sang étranger, du nôtre, hélas ! de celui de nos pères ? Est-ce à nous qu'on parle de la loi agraire, à nous qui avons pour bornes dans nos prairies des tombes de famille ? Est-ce à nous qu'on propose un président civil, à nous qui portons encore sur les épaules les marques du pavois impérial ? Est-ce chez nous qu'on veut élire ces despotes éphémères qui règnent un ou deux ans, nous qu'une proclamation de Napoléon faisait partir hier pour la Russie ? Est-ce à nous qu'on propose les langes de New-York ou la tunique trouée de Lacédémone ? On dit à cela, et on va répétant, que les nations doivent se régénérer quand elles se sentent décrépites ; cela fut vrai pour le monde romain, et que Dieu veuille nous le rendre ! Mais si pareille chose nous peut arriver, où ont-ils étudié, nos modernes prophètes, pour ignorer la maxime la plus vraie, peut-être la plus triste de l'antiquité ? « Ce qui a été une fois ne peut ni être une seconde fois ni s'oublier tout à fait. » Oui, sans doute, il faut en convenir, deux révolutions, coup sur coup, nous ont donné une rude secousse ; sans doute l'humanité se régénère en nous. L'État n'a plus de religion, et, quoi qu'en disent les humanitaires eux-mêmes, c'est pour le peuple un vrai malheur ; le vin à bon marché ne lui rend pas ce qu'il y perd, et tous les cabarets de Paris ne valent pas pour lui une église de campagne, quel qu'en soit d'ailleurs le curé ; car, c'est l'oubli des maux qu'on y fête, et l'espérance qu'on y reçoit dans l'hostie. Oui, sans doute, parmi tant de nations, la France a sonné la première un tocsin qui ébranle l'Europe ; elle en est elle-même effrayée, et le son terrible retentit en elle ; mais si nos docteurs veulent nous

guérir, s'ils veulent changer le monde, ou la France, ou seulement
un département, qu'ils inventent donc quelque système dont les
livres ne parlent pas! Qu'ils oublient donc les phrases du collège,
et qu'ils ne revêtent pas de mots futiles le squelette des temps passés.
Car sous tant de formules, sous tant d'habits ridicules, sous tant
d'exaltations peut-être sincères, louables en elles-mêmes, que germe-
t-il? Quel filon découvert? Que saisir dans ce labyrinthe où Ariane
nous laisse à tâtons? Vous avez du moins, dites-vous, la bonne volonté
de bien faire. Eh! pauvres enfants, qui en doute? Volonté de vivre,
à qui manque-t-elle?

Nous nous adressons ici, monsieur le directeur, à la section huma-
nitaire, qui nous paraît vouloir quelque chose. Mais nous devons
encore nous adresser à celle qui ne nous semble pas savoir au juste ce
qu'elle désire (car, dans tout cela, vous vous en souvenez, nous ne
faisons que des questions). Or il est certain que, dans la capitale,
il y a un nombre de jeunes gens, femmes, hommez mûrs, vieillards
enfin, qui font entendre journellement une sorte de soupirs et de demi-
rêves où l'avenir est entrevu ; bonnes gens, d'ailleurs, nul n'y contredit ;
mais il serait à désirer qu'ils s'expliquassent plus clairement. On a
remarqué dans leurs phrases favorites le mot de *perfectibilité ;* il
semble être un des plus forts symptômes d'un degré modéré d'enthou-
siasme ; c'est donc sur ce mot, et sur ce mot seul, que nous vous
demandons la permission de les interroger poliment, ainsi qu'il suit.
Simple question :

«Messieurs (et mesdames) de l'avenir et de l'humanitairerie,
qu'entendez-vous par ces paroles? Entendez-vous que, dans les temps
futurs, on perfectionnera les moyens matériels du bien-être de tous,
tels que charrues, pains mollets, fiacres, lits de plumes, fritures, etc.?
Où entendez-vous que l'objet du perfectionnement sera l'homme lui-
même? »

Vous voyez, monsieur, que notre demande est d'une lucidité
parfaite, ce qui est déjà un avantage ; mais nous ne voulons point nous
enfler. S'agit-il, disons-nous, parmi les adeptes de la foi nouvelle, de
perfectionner les choses, ou de perfectionner les gens? Vous sentez
que le cas est grave ; c'est à savoir si on me propose de m'améliorer
mon habit, ou de m'améliorer mon tailleur. *Hic jacet lepus ;* tout est là.

Nous ne nous inquiétons de rien autre. Car vous comprenez encore, sans nul doute, que, si on ne veut que m'améliorer mon habit, je ne saurais me plaindre sans injustice ; tandis que, si on veut décidément m'améliorer mon tailleur, ce sera peut-être une raison pour qu'on me détériore mon habit, et par conséquent... *quod erat demonstrandum*, comme dit Spinosa. Ne croyez pas que ce soit par égoïsme ; mais nous tenons à être éclaircis.

Perfectionner les choses n'est pas nouveau ; rien n'est plus vieux, tout au contraire, mais aussi rien n'est plus permis, loisible, honnête et salutaire ; quand on ne perfectionnerait que des allumettes, c'est rendre service au monde entier, car les briquets s'éteignent sans cesse. Mais s'attaquer aux gens en personne et s'en venir les perfectionner, oh ! oh ! l'affaire est sérieuse ! Je ne sais trop qui s'y prêterait, mais ce ne serait pas dans ce pays-ci. Perfectionner un homme, d'autorité, par force majeure et arrêt de la cour, c'est une entreprise neuve de tout point ; Lycurgue et Solon sont ici fort en arrière ; mais croyez-vous qu'on réussira ? Il y aurait de quoi prendre la poste et se sauver en Sibérie. Car j'imagine que ce doit être une rude torture inquisitoriale que ces moyens de perfection ; c'est quelque chose, sans doute, au moral, comme un établissement orthopédique, à moins que par là on entende seulement le rudiment de l'école primaire ; mais il n'y a rien de moins perfectionnant. Que diantre cela peut-il être ? Nous ôtera-t-on nos cinq sens de nature ? Nous en donnera-t-on un sixième ? Les chauves-souris, dit-on, sont ainsi bâties. Triste perspective pour nous que de ressembler à pareille bête ! C'est à faire dresser les cheveux. Mais, bon ! c'est une fantaisie ; nous nous alarmons à tort ; quand on tournerait cent ans autour de mes pieds, on ne perfectionnerait jamais que mes bottes ; la raison seule doit nous rassurer. Comment, cependant croire que c'est là tout ? S'il ne s'agissait que de faire des routes, ou des ballons, ou des lampes, on ne crierait jamais si haut ; Adam lui-même perfectionnait à sa mode, quand il bêchait dans le paradis ; il faut qu'il y ait quelque mystère. Seraient-ce nos passions que l'on corrigerait ? Par Dieu ! ce serait une belle merveille que de nous empêcher d'être gourmands, ivrognes, menteurs, avares, vicieux ! Et si j'aime les œufs à la neige, me défendrez-vous d'en manger ? Et si mon vin est bon, ou le vôtre, à vous qui parlez, et si votre femme... vous me feriez dire quelque sottise ; non, ce ne doit point être encore cela. Ouvrirait-on quelque grand gymnase pour nous y administrer, au nom du roi, une éducation jusqu'alors inconnue ? D'ailleurs, qui ose décider ici-bas, entre un savant et un ignare, lequel des deux est le plus parfait, ou le moins sot, pour parler net ? Helvétius dit, il est vrai, que toutes les intelligences sont égales ; mais en cela il fit tort à la sienne, car pour plâtrer sa balourdise il fut obligé d'ajouter que la différence entre les hommes résultait du plus ou du moins d'attention qu'ils apportent à leurs études ; belle découverte ! Passons donc plus loin. Serait-ce qu'au moyen de certaines lois on changerait tellement nos mœurs et le milieu dans lequel nous vivons, que, doucement et sans effort, on nous rendrait ce paradis terrestre dont nous parlions tout à l'heure ? Mais si nous ne sommes plus à Sparte, nous voilà en pleine utopie. Diable ! je commence à croire derechef qu'on se moque de nous pour nous faire peur ; car comment nous perfectionner, du moment que nous restons hommes ? On se tâte sans le vouloir en pensant à ces choses-là. Serait-ce seulement qu'à l'avenir on s'occupera des intérêts du peuple, qu'on l'hébergera plus chaudement, vêtira, prêchera, instruira, et nourrira de pommes de terre ? Mais nous voilà revenus aux fritures... Ma foi, monsieur, bien le bonjour ! Si vous trouvez la clef de cette porte, soyez assez bon pour nous l'envoyer ; nous vous le rendrons en une barrique de notre vin de cette année. Mais jusque-là, nous vous l'avouons, nous nous renfermons dans ce dire : ou il s'agit de perfectionner les choses, et c'est plus vieux que Barabbas ; ou il s'agit de perfectionner les hommes, et les hommes, quelque manteau qu'ils portent, quelque rôle qu'ils jouent, risquent fort de vivre et mourir hommes, c'est-à-dire singes, plus la parole, dont ils abusent.

Agréez, monsieur, etc.

TROISIÈME LETTRE

La Ferté-sous-Jouarre, 5 mars 1837.

Mon cher Monsieur,

Que les dieux immortels vous assistent et vous préservent de ce que vous savez ! Vous nous engagez à continuer notre correspondance commencée avec la *Revue des Deux Mondes*, et c'est bien honnête de votre part. *Homo sum*, monsieur le directeur, et je sais que c'est loi de nature de trouver doux d'être imprimé. D'ailleurs, la gloire est chère aux Français, sans compter l'argent et le voisin qui enrage. Nous écririons donc comme tout le monde, quitte à compiler comme quelques autres, n'était certain lieu où le bât nous blesse. C'est que depuis nos deux lettres, révérence parler, on nous appelle *journalistes* dans le pays ; voilà le fait : nous sommes ronds en affaires, et nous vous le disons entre nous.

A Dieu ne plaise qu'en aucune façon nous regardions ce mot comme une injure ! Chez beaucoup de gens, et avec raison, on sait qu'il est devenu un titre. Si nous nous permettons de plaisanter parfois là-dessus, nous ne prétendons nullement médire de la presse, qui a fait beaucoup de mal et beaucoup de bien. Les journaux sont les terres de l'intelligence ; c'est là qu'elle laboure, sème, plante, déracine, récolte ; et parmi les fermiers de ses domaines nous ne serions pas embarrassés de citer des noms tout aussi honorables que ceux de tels propriétaires qui n'en conviennent peut-être pas. Mais enfin, quand on est notaire, on n'est pas journaliste, ce sont deux choses différentes, et quand on est quelque chose, si peu que ce soit, on veut être appelé par son nom.

L'âge d'or, monsieur, nefleurit pas plus à la Ferté-sous-Jouarre qu'ailleurs ; quand nous allons au jeu de boules, on nous tourne le dos de tous les côtés : « Voilà, dit-on, les beaux esprits, les écrivains, les gens de plume ; regardez un peu ce monsieur Cotonet, qui écarte tout de travers au piquet et qui se mêle de littérature ! Ne sont-ce pas là de beaux Aristarques ? etc., etc. » Tout cela est fort désagréable. Si nous avions prévu ce qui arrive, nous n'aurions certainement pas mis notre nom en toutes lettres, ni celui de notre ville ; rien n'était plus aisé au monde que de mettre seulement la Ferté, et là-dessus, allez-y voir : il n'y en a pas qu'une sur la carte : la Ferté-Alais, la Ferté-Bernard, la Ferté-Milon, la Ferté-sur-Aube, la Ferté-Aurain, la Ferté-Chaudron ; ce n'est pas de Fertés que l'on chôme. Mais Cotonet n'est qu'un étourdi ; c'est lui qui a recopié nos lettres, et il n'y a pas à s'y méprendre. La Ferté-sous-Jouarre y est bien au long, sous-Jouarre, ou Aucol, ou Aucout, c'est tout un, *Firmitas Auculphi.* Et que diable voulez-vous y faire ?

Mais il nous est venu, en outre, une idée qui nous inquiète bien davantage ; car, enfin, mépriser les railleries du vulgaire, nous savons que les grands hommes ne font autre chose ; mais s'il était vrai, nous sommes-nous dit, que nous fussions réellement devenus journalistes ? Deux lettres écrites ne sont pas grand péché ; qui sait pourtant ? Nous n'aurions qu'à en écrire trois ; pensez-vous au danger que nous courrons, et quel orage fondrait sur nous ? Nous avons connu un honnête garçon à qui ses amis, en voyage, avaient persuadé que tout ce qu'il disait était un calembour : il ne pouvait plus ouvrir la bouche que tout le monde n'éclatât de rire, et quand il demandait un verre d'eau on le suppliait de mettre un terme à ses jeux de mots fatigants. L'histoire ne parle-t-elle pas de gens à qui on a fait accroire qu'ils étaient sorciers, et qui l'ont cru, c'est incontestable, d'autant que, pour le leur prouver, on les a brûlés vifs ? Il y a de quoi réfléchir ; car, notez-le bien, pour nous mettre en péril il ne serait pas besoin de nous persuader à nous-mêmes que nous sommes journalistes, il suffirait de le persuader aux journalistes véritables. Bon Dieu ! en pareil cas que deviendrions-nous ?

Si une fois, mon cher monsieur, nous étions atteints et convaincus de journalisme, c'est fait de nous ; telle est notre opinion sincère. « Et pourquoi ? » direz-vous peut-être. — « *Parce que*, » comme dit monsieur Berryer.

Mais, tenez, nous vous le dirons, et retenez bien ces paroles : Parce que, d'une façon ou d'une autre, d'un côté ou d'un autre, un jour ou l'autre, pour un motif ou pour un autre, nous recevrons une tuile sur la tête. Pyrrhus en mourut, dit l'histoire. Pyrrhus, monsieur, roi des Épirotes, était un bien autre gaillard que nous : il n'inventa point la *pyrrhique* dont parle l'avocat Patelin ; ce fut un certain fils d'Achille. Mais Pyrrhus le Molosse ne dansait point ; il combattait à Héraclée, où les Romains jouaient du talon. Il y avait son épée pour archet, et pour musique les cris des éléphants ; il ravagea la Pouille et la Sicile ; Sparte, Tarente, l'appelèrent à leur secours ; vainqueur partout, hors à Bénévent, dont aujourd'hui monsieur de Talleyrand est prince. Tout cela n'empêcha point qu'à Argos il ne reçût une tuile sur la nuque; après quoi survint un soldat qui, le voyant étendu roide mort, lui coupa vaillamment la tête. Voilà le sort que nous craignons, et avec moins de gloire et de profit.

Nous savons bien que, dans votre *Revue*, nous n'aurions pas affaire aux journaux ; mais ne se pourrait-il qu'ils eussent affaire à nous ? Je vous demande si cela plaisante. Mais je suppose que, bien entendu, nous y mettions de la prudence. Je veux d'abord que nous ne traitions jamais que des choses les plus générales, j'entends de ces choses qui ne font rien à personne, qu'on sait par cœur. Croyez-vous que cela suffise? que nul ne se plaindra, nul ne clabaudera? Ah! que, si vous croyez ceci, vous est peu connue la gent gazetière! Vous vous imaginez bonnement, vous, monsieur, qui êtes au coin de votre feu, et qui ne savez qui passe dans la rue, ni si le voisin est à sa croisée ; vous vous imaginez qu'on peut impunément dire au public qu'on aime les pois verts? les pois verts, peu importe, ou la purée, ou la musique de Donizetti, enfin la vérité la plus banale, que nos vaudevilles sont plats et nos romans morts-nés? Eh bien! monsieur, désabusez-vous, on ne dit rien, n'écrit rien sans péril, pas même qu'Alibaud est un assassin, car il y a des gens qui disent le contraire ; meurtrier, soit, mais non assassin ; gredin, misérable, ils l'accordent ; mais non malhonnête homme, ce qui est bien différent.

Croire que l'on peut donner son avis sur quoi que ce soit (je dis poliment et discrètement, avec convenances et par parenthèses), grâce à Dieu et aux journaux, il n'y a pas de plus grande erreur ; et la raison en est simple comme bonjour. Que voulez-vous qu'on puisse dire, du moment que l'on peut tout dire ? Exemple : Je trouve que Chollet chante faux et que la Madeleine est un beau monument. Je crois cela vrai, c'est mon goût, je l'imprime, non pas en toutes lettres, s'il vous plaît, car, avant tout, il faut des formes. Je laisse donc à entendre dans mon article que monsieur Chollet, de l'Opéra-Comique, n'a pas les tons d'en haut toujours parfaitement justes, et qu'il me semble que la Madeleine est construite à la grecque, dans de belles proportions. Jusque-là, point de mal. Arrive le voisin, qui répond à cela : « L'article d'hier est pitoyable : monsieur Chollet chante juste, et la Madeleine est hideuse. » Il n'y a point encore grand dommage ; je suis de bonne humeur, et permets qu'on s'échauffe. Survient un tiers, qui réplique à tous deux : « Les deux articles sont aussi absurdes l'un que l'autre : Chollet ne chante ni faux ni juste, il chante du nez ; la Madeleine n'est ni belle ni hideuse, elle est médiocre, bête et ennuyeuse. » Ceci commence à devenir brutal. Mais passons ; je ne réplique rien, ne voulant point me faire de querelle. Un quart aussitôt s'en charge pour moi ; il prend donc sa plume, essuie sa manche, bâille, tousse et dit : « Vous êtes tous trois des imbéciles. Quand on se mêle de parler musique et de trancher de l'important, il faut d'abord savoir la musique ; vos parents n'avaient pas de quoi vous donner des maîtres, car ils sont encore au village, où ils raccommodent des souliers. On sait de bonne part qui vous êtes, et il ne vous sied point de faire tant de bruit. Quant à ce qui est de la Madeleine, payez vos dettes avant d'en parler. » Ainsi s'exprime maître Perrin Dandin, à quoi un cinquième risposte vivement : « Et toi, qui outrages les autres, qui es-tu donc, pour le prendre si haut ? Tu n'es qu'un cuistre, jadis sans chapeau ! A quoi as-tu gagné ta fortune ? A ruiner les libraires, à faire des prospectus, à revendre des chevaux vicieux, à intriguer, à calomnier, a... » (Remarquez, monsieur, que dans tout cela je ne dis mot ; et quel est mon crime ? Je me suis contenté d'avancer que la Madeleine me semblait bien bâtie, et que monsieur Chollet ne chantait pas toujours rigoureusement juste.) Mais me voilà dans la bagarre ; on se déchire, on crie, on lance

un soufflet. Qui l'a reçu ? Je n'ose y regarder. Voilà une veuve. Est-ce
ma femme, sont-ce mes enfants qui vont pleurer ?

Ceci, je vous en avertis, est moins une baliverne qu'on ne pense.
Les querelles de plume sentent l'épée en France ; mais à quoi bon
même un coup d'épée ? Les journaux n'ont-ils pas la poste ? Je voudrais
savoir ce qu'on lave au bois de Boulogne, pendant que les flâneurs
de Saint-Pétersbourg lisent des injures à vous adressées ? Marotte du
temps, fabriques de controverses ! Vous souvient-il d'un dispute dans
un café à propos de la duchesse de Berri ? « Elle a un œil plus petit que
l'autre, disait quelqu'un. — Non pas, répliqua le voisin, elle a un œil
plus grand que l'autre. » Parlez-moi de ces gens de goût qui savent les
distinctions des choses ! Ils ont le grand art de l'à-propos, se choquent
de tout, jamais ne pardonnent, ne laissent rien passer sans riposte.
Toujours prêts, alertes, il en pleut. Seraient-ils par hasard éloignés ?
Rassurez-vous : vous les offenserez à cinquante lieues de distance en
louant quelqu'un qu'ils n'ont jamais vu ; voilà des ennemis implacables.
Il y a, dit-on, un certain arbre, — je ne sais son nom ni où il pousse, —
un cheval galopant tout un jour ne peut sortir de son ombre. Parfait
symbole, monsieur, du journalisme : suez, galopez, l'ombre immense
vous suit, vous couvre, vous glace, vous étreint comme un rêve. Que
prétendez-vous ? De quoi parlez-vous ? Où marchez-vous pour n'être
point sur les terres des journaux ? Où respirez-vous un air si hardi
que d'oser n'être point à eux ? De quoi est-il question ? De littérature ?
C'est leur côtelette et leur chocolat. — De politique ? C'est leur potage
même, leur vin de Bordeaux et leur rôti. — Des arts, des sciences,
d'architecture et de botanique ? C'est de quoi payer leurs fiacres. —
De peinture ? Ils en soupent. — De musique ? Ils en dorment. — De
quoi, enfin, qu'ils ne digèrent, dont ils ne battent monnaie ?

Et remarquez, je vous en prie, l'argument commun, le refrain
perpétuel de ces messieurs les quotidiens. « Ceci est un auteur ? disent-
ils ; chacun peut en parler, puisqu'il s'imprime : donc, je l'éreinte.
Ceci est un acteur ? ceci une comédie ? ceci un monument ? ceci un
fonctionnaire ? au public tout cela ; donc, je tombe dessus. » Vous arri-
vez alors, bonhomme, ne sachant rien que la grammaire, et vous vous
dites : « J'en parlerai donc aussi ; puisque c'est à tous, c'est à moi
comme à d'autres. — Arrière ! manant, à ta charrue, répond du haut

de sa colonne ce grand monsieur de l'écritoire ; ce qui est à tout le
monde quand j'en parle n'est plus à personne quand j'en ai parlé, ou
si j'en vais parler, ou si j'en veux parler. Et sais-tu de quoi je pourrais
parler, si je voulais ? Mais j'aime mieux que tu te taises. Ote-toi de là,
sinon je m'y mets. » Voilà le jugement de Salomon, et ne croyez pas
qu'on en appelle.

Sous Louis XIV, on craignait le roi, Louvois et le tabac à la rose ;
sous Louis XV, on craignait les bâtards, la Du Barry et la Bastille ;
sous Louis XVI, pas grand'chose ; sous les sans-culottes, la machine
à meurtres ; sous l'empire on craignait l'empereur, et un peu la cons-
cription ; sous la restauration, c'étaient les jésuites ; ce sont les jour-
naux qu'on craint aujourd'hui. Dites-moi un peu où est le progrès!
On dit que l'humanité marche ; c'est possible, mais dans quoi, bon
Dieu !

Mais, puisqu'il s'agit et s'agira toujours de monopole, comment
l'exercent ceux qui l'ont céans ? Car, enfin, le marchand de tabac qui
empêche son voisin d'en vendre donne de méchants cigares, il est vrai,
mais du moins n'est-ce pas sa faute ; le gouvernement lui-même les lui
fabrique ainsi ; tels il les vend, tels nous les fumons, si nous pouvons.
Que font les journaux des entrepôts de la pensée ? Quelle est leur
façon, leur méthode ? Qu'ont-ils trouvé et qu'apprennent-ils ? Il n'y
a pas long à réfléchir. Deux sortes de journaux se publient : journaux
d'opposition, journaux ministériels ; c'est comme qui dirait arme
offensive, arme défensive, ou si vous voulez le médecin Tant-Pis et le
médecin Tant-Mieux. Ce que font les ministres, les chambres, votes,
lois, canaux, projets, budgets, les uns critiquent tout sans compter,
frappent de çà et de là, rien ne passe, à tort et à travers ; mais non pas
les autres, bien au contraire : tout est parfait, juste, convenable ; c'est
ce qu'il fallait, le temps en était venu, ou bien n'en était pas venu,
selon le thème ; cela s'imprime tous les matins, se plie, s'envoie, se lit,
se dévore, on ne saurait déjeuner sans cela, moyennant quoi des nuées
d'abonnés, l'un derrière, l'autre devant (vous savez comme on va aux
champs), se groupent, s'écoutent, regardent en l'air, ouvrent la bouche
et payent tous les six mois. Maintenant voulez-vous me dire si vous
avez jamais connu un homme, non pas un homme, mais un mouton,
c'est encore trop dire, l'être le plus simple et le moins compliqué, un

mollusque, dont les actions fussent toujours bonnes, ou toujours mauvaises, incessamment blâmables ou louables incessamment! Il me semble que si trente journaux avaient à suivre, à examiner à la loupe un
mollusque du matin au soir, et à en rendre fidèlement compte au peuple
français, ils remarqueraient que ce mollusque a tantôt bien agi, tantôt
mal, ici a ouvert les pattes à propos pour se gorger d'une saine pâture, là
s'est heurté en maladroit contre un caillou qu'il fallait voir ; ils étudieraient les mœurs de cette bête, ses besoins, ses goûts, ses organes et le
milieu où il lui faut vivre, la blâmeraient selon ses mouvements et
évolutions diverses, ou l'approuveraient, se disputeraient sans doute,
j'en conviens, sur ledit mollusque ; Geoffroy Saint-Hilaire et Cuvier
s'y sont bien disputés jadis, qui entendaient le sujet de haut ; mais
enfin vingt-cinq journaux ne se mettraient pas d'un côté à crier haro à
ce pauvre animal, à le huer sur tout ce qu'il ferait, lui chanter pouille
sans désemparer, et, d'un autre côté, les cinq journaux restants n'emboucheraient pas la trompette héroïque pour tonner dès qu'il éternuerait : « Bravo, mollusque! Bien éternué, mollusque! » et mille fadaises
de ce genre. Voilà pourtant ce qu'on fait à Paris, à trois pas de nous, en
cent lieux divers, non pour un homme, mais pour la plus vaste, la plus
inextricable, la plus effrayante machine animée qui existe, celle qu'on
nomme gouvernement! Quoi! parmi tant d'hommes assemblés, ayant
cœur et tête, puissance et parole, pas un qui se lève et dise simplement :
« Je ne suis pour ni contre personne, mais pour le bien ; voilà ce que je
blâme et ce que j'approuve, ma pensée, mes motifs ; examinez! »

Mais admettons l'axiome reçu, qu'il faut toujours être d'un parti ;
tout le monde répète qu'il faut être d'un parti ; ce doit être bon (apparemment pour ne pas rester derrière, si d'aventure le chef de file arrive
en haut de la bascule); soyons d'un parti, j'y consens, de celui qui vous
plaira, je n'y tiens aucunement. Dites-moi seulement le mot d'ordre ;
qu'est-ce qu'un parti sans principe? Il nous faut un principe pour
vivre, parler, remuer et arriver. Qui vous l'a donné, ce mot d'ordre?
Est-ce votre conscience? Touchez là, nous périrons ou arriverons.
Est-ce votre bourse? Qui me répond de vous?

La Gingeole se lève un matin, ayant songé qu'il était sous-préfet. Il
gouvernait en rêve, portant habit à fleurs, l'épée, et cela lui allait ; il
se mire, se rase, regarde autour de lui : point de royaume! Il lui en

faut un. La Gingeole appelle sa femme, lui cherche noise, la rosse ;
commencement d'administration! La femme rossée se venge ; rien de
plus naturel. Tristapatte est jeune, bien bâti ; d'aucuns prétendent
qu'avant l'offense la femme s'était déjà vengée. Mauvais propos!
La Gingeole en profite, prend la clef, sort, rentre sans bruit, surprend
les coupables, et pardonne, à condition d'être sous-préfet, car Tris-
tapatte a du crédit, au moins le dit-il quand on l'écoute. Tristapatte
va chez le ministre et lui parle à peu près ainsi:

« J'ai fait grand tort à un de mes amis que je désire dédommager
et qui désire être sous-préfet ; j'écris depuis six mois tous les jours, là
où vous savez, en votre honneur et gloire. Donnez-moi une sous-pré-
fecture pour La Gingeole, à qui j'ai fait le tort que vous savez peut-
être aussi ; sinon, demain, je vous attaque, et de telle façon, monsei-
gneur, que, si je vous flagornai six mois, je vous *déflagornerai* en six
jours.

— Mais, dit le ministre, La Gingeole est un sot.

— C'est vrai ; mais nommez-le ce soir : il ne sera plus qu'une bête
demain.

— Mais on va se moquer de moi, on criera au passe-droit, on me
dira des injures.

C'est vrai ; mais je vous soutiendrai.

— La belle avance, si d'autres m'insultent!

— Aimez-vous mieux que je sois de ceux-là ?

— Ma foi, peu m'importe, comme vous l'entendrez. »

Tristapatte sort, court à La Gingeole : « Vous serez nommé, dit-il,
ou le ministre y mourra. » Il écrit, tempête, coupe, taille; voilà six
mille bons bourgeois habitués à le lire sur parole, qui frottent leurs
lunettes, puis leurs yeux, ouvrent leur journal, le referment, voient
la signature, et se disent : « C'est bien là mon journal ; apparemment
que j'ai changé d'opinion. »

Non, pauvres gens, honnêtes gobe-mouches, d'opinion vous n'avez
point changé, car d'opinion vous n'en eûtes jamais, mais voulez parfois
en avoir. Ayez donc du moins celle-ci, qui est plus vieille que
l'imprimerie, c'est que, quand on se laisse berner, on ne doit jamais
s'étonner si on retombe à terre, pile ou face.

Mais songez-vous quelquefois, monsieur, à la position d'un pauvre ministre ayant affaire aux journaux ? Je dis pauvre, non pour aller dîner. Mais où ne vaudrait-il pas mieux être qu'en pareil lieu où tous vous tiraillent, qui du manteau, qui du haut-de-chausses ? Auquel entendre et par où tomber ? Car encore choisit-on la place, quand on ne peut tenir sur ses jambes. Celui-là crie si on n'accorde pas, et celui-ci ne veut pas qu'on accorde. Trente mains s'allongent, agitant trente papiers, quinze placets et quinze menaces, et le tout pour le même emploi, donc pas un peut-être n'est digne ; mais qu'il y en ait un de nommé, les autres n'y regarderont pas pour s'en plaindre. Dites-moi un peu ce que vous feriez si (Dieu vous en préserve !) vous deveniez ministre par hasard ! Je veux vous choisir une occurence où vous soyez bien à votre aise, pour que vous m'en donniez votre avis.

Il s'agit de demander au roi la grâce de certains condamnés, qui, à dire vrai, depuis longtemps l'attendent. Depuis longtemps aussi vous hésitez ; vous avez pour cela vos raisons : d'autres que vous les trouvent bonnes ou mauvaises, il n'y a point de comptes à rendre. Vous demandez, vous obtenez la grâce ; *le Moniteur* enregistre et publie les noms de messieurs les graciés. Que fait là-dessus l'opposition ?

« C'était bien la peine, s'écrie-t-elle, de parodier une amnistie et de ne délivrer que des hommes obscurs qui ne figurent qu'au troisième plan ; ce n'est pas là ce qu'on vous demandait ; quand on fait le bien, on le fait grandement ; c'étaient d'autres noms qu'il nous fallait voir libres : les condamnés d'avril, les ministres de Charles X, et nos amis, bien entendu. »

Que faites-vous alors, vous, homme politique ? Vous allez croire que l'opposition désire ce qu'elle demande. Vous allez ajouter d'une main candide sur la liste *graciante* les noms des ministres de Charles X. Pensez-vous faire pièce à dame Opposition ? Lisez un peu l'article du lendemain.

« Voilà donc, s'écrie la même plume, voilà donc quelle était au fond l'unique pensée du ministère ! Gracier les agents de la restauration, c'était là son but ; le reste n'est qu'un prétexte ; on ne s'intéresse qu'à ces hommes, » etc., etc.

Ne vous semble-t-il pas, monsieur, quand vous assistez à ces sortes de tapages dont les journaux étourdissent un ministre, ne vous semble-t-il pas voir un homme qui entreprend de traverser la Seine sur une corde tendue à laquelle corde pend une centaine de chats? Je vous demande si les chats aiment l'eau et veulent choir, et quel vacarme, et les agréables secousses! En guise de balancier, le pauvre diable a dans les mains un essieu de charrette pesant cinq cents livres, belle entreprise à se rompre le cou! Mais il suffit du nom qu'on donne aux choses : l'essieu s'appelle le timon de l'État, cela suffit pour qu'on se l'arrache ; quant aux chats, c'est-à-dire aux journalistes, c'est une autre affaire ; ils ne s'arrachent que des brins de ficelles, et se sentent furieusement échaudés ; car l'essieu dont je vous parle n'est rien moins que fer rouge, ardent, usé dans la fournaise ; cependant le peuple bat des mains et l'homme avance, en tremblant s'entend, et prudemment, muni de blanc d'Espagne ; mais on lui dit : «Avancez donc! vous ne bougez pas, vous êtes un Terme!» S'il lâchait tout et sautait dans l'eau, vous en étonneriez-vous, monsieur? Oui bien, moi, car nous ne sommes guère au temps où Sylla sortait de sa pourpre.

Poursuivrons-nous plus avant cette thèse, et descendrons-nous au feuilleton? On pourrait peut-être deviner comment parfois il se fabrique ; ce n'est pas avec quoi les abeilles font leur cire. Il y a deux façons pour cela. L'une, incontestablement la meilleure (c'est aussi la plus usitée), est d'appuyer son coude sur sa table, d'étendre la main, et de laisser couler doucement tout ensemble encre, préceptes, doctrines, injures, anachronismes et bévues. A peine ainsi court-on le risque de laisser échapper de ces légères taches qui ne choquent point le lecteur parisien, rompu à la chose, et qui, au contraire, font ressortir le beau. Ce sera, par exemple, que vous aurez avancé que Racine florissait sous Louis IX, et qu'Agamemnon est l'auteur de l'*Iliade*. Mais je vous dis, cela ne fait rien, on nous y a dès l'enfance habitués, et nous n'avons point de livres sous la main où aller chercher les dates. Minuties que les dates! L'autre façon est beaucoup plus aride, profonde, ardue, pour parler en feuilleton. Il faut pour cela prendre *(horresco referens)* un dictionnaire quelconque, historique ou chronologique. Est-ce fait? Posez-le sur la table, et ouvrez au hasard. Lequel est-ce? Le Dictionnaire de la Fable, par Noël. Bien. Sur quel passage êtes-vous tombé?

« Charadrius, oiseau fabuleux, dont le regard seul guérit la jaunisse ; mais il faut que le malade le regarde, et que l'oiseau lui renvoie ses regards assez fixement ; car, s'il détournait la vue, le malade mourrait infailliblement. » A merveille ! Maintenant, dites-moi, quel sujet avez-vous à traiter ? Vous avez à rendre compte, n'est-il pas vrai, de la *Norma* du maestro Bellini ? Voyez ce que c'est que la Providence, et comme le ciel vous favorise ! Vite, écrivez, ne perdez point l'occasion ; voilà votre oiseau tout logé. « Comment, dites-vous, par quelle façon ? — Eh ! par la façon des feuilletons. Écrivez :

« Les décorations du premier acte laissent beaucoup à désirer ; on a tenté vainement de nous rendre cette nature large, antique, nébuleuse, des vieilles forêts consacrées. Ces tons sont mesquins, ces horizons vides ; on voudrait frissonner au murmure de ces chênes centenaires, on voudrait y voir voltiger autour de la prêtresse l'oiseau Charadrius, dont le regard seul, etc., etc. »

Voilà, monsieur, comme on se fait dans le monde, et à juste titre, une réputation de savant et d'homme qui ne parle point au hasard ; voilà comme on jette çà et là sur un article, du reste médiocre, ces paillettes mirifiques d'érudition et de bon goût, qui ne manquent pas de sauter aux yeux du lecteur et de lui éblouir l'entendement, ni plus ni moins que s'il avait soufflé sur sa poudrière.

C'est bien longtemps vous importuner, monsieur, pour ne vous dire après tout qu'un mot : que les journaux nous font grand'peur. C'est surtout longuement discourir pour répéter ce que chacun sait, c'est-à-dire que, depuis Moïse, il y a toujours quelques abus. N'allez pas, de grâce, imprimer cela. Quand on n'a pas l'habitude d'écrire, on est d'un décousu, d'un diffus ! Nous ne sommes point gens de plume, et nous n'écrivons que pour le prouver. D'ailleurs, qu'en dirait-on, grand Dieu ? Nous attaquer aux puissances du siècle ! *Ohimè !* quelles charretées de pavés on nous verserait sur la tête ! A quels courroux serions-nous en butte ! Non pas que cela nous fît grand tort, ni que notre raisin en fût moins bon ; mais vous, monsieur, je vous le dis à l'oreille, vous pourriez bien vous exposer. Peste ! voyez de quoi nous serions cause : on irait peut-être jusqu'à vous faire des reproches. Que répondriez-vous en pareil cas ? Il y a de quoi démonter les gens. Mais, tenez, si vous m'en croyez, voici, à peu près (si besoin était), ce que

ALFRED DE MUSSET, portrait-charge par NADAR.

vous pourriez peut-être répondre aux journaux, après avoir naturelle-
ment fait les génuflexions nécessaires et frappé sept fois la terre de
votre front ; apprenez par cœur cette harangue :

« Commandeurs des non-croyants, soleils de l'époque, successeurs
de Dieu, terreur des chambres et des ministres, flambeaux de justice et
de vérité, et comédiens ordinaires de la nation.

« Ne vous fâchez pas pour si peu de chose, nous renouvellerons nos
abonnements. »

Agréez,   etc...

QUATRIÈME LETTRE

La Ferté-sous-Jouarre, 5 mai 1837.

Mon cher Monsieur,

Que les dieux immortels vous assistent et vous préservent des romans nouveaux ! Polémon fut un aimable homme, et l'un des plus mauvais sujets de la quatre-vingt-dix-neuvième olympiade. Il sortait un matin, au lever du soleil, de chez une belle dame d'Athènes ; ses vêtements étaient en désordre ; sa poitrine et ses bras, nus ; une couronne de fleurs fanées lui pendait sur l'oreille, et comme d'une part il avait soupé fort tard, et que d'une autre il marchait sur les courroies de ses brodequins mal attachés, il allait passablement de travers. En cet état, il vint à passer devant l'école du philosophe Xénocrate, qui était ouverte ; je ne sais s'il la prit pour un cabaret, mais le fait est qu'il y entra, s'assit, regarda les assistants sous le nez, et se permit même quelques plaisanteries. Xénocrate, qui était en chaire, perdit d'abord le fil de ses idées. Il avait, dit l'histoire, l'intelligence lente et pesante, et Platon le comparait à un âne auquel il fallait l'éperon,

pour ne pas dire le bâton ; lui-même se comparait à un vase dont le
cou était étroit ; recevant avec peine, mais gardant bien. Aristote le
comparait encore à autre chose, à un cheval, je crois, mais peu importe.
Xénocrate donc, qui avait les mœurs dures et l'extérieur rebutant,
et qui parlait dans ce moment-là des nombres impairs et des monades,
resta coi pendant cinq minutes. Le regard aviné de l'adolescent l'avait
fait rougir dans sa barbe longue. Mais, après quelques efforts, quittant
le sujet qu'il avait entamé, il se mit à parler tout à coup de la modestie
et de la tempérance. C'était, à vrai dire, son fort que ce chapitre, et
certes il y devait faire merveille, lui que Phryné ne put dégourdir.
Il parla donc, fit le portrait du vice dont le modèle posait devant lui,
peignit d'abord les voluptés grossières et leur inévitable fin, le cœur
usé, l'imagination flétrie, les regrets, le dégoût, les insomnies ; puis,
changeant de ton, il vanta la sagesse, fit entrer ses auditeurs dans la
maison et dans le cœur d'un homme sobre, montra l'eau pure sur sa
table, la santé sur ses joues, la gaieté dans son cœur, le calme dans sa
raison, et toutes les richesses d'une vie honnête. Cependant Polémon se
taisait, regardait en l'air, puis écoutait, et, à mesure que Xénocrate par-
lait, prenait une posture plus décente. Il ramena peu à peu ses bras sous
son manteau, se baissa, rajusta sa chaussure ; enfin il se leva tout droit
et jeta sa couronne. De ce jour-là il renonça au vin, au jeu, et presque
à sa maîtresse ; du moins professa-t-il la vie la plus austère, et, retiré
dans un petit jardin, six mois après il était aussi sobre qu'il avait passé
pour ivrogne. Sa fermeté devint telle que, mordu à la jambe par un
chien (enragé, dit-on, mais ce n'est pas sûr), il ne voulut jamais con-
venir que cela lui fît le moindre mal. Il parla à son tour des monades et
des nombres impairs, de la divinité mâle et de la femelle, forma Zénon,
Cratès le stoïcien, Arcésilas et Crantor, qui écrivit un traité *de Luctu ;*
après quoi il mourut phtisique, mais fort vieux et fort honoré.

Que pensez-vous, monsieur, de cette histoire ? Je l'ai toujours aimée;
et Cotonet aussi, non à cause de l'exemple, dont on peut disputer ;
mais de pareils traits peignent un monde. Ne vous semble-t-il pas
d'abord que l'affaire n'a pu se passer qu'en Grèce, et qu'à Athènes,
et qu'en ce temps-là ? Car il ne s'agit pas, notez bien, d'une conversion
par la grâce de Dieu, à la manière chrétienne, excellente d'ailleurs,
mais où il y a miracle, et c'est autre chose. Il ne s'agit que d'un simple

discours d'un citoyen à un autre citoyen. Et n'y a-t-il pas dans cette rencontre, dans cet accoutrement de Polémon, dans cette apostrophe de Xénocrate, dans ce coup de théâtre enfin, je ne sais quoi d'antique et d'archi-grec ? Prenez donc la peine d'en faire autant à l'époque où nous sommes, si vous croyez que ce soit possible. Menez à un cours de la Sorbonne un homme qui sort de chez sa maîtresse, en l'année 1837. Combien de nous, en pareil cas, bâilleraient là où Polémon rattachait sa veste, et à l'instant où il jeta ses roses, hélas! monsieur, combien dormiraient!

Mais je suppose que quelqu'un de nous fasse l'action de Polémon, fût-ce à Notre-Dame ; il le peut, s'il le veut ; dites-moi pourquoi vous poufferiez de rire, et moi aussi, et peut-être le curé! Et pourquoi donc, en lisant l'histoire grecque, ne riez-vous pas de Polémon ? Tout au contraire, vous le comprenez (blâmez-le ou approuvez-le, peu importe) ; mais enfin vous admettez le fait comme vrai, comme simple, comme énergique.

Supposons encore, et, retranchant les détails, allons au résultat : c'est un garnement qui se range ; ceci est vrai de tout temps, et probablement il avait des dettes. Il vend ses chevaux, loue une mansarde, et le voilà bouquinant sur les quais. Qui le remarquera aujourd'hui ? Qui, à Paris, se souciera, une heure, d'une conversion qui fut, à Athènes, un événement ? Qui prendra exemple sur le converti ? Quel compagnon de ses plaisirs passés va-t-il sermonner et convaincre ? Son petit frère ne l'écoutera pas. Ou tiendra-t-il école, et qui ira l'y voir ? Ce qu'il a fait est sage, et on en convient ; il n'a qu'à en parler pour n'être plus qu'un sot.

Pourquoi cela ? Notre conte ne renferme ni intervention divine ni circonstance réellement extraordinaire ; il n'est qu'humain, et il a été vrai, et il serait absurde aujourd'hui. Pourquoi a-t-il été possible ? Parce qu'il y avait à Athènes presque autant de philosophes que de courtisanes philosophes, et beaucoup de raisonneurs sur les choses abstraites. et beaucoup de gens qui les écoutaient, et Platon, qui, à lui seul, avec son automate, faisait là autant de bruit qu'ici mademoiselle Essler avec ses castagnettes ; parce que c'était une rage d'ergoter, parce que tout le monde s'en mêlait ; parce qu'on achetait trois talents (somme énorme) les ouvrage de Speusippe, radoteur hypocrite qui

prit plus de goût, dit l'Encyclopédie, pour Lasthénie et pour Axiothée,
ses disciples, qu'il ne convient à un philosophe valétudinaire ; parce
qu'enfin Athènes était la ville bavarde par excellence, platonicienne,
aristotélicienne, pythagoricienne, épicurienne, et que les gens à effet
comme Polémon se trouvaient là comme des poissons dans l'eau.
Pourquoi aujourd'hui n'est-ce plus possible ? Parce que nous n'avons,
nous, ni Épicure, ni Pythagore, ni Aristote, ni Platon, ni Speusippe,
ni Xénocrate, ni Polémon.

Mais pourquoi encore ? Que les miracles s'usent, cela s'entend, vu
le grand effort que ces choses-là doivent coûter aux lois obstinées qui
ont coutume de régir le monde. Mais cette grandeur, cette éloquence,
ces temps héroïques de la pensée, sont-ils donc perdus ?

Oui, monsieur, ils le sont, et voilà notre dire, et voilà aussi un
long préambule ; mais, si vous l'avez lu, il n'y a pas grand mal à présent;
nous en profiterons, au contraire, et nous nous servirons de notre histoire,
choisie au hasard entre mille, pour poser un principe : c'est que tout
est mode, que le possible change, et que chaque siècle a son instinct.
« Et qu'est-ce que cela prouve ? » direz-vous. Cela prouve, monsieur,
plus que vous ne croyez ; cela prouve que toute action, ou tout écrit,
ou toute démonstration quelconque, faite à l'imitation du passé,
ou sur une inspiration étrangère à nous, est absurde et extravagante.
Ceci paraît quelque peu sévère, n'est-ce pas ? Eh bien! monsieur, nous
le soutiendrons ; et, si nous avons lanterné pour en venir là, nous y
sommes.

Mais ce n'est pas tout. Je dis qu'à Athènes l'action de Polémon fut
belle parce qu'elle était athénienne ; je dis qu'à Sparte celle de Léonidas
fut grande parce qu'elle était lacédémonienne (car, dans le fond, elle
ne servait à rien). Je dis qu'à Rome Brutus fut un héros, autant qu'un
assassin peut l'être, parce que la grandeur romaine était alors presque
autant que la nature ; je dis que, dans les siècles modernes, tout senti-
ment vrai en lui-même peut être accompagné d'un geste plus ou moins
beau et d'une *mise en scène* plus ou moins heureuse, selon le pays, le
costume, le temps et les mœurs ; qu'au moyen âge l'armure de fer,
à la renaissance la plume au bonnet, sous Louis XIV le justaucorps
doré, durent prêter aux actions humaines grâce ou grandeur, à chacun
son cachet ; mais je dis qu'aujourd'hui, en France, avec nos mœurs

et nos idées, après ce que nous avons fait et détruit, avec notre horrible habit noir, il n'y a plus de possible que le simple, réduit à sa dernière expression.

Examinons un peu ceci, quelque hardie que soit cette thèse, et prévenons d'abord une objection : on peut me répondre que ce qui est beau et bon est toujours simple, et que je discute une règle éternelle ; mais je n'en crois rien. Polémon n'est pas simple, et, pour ne pas sortir de la Grèce, certes Alexandre ne fut pas simple lorsqu'il but la drogue de Philippe au risque de s'empoisonner. Un homme simple l'eût fait goûter au médecin. Mais Alexandre le Grand aimait mieux jouer sa vie, et son geste, en ce moment-là, fut beau comme un vers de Juvénal, qui n'était pas simple du tout. *Le vrai seul est aimable*, a dit Boileau ; le vrai ne change pas, mais sa forme change, par cela même qu'elle doit être aimable.

Or je dis qu'aujourd'hui sa forme doit être simple, et que tout ce qui s'en écarte n'a pas le sens commun.

Faut-il répéter, monsieur, ce qui traîne dans nos préfaces ? Faut-il vous dire, avec nos auteurs à la mode, que nous vivons à une époque où il n'y a plus d'illusions ? Les uns en pleurent, les autres en rient ; nous ne mêlerons pas nos voix à ce concert baroque, dont la postérité se tirera comme elle pourra, si elle s'en doute. Bornons-nous à reconnaître, sans le juger, un fait incontestable, et tâchons de parler simplement à propos de simplicité. Il n'y a plus en France de préjugés.

Voilà un mot terrible, et qui ne plaisante guère ; et direz-vous peut-être : « Qu'entendez-vous par là ? Est-ce ne pas croire en Dieu ? Mépriser les hommes ? Est-ce, comme l'a dit quelqu'un d'un grand sens, manquer de vénération ? Qu'est-ce enfin que d'être sans préjugés ? » Je ne sais. Voltaire en avait-il ? Malgré la chanson de Béranger, si 89 est venu c'est un peu la faute de Voltaire.

Mais Voltaire et 89 sont venus, il n'y a pas à s'en dédire. Nous n'ignorons pas que, de par le monde, certaines coteries cherchent à l'oublier, et, tout en prédisant l'avenir, feignent de se méprendre sur le passé. Sous prétexte de donner de l'ouvrage aux pauvres et de faire travailler les oisifs, on voudrait rebâtir Jérusalem. Malheureusement les architectes n'ont pas le bras du démolisseur, et la pioche voltairienne n'a pas encore trouvé de truelle à sa taille ; ce sera peut-être le sujet d'une autre lettre que nous vous adresserons, monsieur, si vous le permettez. Il ne s'agit ici ni de métaphysique ni de définitions, Dieu merci. Plus de préjugés! voilà le fait, triste ou gai, heureux ou malheureux. Mais, comme je ne pense pas qu'on y réponde, je passe outre.

Je dis maintenant que pour l'homme sans préjugés, les belles choses faites par Dieu peuvent avoir du prestige, mais que les actions humaines n'en sauraient avoir. Voilà encore un mot sonore, monsieur, que ce mot de *prestige;* il n'a qu'un tort pour notre temps, c'est de n'exister que dans nos dictionnaires. On le lira pourtant toujours dans les yeux d'une belle jeune fille, comme sur la face du soleil ; mais hors de là ce n'est pas grand'chose. On n'y renonce pas aisément, je le sais, et, si je soutiens cette conviction que j'ai, c'est que je crois en conscience qu'on ne peut rien faire de bon aujourd'hui si on n'y renonce pas.

C'est là, à mon avis, la barrière qui nous sépare du passé. Quoi qu'on dise et quoi qu'on fasse, il n'est plus permis à personne de nous jeter de la poudre au nez. Qu'on nous berne un temps, c'est possible ; mais le jeu n'en vaut pas la chandelle, cela s'est prouvé, l'autre jour, aux barricades. Nous ne ressemblons, sachons-le bien, aux gens d'aucun autre pays et d'aucun autre âge. Il y a toujours plus de sots que de gens d'esprit, cela est clair et irrécusable ; mais il n'est pas moins avéré que toute forme, toute enveloppe des choses humaines est tombée en poussière devant nous, qu'il n'y a rien d'existant que nous n'ayons touché du doigt, et que ce qui veut exister maintenant doit en subir l'épreuve.

L'homme sans préjugés, le Parisien actuel, se range pour un vieux prêtre, non pour un jeune, salue l'homme et jamais l'habit, ou, s'il salue l'habit, c'est par intérêt. Montrez-lui un duc, il le toise ; une jolie femme, il la marchande, après en avoir fait le tour ; une pièce d'argent, il la fait sonner ; une statue de bronze, il frappe dessus pour voir si elle est pleine ou creuse ; une comédie, il cherche à deviner quel en sera le dénouement ; un député, pour qui vote-t-il ? un ministre, quelle sera la prochaine loi ? un journal, à combien d'exemplaires le tire-t-on ? un écrivain, qu'ai-je lu de lui ? un avocat, qu'il parle! un musicien, qu'il chante! et si la Pasta, qui vieillit, a perdu trois notes de sa gamme, la salle est vide. Ce n'est pas ainsi à la Scala ; mais le

Parisien qui paye veut jouir, et, en jouissant, veut raisonner, comme ce paysan qui, la nuit de ses noces, étendait la main, tout en embrassant sa femme, pour tâter dans les ténèbres le sac qui renfermait sa dot.

Le Parisien actuel est né d'hier ; et ce que seront ses enfants, je l'ignore. La race présente existe, et celui qui n'y voit qu'un anneau de plus à la chaîne des vivants se noie comme un aveugle. Jamais nous n'avons si peu ressemblé à nos pères ; jamais nous n'avons si bien su ce que nos pères nous ont laissé ; jamais nous n'avons si bien compté notre argent, et par conséquent nos jouissances. Oserai-je le dire ? jamais nous n'avons su si bien qu'aujourd'hui ce que c'est que nos bras, nos jambes, notre ventre, nos mains ; et jamais nous n'en avons fait tant de cas.

Que ferez-vous maintenant, vous acteur, devant ce public ? C'est à lui que vous parlez, à lui qu'il faut plaire, peu importe le rôle que vous jouez, poète, comédien, député, ministre, qui que vous soyez, marionnette d'un jour. Que ferez-vous, je vous le demande, si vous arrivez en vous dandinant, pour prendre une pose théâtrale, chercher dans les yeux qui vous entourent l'effet d'une renommé douteuse, bégayer une phrase ampoulée, attendre le bravo, l'appeler en vain, et vous esquiver dans un à-peu-près ? Croirez-vous avoir réussi, quand quatre mains amies ou payées auront frappé les unes dans les autres, à tel geste appris, au moment convenu ?

Cinq cents personnes, entassées sur des chaises, attendent que l'abbé Rose paraisse ; son sermon est promis depuis trois mois pour la Pentecôte, à midi précis. Il paraît à deux heures, suivi du bedeau. Ses petits mollets gravissent lestement l'escalier en spirale. Il est en chaire ; il laisse tomber son coude sur la balustrade de velours, son front dans sa main et semble rêver ; ses lèvres s'entr'ouvrent, et d'une voix flûtée, interrompue par une petite toux sèche, il commence en style melliflu une homélie qui dure trois heures. Il parle de la sainte Vierge, et l'appelle familièrement Marie ; de Jésus-Christ, et il l'appelle Christ. Il est tout plein de Christ et de Jean. Paul est bien beau, bien énergique ; mais Jean est si doux ! Il parle de la mort, de la résurrection, du paradis et de l'enfer, et ne laisse pas de donner en passant un coup de patte au ministère ; car de quoi n'est-il pas question dans sa prose ? Il parle de tout, ou plutôt croit parler, et l'assistance croit qu'elle écoute, et tous feignent d'être d'autres gens qu'ils ne sont, pour une matinée, par mode et par oisiveté. On dit en rentrant : « Je viens du sermon ! » et l'abbé Rose affirme qu'il a prêché.

Soixante badauds assis au large, composent l'auditoire de Florimond ; les trois quarts sont des femmes. D'où viennent ces visages-là ? Personne ne peut le dire. On les a évoqués, et ils sont sortis de terre. Florimond a cédé aux instances de ses nombreux et indiscrets amis, et il consent à ébaucher à ses heures perdues un cours d'histoire philosophique, fantastique et pittoresque. Mais il annonce que, parlant au beau sexe, il ne s'astreindra pas à une méthode aride, et il voltige, comme un papillon, de Pharamond à la Pompadour, et de Gengis-Khan à Moïse. Les uns se pâment, d'autres tendent le cou pour se donner un air d'attention ; quelques gens graves froncent le sourcil et regardent si on croit qu'ils réfléchissent ; les petites filles écarquillent leurs yeux et poussent de profonds soupirs. Florimond soulève son verre d'eau sucrée, se recueille une seconde, déroule sa péripétie lance le trait et avale le verre d'eau. On se lève, on l'entoure, il est épuisé. La foule s'écoule avec respect, et un petit nombre d'élus accompagne l'orateur au logis. Là, étendu sur un sofa, passant son mouchoir sur ses lèvres, il tend le nez aux encensoirs, et se couronne de palmes inconnues. « Vous avez parlé comme Bossuet, comme Fénelon, comme Jean-Jacques, comme Quintilien, comme Mirabeau ! »

Cependant le pauvre diable, assommé d'éloges, conserve encore une lueur de bon sens ; il soulève le rideau, regarde les passants dans la rue ; à l'aspect de cette ville immense, il sent que sa coterie s'agite au fond d'un puits, et que personne ne se doute à Paris de son triomphe d'entre-sol.

L'étudiant Garnier, qui manque de bois et qui déjeune avec des raves, a lu, pour deux sous le volume, les Mémoires de Casanova. Le siècle de Louis XV lui trotte dans la tête ; il croit voir des nonnes à demi ivres, des boudoirs où les soupers arrivent par des trappes, des bas écarlates et des paillettes. Il sort, ne sachant où aller, cherchant fortune comme faisait Casanova ; il rencontre une jolie femme, il la suit, l'accoste, c'est une fille ; il va au jeu, perd six francs qui lui restent ; à trois pas de là, il rencontre son tailleur, qui se plaint qu'on ne le trouve jamais et le menace du juge de paix ; un fiacre qui passe l'éclabousse ;

il est cinq heures et il faut dîner : alors seulement il se gratte la tête et se souvient qu'il n'y a pas de fiacres à Venise, qu'on y sortait jadis en masque, qu'on ne payait pas son tailleur en 1750, et que Casanova trichait au jeu.

Ce n'est pas l'habileté qui manque à Isidore ; il parle bien, il écrit mieux ; les hommes en font cas, et il plaît aux femmes ; il a tout ce qu'il faut pour réussir, mais il ne réussira jamais. En tout ce qu'il fait, il fait un peu trop, et il veut toujours être un peu plus que lui-même. Le cardinal de Retz disait du grand Condé qu'il ne remplissait pas son mérite. Isidore déborde le sien ; c'est un verre de vin de Champagne qui mousse si bien qu'il n'est plus que mousse et qu'il ne reste plus rien au fond. Il rencontrera un bon mot, et il en voudra faire quatre, moyennant quoi le seul bon n'y sera plus. D'une idée longue comme un sonnet, il composera un poème épique. Vous a-t-il vu trois fois au bal, vous êtes son ami intime. A-t-il lu un livre qui lui a plu, c'est la plus belle chose qu'il y ait en aucune langue. A-t-il une piqûre au doigt, il souffre un martyre sans égal. Et ne croyez pas qu'il joue une comédie : il parle ainsi de bonne foi, tant l'habitude a de puissance. A force de se tendre de tous les côtés, il s'est allongé et élargi, mais aux dépens de l'étoffe première, qui craque et se rompt à tout moment.

Narcisse n'est pas seulement ainsi ; il est malade d'exagération au troisième degré. Il s'est trouvé un jour à un incendie, où il a aidé à porter de l'eau ; il sait que Napoléon en a fait autant, et il se croit un petit Napoléon. Une femme de lettres, amoureuse de lui, l'a menacé d'un coup de couteau, et comme Margarita Cogni a failli en donner un à lord Byron, il se croit un petit Byron. Ces deux personnages, qu'il résume, l'inquiètent et le tourmentent beaucoup ; mais comme il a été, d'autre part, assez bien vu d'une baronne, et qu'il lui a écrit des impertinences en se brouillant avec elle, il se croit aussi Crébillon fils. Comment arranger tout ce monde ensemble? Il est tantôt l'un, tantôt l'autre, selon le moment et l'occasion. Aujourd'hui il a une vieille redingote, boutonnée jusqu'au menton, et son chapeau lui tombe sur les yeux ; demain il porte un gilet rose, et vous frappe les jambes, en causant, avec une canne grosse comme une paille ; le surlendemain il va au théâtre, où il garde son manteau, et, appuyé sur une colonne, il

promène autour de lui des regards mornes et désenchantés ; c'est à
se croire fou de le rencontrer souvent. Pour faire de lui un portrait
ressemblant, il faudrait peindre Dorat méditant sur les ruines de
Palmyre, ou Napoléon avec des culottes vert tendre et un casque de
cuir bouilli. (¹²)

Il est arrivé un grand malheur à Évariste, qui fait des romans
presque lisibles, et dont le style, nourri de barbarismes, en impose.
Les journaux le traitent bien ; on l'invite à dîner ; et il gagne par an
une somme assez ronde. Mais il a écrit en 1825, dans la préface d'un
de ses livres, qu'un homme de génie devait être l'expression de son
siècle. Depuis ce jour, il n'a ni repos ni trève qu'il ne découvre l'esprit
de son siècle, afin d'en être l'expression ; il cherche les mœurs du temps
pour les peindre, et ne peut réussir à les trouver : sont-elles à la Chaus-
sée-d'Antin, au faubourg Saint-Germain, dans les boutiques des
marchands, ou dans les salons des ministres, au Marais, au quartier
Latin, à la place Maubert ? Ne seraient-elles pas au corps de garde,
au Jockey-Club, ou à Tortoni ? La lanterne en main, comme Diogène,
il va et vient, et, chemin faisant, dit que Walter Scott n'est qu'un drôle,
et que, pour lui, il a plus d'influence sur notre siècle que Voltaire sur
le sien. Mais ce damné siècle ne veut pas répondre ; et, au lieu de se
contenter de peindre ce qu'il voit et de constater les nuances, Évariste
veut saisir un fil qui puisse tout réunir et tout concentrer ; son ambition
est d'être le *criterium*, le *nec plus ultra* de l'époque, et d'en posséder
seul une clef unique. En attendant, il avoue en rougissant qu'on lui
paye ses livres vingt mille écus, que ses créanciers le supplient à
genoux de leur emprunter quelque argent, que, du reste, les femmes
faciles l'ennuient, mais qu'il a fait une folie, une vraie folie, et, que
voulez-vous ! il a été entraîné, et il a acheté, en passant à Saint-Cloud,
une maison de campagne et une forêt.

Le peintre Vincent est un autre homme ; un chagrin mortel le
dévore : il est profondément méconnu ; les journaux le maltraitent, le
public n'est qu'une brute, ses confrères sont envieux, sa servante
elle-même est son ennemie. Il a pourtant exposé un paysage représen-
tant trois femmes du temps de Louis XIII, passant en gondole dans
le parc de Versailles ; son cadre avait quatre pouces en hauteur et
plus de trois pieds de large, et le gouvernement ne l'a pas acheté. On

lui a commandé, il est vrai, un tableau pour une église de province, et ce tableau, fait en conscience, a reçu quelques éloges ; mais qu'a-t-on loué ? Précisément ce qui n'a aucun mérite, des pieds, des mains, de vils contours ! La pensée profonde de l'artiste n'a pas même été entrevue ; car ce n'est rien que de regarder une toile et de dire : « Voilà qui est bien dessiné. » Un écolier en serait juge. Le beau, le sublime, ce n'est pas le tableau, c'est ce que le peintre pensait en le faisant, c'est l'idée philosophique qui l'a guidé, c'est l'incalculable suite de méditations *théosophistiques* qui l'ont amené, décidé et contraint à faire un nez retroussé plutôt qu'un nez aquilin, et un rideau amarante plutôt qu'un cramoisi. Voilà la grande question dans les arts ; mais nous vivons dans la barbarie. Un seul journaliste a saisi la chose, entre mille ; un seul a touché la corde sensible ; et il a dit, dans son feuilleton, que la descente de croix du peintre Vincent était le *Requiem* de Mozart, combiné avec les *Lettres d'Euler* et la *Vie de saint Polycarpe*.

Vous connaissez, monsieur, le chanteur Fioretto ; il a une jolie voix, dont les accents iraient au cœur s'il la laissait sortir tranquillement des larges poumons dont la nature l'a pourvu ; il nous fait venir des larmes aux yeux quand il exprime un sentiment passionné, mais par malheur, il se passionne toujours, et, pour dire en musique à sa maîtresse qu'il se trouve bien aise, il pousse des cris comme si on l'égorgeait. La signora Miagolante, qui chante avec lui ordinairement, a été prise de la même fièvre, qui paraît être épidémique. Elle imite la Malibran, et on dirait à tout moment qu'elle va enfin lui ressembler ; elle trépigne, s'avance, s'arrache les cheveux, pose la main sur son cœur, et file une note : la souris est gentille, mais la montagne est trop grosse.

Singulière maladie ! Paul, qui a le talent d'un romancier, ne fait que des mélodrames les uns après les autres ; et Pierre, qui n'a réussi qu'au théâtre, écrit des livres : on lirait le premier avec plaisir et on applaudirait le second ; on siffle l'un et on n'achète pas l'autre.

Quel est ce visage au coin de ce triste feu ? A qui ce front pâle et ces mains fluettes ? Que cherchent ces yeux mélancoliques qui semblent éviter les miens ? Est-ce vous que je vois, pauvre Julie ? Qu'y a-t-il donc ? Qui vous agite ainsi ? Vous êtes jeune, belle et riche, et votre amant vous est fidèle ; votre esprit, votre cœur, votre rang dans le monde, l'estime qu'on y professe pour vous, tout vous rend la vie aisée et riante ; que viennent faire les larmes dans cette chambre, où nul jaloux ne vous surveille, où le bonheur s'enferme sans témoins ? Avez-vous perdu un parent ? Est-ce quelque affaire qui vous inquiète ? Vos amours sont-ils menacés ? N'aimez-vous plus ? N'êtes-vous plus aimée ? Mais non ; le mal vient de vous seule, et il ne faut accuser personne. Comment se fait-il qu'avec tant d'esprit vous soyez prise d'une manie si funeste ? Est-ce bien vous qui, d'un sentiment vrai, faites une exagération ridicule et le malheur de ceux qui vous entourent ? Est-ce vous qui changez l'amour en frénésie, les querelles même passagères en scènes à la Kotzebue, les billets doux en lettres à la Werther, et qui parlez de vous empoisonner quand votre amant est un jour sans venir ? Quelle abominable mode est-ce là, et de quoi s'avise-t-on aujourd'hui ! Croyez-vous donc qu'ils peignent rien d'humain, ces livres absurdes dont on nous inonde, et qui, je le sais, irritent vos nerfs malades ? Les romanciers du jour vous répètent que les vraies passions sont en guerre avec la société, et que, sans cesse faussées et contrariées, elles ne mènent qu'au désespoir. Voilà le thème qu'on brode sur tous les tons. Pauvre femme ! le monde est si peu en guerre avec ce qu'on appelle les vraies passions, que sans lui elles n'existeraient pas. C'est lui qui les excite et les crée, ce sont les obstacles qui les échauffent, c'est le danger qui les rend vivaces, c'est l'impossibilité de les satisfaire qui les immortalise quelquefois. La nature n'a fait que des désirs, c'est la société qui fait des passions ; et, sous prétexte d'en appeler à la nature, ces passions déjà si ardentes, on veut encore les outrer et les prendre pour levier, afin de renverser les bases de la société ! Quelle fureur et quelle folie ! Ne saurait-il y avoir rien de bon, qu'on n'en fasse une caricature ? Vous riez du phébus amoureux de la cour de Louis XIV, et vous vous indignez des frivoles intrigues de la Régence ! Que Dieu me pardonne ! j'aime mieux entendre appeler l'amour un *goût*, comme sous Louis XV, et voir ma maîtresse fraîche et joyeuse avec une rose sur l'oreille, que de parler de vraie passion, comme aujourd'hui, et de vivre de larmes, d'angoisses et de menaces de mort. Si une femme vous trouve joli garçon et qu'elle vous paraisse bien tournée, ne saurait-on s'arranger ensemble sans tant de grands mots et d'horribles fadaises ? Et s'il n'est question ni d'éternel dévouement, ni de s'arracher les cheveux, ni de se brûler la cervelle, s'en aime-t-on moins, je vous en prie ?

Pardieu! la reine de Navarre ferait une belle grimace aujourd'hui, et je voudrais voir ce que dirait Brantôme. Est-il réglé de toute éternité que femme qui se rend ne se rend pas sans phrases? Eh bien donc, faites-en de raisonnables, de galantes, de folles, si vous voulez, mais faites-les humaines du moins. Voilà de beaux codes d'amour, qu'une pluie de romans où on ne voit que des amoureux phtisiques et des héroïnes échevelées. L'amour est sain, madame, sachez-le; c'est un bel enfant rebondi, fils d'une mère jeune et robuste; l'antique Vénus n'a eu de sa vie ni attaque de spleen ni toux de poitrine. Mais je vous blesse, vous détournez la tête, vous regardez la pendule : il n'est pas tard encore, votre amant va venir; mais s'il ne vient pas, n'avalez pas d'opium ce soir, croyez-m'en; avalez-moi une aile de perdrix et un verre de vin de Madère.

Salut au plus exagéré de tous! Salut à l'homme qui veut être simple, et qui a l'affectation de la simplicité! Il va faire une visite, et, avant de sonner, il a regardé si son jabot passe, si sa cravate n'est pas en désordre, car il tient, par-dessus toute chose, à n'avoir rien d'extraordinaire dans sa toilette. Il sonne doucement; on ouvre, il est entré; mais il a prié qu'on n'annonçât pas. Il traverse le cercle à pas mesurés, comme s'il réglait une distance pour un duel, il salue et s'asseoit; une légère contraction de ses lèvres annonce l'effort qu'il vient de faire. Content de lui, il ne dit rien; cependant sa voisine l'interroge; il s'incline à demi, sourit du bout des lèvres, et lâche un mot sec comme la pierre ponce; charmant convive! La conversation, peu à peu s'échauffe et devient générale. Il s'agit d'une pièce nouvelle, sur laquelle il n'a point d'avis, d'un bal où il n'a point dansé, et d'une femme qu'il ne trouve point jolie. On parle d'autre chose; on parle d'un mort, c'est un de ses amis qu'on a enterré. Notre silencieux prend la parole; on écoute, on s'arrête; il ne paraît pas ému, mais il pourrait l'être, il était lié d'enfance avec le défunt : « Cela ne m'étonne pas, dit-il, qu'il soit mort; monsieur Dupuytren a scié son crâne, et on lui a trouvé un quart de pinte d'eau dans la tête. » Voyez un peu quelle simplicité!

Irons-nous plus loin? Tenterons-nous d'esquisser le portrait de l'exagéré politique? Non, monsieur; nous n'avons, pour aujourd'hui que la prétention d'effleurer quelques ridicules, et il y a autre chose dès que la politique s'en mêle. Nous en parlerons quelque jour ; ce chapitre mérite qu'on le traite à part. Tenons-nous-en à nos ébauches et saisissons cette occasion de citer un beau vers de monsieur Delavigne :

Le ridicule cesse où commence le crime.

Nous récapitulons maintenant, et concluons : c'est faute de connaître l'esprit de notre temps qu'une foule de talents distingués tombent continuellement dans l'exagération la plus burlesque ; c'est faute de se rendre compte à soi-même de ce qu'on vaut, de ce qu'on veut et de ce qu'on peut, qu'on croit tout pouvoir, qu'on veut plus qu'on ne peut, et que finalement on ne vaut rien. Toute imitation du passé n'est que parodie et niaiserie ; on a pu autrefois faire de belles choses sans simplicité ; aujourd'hui ce n'est plus possible. Pour en finir comme nous avons commencé, nous citerons ici un dernier exemple.

Un homme veut se tuer ; ce n'est ni un amoureux, ni un joueur, ni un hypocondriaque ; c'est un honnête homme qu'un malheur accable, et qui s'indigne de son destin ; cet homme raisonne faiblement, si vous voulez, mais il a, par hasard, une grande âme, et malgré lui, sans qu'il sache pourquoi, cette âme inquiète se demande de quelle manière elle va partir.

A présent, de quel temps est cet homme ? Marcus Othon, qui avait vécu comme Néron, mourut comme Caton, parce qu'il était Romain ; après avoir dormi d'un profond sommeil, le lendemain de sa défaite, il prit deux épées, les regarda longtemps, et choisit la mieux affilée : « Montre-toi aux soldats, dit-il à son affranchi, si tu ne veux qu'ils te tuent, pensant que tu m'aurais aidé à me donner la mort. » L'affranchi sorti de la chambre, Othon se tue roide, appuyé contre le mur, disant qu'un empereur devait mourir debout. Voilà une vraie mort romaine et antique. Supposez-là d'hier, que vous en lisez le récit dans le journal du soir, que le héros est un agent de change ruiné, voilà un parfait ridicule.

Mais cet agent de change ruiné a rassemblé tout ce qu'il possède encore, et un placement sur une compagnie bien connue assure, dans le cas où il viendrait à mourir, une somme considérable à sa famille. Il prend le prétexte d'un voyage en Suisse, fait ses préparatifs avec calme, calcule ses chances, compte ses enfants, embrasse sa femme, et part. Un mois après le journal du soir annonce que le pied lui a glissé, et qu'il est tombé dans un précipice des Alpes. Voilà une vraie mort de notre temps ; mais pensez combien elle est simple !

Agréez, etc...

ARTICLES

SANS DATE ET FRAGMENTS

I

L'EXERCICE DE NOS FACULTÉS

L'exercice de nos facultés, voilà le plaisir ; leur exaltation, voilà le bonheur. C'est ainsi que, depuis la brute jusqu'à l'homme de génie, toute cette vaste création se meut sous le soleil dans l'accomplissement de sa tâche éternelle. C'est ainsi qu'à la fin d'un repas, les uns, échauffés par le vin, saisissent des cartes et se jettent sur des monceaux d'or, le front sous une lampe ; les autres demandent leurs chevaux et s'élancent dans la forêt ; le poète se lève, les yeux ardents, et tire son verrou derrière lui ; tandis qu'un jeune homme silencieux court au logis de sa maîtresse. Qui peut dire lequel est le plus heureux ? Mais celui qui reste immobile à sa place, sans prendre part au mouvement qui l'entoure, est le dernier des hommes ou le plus malheureux.

C'est ainsi que va le monde. Parmi les coureurs de tavernes, il y en a de joyeux et de vermeils ; il y en a de pâles et de silencieux. Peut-on voir un spectacle plus pénible que celui d'un libertin qui souffre ? J'en ai vu dont le rire faisait frisonner. Celui qui veut dompter son âme avec les armes des sens peut s'enivrer à loisir ; il peut se faire un extérieur impassible ; il peut enfermer sa pensée dans une volonté tenace ; sa pensée mugira toujours dans le taureau d'airain.

II

A TRENTE ANS

A trente ans !

Il y a un triste regard à jeter sur le passé, pour y voir... les mortes espérances et les mortes douleurs, — un plus triste regard à jeter pour l'avenir, pour y voir... l'hiver de la vie !

Il y a une chose folle à tenter : c'est de continuer d'être un enfant, et cependant cela fut beau chez les aimés des dieux : Mozart, Raphaël, Byron, Weber, morts à trente-six ans !

Il y a une froide chose à faire : c'est de renoncer à tout, de se dire : Rien ne m'est plus ! — Et cependant cela fut beau chez Gœthe.

Il y a une chose sotte : c'est de se croire supérieur à soi-même, de prendre le titre d'homme fait, et de vivre en égoïste expérimenté.

Il y a une chose paresseuse et lâche : c'est de ne pas écouter l'heure qui sonne.

Il y en a une courageuse : c'est de l'entendre et de vivre pourtant, malgré les dieux. Mais alors il ne faut croire à rien d'éternel.

Il y en a une sublime : c'est de ne pas même savoir que l'heure sonne. Mais, pour cela, il faut croire à tout.

Quoi qu'il en soit, il est certain qu'à cet âge le cœur des uns tombe en poussière, tandis que celui des autres persiste. — Posez vos mains sur votre poitrine. Le moment est venu. — Il hésite, — a-t-il cessé de battre ? — Devenez ambitieux ou avare... ou mourez tout de suite, — autant vaut, — bat-il encore ? Laissez faire les dieux ; rien n'est perdu !

III

SUR LÉOPARDI

Nous ne connaissons guère, en France, les poètes de l'Italie moderne ; les motifs en sont assez simples. On nous en parle à peine, on ne nous les traduit pas. Or, nous autres Français, nous ne demandons pas mieux que d'admirer ce que fait le voisin, quelquefois même trop vite et trop aisément, mais encore faut-il qu'on nous avertisse. Si l'on nous apporte de Naples un opéra de Donizetti ou une chansonnette de Cottran, nous applaudissons de tout cœur, mais nous ne faisons pas le voyage pour aller les chercher.

Une autre raison de notre ignorance, ou, pour mieux dire, de notre indifférence à cet égard, c'est que les Italiens eux-mêmes ne s'accordent pas entre eux sur le mérite des gens qui honorent leur pays. Comme il n'a pas de capitale (ce n'est pas sa faute assurément), il s'ensuit que chaque petit État, presque chaque petite ville, devient un centre à part.

Pour un Vénitien, pour un Florentin, il n'y a de chefs-d'œuvres qu'à Venise ou à Florence. Il n'est pas rare de voir les esprits les plus distingués être d'avis opposés sur ce qu'on fait chez eux ; en parlant d'un livre contemporain, l'un vous dira : «C'est un patois informe,» l'autre : «C'est la plus belle chose du monde ; depuis le Dante, rien de pareil, etc., etc.»

L'étranger, pendant ce temps-là, ouvre les yeux et les oreilles et ne sait pas trop à quoi s'en tenir ; l'esprit de clocher démolit le temple.

Nous autres, Français, du moins, nous nous disputons, en famille, il est vrai, au café ou dans les salons ; mais, quand nous voyageons et qu'un étranger nous demande, dans un voiturin ou sur un bateau à vapeur, si Victor Hugo est un grand poète, nous répondons tout de suite : «Oui, monsieur ;» et si Casimir Delavigne est aussi un grand poète : «Oui, monsieur.» Il ne s'agit pas de savoir si l'un est né à Montrouge et l'autre à Pontoise.

Un troisième motif qui nous éloigne encore de la littérature italienne moderne, c'est qu'il est extrêmement difficile de la traduire de manière à en donner un idée juste, et que peu de personnes en France savent passablement l'italien. La mode des *bonnes anglaises* met un enfant de dix à douze ans en état de lire lord Byron, mais parmi tant de jeunes personnes si charmantes et si bien élevées, à qui Bordogni et Géraldi apprennent à roucouler devant un piano, combien peu comprennent ce qu'elles disent !

Nous n'avons pas ici la prétention de mettre le lecteur au courant de cette littérature qui compte pourtant, dans plusieurs points de l'Italie, des talents si divers et si originaux.

Il ne nous appartient pas, à nous, barbares, de trancher à Paris ces questions qui se discutent au delà des Alpes. Nous évitons même de citer des noms qui nous sont bien connus, et que nous aurions grand plaisir à faire mieux connaître s'il nous était possible. Nous ne voulons parler que d'un seul écrivain, qui vécut pauvre, infirme, et qui est mort, il y a peu d'années, en laissant un petit volume de cent quatre-vingts pages qui sera immortel en Italie.

Jacques Léopardi est né en 1798 à Recanati, petite ville de la marche d'Ancône.

Naître dans une petite ville est une chose grave pour un Italien ; c'est y vivre et y mourir, c'est s'y ennuyer ou s'y plaire, mais ne rien connaître au-delà ; c'est presque toujours être pauvre et n'avoir pas le droit de montrer de l'ambition.

Point d'école, de collège, d'université à Recanati ; point de carrière, par conséquent.

Le père de Jacques Léopardi (qui, peut-être, vit encore) était pourtant un homme instruit. Les révolutions qui agitèrent l'Italie à la fin du siècle dernier et au commencement de celui-ci, l'avaient poussé hors de son petit désert ; il s'était formé des opinions sur les événements qui se succédaient. Il s'y était intéressé, il y avait pris part, et il avait mal réussi, comme bien d'autres ; le mouvement qu'il s'était donné l'avait fait remarquer par ses concitoyens, et, en attendant un plus grand théâtre, il acceptait le modeste rôle de l'homme important de Recanati.

Ce fut dans la bibliothèque de son père que le jeune Léopardi
étudia. Il apprit d'abord le latin, puis il voulut, par goût, étudier le
grec, et il y parvint en si peu de temps, qu'à l'âge de dix-neuf ans il
composa deux odes grecques qui furent sérieusement admises par les
Hellénistes de l'époque. Elles eurent même les honneurs de la mystification connue en pareil cas : on les attribua à Anacréon.

Léopardi vivait seul avec les anciens. Il était doué d'une mémoire
prodigieuse, d'une curiosité pénétrante, d'une rare faculté de déduction, de passions ardentes et d'une âme intrépide ; il sonda et approfondit tour à tour les sources où les grands esprits de l'antiquité et
de tous les temps avaient puisé l'adoration pour Dieu, l'amour des
hommes, le dévouement à la patrie, mais il reconnut d'abord que l'Italie était malheureuse, et que, ne sentant pas toute l'étendue de ses
malheurs, elle était incapable de les faire cesser. Les hommes lui
semblèrent ensuite, comme à bien d'autres, remplis de folie et de
vanité. Il ne comprenait ni leur ambition, ni leurs efforts, ni leur
impatience, et il pensait sans cesse au néant.

Quant à ce qui regarde l'adoration divine et les idées religieuses,
il ne put voir en Dieu qu'une cause sans raison, et si quelquefois il
se sentait porté à ne point lui refuser l'intelligence, c'était pour accuser sa méchanceté.

Ainsi son esprit repoussa d'abord ces trois grands mobiles de la
poésie : l'humanité, Dieu et la patrie. Son cœur l'y ramena souvent,
mais pour s'en plaindre.

Malgré de si tristes préventions, il eût pu trouver, dans des sentiments moins généraux, quelques douces émotions, mais la nature et
les circonstances lui en avaient refusé tous les moyens. Il ne pouvait
aimer son père qui ne l'aimait pas, et à qui les idées libérales du jeune
Léopardi semblaient autant de crimes ; enfin il était contrefait.
En Italie, les femmes ne comprennent guère que l'esprit puisse se
faire aimer. Elles l'apprécient, sans doute, et l'honorent, mais jamais
un bossu, eût-il dans la tête tout le génie d'Apollon, ne vaudra
pour elles celui qui en aura la forme. «La forme avant tout» comme
dit Bridoison.

En demandant plus bas et en se contentant à moins, Léopardi eût pu facilement trouver des joies et des distractions, mais il dédaignait les jouissances qui nuisent à l'âme, et, ne pouvant être heureux dignement, il aimait mieux se respecter et souffrir ; aussi le désespoir paraît-il toujours dans ses écrits, le dégoût jamais.

Déjà, en 1820, Léopardi s'était fait connaître par son *Ode à l'Italie*, par celle à Dante, et celle adressée à l'abbé Angelo Maï, pour le féliciter de la découverte qu'il venait de faire de plusieurs livres *De la République* de Cicéron. Les hommes de lettres considéraient ce jeune poète comme le successeur immédiat de Pétrarque, et les érudits applaudissaient à sa traduction de plusieurs livres d'Homère et de Virgile, à des notes sur la *Chronique d'Eusèbe*, à celle sur le livre *De la République* de Cicéron.

IV

SUR LA FONTAINE

Alliance de la prose et de la poésie, qui n'est autre chose que celle de la prose et de la versification. Entre les deux limites qui les séparent, un seul esprit français a trouvé une route, celui dont Molière disait : «Le bonhomme vivra plus que nous.»

C'est la seule fois que Molière se soit trompé ; mais le bonhomme allait son chemin, ne se souciant ni de la prose, ni de la versification ; il était le maître, et, lorsqu'il s'endormait sous les arbres de Versailles, ses gros souliers pleins d'herbes fleuries, il revenait d'un rêve dans un certain sentier où personne après lui ne passera jamais.

V

SUR LES HOMMES DE GÉNIE

Voyez-les ! Tous ces hommes tourmentés par le génie ont leur crise ; peu à peu leur être s'ébauche jusqu'au vertige ; ce fut le moment où le génie lutta avec la folie.

Ils étaient montés jusqu'à ce point, et ils retombaient dans la foule des hommes doués de raison.

Ainsi Shakespeare alla peu à peu jusqu'à *Hamlet ;* Byron jusqu'à *Manfred.*

Puis tous deux retombèrent, l'un dans *Falstaff*, l'autre dans *Don Juan.*

Le combat avec le démon était passé, l'homme avait triomphé.

VI

CEUX QUI SENTENT JUSTE

(FRAGMENT)

Ceux qui sentent juste peuvent se livrer à une dangereuse mais bien vive jouissance : celle de laisser aller la pensée, sûrs que le cœur la suit.

Les gens qui manquent de cœur ne devraient pas laisser vaciller leur pensée, par la raison qu'ils n'ont pas de point fixe dans l'âme ; une fois lancés ils ne peuvent se raccrocher à rien. Ils se noient, s'ils ont une fantaisie, et ils n'auraient rien de mieux à faire que de tâcher toujours, avant tout, d'avoir le sens commun.

VII

SUR LES VOLEURS DE NOMS

Sur les grèves solitaires d'un lac du nord, ainsi commence un des contes d'Hoffmann, et l'auteur ne prend la peine de nous dire ni quel est ce lac, ni dans quelle année, ni dans quelle contrée se passe la scène, sinon que le principal personnage possède, outre son château inconnu, d'autres propriétés en Courlande.

Cette façon de procéder est évidemment contraire à l'usage adopté par les romanciers, qui ne manquent jamais, non seulement de nous avertir du pays que vont habiter leurs héros, mais qui le décrivent, même au risque de se tromper ; et si l'héroïne prend un fiacre, le lecteur sait au juste, à une minute près, combien de temps dure la course.

Il ne semble pas, cependant, que cette négligence du conteur allemand nuise à l'intérêt de son récit ; cela donne aux choses un air de mystère qui ne déplaît pas ; au lieu de noms propres, Hoffmann ne met que les initiales, et peut-être cela vaut-il autant que de prendre au hasard, dans l'histoire, des noms célèbres et quelquefois consacrés, pour en baptiser des marionnettes.

Ces réflexions critiques étaient faites naguère dans une « Compagnie », comme dit Vadius, par un ancien journaliste, qui a beaucoup voyagé. Et remarquez, continuait-il, quel tort se fait un romancier par cette rage des noms propres.

Sont-ils historiques ? On en sait autant que lui, et, tout en le lisant, quel que soit son talent, on le suit, on l'observe, on s'en défie, et, s'il bronche, adieu l'intérêt (à moins qu'il n'écrive pour les grisettes). Sont-ils de son invention ? S'est-il donné, à coups de dictionnaire, à grands renforts de souvenirs, la peine de trouver un nom euphonique, agréable, presque vrai ? On le lui prend ; les feuilletonnistes,

les vaudevillistes toutes sortes de parasites s'en emparent ; et, quelque
soir, après dîner, s'il entre, pour éviter la pluie, dans un théâtre des
boulevards, il se trouve, lui qui a travaillé pour donner l'air probable
à sa fiction, en face de gens qui s'en servent, qui l'exploitent tout sim-
plement, tout bonnement, sans nulle vergogne, comme bien publié,
et qui broutent là comme des ânes dans le pré de la commune. O
Damis, Géronte et Marton, que vous vous moquiez bien de ce *servum
pecus!* Vos noms appartiennent au premier venu, et c'est pourquoi
l'on voyait bien quand ce premier venu était Molière. Mais vous
n'aviez pas la triste prétention de vouloir passer pour vraisemblables.
Il était clair que personne ne s'appelait :

Oronte, Alcidamas, Polydore, Clitandre

Après eux vinrent Saint-Albis, Germeuil, Norville et beaucoup
d'autres ; tout cela était bien innocent et ne trompait personne. Aujour-
d'hui, tout le monde cherche une apparence de vérité, depuis le dra-
maturge qui, du moins, vous amuse, jusqu'au soi-disant biographe
qui vous calomnie, qui affiche votre nom sur sa propre infamie, et qui
profite du mépris qu'il inspire pour débiter ses plats mensonges,
impunément et impudemment.

— Cela intéresse pourtant, dit un jeune homme à moustaches
frisées, cela intéresse de trouver dans un livre des portraits curieux et
des descriptions des lieux et des époques. Ce n'est plus tout à fait un
roman qu'on lit, cela est moins fade que la fantaisie qui, livrée à elle-
même, n'est pas supportable.

— Soit, répondit le journaliste, je ne prétends pas qu'un homme
de talent ne puisse exécuter ce tour de force qu'on nomme un roman
historique, et en mettant ensemble l'Angleterre, l'Amérique et la
Beauce,

Il en est jusqu'à trois que je pourrais compter.

Mais cela demande beaucoup de recherches, beaucoup de pénétration
et de sagacité ; ajoutez beaucoup d'imagination. Et notez bien que les
plus habiles se trompent quelquefois, témoin Walter Scott lui-même,
qui écrit que Plessis-lez-Tours veut dire un château flanqué de tours,

et tant d'autres exemples de même force. La fantaisie, comme on dit aujourd'hui, n'a pas à craindre de pareils écueils.

Elle a les siens, qui sont tout aussi dangereux, car elle ne vous représente pas tel homme à telle ou telle époque ; il faut, sous peine de divaguer, qu'elle vous montre l'homme de tous les temps. Il faut qu'elle soit croyable, admissible même ; elle n'a point d'excuse dans le passé — pour ce qu'elle a de plus étrange. Alcidamas n'existe pas ; nous y croyons sur la foi de Cléante, et une jeune dame romanesque, arrivant à Londres pour la première fois, demandait qu'on lui indiquât la rue où était morte miss Clarisse Harlowe.

— Qu'est-ce que c'est, dit un monsieur grave, magistrat qui portait des lunettes d'or, qu'est-ce que c'est que l'homme de tous les temps ? L'homme change avec les époques.

— Oui, de costume, dit le journaliste.

— Et de langage, dit le jeune homme frisé.

— Assurément, depuis que l'homme existe, il y a eu, dans le beau monde, un jargon. Les Grecs, dit-on, en avaient plusieurs ; pour les Romains, lisez Pétrone. « J'étions, j'allions » ; ainsi parlaient les jeunes gens de la cour de Charles IX : et, sous Louis XIV, on disait : « Je crois qu'oui. » On a porté des toges et des manteaux, des armures et des bas de soie ; notre siècle y a mis bon ordre, et je ne sais trop si la mode inventera quelque chose de plus laid que ce lambeau de drap noir qui voltige sur nos jambes. Mais, pensez-vous, en bonne conscience, que le jargon ou l'habit métamorphosent l'homme, et qu'on change de peau comme de chemise ?

— Je n'en sais rien, dit le monsieur grave ; mais, à propos de votre fantaisie, vous venez de parler tout à l'heure de Molière et de Richardson. Que vont-ils faire dans cette galère ? Il n'y a chez eux nul caprice, ni rien d'étrange. Ils n'ont peint que la vérité dans tout ce qu'elle a de piquant et de saisissant.

— Qui a jamais dit, reprit le journaliste, qui osera jamais dire le contraire ? Les personnages créés par ces grands hommes sont toujours essentiellement vrais ; qu'ils ne soient jamais étranges, c'est autre chose. Alceste n'est pas le voisin d'à côté, ni Lovelace. Tous deux sont fort étranges, et même passablement difficiles à comprendre, puisque

Rousseau accusait Molière d'avoir rendu, dans le *Misanthrope*, la vertu ridicule.

— Voilà qui est bien, dit le monsieur grave, ouvrant sa tabatière ; les deux grands hommes sont donc des fantaisistes.

— Ne me faites pas, de grâce, dire une sottise, répondit le vieil homme de lettres. D'abord, je ne sais vraiment pas ce que signifie ce mot barbare que vous me jetez ; il n'est pas, que je sache, encore français, et n'a guère de chance de le devenir.

— On le trouve sans cesse dans les journaux, hasarda timidement un jeune homme doux et poli.

— Sans doute, monsieur ; mais ce n'est pas pour moi, bien que j'aie été du métier, une raison de le bien entendre. Voudrait-il dire, ce mot, qu'un écrivain doive imprimer ou mettre sur les planches tout ce qui lui passe par la tête, sans nul souci du vrai de tous les caractères, de la raison, ni des passions, surtout sans aucune expérience ? Alors, ce n'est pas le caprice, c'est l'absurde. Et voilà pourquoi, le *servum pecus*, persuadé qu'il suffit de rêver pour penser, se traîne piteusement derrière les maîtres, s'embourbe et se fourvoie sans cesse, prenant l'ornière pour le chemin, ou parfois saute dans le carrosse, comme les laquais de la rue Quincampoix.

— Ce mot, pourtant, nous est acquis, dit le monsieur grave prenant du tabac. Il désigne un grand ridicule.

— Oui, à coup sûr, s'il ne désigne que les extravagances des écoliers, ou s'il détourne les apprentis. Il a fait du mal, il en fait encore. Il a le tort de flatter la paresse, d'étourdir les bons sentiments et d'encourager l'ignorance. Il a le malheur d'être séduisant. Qu'un enfant de dix-neuf ans, botté, éperonné, le chapeau sur l'oreille, amoureux comme Chérubin, s'y laisse prendre, ce n'est qu'une fanfaronnade ; mais à vingt-cinq ans, halte-là !

— Ainsi, dit le jeune homme poli, vous pensez, monsieur, qu'on a tort.

— Vous faites des vers ? dit le journaliste.

— Oui, monsieur, et si vous vouliez...

— Si au contraire, continua le journaliste, n'ayant pas l'air d'avoir entendu, vous ne voulez exprimer par ce mot baroque, inintelligible, que ce doux repos de la pensée, ce demi-sommeil du génie, cette charmante liberté...

UNE MATINÉE DE DON JUAN

(Fragment) ([13])

DON JUAN *est couché.*
Entre LEPORELLO, *qui ouvre les volets.*

DON JUAN, *baillant.*

Ah! ah! ah! ouf!

LEPORELLO

Il est midi un quart. Voilà la grand'messe.

DON JUAN

Les chevaux sont-ils à la chaise?

LEPORELLO

Non, monsieur, dans une heure.

DON JUAN

Animal, je t'avais dit de m'éveiller pour partir.

LEPORELLO

J'ai cru que vous auriez faim ; et puis votre toilette...

DON JUAN

Quel temps fait-il ?

LEPORELLO

Doux et humide.

DON JUAN

On éternue dans l'antichambre.

LEPORELLO

Le sellier, le tailleur et le traiteur sont là.

DON JUAN

Bien, je suis satisfait qu'on me vienne faire sa cour à mon lever. Tiens, Leporello, prends cent louis et donne-les au marchand de carrosses ; — non, cela serait désobligeant pour mon tailleur.

LEPORELLO

Je ne porterai donc rien ?

DON JUAN

Non, tu enverras seulement cent pistoles au duc qui me gagna hier soir, au quinze, sur parole. Tu demanderas en même temps une tasse de thé et mes lettres.

Leporello sort ; don Juan se rendort.

LEPORELLO, *rentrant.*

Il n'y a qu'un poulet ce matin.

DON JUAN

Hein ?

LEPORELLO

Je dis qu'il n'y a ce matin qu'un billet doux.

DON JUAN

Quel cachet ?

LEPORELLO

Un lion et un amour.

DON JUAN

Brûle-le avec soin. — Viens me mettre sur mon séant ; — tu me donneras le journal. — Ah ! ah ! que je m'ennuie !

LEPORELLO

Il n'y a que celui d'hier.

DON JUAN

C'est égal, c'est toujours la même chose.

LEPORELLO

Ah ! monsieur, la cause de la liberté va mal.

DON JUAN

Tu n'es qu'un butor. Ouvre la fenêtre. Salut, beau ciel ! ma poitrine s'élargit en te voyant. Ah ! quel excécrable carillon de cloches ! Le diable soit de toi de m'avoir éveillé trop tôt ! Je rêvais, je rêvais... Et toi, à quoi rêves-tu ? tu as l'air d'une huître qui hume le vent.

LEPORELLO

J'écoutais ce que vous dites.

DON JUAN

Va-t'en. — Hé! Leporello, reviens ; tu es bien sûr que je ne pourrai partir avant une heure d'ici ?

LEPORELLO

Non, monsieur, pas plus tôt.

DON JUAN

Je ne te quitterai pas, belle France, non, je ne te quitterai pas sans regret. Une heure encore! et la vallée de la Seine va disparaître. Quel est le sot qui a médit de tes femmes ?

LEPORELLO

Voilà le thé.

DON JUAN

J'éprouve un sentiment plus doux à voir sur la liste de mes maî- tresses le nom de tes femmes que les noms harmonieux de l'Italie ; je t'aime, France !

LEPORELLO

Le traiteur et le cocher crient comme des sourds.

DON JUAN

Donne-leur à boire. — Où est ma liste ? Assois-toi là, et lis-la-moi un peu pour me désennuyer.

LEPORELLO

Est-ce que monsieur a le spleen ?
Il s'assoit et lit.

Par où commencerai-je ?

DON JUAN

Au hasard.

LEPORELLO

« La baronne de Valmont ».

DON JUAN

Quelle paire de moustaches elle avait !

LEPORELLO

« Henriette de Merteuil », sans date.

DON JUAN

Passe.

LEPORELLO

« Miss Julia Pipty ».

DON JUAN

Charmante fille ! Elle était bête comme une oie.

LEPORELLO

« Jeanne trois étoiles ».

DON JUAN

C'était un lundi gras.

LEPORELLO

« La marquise de la terrasse des Feuillants ».

DON JUAN

Ses yeux étaient transparents comme des larmes. Quand on valsait avec elle on avait peur de la casser. Pauvre enfant ! Elle ne m'avait coûté qu'un bouquet !

LEPORELLO

« Anaïs de Saint-Ange ».

DON JUAN

Qu'y a-t-il au-dessous ?

GEORGE SAND, par ALFRED DE MUSSET.

LEPORELLO

Rien.

DON JUAN

Écris donc ces deux lignes siciliennes :

> Lontano dagli occhi,
> Lontano dal cuore.

LEPORELLO

« Fernanda ».

DON JUAN

La petite fringante.

LEPORELLO

« La grande bavarde à la bague bleue. »

DON JUAN

Quel nez elle avait ! Mais j'aimais son esprit.

LEPORELLO

« La baronne de... » Il y a un pâté.

DON JUAN

Passe.

LEPORELLO

« Trois figurantes ; Emma, modiste ; une sœur de charité, inconnue. »

DON JUAN

Et que te reste-t-il pour avoir voulu te désaltérer tant de fois ? Une soif ardente, ô mon Dieu !

Leporello laisse tomber la liste. Des musiciens entrent dans la cour et font un tapage horrible. Leporello se lève et va à la fenêtre.

18

LEPORELLO

Ah! monsieur, que de monde! Vieilles et jeunes, dévotes et fillettes, tout se presse, caquette et sautille.

DON JUAN

Viens ici, prends une plume, et écris.

LEPORELLO

J'attends.

DON JUAN

«Si un malheureux qui vous adore peut mériter votre pitié, ô charmante inconnue, vous vous retournerez à la messe.»

LEPORELLO

C'est fait.

DON JUAN

«Et vous suivrez le confident discret qui se trouvera derrière votre chaise, ma très chère vie, idole de mon âme.» Plie et mets le cachet.

LEPORELLO

Et puis?

DON JUAN

Prends-le, butor, délicatement avec tes doigts de serrurier ; suspends le poulet au-dessus de la fenêtre ; et, puisque tu vois tant de beautés, laisse-le tomber sur le plus petit pied que tu apercevras.

LEPORELLO, *à la fenêtre.*

Voici une grosse, ronde, rebondie poulette ; son œil babille, son chien frétille, son bonnet rond s'envole au vent.

DON JUAN

Hélas! je vous connais, mesdemoiselles. Ne lâche pas le billet, Leporello.

LEPORELLO

Voici une petite cendrillon qui trottine à côté d'un chanoine; il y a écrit sur sa modestie qu'elle est nièce d'un curé. Ses mains sont bien gantées, sa jupe la pince, elle est habillée tout à neuf.

DON JUAN

Tiens ferme.

LEPORELLO

Mais monsieur ne trouvera rien qui lui plaise.

DON JUAN

Peut-être.

LEPORELLO

Levez-vous donc alors et regardez vous-même.

DON JUAN

Non, je connais la fortune, laisse-moi attendre au lit cette belle prostituée.

LEPORELLO

Voici une duchesse d'antichambre, escortée de son duc, laquais et petit chien assortissants.

DON JUAN

Comme les polissons s'accrochent aux carrosses de louage qui passent, c'est ainsi que les gens de cour s'agrippent aux hommes en faveur. Triste engeance! Je n'en aime rien, Leporello, pas même les femmes...

LEPORELLO

Oh! oh! goddam! voici une prude.

DON JUAN

Point de ceci.

LEPORELLO

J'aperçois un pâle narcisse, la démarche à l'anglaise et les yeux battus.

DON JUAN

Pas davantage : celui qui sent son corps brûler par les ardeurs de l'été doit plonger sa tête dans une source plus pure et plus fraîche que le cristal ; passe, Leporello ; j'aime assez en hiver la neige où personne n'a marché.

LEPORELLO

Voici donc une jeune fille bien élevée, dûment talonnée par une gouvernante pourvue de lunettes bleues.

DON JUAN

Oh ! c'est trop long, il faut des quinze jours à ces scrupules-là.

LEPORELLO

Que dites-vous d'une doucereuse momie qui joue la poitrinaire ? Elle tousse à petit bruit comme un académicien qui va lire une complainte de réception.

DON JUAN, *bâillant,*

Ah ! ah ! tiens, Leporello, déchire le billet.

LEPORELLO

Ma foi, monsieur, il est tombé.

DON JUAN

Ah ! à quel propos ?

A propos du plus petit pied que j'aie encore vu ; la demoiselle du reste, est voilée ; je lui donne bien quinze ans. La voilà qui se baisse et ramasse. — Elle lit. Oh ! quels yeux noirs ! Sa gouvernante n'a rien vu, grâce à Dieu.

DON JUAN

Et qu'en dit-elle ?

LEPORELLO

La main tremble.

DON JUAN

Comme le cœur.

LEPORELLO

Elle se retourne et ne sait d'où la manne est tombée.

DON JUAN

Applique sur tes lèvres épaisses tes doigts crochus, et dépêche lui un gros baiser.

LEPORELLO

Elle en rit.

DON JUAN

Ah ! miséricorde ! c'est une grisette ! A quoi exposes-tu ton maître, double sot que tu es ! Ne vas-tu pas me donner pour rival à quelqu'un de ces Werther à imaginations ardentes, qui usent leur coude sur un comptoir ?

LEPORELLO

Monsieur, chassez-moi si ce n'est pas un morceau de prince.

DON JUAN

Vraiment ? Lève-moi donc, et me donne mon corset.

FAIRE SANS DIRE [14]

PROVERBE — 1837

PERSONNAGES

MARIANI, musicien.
L'ABBÉ FIORASANTA.
LE COMTE APPIANI.
JULIE.
     Rome.

Un cabinet de travail.

MARIANI, *seul.*

Maintenant que te voilà belle, ma chère basse, va-t'en là ; — il faut que je me couche. Je t'ai joliment frottée, ma grosse ! Comme tu reluis ! Tu es bien contente. Cette poussière te rendait honteuse.

Il sort sa flûte.

Petite, petite, tu vieillis. Ah ! Dieu du ciel, moi aussi... Que de lumières il y a là-bas ! Hélas ! il est minuit. C'est maintenant que la

richesse s'éveille et que la pauvreté s'endort. Bah ! toute cette musique à
copier sera finie demain. Le diable soit de la plume qui a fait un pâté
sur cette page !

Il ferme la fenêtre.

Triste ou gai, pourquoi le serais-je ? Vivre sans inquiétude et sans
espérance, est-ce être heureux ou malheureux ? Ah ! pauvre lit, tu
sens le tombeau. Pauvres murs, les rayons du soleil ne vous aiment
guère ; vous êtes si noirs ! Allons, serrons tout ceci. La médiocrité
est une triste chose. Il est certain que je dîne, que je vais et viens ici et
là, comme un renard dans une ménagerie ; mais il n'est pas prouvé
que cela s'appelle vivre. Ainsi pourtant l'âge arrive, et la mort... A quoi
vais-je rêver !

Il m'a semblé tout à coup que j'entendais courir. Qui est-ce qui
crie ? Ma foi, on se sauve ; on s'arrête par instants; — il se fait quelque
méchant coup de main dans ce quartier.

On frappe.

Qui est là ?

UNE VOIX, en dehors.

Ouvrez, ouvrez, qui que vous soyez.

Entrent Julie, masquée, et l'abbé Fiorasanta.

L'ABBÉ

Fermez la porte ! la porte ! Ouf ! je suis plus mort que vif.

Julie s'assoit.

MARIANI

En quoi puis-je vous servir, monsieur ?

L'ABBÉ

Vous vous mourez, belle Julie, Cette fuite précipitée, mon idole,
m'afflige autant que vous. Je serai chassé des États du pape !

MARIANI

Pourquoi cela ?

L'ABBÉ

Silence, mon cher monsieur ! Paix ! paix ! voilà un bruit d'armes et de chevaux. Ah ! Dieu ! nous sommes suivis ! Dieu nous sauve ! Monsieur, n'y a-t-il pas une seconde issue dans cette maison ?

MARIANI

Oui ; voilà la porte de mon caveau qui donne sur la campagne.

L'ABBÉ

Y pensez-vous ? En rase campagne ! O ciel ! ceux qui ont juré ma mort sont à cheval ! Ah ! c'est fini ; voilà la fin de tout ; c'est mon heure dernière.

MARIANI

Si, en frappant à cette porte, vous n'avez voulu demander que l'hospitalité, monsieur l'abbé, je puis me retirer, et la décence même m'en fait un devoir.

L'ABBÉ

Ah ! monsieur, si vous pouviez nous sauver d'une manière ou d'une autre, mon oncle le cardinal vous récompenserait.

MARIANI

Parlez, dites un mot, que puis-je faire ?

L'ABBÉ

Qu'il vous suffise de savoir qu'on nous poursuit, monsieur, et que votre cœur fasse le reste ! Il m'est impossible de vous confier le secret d'une aventure...

Il lui parle à l'oreille.

JULIE, *se levant.*

Cet homme est mon amant, monsieur ; j'ai quitté il y a un quart d'heure la maison de ma mère, et mon frère nous poursuit.

L'ABBÉ

Nous ne pouvons rester là, ma flamme, mon bien chéri, voilà des torches qui rôdent par ici.

JULIE

Tu as peur, Fiorasanta ?

L'ABBÉ

Que nous nous séparions, voilà le vrai moyen. Que peut-on prouver, si on nous trouve dans deux endroits différents ?

JULIE

Demande une épée à monsieur, et reste.

L'ABBÉ

Voilà bien les femmes ! Un duel entre moi et votre frère accommoderait bien les choses ! Tenez, belle Julie, n'en parlons pas. Je suis sûr qu'en vous confiant à monsieur, je vous laisse entre les mains d'un galant homme ; je me hasarderai par les champs, et je rentrerai au palais, si je puis. Demain, à la pointe du jour, je viens vous chercher, et nous partons.

JULIE

Pourquoi veux-tu te sauver et me laisser ?

L'ABBÉ

Parce que nous ne pouvons fuir ensemble sans danger. On n'attrape pas aisément un homme seul, et d'ailleurs que pourrait-on me dire ?

JULIE

Pars si tu veux.

Elle se rassoit.

L'ABBÉ

Vous voyez, seigneur cavalier, de quoi il s'agit. Cette jeune demoiselle est la comtesse..

MARIANI

Je ne vous demande pas de nom, monsieur ; voilà mon manteau, et la porte est ouverte.

L'ABBÉ

C'était un coup monté de partir cette nuit en chaise de poste. Nous avons été surpris et obligés de fuir... — O ciel ! tandis que je parle, le comte Appiani, son odieux frère, promène ses torches de tous côtés ! Jamais Sa Sainteté ne me pardonnera ; — et mon oncle le cardinal ne me donnera pas un ducat.

Il met le manteau de Mariani.

Heureusement que ce frère ne saurait m'avoir vu nulle part ; j'étais encore au séminaire dimanche dernier ; d'ailleurs il n'a pu distinguer mon visage dans toute cette fuite. Monsieur, je vous confie la plus charmante femme de l'Italie.

Il sort.

MARIANI

Vous pleurez, mademoiselle ?

JULIE

Non.

Un silence.

MARIANI

Les torches approchent de la maison. Il est très possible qu'on y frappe, puisque vous y avez frappé vous-même. Que fera votre frère s'il vous trouve ici ?

JULIE

Je n'en sais rien.

MARIANI

Pardonnez-moi ces questions. En supposant qu'il vous rende à votre mère, croyez-vous qu'elle vous pardonne ?

JULIE

Je n'en sais rien.

MARIANI

Jugez-vous à propos de vous retirer dans une pièce écartée de cette maison ? Alors je pourrais tout nier, dans le cas où l'on vous y viendrait chercher. Où croyez-vous qu'il vaille mieux s'en remettre à la générosité du comte Appiani ?

JULIE

Je n'en sais rien.

MARIANI

Vous seule, cependant, pouvez décider de ce qu'il faut que je fasse et de ce que vous devez faire vous-même. Ayez du cœur et ne désespérez pas.

JULIE, *montrant le stylet qu'elle porte à sa ceinture.*

En voilà un qui ne désespère pas.

MARIANI, *à part.*

Ou cette femme est bien peu de chose, ou elle mérite qu'on fasse tout pour elle. Voyons ! faut-il que je la rende à son frère ? Faut-il que je me mêle de cette affaire-là ? Je ne la connais pas, cette femme. Voyons ! voyons ! suis-je un lâche ou ai-je du cœur ?

Il s'assoit. — On frappe à la porte.

Voilà son frère, cela est clair. Il n'est pas bien difficile de trouver cette maison isolée. Faut-il que j'ouvre ? Et quand j'aurai ouvert, que faut-il que je fasse ?

On frappe un second coup.

Au fait, tout cela ne me regarde pas. Est-ce ma faute si son amant est un poltron fieffé, et s'il la jette à la tête du premier venu pour sauver sa peau ? D'un autre côté, si je me croise les bras, son frère peut être un brutal, et elle n'a personne pour la défendre. D'où sort-elle ? Et qu'est-ce qui dit qu'elle ne va pas me rire au nez si je fais le rodomont ? Il faut faire tout ou rien.

> *On frappe encore.*

JULIE

A quoi pensez-vous, seigneur cavalier ?

> *Elle ôte son masque.*

MARIANI

Entrez ici, madame, et laissez-moi faire.

> *Julie sort.*

Qu'elle soit ce qu'elle voudra, elle est belle comme le soleil.

> *Il va ouvrir. — Entre Appiani.*

APPIANI

Qui êtes-vous ?

MARIANI

Et vous ?

APPIANI

Ma sœur est ici.

MARIANI

Qu'en savez-vous ?

APPIANI

Es-tu son amant ?

MARIANI

Que fais-tu si je le suis ?

APPIANI

Dis oui ou non, ou tu es un lâche.

MARIANI

Non.

APPIANI, *appelant.*

Julie, sors de cette chambre. Ne te cache pas, je t'ai vue par la fenêtre.

> *Julie rentre.*

JULIE

Bonjour, Benvenuto ; me voilà.

APPIANI

Ta mère te déshérite, ma sœur. Ton père te maudit.

JULIE

Jésus! Jésus!
Elle tombe.

APPIANI

Si tu me connais, tu sais que je ne pardonne pas. Vis comme tu pourras, je ne viens pas te chercher pour te ramener, comme tu peux le croire ; fais-toi entretenir par ton amant. On se passera de toi, fillette.

MARIANI

Taisez-vous ; elle va mourir.

APPIANI

Qu'elle meure, celle qui a un amant qui ne la défend pas! Corps de Bacchus! quel nom porte celui qui laisse tomber une femme et ne la relève pas ?

MARIANI, *assis, comptant sur ses doigts.*

Six cents ducats chez Angelo, — deux cents ducats chez Battista. La maison peut en valoir quinze cents, avec le jardin...

APPIANI

Quel nom porte celle qui quitte son père et sa mère pour un gredin qui ne vient pas quand on l'appelle ? Holà! n'y a-t-il rien ici qui ressemble à un homme ? T'es-tu enlevée toute seule, Julie ?

MARIANI

Les frais du concert et l'éclairage payés, il m'est resté quinze cents francs... Quinze cents et cinq cents d'une part...

Il compte à voix basse.

APPIANI

Qu'est-ce que tu marmottes, valet ?

MARIANI

Avez-vous quelque autre parent, quelque autre protecteur au monde, madame ?

JULIE

Pas un.

MARIANI, *à Appiani.*

Viens, toi, tu es mort.

Il sort avec Appiani. — Julie, seule, se met à genoux, et récite un Ave Maria. — Un long silence. — Mariani rentre.

JULIE

O Christ ! Et mon frère ?

MARIANI

Priez pour lui.

JULIE

Bourreau, pourquoi l'as-tu tué ?

MARIANI

Parce qu'il fallait que je me battisse, et que, si je l'avais laissé faire, il m'aurait tué.

JULIE

Pourquoi te bats-tu pour moi ? Tu n'es pas mon amant.

MARIANI

Votre mère vous déshérite ; votre père vous a maudite. Je vous ai demandé si vous aviez quelque autre protecteur au monde ; vous m'avez dit que non. Sans les injures de votre frère, tout pouvait encore se concilier. Votre famille pouvait se laisser fléchir et révoquer l'arrêt qu'elle a prononcé contre vous ; mais votre frère a voulu un duel. Rentrez dans cette chambre, madame, ma vue doit vous faire horreur.

JULIE

Laissez-moi partir d'ici.

MARIANI

Où allez-vous ? La maison de votre père est fermée.

JULIE

J'ai un père là-haut qui a la sienne ouverte.

MARIANI

Dieu ne console pas les pauvres, madame, et vous êtes déshéritée. Si vous croyez qu'on se fait religieuse comme on veut, vous vous trompez.

JULIE

Mourir alors !

MARIANI

Si vous mourez, j'ai commis un crime inutile.

JULIE

Que voulez-vous donc de moi ?

MARIANI

J'ai fait avertir Fiorasanta, votre amant.

JULIE

Vous le connaissez ?

MARIANI

Oui. Etes-vous fière, fille des Appiani ?

JULIE

Assez pour ne jamais parler à un lâche.

MARIANI

Il ne viendra pas.

JULIE

Pourquoi ?

MARIANI

Parce que c'est un lâche. Maintenant, êtes-vous capable d'écouter ce que j'ai à vous dire, ou voulez-vous que je vous laisse seule jusqu'à la pointe du jour ? Je ne puis rester plus longtemps ici ; mon adversaire est tué sans témoin, et le meurtre est puni de mort.

JULIE

Qu'est-ce que vous voulez me dire ?

MARIANI

Pouvez-vous supporter ma vue patiemment ?

JULIE

Parlez.

MARIANI, *s'asseyant.*

Cherchez bien dans votre mémoire ; il vous reste un moyen de vivre en paix pendant quelques mois, peut-être pendant quelques années, jusqu'à ce que votre famille veuille vous pardonner et vous recevoir de nouveau.

JULIE

Quand les Appiani pardonnent, les rivières changent de cours.

MARIANI

Je vous laisse cette maison qui est à moi. Vous y resterez sous le nom que vous choisirez ; mes habitudes étaient solitaires, et l'on ne saura peut-être pas que ce pauvre taudis a changé de maître.

JULIE

Et toi ?

MARIANI

Moi, je suis un homme, et un homme vit avec ses bras. Si vous êtes chassée de votre famille et privée de vos biens irrévocablement, vous avez de quoi vivre ici. Si vous redevenez riche un jour, vous me rendrez tout cela.

JULIE

J'ai aussi des bras, je puis me faire ouvrière.

MARIANI

Prenez garde à un mouvement d'orgueil.

JULIE

Prenez-y garde aussi.

MARIANI

Ai-je agi trop vite ?

JULIE

Non ; mais !...

Elle marche à grands pas.

MARIANI

Les nuits sont courtes dans cette saison. Voilà l'orient qui se colore. Dans une heure il faut que j'ai quitté Rome.

JULIE

Ta patrie, Mariani !

MARIANI

Cette ville n'est pas ma patrie ; je suis Vénitien. Tenez, il y aura dix ans à l'Assomption que, par une nuit comme celle-ci, j'entrai dans cette belle cité. Les feux du matin paraissaient, comme dans ce moment, derrière ces collines ; je portais avec moi cet instrument. J'étais jeune, joyeux et sûr de réussir. Je n'avais rien, tout est venu depuis en travaillant. Aujourd'hui ce sera dans ma chère Venise que je reviendrai comme un chanteur en voyage ; et si mon bon génie est las de me suivre, je saurai mourir pour la liberté de l'Italie.

JULIE

Tu es brave, mais tu es fou.

MARIANI

Je vous supplie d'accepter.
Il se jette à genoux.

JULIE

Mais quel nom porterai-je ici ?

MARIANI

Un nom plébéien, c'est une sauvegarde.

JULIE

Je passerai pour une aventurière. Comment, à la première recherche, ne découvrira-t-on pas qui je suis ? Si je ne tiens à rien, si je ne connais personne, personne ne répondra pour moi, et je serai mise en prison par mes parents ou par la police.

MARIANI

Je puis pour cela vous offrir un moyen certain... Je crains que vous ne me refusiez.

JULIE.

Lequel ?

MARIANI.

Je vous le dirai plus tard. — Maintenant permettez-moi de me préparer à partir.

Il s'éloigne.

JULIE, *seule.*

Es-tu fou, toi aussi, mon cœur ? Quel rêve fais-tu ? Cet homme est chaud du sang de ton frère.

Elle s'agenouille et prie.

MARIANI, *rentrant.*

Voici ce que je vous propose : seule ici, quel que puisse être le serviteur que je vous laisserai, il vous faut, en effet, un nom qui réponde pour vous : je vous offre le mien.

JULIE

Ton nom ?

MARIANI

Il n'est pas noble, mais il est sans souillure, du moins jusqu'à ce jour. Mon père était joaillier à Venise ; il fut ruiné par un naufrage ; j'ai un frère qui est riche et qui fait le commerce à Bassora. Ma famille ne remonte pas bien haut ; cependant, quand le père de mon père est mort, il occupait dans l'armée un grade distingué.

JULIE

C'est ton nom, Mariani, qui est trop noble pour moi.

MARIANI

J'étais sûr que vous refuseriez, et cependant il faut que je parte.

JULIE

Non, non.

MARIANI

Mariani est le nom d'un assassin que vous ne voulez pas porter ? Songez que, si je ne disparais, je change de rôle demain et je deviens victime.

JULIE

Et que te donnerais-je en échange ?

MARIANI

Un souvenir qui me suivra comme une sœur fidèle dans les plus lointaines contrées.

JULIE

Tu es jeune, Mariani, et le jour où tu aimeras... Ne ferme pas ton cœur imprudemment. Que diras-tu alors ?

MARIANI

Je dirai que j'ai laissé mon nom à une femme que les profondes mers séparent de moi, et que j'ai fini sur la terre.

JULIE

Tu ne me connais pas, cependant !

MARIANI

Réponds-moi ; il faut que je parte.

JULIE

Va dans cette chambre ; prends une cassette que j'ai apportée et qui contient quelques diamants ; elle est à toi.

MARIANI

J'accepte.

Il sort.

UNE VOIX *en dehors.*

Je vous dis que c'est ici, je reconnais la porte.

On frappe.

JULIE, *ouvrant.*

C'est toi !

Entre Fiorasanta.

L'ABBÉ

Oui, belle Julie, c'est moi. J'ai reçu la nouvelle bien fâcheuse de la mort du comte Appiani. Savez-vous ce que j'ai fait ? J'ai tout appris à mon oncle le cardinal.

JULIE

Eh bien ?

L'ABBÉ

Eh bien ! tout est au mieux : il consent à payer à Sa Sainteté tout ce qui est nécessaire pour avoir notre pardon ; il exige seulement que nous quittions la ville pour quelque temps. Nous irons à Naples, où je quitterai les ordres et où je vous épouserai. Mon oncle le cardinal a écrit à votre mère pour assoupir l'affaire, et lui demander votre main pour moi ; la réponse a été que votre frère en mourant a exigé qu'on pardonnât votre fuite. Les derniers instants de cet homme, autrefois inflexible, ont été consacrés à prier pour vous et pour lui-même. Vous ne me répondez pas ? J'amène avec moi vos porteurs, qui vont, s'il vous plaît, vous reconduire à votre palais, où mon oncle le cardinal s'est lui-même fait transporter ; à moins que vous ne jugiez convenable d'indiquer tout autre lieu qu'il vous plaira.

Mariani rentre.

JULIE

Mariani, j'ai le pardon de ma mère.

L'ABBÉ

Monsieur, je vous remercie pour tous les soins que vous avez pris, et vous engage à venir avec moi. Mon oncle le cardinal ne laissera pas vos services sans récompense.

JULIE

Écoute-moi, Mariani, je veux que tu me jures de m'accorder ce que je vais te demander.

MARIANI

Je te le jure.

JULIE

Sur la foi de ton âme.

MARIANI

Oui.

JULIE

Je me nomme Julie, comtesse Appiani. Je suis pupille du cardinal Grimani, qui m'a laissé son bien par testament, après sa mort ; je veux que mon nom soit rayé de ce testament, et le tien écrit à la place. Maintenant, prends cette bague,

Elle se coupe une mèche de cheveux.

et mets cela dedans.

Elle fait ouvrir la porte et monte dans sa chaise.

L'ABBÉ

Où ordonnerai-je à ces porteurs de vous mener, madame ?

JULIE

Chez les sœurs de la Visitation. Prêtre, tu diras à ma mère que j'ai pris le voile.

DISCOURS DE RÉCEPTION
A L'ACADÉMIE FRANÇAISE
Prononcé le 27 Mai 1852

Messieurs,

J'ai à parler devant vous d'un homme qui fut aimé de tout le monde ; devoir sans doute bien doux à remplir, et bien facile en apparence, puisque, pour rappeler à votre mémoire ce que l'esprit a de plus aimable et le cœur de plus délicat, je n'aurais presque qu'un mot à dire, et que, pour faire ici son éloge, il suffit de nommer monsieur Dupaty.

Mais c'est par cette raison même que je ne saurais toucher un pareil sujet sans une bien grande hésitation ; non que je recule devant la tâche précieuse que vos suffrages m'ont imposée : celui qu'honorent de tels suffrages doit avoir autant de courage que vous avez eu d'indulgence, et, si peu digne qu'il se puisse croire de cette bienveillance qui l'accueille, s'efforcer du moins d'y répondre. Non, ce qui m'arrête en ce moment, ce n'est pas la crainte, messieurs, c'est le respect. Comment pourrai-je, en effet, moi qui ai à peine entrevu monsieur Dupaty, vous entretenir dignement de cette vie si bien remplie, dont le souvenir vous est présent, de ces qualités brillantes que vous avez aimées, de ces vertus qui vivent dans votre estime ?

Comment vous en parler, messieurs, quand votre mémoire est encore toute pleine des simples et touchantes paroles prononcées au bord d'une tombe par l'un des maîtres de l'éloquence française, admirable et pieux tribut que le talent payait à l'amitié ?

Il faut pourtant, messieurs, vous obéir ; et veuillez me permettre ici un souvenir qui m'est personnel. Lorsque j'exprime le regret d'avoir trop peu connu monsieur Dupaty, je ne puis me défendre d'une réflexion pénible. Mon aïeul maternel, monsieur Guyot-Desherbiers, avait l'honneur d'être au nombre des amis de monsieur le président Dupaty ; mon père connaissait celui que vous regrettez ; à quoi tient-il que je ne l'aie connu aussi (j'entends d'une façon régulière et suivie) ? A la différence d'âge sans doute, à la mort de mon père, qui fut prématurée ; mais n'est-ce pas aussi un peu à l'étrangeté du temps où nous sommes ? Si nous eussions vécu depuis soixante ans dans des circonstances ordinaires, sous quelqu'un de ces grands règnes dont hier encore on trouvait plaisant de médire, aurions-nous vu les rapports sociaux se rompre, quelquefois si vite qu'on ne saurait dire pourquoi ? Assurément ces secousses terribles, ces déchirements et ces déchaînements qu'on appelle des révolutions, ne brisent ni les liens de famille ni les robustes amitiés ; mais que font-elles de ces autres liens sérieux et si charmants, précisément parce qu'ils sont fragiles ? Que font-elles des relations du monde, de cet aimable commerce des esprits, qui, s'il ne remplit pas la vie, sait l'embellir et la faire mieux aimer ?

Je viens de nommer le président Dupaty ; ce serait, en effet, montrer bien peu de respect envers mon honorable prédécesseur, que de ne pas commencer par rendre un juste hommage au nom de son vertueux père, de ce courageux magistrat, qui est l'une des gloires du parlement de Bordeaux. Courageux, il le fut sans doute, lorsque, l'un des premiers en France, il osa, devant les supplices, faire parler l'humanité, attaquer hautement des coutumes cruelles, et forcer la justice même à revenir sur ses arrêts. N'ayant pu préserver d'une mort ignomineuse trois malheureux qu'il ne jugeait point coupables, il ne prit point de repos qu'il n'eût effacé ce triste et sanglant souvenir : il fit réhabiliter leur mémoire.

«Venez, s'écrie à ce sujet monsieur Emmanuel Dupaty dans son poème des *Délateurs*, venez, défenseurs des Calas! et toi surtout mon père ;

J'ai prononcé ton nom : que l'innocence espère ! ;

Puis il ajoute ce vers, qui est si bien de lui :

Un beau trait nous honore encor plus qu'un beau livre.

Quelques années plus tard, Benjamin Constant devait suivre ce noble exemple, et prêter à Wilfrid, menacé à son tour, l'appui de son éloquence passionnée. Toujours est-il que l'initiative prise par le président du parlement de Bordeaux ne fut point perdue pour Louis XVI, et contribua puissamment à l'abolition de la torture.

Vous le savez, messieurs, quand la mort l'a frappé, monsieur Emmanuel Dupaty se disposait à aller à Bordeaux pour l'inauguration de la statue de son père, et il avait sollicité à cette occasion le titre de directeur de l'Académie, non par un sentiment d'orgueil qui eût été d'ailleurs bien légitime, mais pour apporter un hommage plus grand à une mémoire vénérée. Là, s'il lui eût été donné de réaliser son dernier rêve, une émotion bien douce l'attendait, dont l'homme jouit bien rarement : ç'eût été de trouver l'honneur de sa vieillesse près des souvenirs de son enfance. En effet, c'est dans cette ville, qui fut plus d'une fois la patrie du talent, que monsieur Dupaty est né, le 31 juillet 1775. C'est là que s'écoulèrent ses premières années, au sein d'une de ces familles privilégiées, qui sont comme des sanctuaires où ne pénètrent que les nobles pensées. D'autres ont fourni à l'État des savants et des capitaines, celle-ci devait lui donner des magistrats et des artistes. Cependant, tandis que les deux frères aînés, Charles et Emmanuel, l'un dans la statuaire et l'autre dans les lettres, allaient prendre leur place au rang le plus distingué, pendant qu'Adrien, le plus jeune, s'apprêtait, par l'étude des lois, à succéder dignement à son père, l'une des trois sœurs, recevant par son mariage le nom déjà célèbre d'Élie de Beaumont, devenait en outre la belle-sœur de la fille de Cabanis. Le nom de Condorcet, celui de Grouchy venaient se joindre à ces alliances. Cette modeste et illustre famille touchait ainsi à toutes nos gloires.

Le goût des lettres ne fut pas la première vocation du jeune Emmanuel. Élevé dans un port jusqu'à l'âge de onze ans, doué d'un esprit libre et hardi, n'ayant jamais été ni au collège ni dans aucune école publique, il annonça dès son enfance un penchant décidé pour l'état de marin. Le voisinage de l'Atlantique avait facilement parlé à cette vive imagination ; il s'entretenait sans cesse avec ses frères et sœurs de voyages périlleux, d'expéditions lointaines ; il dessinait de petites marines avec beaucoup de finesse et d'habileté ; talent aimable, comme celui de la miniature, qu'il a toujours gardé et cultivé ; mais en même temps il voulait être soldat. Ce n'était pas assez pour lui de l'inconstant hasard des mers. il y voulait encore l'attrait des combats : tous les dangers plaisaient à son courage.

Je ne sais si, dans cette voie qui effrayait la tendresse maternelle, il fut approuvé ou retenu par un homme plein de science et de sagesse dont je ne dois point passer le nom sous silence, puisque monsieur Dupaty ne l'a jamais oublié ; car l'un des traits les plus saillants de ce généreux caractère, ce n'était pas seulement d'être sincère et dévoué dans ses amitiés ; c'était surtout d'y être fidèle. Comme il avait la religion du devoir, il avait le culte de la reconnaissance. Dès ses premières années, ayant perdu son père, il avait reçu les leçons et les conseils de monsieur Desaunets, ancien professeur au collège de Montaigu ; trente ans plus tard, au milieu des succès qui marquaient chacun de ses pas, il dédie à son ancien maître l'un de ses plus importants ouvrages ; il lui rappelle les soins, les avis salutaires qui l'ont guidé pendant sa jeunesse ; il lui fait hommage de tout son mérite, et il écrit sur sa première page :

Même étant fait par moi cet ouvrage est le tien.

Ce n'est pas là le compliment puéril de l'écolier qu'étourdit sa couronne, ni le souvenir tardif du vieillard qui aime à se pencher du côté de son berceau ; c'est le langage cordial de l'honnête homme qui sûr désormais de sa route, serre la main qui l'a d'abord conduit.

Emmanuel Dupaty passa à Paris les années qui précédèrent la Révolution et celle où elle se déclara. Il reçut, comme on peut penser, toutes les impressions de cette époque. Plein d'énergie et de vrai patriotisme, il saluait avec transport les premières lueurs de ce foyer terrible qui, après avoir tant éclairé, allait tant consumer et tant détruire. En ce moment, l'illusion féconde, pour me servir du mot d'André Chénier, et cette confiance presque naïve qui accompagne souvent la loyauté, lui faisaient croire, comme à bien d'autres, qu'il s'agissait de supprimer les abus, non pas de renverser les choses. Il n'imaginait point que pour élaguer les branches mortes d'un arbre séculaire on dût porter la hache dans ses racines. Il avait vu la noblesse et le clergé renoncer à leurs privilèges, et il croyait à l'égalité ; il avait assisté aux fêtes du Champs de Mars, et il croyait à la fraternité ; enfin il avait vu tomber la Bastille, et il croyait à la liberté. Il avait alors quatorze ans. Qu'aurait-il fait s'il eût vu le reste ? Il était l'ami intime du comte Desèze, du digne fils de l'un des défenseurs du roi. Qui sait où l'auraient pu mener quelques mots trop vite sortis du cœur, lorsque l'honnêteté passait pour imprudence ? Son heureuse destinée lui ôta ce péril et ne voulut pas qu'il entendît les dernières paroles de ce martyr qui disait en partant : « Je recommande mes enfants à ma femme ; je recommande à Dieu ma femme et mes enfants. »

Appelé, en 1792, par la première réquisition, monsieur Dupaty entra dans la flotte qui était en rade de Brest. C'était le but de ses plus chers désirs, et il se fit remarquer tout d'abord par son esprit et par son adresse. Je ne sais laquelle de ces deux facultés il préférait à l'autre en ce temps-là ; elles plaisaient en lui toutes deux. Aussi prompt à faire un couplet qu'à monter aux hunes d'un navire, espiègle ou intrépide, selon l'occasion, avec autant de gaieté que d'audace, qui n'eût aimé ce jeune soldat plus instruit que ses lieutenants, et dont la bonté était aussi franche que la malice était légère ? Loin de s'offenser de ses railleries, on le respectait et on le protégeait, et, quoi qu'il fît, on le laissait faire ; témoin ce jour où pour se divertir, en même temps que pour se venger (je demande pardon de citer un trait d'enfant, mais ceux-là aussi peignent l'homme), poussé à bout par un maître d'équipage qui le traitait un peu trop en nouveau venu, il lui prit son chapeau et l'alla planter sur la girouette du grand mât. Ce tour d'adresse, où il jouait sa vie, fut applaudi de la flotte entière. Le hardi matelot fut appelé et fêté sur tous les vaisseaux.

J'ai hâte d'ajouter que, deux ans après, ce même matelot, fort de nouvelles études, nommé, après ses examens, aspirant de troisième classe, faisait preuve de la même adresse, du même sang-froid et du même courage, dans une circonstance tout autre, au formidable combat naval du 13 prairial. Le commissaire de la Convention, Jean-Bon Saint-André, l'avait appelé près de lui, et le nouvel aspirant fut quelquefois assez heureux pour adoucir les rigueurs du conventionnel. Il était à bord du vaisseau *le Patriote*, et vers la fin de la bataille ce vaisseau presque désemparé, et serré de près par trois navires anglais, se voyait forcé de se rendre. L'aspirant Dupaty supplia le capitaine d'attendre encore quelques instants ; il descendit dans la batterie, où cinq ou six pièces seulement se trouvaient en état de tirer, et il en pointa une avec tant de précision, qu'il abattit le grand mât du bâtiment ennemi le plus redoutable en ce moment. Le vaisseau français fut alors dégagé, et les Anglais, repoussés du *Patriote*, se portèrent sur *le Vengeur*, dont on connaît la fin sublime. Quand l'ennemi se fut retiré, le capitaine proclama l'aspirant comme ayant sauvé trois fois le navire durant le cours de la bataille et le nomma de seconde classe.

Cependant cette courte mais rude campagne avait épuisé les forces du jeune marin, et, quand la flotte revint à Brest, une maladie cruelle le retint plusieurs mois à l'hôpital de cette ville. Là, sans ressources et sans consolation, perclus de tous ses membres et presque privé de l'usage de la parole, déjà pleuré par sa mère et ses sœurs, et ne pouvant même leur écrire pour leur envoyer un dernier adieu, il vit, en effet, s'approcher l'heure fatale où ses espérances n'eussent laissé que des regrets. Mais ce fut alors que cet esprit léger, quelque peu enclin aux maximes des philosophes de l'autre siècle, connut pour la première fois une chose plus immortelle que les grands hommes qui l'ont insultée, je veux dire la pensée chrétienne et les dévouements qu'elle inspire ; car ce qu'on nomme l'immortalité n'est que le souvenir des mortels, et l'éternité est celui de Dieu. Il fut soigné par les religieuses, et, fidèle en cette circonstance aux habitudes de son cœur, il se plaisait encore, dans sa vieillesse, à raconter les soins qui l'avaient sauvé.

Rendu à sa famille par ces soins précieux, après avoir passé quelque temps à Morlaix, dans la maison d'un examinateur de la marine qui lui était devenu, comme tous, un ami, il reprit bientôt ses travaux. D'abord ingénieur hydrographe, envoyé en cette qualité pour lever le plan de Saint-Jean-de-Luz, celui du Passage, en Espagne, et d'une partie des côtes adjacentes, il revint ensuite à Paris vers l'année 1797. Il fit ce voyage, la plupart du temps poétiquement à pied, comme on disait alors, libre et heureux, toujours poursuivi par le refrain de quelque chanson qui se mêlait à ses calculs ; car la muse impatiente qui l'accompagnait n'attendait qu'un instant propice pour s'emparer de sa vie entière.

Cette occasion allait se présenter. Il venait de passer, à son retour, dans les cadres du génie militaire ; mais il avait, en fait, quitté le service. La révolte de Saint-Domingue, inaugurée par Toussaint-Louverture et couronnée par l'incendie et les massacres de 93, avait apporté un dommage sensible dans la fortune de la famille Dupaty. Vainement Auguste, l'un des quatre frères, s'était condamné à un long exil pour tenter de recueillir les restes de cette fortune : son courage patient, pour toute récompense, ne devait trouver que les coups de poignard de quelques monstres déchaînés. Il y mourut. Emmanuel, alors âgé de vingt-deux ans, insouciant de l'avenir, à demi dégoûté du sang des batailles par celui qui avait coulé sur les échafauds, presque indifférent, s'il avait pu l'être, et se voyant appauvri sans chagrin, prenait sa part de ce vaste repos où s'endormait la France fatiguée, au bruit lointain des victoires du consul. Il eût été de ces victoires, et il eût passé le pont d'Arcole à côté du héros, comme Belliard et Vignola, ou devant lui, comme Lannes et Muiron, s'il n'était entré par hasard, ne sachant que faire un soir, à l'Opéra-Comique.

Je demande la permission de dire que je n'invente rien, car la vérité est souvent étrange. Il entra donc dans ce théâtre, où tout était nouveau pour lui. Quelle était la pièce qu'on représentait, j'ai essayé en vain de le savoir ; mais que ce fût le vieux Grétry chantant alors avec Marmontel, Méhul avec Hoffmann, ou le tendre Monsigny avec l'inimitable Sedaine, l'impression profonde n'en fut pas moins reçue. Après le premier étonnement, au bruit de l'orchestre, aux clartés du lustre, aux feux de la rampe, à cet assemblage de l'esprit et de l'harmonie, entouré de tout ce qu'il y avait d'hommes distingués et de jolies femmes, car le consul allait à Feydeau, le matelot déjà poète vit qu'il était dans son pays. «Qu'ai-je à faire autre chose, se dit-il tout bas, que de confier ma pensée à ces gens qui parlent et chantent si bien, qui savent si bien faire rire ou pleurer ? » Aussitôt s'effacèrent les rêves lointains, la curiosité de suivre La Pérouse ; le murmure de l'Océan, qui troublait encore cette tête ardente, se confondit dans la musique, et un coup d'archet l'emporta.

Alors parurent, presque sans intervalle, ces pièces gracieuses à demi écrites, à demi chantées, qui ont égayé le moment le plus sévère et peut-être le plus grand de notre histoire. Il ne faut pas croire qu'il fût facile d'avoir, dans ce temps-là, tout bonnement de l'esprit. On s'adressait à un public distrait, le lendemain de Marengo ; et, de même que Molière disait que c'est une entreprise considérable de faire rire les honnêtes gens, ce n'était pas non plus une chose fort aisée de savoir plaire au maître du monde. Monsieur Dupaty eut à la fois et ce bonheur et ce talent : se laissant aller sans réserve à son inspiration naturelle, se souciant à peine du succès qui ne lui a jamais manqué, toujours interprété par les meilleurs artistes, toujours heureux et toujours aimé, sa carrière théâtrale a duré environ quinze ans. Elle l'a presque exclusivement occupé de vingt-deux à trente-sept ans, et le consul, devenu empereur, allait écouter entre deux victoires ces opéras où chantaient Berton, Boïeldieu et Dalayrac.

Ici se présente, pour moi, une difficulté. On ne veut pas qu'ayant appartenu à ce qu'on appelait l'école romantique, j'aie le droit d'aimer ce qui est aimable, et l'on m'en fait une école opposée, décidant, par mes premiers pas, d'une route que je n'ai point suivie. Ce n'est pas que je veuille faire une inutile palinodie ni renier mes anciens maîtres qui sont encore mes amis ; car je ne me suis jamais brouillé qu'avec moi-même. Mais je proteste de toutes mes forces contre ces condamnations inexorables, contre ces jugements formulés d'avance, qui font expier à l'homme les fautes de l'enfant, qui vous défendent, au nom du passé, d'avoir jamais le sens commun, et qui profitent des torts que vous n'avez plus pour vous punir de ceux que vous n'avez pas.

Ce n'est point ici, messieurs, ce n'est point dans cette enceinte que je puis redouter ces cruels préjugés ; et la meilleure preuve que j'en puisse avoir, c'est que je parle devant vous. Mais je prie en grâce qu'on veuille me croire sincère lorsque je loue, non pas outre mesure, ces faciles compositions. Il est bien vrai que le travail, le soin du style, y manquent parfois, ou sont peut-être perdus pour nous. Mais, sans

qu'un détail vous arrête, sans qu'un mot soit jamais douteux, quand on
lit les ouvrages de monsieur Dupaty, il est impossible de les quitter.
On ne reste pas sur une phrase ; les littérateurs ne faisaient pas tant de
fracas alors qu'aujourd'hui. Mais lorsqu'on a fermé le livre, sans savoir
et sans pouvoir dire précisément de quoi l'on est charmé, l'honnêteté,
la grâce et le bon sens vous restent dans la tête comme le parfum d'une
fleur. Heureusement celles-là ne se fanent pas. Casimir Delavigne,
fils du même temps, et avec qui monsieur Dupaty a plus d'un rapport,
quand ce ne serait que l'amour de la beauté, de la gloire et de la patrie,
laisse à peu près dans l'âme le même sentiment, et, doué de plus de
force et d'autant de grâce, il savait que l'estime vaut mieux que le bruit.

L'une des premières pièces du jeune auteur, intitulée *l'Opéra-
Comique*, et représentée en l'an VI, fut composée en société avec mon-
sieur de Ségur, oncle de l'honorable général, de l'écrivain brillant
qui siège aujourd'hui parmi vous. Monsieur Dupaty écrivit quelques
autres ouvrages, par la suite, avec M. Bouilly, dont il resta constamment
l'ami. Une affection non moins tendre le lia également, vers ce temps-là,
avec monsieur de Jouy, et cette affection se montra particulièrement
lorsque, bien des années plus tard, monsieur de Jouy, devenu infirme, se
retira à Saint-Germain, chez sa fille. Un souvenir précieux de l'auteur
de *Sylla* a consacré ces derniers soins.

Vous n'attendez sûrement pas de moi, messieurs, que je vous
rende compte bien en détail de ces pièces légères et amusantes ; par
leur légèreté et leur finesse même, elles échappent à l'analyse. Il y a
cependant parmi ces opéras, dont quelques-uns sont des comédies,
certains titres trop connus de tout le monde pour ne pas devoir être
rappelés : qui n'a pas entendu parler du *Chapitre Second*, de *la Leçon
de Botanique*, de *l'Intrigue aux fenêtres*, ou des *Voitures versées?* Qui
ne connaît cette jolie bluette de *Ninon chez madame de Sévigné?* L'une
de ces pièces, *D'auberge en auberge*, a été transportée sur le théâtre
anglais. Elle est excessivement plaisante par des changements de
décorations qui arrivent si à propos que les personnages s'imaginent
sans cesse qu'ils ont voyagé sans changer de place. Dans *le Poète et le
Musicien*, il y a des vers qui sont restés célèbres. Ceux, par exemple, où
le poète, défendant contre l'orgueil du Grand-Opéra les prétentions

plus humbles de l'Opéra-Comique, plaide cette cause si aisément gagnée :

> *J'aime auprès d'un palais une simple cabane;*
> *En quittant Raphaël, je souris à l'Albane.*
> *De pampre couronné, l'aimable Anacréon,*
> *Sur l'airain, près d'Homère, a consacré son nom.*
> *Sans être au premier rang, on peut prétendre à plaire.*

N'est-ce pas là toute la grâce et, si l'on peut ainsi parler, toute la fierté modeste de monsieur Dupaty ?

Lorsque j'ai dit que rien n'arrêtait dans son style ordinaire, je n'ai entendu parler que de ses ouvrages en prose ; car, sitôt qu'il s'exprime en vers, il en rencontre à tout moment qui semblent ne lui rien coûter, et qui, arrivant tout à coup, clairs, nets, précis, toujours élégants, étincellent çà et là comme des paillettes d'or. Celui qui termine la tirade dont je viens de citer un fragment est d'une gaieté franche qui a bien son prix, lorsque, continuant à soutenir sa thèse, le poète s'écrie :

> *C'est à tort, aujourd'hui, qu'une censure amère*
> *N'accorde aux vers chantés qu'une palme éphémère,*
>
> . . . .
> *Et tout Paris encor se souvient de Babet*

On en pourrait noter ainsi par centaines, de ce tour vif et de cette libre allure, où se retrouvent toujours une verve qui entraîne et parfois même un peu de cet atticisme qui est le charme suprême des Épîtres de Boileau.

Un des talents les plus remarquables de monsieur Emmanuel Dupaty, c'est de savoir très habilement, comme on dit au théâtre, poser une scène, c'est-à-dire saisir l'à-propos, l'occasion, le moment précis où, l'intérêt et la curiosité ayant été graduellement excités jusqu'à un certain point, l'action peut s'arrêter, et la passion, le sentiment pur, peuvent se montrer et se développer. Ces sortes de scènes où la pensée de l'auteur quitte pour ainsi dire son sujet, sûr de le retrouver tout à l'heure, et se jette hors de l'intrigue et de la pièce même dans l'élément purement humain, ces sortes de scènes sont extrêmement difficiles : c'est la part de la poésie. Car, de même que nous avons nombre d'ouvrages au théâtre où le trop grand développement des sentiments et des caractères étouffe l'action, si bien que les personnages semblent des statues qui rêvent dans le vide, de même nous voyons d'autres pièces dans lesquelles les événements, ou, pour mieux dire, les accidents se multiplient de telle sorte qu'il ne reste plus la moindre place ni pour le cœur, ni pour l'esprit, ni presque pour l'intelligence ; et alors, au lieu de statues qui avaient du moins quelque beauté dans leur calme, nous voyons le théâtre sans cesse traversé par des marionnettes essoufflées qui ont à peine le temps de dire qui elles sont, ce qu'elles veulent, d'où elles viennent et où elles vont. Si vous avez une distraction, si vous perdez un mot de ces imbroglios qui se font le plus obscurs qu'ils peuvent, c'est fait de vous, le fil vous échappe, et le reste de l'énigme se déroule devant vous comme une page couverte d'hiéroglyphes auxquels vous ne comprenez plus rien.

La juste mesure entre ces deux excès, je le répète, est très difficile. Elle ne l'était point pour monsieur Dupaty, par ce motif qu'elle lui était naturelle; et l'opéra-comique, ce genre qu'il aimait tant et qu'il avait tant de raison d'aimer, est justement celui de tous les genres où se montre le plus distinctement ce temps d'arrêt, ce point de démarcation entre l'action et la poésie. En effet, tant que l'acteur parle, l'action marche, ou du moins peut marcher ; mais dès qu'il chante, il est clair qu'elle s'arrête. Que devient alors le personnage ? Est-ce un maître irrité qui gronde, est-ce un esclave qui supplie, est-ce un amant jaloux qui jure de se venger, est-ce une jeune fille qui s'aperçoit qu'elle aime ? Non, ce n'est plus rien de tout cela, et il ne s'agit plus de savoir de quelles circonstances naît la situation. C'est la colère, c'est la prière, c'est la jalousie, c'est l'amour que nous voyons et que nous entendons ; et que le personnage s'appelle comme il voudra, Agathe ou Élise, Dernance ou Valcour, la musique n'y a point affaire. La mélodie s'empare du sentiment, elle l'isole ; soit qu'elle le concentre, soit qu'elle l'épanche largement, elle en tire l'accent suprême : tantôt lui prêtant une vérité plus frappante que la parole, tantôt l'entourant d'un nuage aussi léger que la pensée, elle le précipite ou l'enlève, parfois même elle le détourne, puis le ramène au thème favori comme pour forcer l'esprit à se souvenir, jusqu'à ce que la muse s'envole et rende à l'action passagère la place qu'elle a semée de fleurs.

Me voici loin des *Voitures versées*, ainsi que d'une autre pièce que je ne dois pas oublier, et qui a pour titre *la Prison militaire*. C'est une comédie en cinq actes, extrêmement bien faite, d'un style vif et brillant, et dans laquelle, dit-on, l'auteur a pris plaisir à retracer quelques détails de sa propre captivité. Elle eut un succès qui dura longtemps, et qui, aujourd'hui, pourrait se recommencer ; car, pour l'arrangement, l'intrigue et le romanesque, elle serait tout à fait à la mode. Une autre comédie en vers, *les Deux Mères*, écrite en 1813, eut les honneurs des Tuileries ; elle fut représentée devant l'empereur. Le poète, alors, était en grande faveur, et la reine de Naples en personne parut sur le théâtre impérial dans un quadrille allégorique qu'avait composé monsieur Dupaty. Je pourrais le suivre dans cette veine de cour qui, du reste, lui allait à merveille, car sa muse a toujours un certain air de fête.

Mais je dois d'abord parler de sa disgrâce et de l'opéra de *Picaros et Diégo*, qui l'a fait exiler et a failli lui coûter cher. Cette pièce s'appelait d'abord *les Valets*, ou plutôt *le Salon dans l'Antichambre ;* car ce dernier titre ne fut point imprimé, et je n'ai pu le retrouver exactement. Cette petite pièce, donnée au théâtre Feydeau en 1802, fit beaucoup de bruit à Paris, et la représentation en fut défendue par la police. Il n'est pas possible aujourd'hui, même en lisant la pièce avec grande attention, de comprendre les causes fort douteuses qui ont amené la disgrâce de l'auteur. Il s'agit de deux aventuriers, dont l'un est ancien garçon mercier et l'autre un barbier espagnol, qui s'introduisent dans une maison pour y tenter, à l'aide de faux noms, une tromperie bientôt démasquée. On crut, dans le temps, que quelques valets devenus grands seigneurs, et qui s'étaient reconnus dans la pièce, en avaient sollicité l'interdiction. Quoi qu'il en soit, un ordre de déportation fit bientôt conduire monsieur Dupaty à Brest, où il fut détenu pendant quelque temps, en rade, à bord de l'amiral, avec la perspective, fort pénible, d'être mené à Saint-Domingue, pour y rejoindre l'armée du général Leclerc.

Ai-je besoin de dire qu'à peine arrivé le prisonnier fut traité en ami par les officiers et par les soldats ? Il se retrouvait là au milieu de ses habitudes premières, de ses meilleurs et plus chers souvenirs. La menace même d'être transporté (bien que le climat de Saint-Domingue fut très dangereux en ce moment) n'était pas faite pour l'effrayer. Il n'y avait que son cher théâtre qui lui causait de cruels regrets ; car il l'aimait avec passion, comme il arrive presque toujours aux imaginations un peu vives. Il existe, en effet, dans cette vie toute factice, mais toute poétique, dans ces rochers et ces palais de carton qui viennent ou disparaissent comme d'un coup de baguette, dans ce langage même de la fiction, où le rire et les larmes se succèdent ou se mêlent et sont quelquefois très véritables, il existe, dis-je, un attrait singulier auquel on résiste difficilement, pour peu qu'on soit sensible avec de l'esprit.

Il n'y a pas de bon comédien qui n'ait point aimé son théâtre ; mais cet attrait pour l'auteur est bien plus grand encore ; car l'un récite et l'autre invente. Il est vrai que le comédien, s'il est doué d'un vrai génie, peut aussi mériter le nom d'inventeur. Garrick a osé corriger, dans l'un des chefs-d'œuvre de Shakespeare, une scène admirable, qui, ainsi modifiée, a été applaudie par toute l'Europe. Talma, pour qui Napoléon avait une si haute estime qu'il a pensé à lui donner la croix de sa Légion d'honneur, Talma était précieux pour ses savants conseils ; et de telle pièce où il fut applaudi on pourrait dire que, si elle n'est pas de lui, on ne sait trop de qui elle est. Mais avec quelle attention, avec quel plaisir, l'écrivain consciencieux et plein de sa pensée ne voit-il pas s'animer devant lui la forme vivante de son idéal, marcher, parler, agir les rêves de son cœur ! Et si l'amour de la vérité, de la beauté, le guide et l'éclaire, avec quel soin, ou parfois même avec quel emportement irrésistible ne se livre-t-il pas à ce travail, qui, bon ou mauvais, quel qu'en soit le résultat, n'en est pas moins, quoi qu'on en puisse dire, l'un des plus nobles exercices de l'esprit ! On sait comment le pratiquait Molière. Voltaire pleurait, et voulait qu'on pleurât, et se fâchait si l'on ne pleurait pas, lorsqu'il jouait, chez lui, ses propres tragédies ; et la tradition a pris soin de nous dire comment Racine récitait ses vers à mademoiselle Champmeslé. Il y a sans doute, pour l'esprit, des routes plus grandes et plus sévères, il y en a d'incomparables, celles où Fénelon et Bossuet ont passé. — Mais celle-ci n'en reste pas moins belle, et à coup sûr elle doit être honorée, quand elle est suivie par un honnête homme...

Ce mot me ramène à monsieur Dupaty.

Il était donc à Brest, s'ennuyant un peu, mais se gardant de le laisser voir à des gens qui le traitaient si bien, improvisant toujours de ces vers charmants qui lui échappaient comme par mégarde, lorsqu'il apprit que les rigueurs du consul s'étaient tout à coup adoucies. Peut-être Napoléon s'était-il aperçu, avec ce regard qui ne se trompait guère, qu'on avait prononcé bien vite. Je ne sais s'il crut avoir un tort, mais il eut la pensée d'une réparation. Le prisonnier redevint libre et reçut la permission, c'est-à-dire l'ordre de revenir à Paris. Les offres les plus flatteuses et les plus brillantes furent alors faites à monsieur Dupaty, mais il refusa tout ; et depuis ce moment, pendant l'espace de sept ou huit ans, c'est-à-dire à peu près depuis 1803 jusqu'au mariage de l'empereur, il ne s'occupa que du théâtre.

A l'occasion des spectacles de toute sorte qui suivirent ce mariage, il fut, comme je l'ai dit tout à l'heure, admis près de la reine de Naples ; il le fut aussi près d'une autre reine dont le nom suffit pour rappeler tout ce qui faisait la grâce et le charme de cette cour alors sans égale, je veux dire la reine Hortense. Il composa les paroles de quelques divertissements pour les fêtes données par ces deux princesses, et il conserva toujours religieusement les marques de leur bonté. L'empereur enfin, en 1812, lui donna la croix de la Réunion. En même temps, il lui fit proposer de nouveau une place élevée dans la magistrature ; l'offre lui en fut transmise par le grand juge, duc de Massa ; mais elle était subordonnée à quelques conditions que monsieur Dupaty ne voulut pas encore accepter. L'empereur annonça, plus tard, l'intention de l'attacher à l'éducation du roi de Rome.

Un incident, léger en apparence, qui se passa vers ce temps-là, doit sembler digne d'attention, en ce qu'il atteste une fois de plus le respect ou plutôt le culte que professait monsieur Dupaty pour la mémoire de son père. Au mois de novembre 1812, monsieur de Féletz fit, dans le *Journal de l'Empire*, un article à propos des *Lettres sur l'Italie*, où il ne se bornait pas à critiquer l'ouvrage, mais où il attaquait assez fortement les opinions philosophiques de l'auteur. Les trois frères Dupaty allèrent ensemble demander raison de cet article ; monsieur Emmanuel surtout prit la chose très vivement. Cette scène laissa chez monsieur de Féletz une impression profonde, qui vingt-quatre ans après, lorsque monsieur Dupaty se présenta à l'Académie, devint entre eux un motif de rapprochement et la source d'une amitié qui ne finit qu'à la mort de monsieur de Féletz.

Cependant, s'il boudait de loin l'administration impériale, l'auteur de *Picaros et Diégo* ne boudait pas le vainqueur de Wagram, encore moins le vaincu de Leipsick. Cette croix qu'il avait reçue de la main de Napoléon, cette croix lui tenait au cœur, et l'obstination même de ses refus lui faisait attacher un plus grand prix à la seule chose qu'il eût acceptée d'un homme qui pouvait tant donner et qui savait si bien offrir. Tant que le conquérant marcha dans ses victoires, il n'essaya pas de le suivre ni de toucher à la lyre de Tyrtée. Napoléon, dans sa toute-puissance, effrayait le talent modeste ; ce n'était pas sa faute, le temps lui manquait. Au milieu de ses campagnes, lorsqu'il se plaisait (il le dit lui-même) au son des cloches et au bruit du canon, il aimait aussi la littérature, mais il la rudoyait un peu. C'était alors qu'assistant un jour à une tragédie guerrière, il disait, en manière d'éloge : «Il nous faudrait beaucoup d'ouvrages comme celui-là ; c'est une vraie pièce de quartier général. On va mieux à l'ennemi après l'avoir entendue.» Éloge bizarre, qui a sa grandeur, mais fort capable d'effaroucher Dernance, Florville, Agathe et Élise.

Monsieur Dupaty, pendant ce temps-là, faisait jaser et gazouiller ces personnages inoffensifs. Lorsque l'empereur revenait poudreux de sa grande poussière et las de ses ennemis vaincus, il lui improvisait des couplets pour ses fêtes. Il aimait de tout son cœur ce grand homme aux Tuileries, et il se sauvait à Feydeau dès qu'il le voyait toucher à son épée. Mais lorsque advinrent les grands désastres, lorsque, aux traces de l'incendie de Moscou, sur le chemin de la Bérésina, le maréchal Lefebvre, septuagénaire, marchant à pied derrière Napoléon, commença à dire tristement : «Il est bien malheureux, ce pauvre empereur que j'aime!» lorsqu'on vit tomber lambeau par lambeau, harcelé pied à pied, pendant deux années, ce drapeau qui avait traversé le monde ; lorsque enfin la France accablée vit se renouveler en vain dans son sein les prodiges de l'Italie, alors le faiseur de vaudevilles, l'improvisateur de romances, prit l'uniforme pour aller à Clichy, et à son tour il tira l'épée. ([15])

Monsieur Dupaty, après cette journée, ne songea plus de longtemps à Feydeau. Il venait de faire une chanson bien connue sur l'impératrice et le roi de Rome :

Gardons-le bien, c'est l'espoir de la France.

Tous les soldats savaient ce refrain ; lui-même, une fois les armes prises, devint capitaine de la garde nationale, comme il était devenu poète. Mais il n'y avait jamais chez lui de résolution passagère.

Il commanda le corps dont il était le chef jusqu'à la destruction des compagnies, au mois d'avril 1848.

Dans tous les désordres qui se sont succédé pendant nos trente-quatre dernières années, il a constamment et obstinément exposé sa vie. Il a toujours partout recueilli des témoignages de sympathie, d'attachement et de respect. Après la réorganisation de 1848, exempté par son âge du service habituel et n'ayant plus ses épaulettes, il réclama, comme simple soldat, sa part des fatigues et des dangers que voulaient braver sans lui ses anciens compagnons. Ce belliqueux instinct de ses jeunes années était une des passions de sa verte vieillesse, et il semblait assez étrange de trouver dans le cabinet d'un homme de lettres, entre le buste de Voltaire et celui de Rousseau, un fusil de munition.

J'ai maintenant à parler de deux poèmes, dont l'un, à son apparition, produisit un très grand effet, et dont l'autre est jusqu'à présent resté inédit. Le premier a pour titre *les Délateurs* ; le second *Isabelle de Palestine*.

Les Délateurs parurent en 1816 ; ce poème fut écrit sous une impression évidemment très vive et même violente, au spectacle des représailles qui signalèrent ce triste moment, principalement dans le midi de la France. Monsieur Dupaty était alors au nombre des rédacteurs du *Miroir* et de *l'Opinion ;* c'était l'aurore des petits journaux ; de plus, il était membre de la Société des Enfants d'Apollon, et il s'occupait d'un petit ouvrage intitulé *la Rhétorique des demoiselles*, écrit sous la forme de *Lettres à Isaure*. Tout à coup arrive la nouvelle de la mort du maréchal Brune ; on parle d'assassinats, d'affreux soulèvements, de tous les crimes chers à la populace. Monsieur Dupaty, au milieu de son travail, sent sa plume trembler dans sa main ; l'indignation lui dicte quelques vers qu'il jette au hasard sur le papier ; le lendemain il continue, et, sa verve s'animant ainsi, croyant écrire une page, il fait une satire.

Ce fut l'opinion générale, que pour la pureté et l'énergie du style, comme pour l'élévation des sentiments, cette satire surpassait de beaucoup les autres productions de l'auteur. Je me range, pour ma part, à cette opinion ; et, s'il m'était permis d'exprimer toute ma pensée, j'oserais dire que ce petit poème peut hardiment soutenir la comparaison avec tout autre ouvrage du même genre; non pas avec Horace ou Boileau, ni surtout avec le grand Juvénal, mais avec Gilbert, par exemple, et même avec de plus forts que lui. Parmi les vingt passages, écrits comme on parle, remplis de colère et d'esprit, il s'en trouve un qui fait frémir, c'est le tableau, malheureusement trop vrai, des exécutions hâtives dont le Rhône et l'Isère furent les témoins :

> *L'appareil du supplice est sorti des cités ;*
> *Un échafaud mobile erre dans la campagne...*

Le morceau qui commence ainsi est tout entier plein d'une vigueur sinistre. Le poète nous montre le meurtre impuni, l'assassin raillant sa victime, le fils frappé dans les bras de sa mère, le moribond égorgé dans son lit, puis il ajoute en terminant :

> *Les forfaits sont comblés par d'excécrables jeux,*
> *Et, reculant d'horreur, à ce spectacle affreux,*
> *Le fleuve qui, la veille, apportait à la ville*
> *Les doux tributs des champs sur son onde tranquille,*
> *Après l'assassinat d'un père ou d'un enfant,*
> *Ramène dans Lyon l'échafaud triomphant.*

Isabelle de Palestine ne nous offre pas de telles images. Ce poème dramatique, trop long, je crois pour être représenté, respire d'un bout à l'autre les plus nobles sentiments, et cette grandeur héroïque, cette bravoure des croisades, si fière devant les hommes, si humble devant Dieu, cette poésie chevaleresque, dont le *Tancrède* de Voltaire reste le type inimitable, monsieur Dupaty l'imite pourtant, mais il ne l'imite que là où son guide est bon, vertueux, religieux même ; et, dans les mille routes ouvertes par cet insatiable et immense esprit, il ne voit que le droit chemin.

Cette pièce était devenue la seule occupation de monsieur Dupaty. Chose singulière, cette tragédie était d'abord un opéra-comique, commencé en 1813. Peu à peu, à mesure qu'il pensait et qu'il écrivait, le sujet a pris sous la plume de l'auteur d'autres proportions. A moins d'avoir eu entre les mains ce manuscrit qu'on ouvre avec respect, il est impossible d'imaginer combien de soin, de persévérance, quelle recherche de la vérité, quelle profonde étude de l'histoire, quelle religion tout à fait convaincue, sont là dans ce beau travail.

Ce fut l'adieu de ce génie aimable, de cet excellent homme, et en le lisant on sent combien il était attentif, il était heureux de bien faire. Il passait des journées entières, sans le savoir, à travailler chez lui, chez ses amis, dans les salons et dans la rue ; et, tandis qu'on le voyait partout enthousiaste de sa pensée, récitant ses vers au premier venu, il ne voulait pas que sa pièce fût imprimée et la retouchait sans cesse.

C'est dans cette poésie, c'est dans cette clarté qu'a vécu et qu'est mort monsieur Dupaty. Il croyait en Dieu, et la vie lui semblait trop courte pour prendre garde aux mauvaises et tristes choses qu'on y rencontre. Comme un jardinier cueillant dans son parterre, il n'a voulu voir de ce monde que ce qui est pur sous les cieux. Il adorait la beauté, la gaieté, l'honnêteté, la vérité, et ne se souciait point du reste. Les souffrances cruelles qui l'ont tué lentement n'ont pas été plus fortes que son courage.

« Ce n'est pas la mort, disait Montaigne, c'est le mourir qui m'inquiète. » Monsieur Dupaty n'eut point cette inquiétude. Il se souvint, dans ses derniers jours, des sœurs de l'hôpital de Brest. Il attendit et vit venir à lui, presque avec joie, la plus belle mort, celle qui ne dément rien d'une belle vie, et il expira regretté de tous, plein de douceur et de fermeté, plein d'espérance et de résignation.

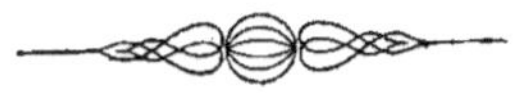

DISCOURS

Prononcé le lundi 9 Août 1852, à l'Inauguration des statues
de Bernadin-de-Saint-Pierre et de Casimir Delavigne, au Havre.

Messieurs,

Ce n'était pas à moi de prendre la parole dans cette circonstance
solennelle. Chargé seulement par l'Académie française d'assister, en
son nom, à l'inauguration de ces belles statues, c'était assez pour moi
de ce glorieux devoir et de l'honneur qui s'y rattache. Un orateur
célèbre, un poète aimé de tous, devaient se faire entendre ici. Heureu-
sement l'un d'eux est près de nous, malheureusement l'autre nous
manque. Monsieur de Salvandy devait vous parler de Bernardin de
Saint-Pierre et de Casimir Delavigne. Il avait, non seulement accepté,
mais désiré cette mission qu'il eût si dignement remplie. L'attaque
subite d'un mal cruel le retient en ce moment même où il achevait,
pour vous l'apporter, une page qui, nous l'espérons, ne sera point per-
due. Serait-ce à moi, pris au dépourvu, arrivé d'hier dans vos murs,
d'essayer de prendre la place de monsieur de Salvandy ? Si elle m'eût
appartenu, je ne sais ce que j'aurais pu dire en face de ces deux hommes
illustres dont votre grande et noble cité est fière à de si justes titres.

Aurais-je pu assez admirer la poésie pleine de vérité, la grâce pleine de tendresse, qui respirent partout dans *Paul et Virginie?* Aurais-je su assez apprécier cette autre poésie et cet autre charme des *Vêpres siciliennes* et de *l'École des vieillards*, cette fermeté, cette pureté de style que Casimir Delavigne possédait si bien, cette faculté précieuse, qui a fait dire à Buffon : « Le génie, c'est la patience » ? Aurais-je su vous dire qu'au milieu de sa gloire il aima toujours son pays natal, qu'il n'en parlait qu'avec effusion, avec attendrissement ? C'est ainsi que l'oiseau des mers, planant au loin dans l'azur des cieux, jette pourtant toujours un regard sur la vague où flotte son nid.

Mais, messieurs, vous n'attendez pas que je vous entretienne de pareils sujets, sans reflexion, sans travail, sans étude ; vous ne voudriez pas me voir improviser presque au hasard sur de tels souvenirs. Vous ne me le pardonneriez pas ; et la seule manière dont je puisse rendre grâce de l'honneur que je reçois ici, c'est de laisser parler les voix plus éloquentes que la mienne.

CONCOURS GÉNÉRAL DE 1827

Classe de Philosophie. Dissertation latine
SECOND PRIX

Quibuslibet vitæ in temporibus, quibuscumque incumbat disciplinis homo, illud semper ante oculos, atque remoto quasi in prospectu habet, ut veritatem assequatur. Nec profectò mirandum est : nam innato obtinendæ felicitatis studio conflagramus, et pro felicitate quâdam non immerito veritas haberi potest. Quæ quidem ubi cernitur, apud quem non mirabiles suî amores valet excitare ? Vigilabat Cicero ; pernoctabat Demosthenes ; trahebatur ante judices Galilæus ; sed in conspectu illorum, tanquam lux remota quædam et longinqua, veritas apparebat, doloris pretium, ac miserarium solatio.Ut vero illam obtineret hominis sitiens animus, non satis erat naturæ externas opes ipsamque Dei majestatem sollicitis luminibus scrutari et interrogare ; in se ipsum intentiore studio conversus, mentem non solum exercere, sed noscere, homo voluit, nec judicare tantum, sed judiciorum motiva discernere.

Et illud primùm definiendum esse existimavit, quid judicare esset. Judicat autem, qui vel affirmativo probat consensu, vel negatione rejicit ; judicat qui rem ab aliquâ re discrepare videt, aut alicui rei convenire. Sed quum res permultæ sint in naturâ, quæ vel probari vel negari possunt, tot numerantur judiciorum nostrorum motiva, quot genera rerum de quibus nobis judicare licet. Si quidem de rebus physicis, suam auctoritatem sensus corporis exercent ; si de mentis nostræ facultatibus, sensus intimus adest, qui intus nostros dirigat oculos, ubi de rationali quâdam veritate, loquitur animo evidentia illa quæ rationalis vocari solet ; ubi de rebus remotis, hominum testimonio confidimus ; ubi de bono vel malo, conscientiæ morali ; ubi de præteritis ignotisve rebus, memoriæ demùm et analogiæ.

De quâ primùm locuti sumus, quis maximam esse non concedat in judiciis sensuum auctoritatem ? Quis non suis credat oculis ? Quod menti retulerunt aures, quis falsum vocare possit ? Necquicquàm, dum illa tractaretur quæstio, nonnulli fuerunt philosophi, aut saltem homines qui illud usurpaverant nomen, tam falsâ disciplinâ obcæcati, ut sensuum auctoritatem diruere conarentur, quid aient isti sophistæ, quid dicet Pyrrhonensis stoliditas, ubi, fame stimulante, confitebitur vanæ sectator opinionis, non simulacris satiari corporis necessitates ? Non ibi tristem patientiam ostentare conatus, cruciatus suos negare poterit homo, parumque sincerâ mente doloris arcanos opprimere clamores ; sed loquetur natura, quæ Deum veracem esse comprobabit. Nonne enim fallacem cælo Deum collocare tentant, qui, nos umbris tantummodo ac vanis spectrorum figuris cicumdantes, materiæ soliditatem, sensibus grave testimonium recusant ? Ne tamen existimare velis illos nunquam aberrare posse ; sæpius vel speculo aquarum, vel magnâ nimis longinquitate decepti, sensus inanes referre formas atque in animo falsa excitare possunt judicia. Sed, ubi nec febre agitatur homo, nec aliquâ erroris causâ a vero deterretur, quidnam in mente dubium, quæ oriri potest hæsitatio ? et illud demum dicendum est, nihil, etiam si vera sit, valere Pyrrhonis opinionem. Quid enim refert, dummodo quæ sunt, nec mutentur, nec eripiantur, utrum fati jactemur ludibrio, an non immerito veraci Deo confidamus ?

Postquam autem circumdantia homo contemplatus est, suæ ipsius mentis dotes sensus intimi exercitatione observat ; mirabilis sane facultas, quæ interiori quodam speculo repercussam mentem quasi interrogat ; et, incredibili robore confirmans animum, vel quæ fuerunt revocat, vel quæ sunt vi propriâ majora facit ; illi quidquid psychologia invenit, subreptaque naturæ arcana, philosophicæ disciplinæ debent ; illam Cartesius exercebat, quum, sese ipsum intuitus, notissimum effatum traderet discipulis suis : « Cogito, ergo sum. » Quid hoc dicto præclarius ? Si quis, post animi defectionem, ad vitam revocatur, non mentem suam quærit, sed corporis membra tractat manu et sensuum utitur testimonio ; nam, ubi cogitavit, redditam esse sibi vitam moralem sensu intimo intellexit, non physicam. Nulla vera in mente idea oriri potest, nisi per mentis attentionem, quæ sensus intimi quædam appellari debet species : quæ quidem, jubente animo, longinquos admovet sonos, propiores removet et negligit, parum firmo intellectui duplex addit robur, atque sapientis doctas pernoctationes ab importuno strepitu protegens, vel mediâ in urbe dulciorem philosopho solitudinem creat et effingit.

Tertiam exercet in judicando auctoritatem rationalis evidentia ; quam vel in dubio revocare nemo conatus est ; nam illam sic definiri voluerunt sapientes : fulgorem quemdam, qui mentis percellit oculos. De illâ scilicet nunc loquimur evidentiâ, quæ Newtonis ingenio lucem anteferens, populos et nationes præclarissimi viri inventorum participes efficiebat, reperto simul ac propagato lumine. Quâ quidem adjuvante, nihil veritati obstare potest, nec jam veri sit mediatione quâdam incerta perceptio, sed firmissima certitudo animi ; quod non agnoscere homo non potest, Deus ipse diruere valet, non mutare. Daturne in rerum naturâ quadratus circulus ? Daturne vallis sine monte ?

Identitatis principio continetur ejus evidentiæ robur ac certitudo ; ubi firma quædam pars veritatis supposita est, mox altera exoritur, quæ priorem quidem non totam continet, sed a priori tota continetur ; plurimi veluti fontes, variis ex locis aquarum multitudine coacti, irriguo singulatim cursu primum huc illuc disrumpunt, omnemque demum vim in fluvium quemdam dejicere conantur ; haud aliter rationalis evidentia clarissimis partim propositis verum alit et nuntiat, donec, totis viribus in unum redactis conamen, appareat sola veritas, quâ tot alia continebantur.

Altera vero quoque homini ad verum data via est : non semper enim per se ipsum omnia videre potest et cognoscere ; sed, ubi de præteritis temporibus aut remotis populis agitur, testimonio hominum homo utitur. Nec minus apud eum valet talis auctoritas, quam de quibus modo diximus auctoritates ; neminem etiam invenire possis, qui, illud aspernatus testimonium, Cæsarem non exstitisse contendat, aut Romam non a Romulo conditam esse.

« A quibusnam tamen, nonnulli aient, vetera ista annalium monu-
« menta traduntur ? — Ab hominibus. — Ipsi vero isti homines, a
« quibusnam acceperant ? — Ab hominibus. — Cur tot homines, cur
« tot per ora transmissa veritas ? Anne adhuc, post tot sæculorum
« tempus, et dubiam historiæ antiquitatem, incorrupta potuit perma-
« nere ? » Quibus autem respondendum est : Quid refert hominum
multitudo, ubi eorum valet auctoritas ? Quid annalium vetustas, ubi
testibus confirmatur ? Illos vero, ubi nec ira, nec odium, nec amicitia,
a vero deterret, ubi capacitas ingenii, dignitas ætatis, consensusque
demum opinionum commendat, quis tot signis confirmatum rejicere
testimonium potest ? Quis mathematicæ evidentiæ moralem certi-
tudinem posthabere vellet ? Dentur probenturque Archimedis proble-
mata ; gaudebit mens, faciliusque persuadebitur. Si quis vero, ut
animæ nostræ immortalitatem, æternamque post mortem vitam,
ostendat et demonstret, veterum affert exempla ; si ante oculos obji-
citur ille princeps oratorum, Tullius, nec ultimus philosophorum,
sese prædicans immortalem; viscera sibi Cato aperiens, ac, philosophiâ
confisus, altero mundo invisum mutans orbem ; omnes denique vel
barbarorum ignotissimæ gentes, mentis humanæ ruinam ac mortem
exosæ ; nonne mihi tunc exclamare licebit : « Quid valent tristes geome-
tricarum disciplinarum computationes ? »

Sed nunc pulcherrimam mentis nostræ facultatem aggredimur ;
quæ, humanam sustinens fragilitatem, malum a bono, a vitio virtutem
discernere hominem jubet ; conscientiam scilicet, illam interioris
judicis vocem, quæ metuendum Dei pollicetur tribunal ; hæc si
aberravit, nullo modo corrigi potest, utpote quæ alia judiciorum
nostrorum motiva corrigere solet ; aberrare tamen potest, ac illud pro
bono ostendere quod malum est. O tristem castissimæ conscientiæ
deceptum, qui Cæsarem Romæ eripuit, et magnam Bruti mentem falsâ
excitavit virtutis imagine ! Parebat conscientiæ Manlius, dum, naturæ
clamores aspernatus patremque exuens, tot victoriis partam sibi
gloriam horrendâ filii cæde contaminaret, averterentque oculos Patres
Conscripti. Conscientia, vox interna et potens, quæ somnos terrere
vales, exquisitasque dapes metuendo veneno corrumpere ! Fax ineluc-
tabilis, quæ omnibus vitæ temporibus tanquam funestus præses
immisceris, et eamdem vel in malo vel in bono lucem animæ

nostræ admoves! Quis se tibi eripere potest? Fugis, Horatius ait...
Te quoque num fugies?

Hoc ad judiciorum motivum referuntur morales actus, qui maximam
vitæ partem sibi vindicant hominis. Post illud autem memoria et ana-
logia, quas quidem facultates, vel· inscià mente, quotidie exercemus.
Si quis enim domum repetens ad notos reversus est penates, analogià
et memorià lapidum ac tecti ruinam non metuit ; pulsavit januam,
ut aperiretur ; nec sine memorià loqui, sine analogià agere posset.
Quibus enim sublatis, nec verborum usus, nec propriæ sui diuturni-
tatis certitudo remanet ; uno quoque temporis puncto, iterum se sibi
renasci videretur ille, cui hæc omnia deessent quæ hominem à belluis,
belluas vero quasdam a cæteris discernunt segregantque.

Omnia vero hæc judiciorum nostrorum motiva ad unum referri
possunt, scilicet evidentiam : quid enim in nostrâ mente excitare
queunt, nisi firmam illam veri perceptionem, quæ animos rapit ac
sibi conciliat? Cuique sua quasi propria est veritatis assignatio,
datumque a naturâ propositum ; omnia vero Dei existentiam compro-
bare et confirmare quis non intelliget? Sensuum enim testimonio
naturam illam contemplari licet, quæ divinum auctorem unanimo
gentium consensu prædicat et ostentat ; sensus intimi exercitatione,
mentem nostram introspicimus, quæ, materiæ expers, ab incorporeâ
origine derivatur. Testimonium vero hominum quis non exaudiat,
magnamque sæculorum vocem, quæ vel sub Jovis et Mithræ imagine
celatum Deum universo cultu veneratur? Cui quidem addit conscientia
robur, et pœnarum metum simul ac spem præmii ostendit ; memorià
demum et analogià, quidquid nos perculit et excitavit facilius in mente
figitur ac remanet : sic per memoriam, testimonio credimus hominum ;
per analogiam vero, ens necessarium ante omnia entia per deductionem
collocamus ; omnia ergo quæ in judicando aliquid habent ponderis,
eo concurrunt ut summum existere animæ nostræ auctorem, æternumque
artificem mundi, per omnes aditus qui ad mentem patere possunt,
unanimo consensu, omnibusque evidentiæ argumentis, demonstrare
contendant et prædicare.

DE MUSSET,
Elève interne au collège royal de Henri IV,
Institution de M. Caron.

NOTES DE L'AUTEUR
ET DES ÉDITEURS

PAGE 16, LIGNE 9.

(¹) Historique. *(Note de l'auteur)*.

PAGE 56, LIGNE 6.

(²) Cette caricature est l'œuvre du duc d'Orléans, qui dessinait très bien.

PAGE 61, LIGNE 31.

(³) *Le Vingt-Quatre Février* est une pièce de Zacharie Werner, poète dramatique allemand, né à Kœnisberg en 1768, mort à Vienne en 1823.

PAGE 93, LIGNE 9.

(⁴) Le roman de Richter où se trouve *Lenette* est intitulé *Liebenkœse*.

PAGE 151, LIGNE 16.

(⁵) Le chant du bouc : Τράγος ᾠδή. *(Note de l'auteur)*.

(⁶) PAGE 184, LIGNE 27.

Excellent wretch ! perdition catch my soul,
But I do love thee ! — Othello. (Note de
l'auteur.)

PAGE 199, LIGNE 5.

(⁷) La dispute du Juste et de l'Injuste est dans la comédie des *Nuées*.

PAGE 199, LIGNE 13.

(⁸) Blépyros, mari de Praxagora, dans *les Harangueuses* ou *l'Assemblée des Femmes*.

PAGE 199, LIGNE 18.

(⁹) Commencement d'une scène des *Guêpes*, dans laquelle le poète s'adresse aux spectateurs par l'entremise du *Chœur*.

PAGE 199, LIGNE 20.

(¹⁰) Dans *Les Grenouilles. (Note de l'auteur)*.

PAGE 199, LIGNE 22.

(¹¹) Dans *Lysistrata. (Note de l'auteur)*.

PAGE 251, LIGNE 5.

(¹²) Byron, partant pour la Grèce, portait un casque de cuir bouilli. *(Note de l'auteur)*.

PAGE 268.

(¹³) Ce fragment a paru dans la *France littéraire* en décembre 1833.

PAGE 278.

(¹⁴) Ce proverbe a été écrit pour le *Dodécaton*, publication composée de douze morceaux de littérature par douze écrivains différents (Paris, 1837).

PAGE 309, LIGNE 34.

([15]) Chargé de surveiller un poste difficile, monsieur Dupaty s'avança dans la plaine Saint-Denis et reprit sur les Russes une batterie d'artillerie dont les premiers défenseurs avaient été dispersés. Il la ramena à la barrière, et, s'approchant du maréchal Moncey, il lui dit, pour toute harangue : «Monsieur le maréchal, voici les pièces.» *(Note de l'auteur)*.

TABLE DES MATIÈRES

ACHEVÉ D'IMPRIMER PAR
L'IMPRIMERIE VILLAIN ET BAR,
22, RUE DUSSOUBS, PARIS,
LE VINGT-NEUF AVRIL
MIL NEUF CENT VINGT-NEUF